変身物語（上）

オウィディウス
大西英文 訳

社学術文庫

目次

［下巻 目 次］

凡例

・本書は、プブリウス・オウィディウス・ナーソーの『変身物語』の全訳である。底本には次の二つの校本を用い、両者に異同がある場合は、その旨を注記した。また、ごく少数ながら注釈書などのその他の校本の読みを採った箇所もあるが、その場合もその旨を訳注に記した。

P. Ovidi Nasonis Metamorphoses, recognovit brevique adnotatione critica instruxit R. J. Tarrant, Oxford: Oxford University Press (Oxford Classical Texts), 2004.

Publius Ovidius Naso, *Metamorphoses*, edidit William S. Anderson, Berlin: Walter de Gruyter (Bibliotheca Scriptorum Graecorum et Romanorum Teubneriana), 2008.

・訳文の上欄の数字は、原文の行数を示す。底本では五行おきに記してあるが、煩を避けて一〇行おきとした。

・〔 〕は訳者による補足・注記を、［ ］は底本に削除記号が付されている箇所を示す。

・主にギリシアの神話・歴史が語られる第一巻一行から第一三巻六二二行までは、ギリシアの人名・地名などの固有名詞がラテン語形で示されていてもギリシア語形に改めてカタカナ表記した。

例）ヘルクレス→ヘラクレス　ウリクセス→オデュッセウス　アテナエ→アテナイ

しかし、物語がローマの建国の話に移行する第一三巻六二三行以下では、ラテン語形を優先し、そのままカタカナ表記した。
例）オデュッセウス→ウリクセス　エウアンドロス→エウアンデル
ただし、不統一の誹りは甘受しなければならないものの、「テウケル」を「古の」というニュアンスを重視して「古のテウクロス」とした例外がある。
・神名については、主要な神々はギリシアの神々とおおむね同一視されてはいたが、例えばウェヌスやディアナ、クピドーなどのようにローマの神々とその名称固有のニュアンスやイメージもあることを考慮し、ローマ名のままとした。なお、ローマとギリシアの主な神々の対応は次に記すとおりである（ローマ名の五十音順）。
ウェヌス－アプロディテ
ウルカヌス－ヘパイストス
クピドー－エロス
ケレス－デメテル
サトゥルヌス－クロノス
ディアナ－アルテミス
ネプトゥヌス－ポセイドン
ミネルウァ－アテナ
メルクリウス－ヘルメス
ユノー－ヘラ
ユピテル－ゼウス

ラトナ－レトー

・固有名詞は、原則として音引きを省いた。ただし、「ローマ」や「ムーサ」などの慣用的なもの、および「ユノー」、「ディドー」、「クピドー」のような語末がoで終わるもの（慣用を優先した「アポロ」は除く）は例外とした。

・ph th chの音はp t c（＝k）と同じものとして表記した。

例）ダプネ（Daphne）　アルテミス（Artemis）　カロン（Charon）

・訳注では、頻出する以下の文献については、書名を省き、著者名と出典・参照箇所のみを記した。ただし、アポッロドロス『摘要』、ヒュギヌス『天文譜』については、区別するため書名を示した。

アポッロドロス『ビブリオテーケー（ギリシア神話）』
アントニヌス・リベラリス『メタモルフォーシス（ギリシア変身物語集）』
ストラボン『地誌』
ディオドロス・シケリオテス『ビブリオテーケー（歴史）』（部分訳がある邦訳の表題は『歴史叢書』、『神代地誌』）
パウサニアス『ギリシア案内記』
ヒュギヌス『神話伝説集』

例）アポッロドロス一・二・三

・訳注において出典・参照箇所を示す漢数字は「巻・章・節」（詩集の場合は「巻・歌・行」）、あるいは「巻・行」、あるいは「行」を表す（ヒュギヌス『神話伝説集』、アントニヌス・リベラリス『メタモルフォーシス（ギリシア変身物語集）』については、一は「第一話」、二は「第二話」を表す）。

・本訳書内の参照箇所については、本文の場合は「第一巻二参照」、「第三巻四―五参照」のように「行」を省き、訳注の場合は「第六巻七行注参照」、「第八巻九行注参照」のように（注記号のある行数を明示する意味で）「行」を付して示す。

変身物語（上）

第一巻

ここに、形を変えて新たな姿を得た変身の奇譚の種々《くさぐさ》を物語ってみたい。*
願わくは、神々方、わが試みに――*その変化の因もまたあなた方ゆえ――
加護を垂れたまいて、天地開闢《かいびゃく》の、そもそもの初めから
今の世に至るまで、途絶えることなく続く久遠《くおん》の歌を織りなしたまえ。*

海と陸と、万物を覆う空とが姿を現す以前、
自然の相貌は、宇宙あまねく、一つであった。
人はこれを混沌《カオス》*と呼んだ。形をなさず、秩序をもたぬ巨大な塊《かたまり》で、生気なき
団塊とでも言う他ないもの、或いは未だ結び合うことを知らぬ万有の
諸々の種が、鬩《せめ》ぎ合いつつも、渾然一体となった凝塊《ぎょうかい》にすぎないものであった。
ティタン*〔ティタン神族の一の太陽神〕が世界に光を降り注ぐこともまだなく、
満ちゆく新月のポエベ*〔月の女神〕がその角《つの》を再び膨らませることも、
大地が周りを囲む大気の中に自らの重みで
平衡を保ちつつ浮かぶ*ことも、アンピトリテ*が
陸地の長い縁《へり》に添って抱擁の腕を差し伸べることもまだなかった。
そこには大地も海も大気もあるにはあったが、
大地は立つことができず、海は泳ぐことができず、
大気は光を欠いていた。形を保ち続けるものは一つとしてなく、

あらゆるものが互いに阻害し合っていた。つまり、同じ一つの団塊の中で
鬩ぎ合っていたのだ、冷たいものが暖かいものと、湿ったものが乾いたものと、
柔らかいものが硬いものと、重さのないものが重さのあるものと。
　この争いを分けたのは神であり、より良き自然*であった。
神なる自然は空から陸を、陸から海を切り離し、
濃密な大気から清澄な上天《アエテル》*を分け隔てたのである。
暗黒の団塊からこれらを解き放つと、神なる自然は、それぞれに
異なる場を与えた上で、翕然《きゅうぜん》和合の絆で互いを結びつけた。
穹天《きゅうてん》をなす、無重量の火の成分は*
輝きを放ちつつ素早く上昇し、天辺《てんぺん》を自らの場と定めた。
軽さと場の点でこれに最も近いのは大気である。
大地はこの二つより密度が大きく、重い元素を引き寄せ、自らの
重量に圧《お》されて底辺に沈んだ。最果ての場を占めたのは水で、
大地の周囲を流れて、固く円《まる》い地塊《ちかい》*をその内に閉ざした。
　こうして、神は、それが何神であったにせよ、団塊を分解し、
各部に分解区分したものを配置し終えると、
先ず、大地を、あらゆる部分において均等となるよう、
丸めて巨大な球状に形作った。次いで、

海に命じて、これを分散させ、激しい風で大波を立たせて、
湾曲する大地の岸辺を取り囲ませた。
これに加えて、泉も広大な沼も湖も造り、
流れ下る川の両側を勾配もつ堤《つつみ》で囲ったが、川は、各々、
流路を区々《くく》にし、大地そのものに吸い込まれるものもあれば、
海に達して、〔河水〕より自由に漂う水を湛《たた》える大海原に
迎え入れられ、川辺に代えて、海辺を洗うものもあった。
また、神に命じられて、平野が広がり、谷が窪み、
森が青葉に覆われ、岩根こごしき山が隆起した。
また、神の配慮で、天空が仕切られ、右方《うほう》に二つ、左方《さほう》に同数の天帯*が
置かれたように――第五の天帯〔獣帯〕はそれらより炎熱が激しい――、
大気に包まれる地塊《ちかい》もまた同数の地帯で区切られ、
同じ五つの気候帯が大地にも画された。
その内の中央にある地帯は暑熱の所為《せい》で住むには適さず、
両極の二つの地帯は深い雪が覆う。神は、両者の間に同数の、二つの
地帯を置き、寒冷と炎熱を混ぜ合わせて、温和な気候を与えた。
こうしたものの上に広がるのは大気で、これは、水の重さが
大地の重さより軽い分、火よりも重い。

その大気の中に霧や雲が、また、その大気の中に、やがて
人間の心を騒がせることになる雷鳴と
閃光伴う雷電を生む風*が座を占めるよう、神は命じた。尤《もっと》も、
宇宙の創造神は、種々ある風に大気の至る所を縦《ほしいまま》にすることは
許さなかった。さなきだに抑え難い風、各々、自らの領域で
己の烈風を統制しているとはいえ、〔勝手を許せば〕世界を寸断しはせぬかと
恐れたのである。それほどに、風の兄弟の不和は熾烈であった。
「東風《エウロス*》」は曙の地、ナバタエアの王国へ、*また
ペルシアなる、暁の光に照らされる峰々へと退いた。
「西風《ゼピュロス》」に最も近いのは宵の明星縁《ゆかり》の地、沈みゆく陽《ひ》に
岸辺を温められる地方である。スキュティアと北斗の国へと
侵入したのは、寒風に鳥肌立てさせる「北風《ボレアス》」で、その対極の地は
「南風《アウステル》」のもたらす絶え間ない雲と雨で濡れそぼつ。*
これらの上に、創造神は、澄みわたり、重量がなく、
地上の澱《おり》を一切含まぬ上天《アエテル》を置いた。
　かくして神が万有を各々不動の境で隔て終えるや、
永く暗黒の闇に閉じ込められていた星辰が
全天に光炎《こうえん》、煌々《こうこう》と輝き始めた。そうして、

どの区域もそれ固有の生命《いのち》あるものを欠くことがないよう、
天の空間は星々と神々の姿*が占め、
綿津見《わたつみ》は銀鱗輝く魚の棲むところとなり、
大地は獣を、羽搏《はばた》ける大気は翼ある鳥を受け入れた。
　だが、未《いま》だ、これら*に優《まさ》る聖性をもち、高邁な精神を容れるもの、
他《た》の生きものを支配することのできる存在が欠けていた。
人間が生まれた。あるいはこれを神的な種《たね》から、
より良き世界の起源、あの万有の造り主が創造したものか、
あるいはまた、先に、高き上天《アエテル》から分離抽出されたばかりの
真新しい土塊《つちくれ》が、同族の天の種《たね》をなお留めているところ、
これをイアペトス*の息《そく》〔プロメテウス〕が雨水《うすい》と混ぜ合わせ、
万物を司る神々の姿に似せて形作り、
他《た》の生きものが俯《うつむ》きになり、地を見つめているのに対して、
人間には高々と掲げる顔を与えて、天を見つめさせ、
星辰に向かって真っ直ぐに面《おも》を擡《もた》げさせたものか。
かくして、自然のままで、形質をもたなかった土塊《つちくれ》は、
　変容し、それまでは知られざる人間の姿形《すがたかたち》を纏うに至った。*
金《きん》の時代が先ず初めに生まれた。罰する者はおらず、

法もないまま、自ずから信義と正義を尊《たっと》ぶ時代であった。
罰の恐れは存在せず、掲げられた銅板*に、威嚇する文字を
読むこともなく、哀願する罪人《ざいにん》の群れが己の裁き手の顔色を
恐る恐る窺うこともなく、罰し手のいないまま、人は安らかであった。
松の木〔船材〕が、異郷を訪《おとな》うために、生《お》い育つ山で伐られて、
浜辺から降ろされ、漂う波間に浮かぶこともまだなく、
死すべき人間たちが郷土以外の浜辺を知ることもまだなかった。*
また、深い堀が町を取り囲むこともまだなく、
真鍮の真っ直ぐな喇叭《らっぱ》や曲がった金管も、
兜や剣もまだなかった。すべての民族が、兵士の用もなく、
恬然《てんぜん》と、緩《ゆる》やかに流れる長閑《のどか》な時を過ごしていたのである。
他ならぬ大地も耕作を強要されず、鍬《くわ》に触れることも、
鋤《すき》で傷つけられることもなく、自ずとあらゆるものを与え、
人は誰が強いたものでもない、自然の実りを糧《かて》にすることで満ち足り、
苺《いちご》の木*の実や山に育つ野苺《のいちご》、また
山茱萸《さんしゅゆ》の実や、棘のある木苺《きいちご》*に付く実、更には
枝広げるユピテルの聖木《せいぼく》〔樫〕から落ちた団栗《どんぐり》を拾い集めていた。
気候は常春《とこはる》。穏やかな西風《ゼピュロス》が暖かいそよ風で

種もなく生え出る花々を撫でていた。
やがて、大地は、耕されずとも、穀物も産み出すようになり、
畑地は、鋤《す》き返されることもなく、重く垂れる穂で白く輝いた。*
乳の川が流れているかと思えば、また神酒《ネクタル》*の川が流れ、
青々と茂る常磐樫《ときわがし》からは黄金色《こがねいろ》の蜜が滴《したた》り落ちていた。
　しかし、サトゥルヌスが闇に閉ざされる冥界に送られると、*
世界はユピテルの支配下に置かれ、銀の世代が取って代わった。
金の世代には劣るものの、黄褐色の青銅の世代よりは貴《とうと》かった。
ユピテルは古い時代の常春《とこはる》の時を縮め、
冬と夏と天候定まらぬ秋と
短い春の四季で区切って一年とした。
この時初めて大気は乾いた炎熱に焼かれて
灼熱し、寒風で凍《い》てついた氷柱《つらら》がぶら下がった。
この時初めて人は家に宿りを求めたが、家とは言い条《じょう》、洞窟や
濃い藪《やぶ》、あるいは樹皮で編んだ枝にすぎなかった。
ケレスの賜物の穀物の種が、長い畝《うね》に蒔《ま》かれて土を被《かぶ》せられたのも、また
軛《くびき》の重さに若い雄牛が呻き声を上げたのも、この時が初めてのこと。
そのあとには、第三の青銅の種族が続いた。

銀の種族より性《せい》粗暴にして、恐ろしい武器に走りがちながら、なお
罪に塗《まみ》れる世代ではなかった。最後に現れたのは硬い鉄から生まれた種族で、
忽《たちま》ちにして、劣悪さを増したこの金属の時代の中に、ありとあらゆる罪悪が
押し入った。恥の心も真実も、はたまた信義も逃げ去った。
それらに取って代わったのは欺瞞と術策と
陰謀、また暴力と罪に塗れた所有欲。
人は帆を風に託したが、船乗りはまだ風をよく知らぬまま、
それまで高い山に聳《そび》えていた松の木が〔船と化し〕
見知らぬ海の波間を揺蕩《たゆた》い、
それまでは陽《ひ》の光や空気と同じく共有の財であった大地を
抜け目のない測量者が線引きし、〔己の土地にと〕長い境界を巡らせた。
豊饒の大地は禾穀《かこく》の実りや、任を担うその他の糧《かて》を
求められただけではない。人は大地の内臓にまで侵入し、
大地が隠し、ステュクス*流れる泉下《せんか》に秘していた貨宝《かほう》、
諸悪を煽る財貨を掘り出すことまでした。
かくして、罪深い鉄が、また鉄にも増して罪深い黄金が出現するや、
戦《いくさ》が出現し、いずれも駆使して戦われる戦は
血に染まるその手で撃ち合う剣戟の音を響かせた。

人は略奪した品を世過ぎの資とした。客人は主人から、
舅は婿から安全ではなく、兄弟の間ですら親愛の情は稀であった。
夫は妻の死を、妻は夫の死を願ってその命を狙う。
恐ろしい継母《ままはは》は青白い〔猛毒の〕鳥兜《とりかぶと》を〔杯に〕混ぜ、
息子は、その日が来る前に、父親の寿命に探りを入れる。
敬愛《ピエタス*》の心は地に塗《まみ》れ、殺戮の血に染まるその大地を、
神々の中で最後まで残っていた処女神アストラエア*は後《あと》にした。
　また、高きにある上天《アエテル》も、大地と同様、安閑としてはいられなかった。
その訳は、巨人族《ギガンテス*》が天の王国を狙おうと企み、
高きにある星辰目指して山を重ね、山を積み上げたと言う。
その時、全能のユピテルは雷電を投げかけ、オリュンポスを砕き、
土台となったオッサの山からペリオンの山を崩落させた。戦慄すべき
巨人族《ギガンテス》の亡骸《なきがら》が地に伏し、自ら積み上げた巨大な山塊に埋もれた時、
母親の「大地」は息子たちの夥《おびただ》しい血の海に浸ったが、
己の末裔《すえ》の遺物が残らず失せ果てるのを恐れて、
まだ生暖かいその血に命を吹き込み、
人間の姿に変えたと言われる。だが、この末裔も
神々を蔑《なみ》する者たちであることに変わりなく、残忍な殺戮に極めて貪婪、

凶暴な族《うから》であった。如何にも、血から生まれた子らだと知れよう。
その様《さま》を天頂の城塞*から目にするや、サトゥルヌスの子の父神〔ユピテル〕は
呻きを漏らし、出来事の日の浅さのためにまだ知れ渡ってはいない、
リュカオン*の卓での、おぞましい饗宴を思い出し、
ユピテルに相応《ふさわ》しい、すさまじい憤怒を心に覚えて、神々の
会議を招集した。呼ばれた神々は、何を措いても、遅滞なく参集した。
　天空高く、晴れた夜空に鮮やかに浮かぶ一筋の道がある。
その名を「乳の道*〔＝天の川〕」と言い、輝く白さで名も高い。
ここを通って神々は、雷電投げかける偉大な父神の住まいなる
王宮に詣でる習い。左右には、両の門扉を開け放った
高貴な神々の館《やかた》が立ち並び、出入りする神々で賑わいを見せる。
劣格の神霊たちはここからは離れて、各々、別所に住まいし、
この一画には、令名高く有力な天上の神々が居を構えた。
ここは、思い切った言葉遣いをするなら、憚《はばか》ることなく
「天空のパラティウム*」と言ってよい場所である。
　それはさておき、神々が奥処《おくか》の大理石造りの会議の間《ま》で座に着くと、
ユピテル自身、弥《いや》高く座し、象牙の王笏に凭《もた》れながら、
畏怖を覚えさせる頭髪を三度、四度と靡《なび》かせると、

それにつれて大地も海も星々も震撼した。
それから、父神は憤懣遣《や》る方《かた》ない口を開き、こう語りかけた、
「あの折でさえ、我らが世界の王国の無事を、今ほど
案じはしなかった、蛇足《じゃそく》の族《うから》の一々が、虜《とりこ》にせんと、
百腕《ひゃくわん》*をもって天界に襲いかかろうと企んだ時のことだ。
如何にも、敵は凶暴ではあったが、あの戦《いくさ》の源は唯一つ、
僅か一つの族を平らげれば事足りた。だが、
今は、ネレウス〔海神〕が取り巻き流れる全世界の至る所で、
死すべき人間の族を滅ぼさねばならぬのだ。私は誓う、大地の奥深く、
ステュクスなる森を流れる冥府の河々にかけてな。先ずは
あらゆる手立てを尽くさねばならぬが、療治を施してなお癒し難い部位は、
正常な部位まで冒されぬよう、小刀で剔抉《てっけつ》せねばならぬ。
私には半神たちがおり、田野の神霊たちやニンフたち、また
ファウヌスたちやサテュロスたち、山住《やまず》みのシルウァヌスたち*がいる。
その神霊たちが天界に住まう栄誉に値するとはまだ見なしておらぬ以上、
せめて我らが与えた地上に住み続けることは許してやろうではないか。
それとも、神々方、この神霊たちが平穏無事に過ごせるとでも信じるのか、
この私、雷《いかずち》を振るい、御身《おみ》たちを治め、御身たちに君臨するこの私に対してさえ、

凶暴さで悪名高いリュカオンめが密計を企んだというのにだ」。
　神々は一斉に怒号し、勢い込んで、恐れ多くもそれほどの所業を
仕出かした張本人を求め、「懲らしめを」と叫んだ。さながら、不敬な一党が
カエサルの血を流してローマの名を抹殺せんと荒れ狂った折、
人類がこれほどの破滅の突然の恐怖に
驚愕し、全世界が恐れ戦《おのの》いた時のよう。
臣下の敬愛《ピエタス》の心は、あの時、あなたにとって、アウグストゥス帝よ、
喜ばしかったのに劣らず、その時のユピテルにとっても喜ばしかった。* 父神が
声と手で騒《ざわ》めきを制すると、皆は声を抑えて沈黙した。
神々の叫騒《きょうそう》が天帝の威厳で抑えられて鎮まると、
ユピテルは再びこう語りかけて沈黙を破った、
「あやつは確かに報いを受けた。それについては心配するに及ばぬ。だが、
あやつが如何なる罪を犯したか、如何なる報いを受けたか、教えよう。
今の時代の悪い噂が私の耳にも入ってきた。
偽りであってくれれば、と願いつつ、私はオリュンポスの頂から降《くだ》り、
神ながら、人間の姿に身を窶《やつ》し、地上を隈《くま》なく巡り歩いたのだ。
至る所で見出した悪行《あくぎょう》が如何ばかりのものであったか、一々を
語れば長くなる。悪評も何かは、事実は聞きしに勝るものだったのだ。

獣の巣窟で恐れられるマイナロスの山を越え、キュッレネの山、また
凍《い》てつくリュカイオスの山*の松林を越えて、私は旅し、
そこからアルカディアの暴君の領地に足を踏み入れ、客人に邪険な*
その館に入ったのは、掻き暗む暮色が夜の到来を告げる頃おいであった。
神の来臨を知らせる徴《しるし》を、私は送った。すると、臣民は
祈りを捧げ始めた。だが、リュカオンめは、先ず彼らの敬虔な祈りを嘲笑《あざわら》い、
やがてこう言った、「こやつが神か、はたまた人間か、紛う方なく
見分ける術《すべ》を試してやろう。微塵の疑いも容れぬ真実を見極めてやる」と。
その夜、彼奴《きゃつ》は、私が深い眠りに落ちたところを見計らい、不意に襲って殺害を
目論んだのだ。これが彼奴の気に入った、真実を見分ける試しという訳だ。
剰《あまつさ》え、これに飽き足らず、彼奴めは、モロッソイ人の国から送られてきた
人質の一人の喉を剣で切り裂き、そうして、
まだ死にきらぬその四肢を、一部は煮え滾《たぎ》る湯で煮、
一部は火にかざして炙《あぶ》り、事もあろうにそれを
私が座る卓に出したのだ。間髪を入れず、私は懲らしめの雷《いかずち》を放って
館を焼き尽くし、主《あるじ》に似合いの家の守り神《ペナテス》を瓦礫の下敷きにしてやった。
主《あるじ》自身は、恐れをなして逃げ出し、静寂《しじま》に包まれた野に辿り着くと、
吠え声を発し、言葉を語ろうと努めたが、無駄であった。その口は

彼奴自身の内奥から来る獰猛《どうもう》さを一手に集め、習いの殺戮の欲望から
家畜に向けられて、今も血に喜びを見出しておる。
服は毛と化し、腕は脚《あし》に変じた。
彼奴は狼になったのだ。とは言え、まだ昔の姿の面影を留めていた。
毛の色は同じ灰色、獰猛な顔つきも同じ。ぎらぎら燃える
眼光も変わらず、獣的な凶暴さを示す相貌は元のままだ。かくして、
瓦解した家は一つにすぎぬが、滅びるに値する家は一つに留まる訳ではない。
大地の広がるところ、隈《くま》なく、荒くれる狂気の復讐女神《エリニュス》*が跋扈《ばっこ》しておる。
人類が挙《こぞ》って罪を誓い合ったとさえ思えよう。一刻も早く、一人残らず、
受けて当然の報いを受けさせねばならぬ。それが私の裁きだ」。
　神々の中には、ユピテルの言葉に賛同の声で答え、憤慨する父神の
怒りを焚きつける神もいれば、唯頷《うなず》くだけで役目を果たす神もいた。
だが、人類の喪失はすべての神にとって痛恨事。口々に、
死すべき人間のいない大地がどのような様相を見せることになるのか、
誰が祭壇に香《こう》を供えてくれることになるのか、
大地を獣どもの荒らすがままに任せようというのか、と問い詰めた。
こう難詰する神々に、神々の王は、「懸念は無用。あとは
善処するから、私に任せておくがよい」と言い含め、それまでの人類とは

似ても似つかぬ、驚くべき起源もつ種族を生み出すことを約束した。
　さて、父神は今しも雷電を地上隈《くま》なく散らして投げつけようとした。
だが、恐れた、もしやこれほど夥《おびただ》しい雷火によって聖なる上天《アエテル》が
類焼し、長大な天軸〔＝天空〕まで燃え上がりはしまいか、と。
さらに、定め*にこうあったのを、ユピテルは思い出した、やがて
その時が来よう、海が燃え、大地が燃え、火を浴びて天の王宮も
燃え、宇宙の精巧な構造物が劫火《ごうか》に包まれる苦難の時*が、と。
ユピテルはキュクロプスたち*の手に成る火箭《ひや》〔＝雷電〕を置いた。
そうして、別の懲らしめがよかろうと思い、人類を水に沈めて
滅ぼそうと、全天から豪雨を降らせることに決めた。
　直ちに父神は〔風（神）たちの王〕アイオロス*の洞穴に「北風《アクイロー》」や、
空を覆う黒雲《くろくも》を吹き払う風の悉《ことごと》くを閉じ込め、
代わって「南風《ノトス》」を解き放った。「南風《ノトス》」は濡れた翼で空を翔《か》けた、
恐ろしいその形相を漆黒の靄《もや》で覆って。
その髭《ひげ》は雨に濡れて重く、その白髪《はくはつ》からは雨が流れ落ちている。
額《ひたい》には黒雲がかかり、濡れそぼつ翼や衣の襞《ひだ》からは雨水が滴《したた》っていた。
「南風《ノトス》」が幅広のその手で低く垂れ籠める雲を押さえつけると、
轟音が鳴り響いた。すると、空から十重《とえ》二十重《はたえ》の猛雨が降り注いだ。

ユノーのお使い女神《じょしん》の「虹《イリス》」*は七色《なないろ》の衣を纏い、
水を汲み上げては、雲に養分を補給する。
畑の作物は倒れ伏し、地に横たわる、願い叶った実りの亡失を
農夫は嘆き、長い一年の労苦は水泡に帰した。
　ユピテルの瞋恚《しんに》は自らの治める天空だけでは収まらず、紺青の
兄神*〔ネプトゥヌス〕が波浪を逆巻《さかま》かせて支援の手を差し伸べた。
海神《かいしん》は配下の河神《かしん》たちを呼び寄せた。河神たちが、主《あるじ》なる
海神の館《やかた》に入ると、海神は「今は、くだくだしい
督励など無用にせねば。皆、全力を注いでくれ。
それが必要なのだ。館の扉を開け放ち、堤《つつみ》という堤を取り払い、
手綱をすっかり緩めて、奔流の流れるままに任せるのだ」、
そう命じた。河神たちは、銘々《めいめい》、館に帰ると、水源の門を開き、
奔流となって海めがけて駆け下った。
　海神自らは三叉《みつまた》の鉾《ほこ》で大地を撃った。すると、大地は
震撼し、その振動で水の通り道が開かれた。
流路を逸れ出た川は平野中に溢れ、洪水となって流れて、
畑の作物諸共《もろとも》、葡萄園も家畜も人も家も、
聖物《せいもつ》諸共、聖所の奥殿《おくでん》も流れに巻いて攫《さら》っていった。

これほどの未曽有の大災害に耐え、破壊されずに残った家がどこかにあったとしても、屋根を遥かに超える深い水がその頂を覆い、渦巻く流れがその尖塔を没して、その上に重くのしかかった。もはや海と陸の境は失せ、皆目見分けがつかなかった。すべては海であった。そして、その海には岸辺がなかった。

　丘に逃げ場を求めた者もいれば、反り返る小舟に座り、つい先頃まで耕していた場所で櫂を漕ぐ者もいる。また、水没した麦畑や農家の屋根の上を舟で行く者もいれば、高い楡《にれ》の木の天辺《てっぺん》で魚を捕る者もいる。また、ある者は、偶然に運ばれて、牧場《まきば》に錨を掛け、また、ある者は、弧を描く舟底《ふなぞこ》で水面下の葡萄棚を擦《こす》ってゆく。つい先頃まで細身の山羊*たちが草を食《は》んでいた、その同じ場所に、今や不格好な海豹《あざらし》たちが寝そべっていた。水没した林や都市や家々を目にして、〔海神〕ネレウスの娘たちは訝《いぶか》しみ、海豚《いるか》たちが森を独り占めして、高い枝の間を泳ぎ回り、樹幹《じゅかん》を打っては樫の木を揺らしていた。また、狼が羊たちの間を泳ぎ、褐色の獅子が波に運ばれ、虎が波間《なみま》に浮かんでいた。猪の電光石火の牙の力も、

鹿の敏捷な脚《あし》も、波に攫《さら》われてしまった今、何の役にも立たず、
空を飛び回る鳥さえ、羽休《はねやす》めに降り立つ陸地を
長い間探し求めた挙げ句、羽搏《はばた》く力も尽きて、海に墜ちた。
丘は奔放とめどなく猛威を振るう海原で覆い尽くされ、
山々の頂には見知らぬ波が打ちつけていた。
大部分の生きものが波に攫われていった。波の魔手を逃れたものも、
食物の欠乏に苦しみ、長い飢えには勝てず、死に絶えた。
　オイテ聳《そび》える野とアオニアの野を隔てる地ポキスがある。
大地が見えていた間は豊饒の地であったが、その時は、
海の一部と化し、突然の水に覆われて、茫漠とした海原に変じていた。
そこに、双《そう》の峰で星を衝《つ》く山があった。名を
パルナソス〔ギリシアの高峰〕と言い、その頂は雲を遥か下に見下ろしている。
この山に、デウカリオンが*——というのも、他《た》の場所はすべて海が
覆い尽くしてしまっていたからだが——伴侶共々、舟に乗って漂着した。
二人は、コリュキオンの洞《ほら》*に住まうニンフたちや山の神霊たち、また、当時、
神託を司っていた、定めを告げるテミス女神《じょしん》*に祈りを捧げた。
彼女ほど善良で、正義を愛する男子はおらず、
彼女ほど神々を畏《かしこ》む女子はいなかった。

ユピテルは地上が一面、漂う水に覆われ、
つい先頃まで幾千万いた人間の内、男子が唯《ただ》一人生き延び、
二人とも罪に穢《けが》れず、二人とも神を崇《あが》める人間であるのを見て取ると、
雨雲を切り裂き、「北風《アクイロー》」を送って黒雲《くろくも》を散らして、
空には大地が、大地には上天《アエテル》が見えるようにした。
今や海の怒りは鎮まって、海の支配者ネプトゥヌスは、
三叉《みつまた》の鉾《ほこ》を置き、水を優しく宥《なだ》めると、海面に
姿を現した、両肩をびっしり付いた巻き貝*で覆われた
紺青のトリトン*〔海神の二〕に呼びかけて、鳴り響く法螺貝に
息を吹き込み、合図を送って、潮の流れや水の流れを、
最早、呼び戻すよう命じた。トリトンは空《うつ》ろな法螺貝を手に取った。
貝尻《かいじり》から渦を巻きながら徐々に膨らみ、上部で大きく口を開《あ》ける、
その法螺貝は、広大無辺の大洋の真中《まんなか》で吹き鳴らされても、
昇る陽《ひ》、沈む陽、いずれの下《もと》に広がる浜辺をも響きで満たす。
この時もまた、法螺貝が、濡れそぼつ髭で水滴《したた》る海神の
口に触れ、息を吹き込まれて、命じられた退去の合図を響かせるや、
その響きは陸と海のすべての水に聞こえ、

350

響きが聞こえた水という水の動きを悉《ことごと》く封じ込めた。早や既に、海には
岸辺が現れ、川の水は、満々と流れつつも、堤の仕切る水路を流れている。
洪水は退《ひ》き、丘が姿を現すのが見られる。
陸が立ち上がり、水が退《ひ》くにつれて地面が広がっていく。
長期の水没の末、やっとのこと、木々はむき出しの梢を
現したが、その葉は未だに洪水の名残の泥を留めていた。
世界は元の姿を取り戻した。だが、その茫漠とした様《さま》を眺め、
人気《ひとけ》ない大地を沈黙《しじま》が領しているのを目にするや、
デウカリオンは、涙を流しながら、妻のピュッラにこう語りかけた、
「おお従妹《いとこ》よ、おお妻よ、また、唯一人生き延びた女《ひと》よ、
私と血筋を同じくし、父方の血で繋がり、
さらには婚姻で結ばれて、今は危難を共にする女《ひと》よ、
昇る陽《ひ》、沈む陽が目にする大地という大地で、残された人群《ひとむれ》とて、
私たち唯《ただ》二人だけ。あとは皆、海の藻屑と消えてしまった。
私たちが命 存《いのちながら》えられるという、今のこの希望も十分確かとは
まだ言えない。黒雲《くろくも》を見るにつけても、今尚、私の心は怯えるのだ。
もしも私を亡くして、お前だけが、可哀そうにも、死を免れていたなら、今、
お前はどんな気持ちでいることだろう。一人ぼっちで、この恐怖をどんな風に

耐えていることだろう。悲しむお前を慰めてくれる誰がいるというのだろう。こんなことを言うのも、海がお前も奪っていたとすれば、この私なら、妻よ、本当だ、お前の後を追い、今頃は、海の藻屑と消えていただろうからだ。ああ、父の技を使って、もう一度、人々の群れを蘇らせることができれば、土塊《つちくれ》を人の姿に象《かたど》って、命の息吹を吹き込むことができればいいのだが。しかし、それは叶わぬ願い。残された人間とて、私たち二人がいるだけ。これが神々の御意志だったのだ。残された私たちだけが人間の雛型という訳だ」。

デウカリオンがそう言うと、二人はさめざめと泣いた。そうして、天上の神に祈りを捧げて、聖なるお告げを伺い、神に救いを求めることにした。時を置かなかった。二人は連れ立って、ケピソスの水辺に赴*いたが、水はまだ澄まぬものの、既に、大地を割《さ》くその流れはかつて知る流れであった。その水辺から、一掬《いっきく》の水を汲み取り、それを衣服と頭に振りかけ、禊《みそぎ》を済ませると、二人は歩みを尊い女神《めがみ》〔テミス〕の社《やしろ》へと向けたが、社の破風《はふ》は汚く苔生《こけむ》し、祭壇には供えの灯明がなかった。

二人は、社の階《きざはし》の直ぐ前までやって来ると、共に地面に跪《ひざまず》いて前屈みになると、恐る恐る冷たい石に口づけをして、こう語りかけた、「もしも神霊が、邪心のない祈りに絆《ほだ》されて、

御心《みこころ》を和《なご》まし、御怒《お》りを鎮めたまうものなら、何卒《なにとぞ》告げたまえ、
テミス様、如何にすれば、我ら人類の喪失を回復できるかを。そうして、何卒、
差し伸べたまえ、弥《いや》慈悲深き女神《めがみ》様、水底《みなそこ》に沈んだ世界に救いの手を」と。
　女神は心動かされ、神託を告げた、「社から立ち去り、
そうして、頭を覆い、纏う衣服の帯を緩めて、
大いなる母の骨を背後に投げるがよい」と。
二人は長い間呆然としていた。声を発して沈黙を先に破ったのはピュッラで、
怯えた声でこう言った、「私には女神様の仰せに従うことなどできません。
お願いですから、どうかお赦しください。
心が震えます、骨を投げて母の霊を冒瀆するなんて」と。
こう言う間《ま》も、二人は、告げられた神託の、模糊として
謎めいた言葉の意味を、心中、反芻し、再思三考していたが、やがて
プロメテウスの子が優しく言葉をかけ、エピメテウスの娘の心を宥《なだ》めて、
こう言った、「私が見当違いをしているか、そうでなければ
――お告げは神聖なもの、罪など決して勧めるものではないからだが――
大いなる母とは大地のことなのだ。その大地の体内にある石こそ、思うに、
お告げに言う骨ではないか。その石を背後に投げよとの仰せなのだ」。
夫の推察に、ティタン〔＝エピメテウス〕の娘は感心したものの、

希望を託してよいものやら、なお確信がもてなかった。それほど、二人は
神の指図に疑心暗鬼だったのだ。しかし、試してみることに何の害があろう。
二人は社を後にした。そうして、頭を覆い、服の帯を解くと、
命じられた通り、背後に向かって石を投げた。すると、
石は――証言となる、古い言い伝えがなければ、誰がこれを信じよう――
堅固さや堅牢さを失い始め、
徐《おもむろ》に柔らかくなって、柔らかくなるにつれて形をなし始めた。
やがて、それは大きくなり、益々柔軟な性質を帯びると、
はっきりとはしていないが、さながら彫刻されて間もない、
まだ未完成で、粗削《あらけず》りなままの大理石の彫像に
さもよく似た人間の姿のようなものが見て取れた。
しかし、石像とは異なり、その内の、些《いささ》かの水分を含んで
湿った土質《どしつ》であった部分は、変じて肉の用を果たし、
硬くて曲げられぬ部分は骨と化し、今しがたまで
石の筋《ウェーナ》〔=石目〕であった所は、同じ名の血の筋《ウェーナ》〔=血管〕として残った。
そうして、瞬《またた》く間《ま》に、神威によって、
男の手で投げられた石は男の姿形《すがたかたち》を取り、
女が投げた石からは、再び女が生まれた。

我々人類が堅固*で、労苦に耐える種族であるのはそのためであり、
他ならぬ我々が、我々の生まれた起源が何かを証《あか》しする生き証文《じょうもん》なのだ。
　人間以外の、種々様々な姿をしたその他の生きものは、大地が
自ずから生み出した。洪水の名残の水分が
太陽の暑熱で熱せられると、じめじめした沼地の泥が
熱気で膨らみ、万物の豊饒な種が、恰《あたか》も
母親の子宮に抱《いだ》かれるように、生命《いのち》を育《はぐく》む土に抱かれて
成長し、時を経て、何かの姿形を取るに至ったのである。
七つの河口をもつニルス〔ナイル川〕が、水浸《みずびた》しの畑地から退《ひ》き、
流れを元の川床に戻して、真新しい泥土《でいど》が、空から照り付ける
日差しで熱せられた時、耕し手が、土を鋤き返す度《たび》に、
夥《おびただ》しい数の生きものを見出すのも同じ理《ことわり》*で、中には、
生命《いのち》芽生えたばかりで、まさに生成の途中のものもあれば、
まだ未完成で、身体《からだ》の一部を欠くものもあり、また、
屢々《しばしば》、同じ一つの身体の中に、生命《いのち》ある部分と、
生命なき、元の土のままの部分が混在しているものも見られる。
こう言うのも、水分と熱が適度に混じり合った時にこそ、
生命が胚胎《はいたい》されるのであり、万物はこの二つから生まれるからである。

火は水と相和《あいわ》することのないものだが、この湿潤な熱気こそ万物を生み出す
元であり、この不和の和合こそ、生命《いのち》の誕生に適《かな》った原理なのだ。
それ故、起きて間もない洪水で泥土《でいど》と化した大地が
空高く照り付ける太陽の日差しと暑熱で熱せられた時、
大地は無数の生きものの種《しゅ》を生み出した。昔ながらの姿を
再現させたものもあれば、また、新奇な怪異の姿に生んだものもあった。
さて、大地は、本意《ほい》なく、巨大極まりないピュトンよ、お前も生んだ。
お前は、前代未聞の蛇よ、新たに誕生した人間たちの
脅威であった。山腹*の、それほど広大な空間を、お前は占拠していたのだ。
この怪異のものを、弓もつ神〔アポロ〕が、それまでは、逃げ足早い
ダマジカやノロジカにしか使ったことがない必殺の武器で、
箙《えびら》の矢が尽きるかと思われるほどに、無数の矢を浴びせかけて打ち倒し、
どす黒いその傷口から、どっと毒血《どくち》を注ぎ出させたのだった。
その折、自らの功労の令名が星霜を経て忘却されることのないよう、
人賑《ひとにぎ》わう競技で名も高い神聖な祭典を設け、
退治した大蛇《だいじゃ》の名に因《ちな》んで、これをピュティア祭*と名付けた。
この祭典で、拳闘や競走、戦車競技で勝利した若者は
誰でも冬楢《ふゆなら》*の葉の栄冠を手にした。

月桂樹はまだなく、ポエブス〔アポロの異称〕は、長い髪で麗《うるわ》しい
その蟀谷《こめかみ》を巻くのに、木を選ばず、どの木の葉冠《はかん》でも用いていた。
　そのポエブスが最初に恋したのはペネイオスの娘ダプネであった。アポロが
彼女を見染めたのは、闇雲な偶然ならぬ、クピドーの激しい怒りの所為《せい》だった。
デロス生まれの神は、最近、大蛇退治で好《い》い気になっていた所、この少年神が
弦《つる》を引き、弓弭高《ゆはずだか》に弓を撓《たわ》ませているのを目にして、
こう語りかけたのだ、「悪戯《いたずら》好きの坊や、お前、強者《つわもの》が用いる弓矢に
何の用があるというのだね。その武器は私の肩にこそ相応《ふさわ》しい、
狙った獣や敵に過《あやま》たず致命傷を与えることができるこの私、
つい先頃も、毒気をまき散らし、広大な土地を独り占めして腹這《はらば》う、
膨れ上がったピュトンを無数の矢で打ち倒した、この私の肩にこそな。お前は、
お前のその松明《たいまつ》の火*で、何かは知らぬが恋とかいうものを掻き立てることで
満足していればよい。私のような誉れを自分も、などと思い上がってはならぬ」。
そのアポロに、ウェヌスの息子は答えた、「あなたの弓が、ポエブス、すべてを
射貫くとも、僕の弓はそのあなたを射貫くのですよ。生きものを全部集めても、
一柱の神には劣る分、あなたの栄光も僕の栄光には劣るのです」。
そう言うと、クピドーは、甲斐甲斐しく翼を羽搏《はばた》かせて
空を翔《かけ》り、パルナソスの影深い頂に佇《たたず》むと、

矢を入れた箙《えびら》から、働きの異なる二本の矢を取り出した。
その内の一本は恋を追い払い、一本は恋を芽生えさせる。
恋を芽生えさせるほうは金《きん》の矢で、鋭い鏃《やじり》が金色《こんじき》に輝き、
恋を追い払うほうは矢柄《やがら》の先に鉛の鏃が付いた鈍い矢であった。
少年神はこの鉛の矢でニンフの、ペネイオスの娘を射当て、もう一方の
黄金《おうごん》の矢でアポロの骨の髄まで射貫いて、深手《ふかで》を負わせた。
忽《たちま》ちの内に、一方は恋に燃え、もう一方は、恋人という言葉を毛嫌いして、
獣の潜む森や、仕留めた獲物から剥いだ毛皮に
喜びを覚え、狩の女神の処女神ポエベ〔ディアナの異称〕と競い合おうとした。
無造作に結んだ髪紐が、梳《くしけず》らない乱れ髪を押さえていた。*
多くの男が彼女の愛を求めたが、彼女のほうは言い寄る男たちを拒み、男を
嫌がり、男との交わりを避けて、道なき森を彷徨《さまよ》い、ヒュメン〔婚姻の神〕が
何ものか、「愛《アモル》」が何ものか、結婚とは何かを気にかけることはなかった。
屡々《しばしば》父親は言った、「娘よ、そろそろ儂《わし》に婿殿の顔を見せてくれねばな」と。
屡々父親は言った、「わが娘《こ》よ、そろそろ儂に孫の顔を見せてくれねばな」と。
彼女は結婚をまるで罪悪ででもあるかのように厭《いと》い、
恥ずかしさの余り、麗しいその顔を真っ赤に染めて、
父の首にしがみつき、その腕で優しく愛撫しながら、こう言った、

「誰よりも愛《いと》しいお父様、どうか、私《わたくし》に、いつまでも乙女のままでいる喜びを
味わい続けさせて下さいな。ディアナ様のお父様は、ディアナ様にそれを
お許しになりました」。父のペネイオスは娘の願いを聞き届けたが、汝の美貌が
汝の願う生娘《きむすめ》であり続けるのを許さず、汝の麗容が汝の願望に抗った。
ポエブスが恋したのだ。神は見染めたダプネと結ばれることを望み、
望みは叶えられるものと期待したが、自らの予言に〔予言の神〕自らが欺かれた。
さながら、穂を刈り取ったあと燃やされる麦の軽い刈り株のように、
はたまた旅人が偶々《たまたま》近づけすぎたり、既に夜が明けたため、
置き去りにしたりした松明《たいまつ》の火で燃える垣根のように、*
神は全身炎《ほむら》と化し、全霊恋い焦がれ、
期待を膨らませることで実らぬ愛を育《はぐく》んでいた。
飾らぬ髪の毛が項《うなじ》から靡《なび》いているのを眺めては、
「櫛を入れたら、どんなに麗しいことだろう」と独《ひと》り言《ご》つ。瞬く星にも似て、
光り輝くその目を遠目に眺め、見るだけでは満ち足りない
その唇を見つめ、その指やその手、その前腕《まえうで》や、
肩ほどまで開《はだ》けたその二の腕に賛嘆の言葉を漏らしては、「隠れている所は
もっと美しいだろう」と心に思う。だが、彼女のほうは、颯《さ》っと吹く一陣の
風よりも早く逃げ、こう声をかけて呼び戻す神の声にも立ち止まらなかった、

「お願いだから、ペネイオスの娘のニンフよ、待っておくれ。追いかける私は
敵ではない。ニンフよ、待っておくれ。まるでお前は狼から逃げる子羊か、
獅子から逃げる雌鹿《めじか》、或いは震える翼を羽搏《はばた》かせ、鷲から逃げる鳩のよう。
皆、敵から逃げているのだが、私は違う、愛なのだ、私がお前の後を追う訳は。
ああ、憐れな私。つんのめって倒れないでおくれ。傷ついてはいけないその脛《すね》を
茨で傷つけないでおくれ。私の所為《せい》で、お前が痛い目に遭ってはいけない。
お前が急いで駆けている場所はごつごつした荒地《あれち》。お願いだから、走るのを
もっと緩めておくれ。逃げないでおくれ。私も追いかけるのを緩めるから。
いや、立ち止まり、お前を見染めた者が誰なのか、尋ねることだ。私は
山家住《やまがず》まいの男でもなければ、ここで羊の群れや家畜の群れの番をする
むくつけき牧人でもない。お前は知らぬのだ、せっかちなお前、知らないのだ、
誰から逃げているのかをな。だからお前は逃げるのだ。デルポイの地も
クラロスも、またテネドスやパタラの地も私を主《あるじ》と崇《あが》める。
ユピテルが私の父。私を通して、未来のことも、過去のことも、現在のことも
明らかになる。私によって、歌が竪琴の弦の調べに和するのだ。*
私の矢は的を外さぬが、その私の矢より的を外さぬ必中の矢が一つある。
その矢が、これまで愛を知らぬこの胸に深手を負わせたのだ。
医術は私の発明品。世界中で、私は救い主と

呼ばれ、薬草の効能は私の手の内にある。だが、ああ、
已《や》んぬる哉《かな》、愛が、その、どんな薬草をもってしても癒せず、万人に
救いの手を差し伸べる医術が、その主《ぬし》の私には何の役にも立たぬとは」。
　さらに言い継ごうとする神から、ペネイオスの娘は怯えた足取りで逃げ、
言い終わらぬ言葉諸共《もろとも》、アポロ自らをも置き去りにした。
逃げるその姿さえ美しく見えた。流れる風が手足を露わにし、
吹き付ける向かい風に衣はひらひらはためき、
戦《そよ》ぐ風に吹かれて髪の毛が後ろざまにゆらゆらと靡《なび》き、
逃げることで美しさは弥《いや》増した。だが、もはや青年神は、それ以上
甘い言葉を無駄に投げかけることに我慢ができず、他ならぬ「愛《アモル》」が
命じるままに、足の駆けるに任せて全力でダプネの後を追った。その様《さま》は、
さながらガリアの犬が、開《ひら》けた野で兎を見つけると、いずれも全速力で、
犬は獲物の兎を追い、兎は救いを求めて犬から逃げようとする時のよう。
一方の犬は最早《もはや》触れる寸前で、今にも捕《つか》まえられるものと
思い、鼻面《はなづら》を伸ばして、兎の後ろ脚を掠《かす》めるが、
兎のほうは、あるいは捕まえられたかと、怪しみながらも、
嚙みつかれるのは辛うじて免れ、脚に触れる犬の口先を置き去りにする。
まさにそのように、神と乙女は、一方は期待で、一方は恐怖で疾走した。

540 だが、「愛《アモル》」の翼に助けられて追う神のほうが速かった。
休む暇《いとま》を与えず、逃げる乙女の背に追い縋《すが》り、
項《うなじ》から乱れ靡《なび》くその髪に息を吹きかける。
543 乙女は力尽きて青ざめ、全力で
[逃れた疲労に負けて、叫んだ、「大地よ、口を開けて頂戴。それとも、私が
545 傷つく羽目に陥った因《もと》の、この見目形を変えて、滅ぼして下さい」。]
544a 逃れた疲労に負けて、ペネイオスの流れを見つめながら、
こう呼びかけた、「助けて、お父様。お父様のその流れに神威があるのなら、
547 過ぎた愛の因《もと》になった、私のこの姿を変えて、由《よし》ないものにして下さい」*。
そう祈り終わるか終わらぬ内に、重い麻痺が彼女の四肢を捉えた。
柔らかな胸の周りは薄い樹皮が取り巻き、
550 髪の毛は葉に、腕は枝に姿を変え、先ほどまで
あれほど素早く駆けていた脚《あし》は根となって動きを止め、顔は木の天辺《てっぺん》の
梢に変わった。ただ彼女の美しい輝きだけはそのままに名残を留めていた。
ポエブスはその彼女も愛した。幹に右手を置き、
真新しい樹皮の下でまだ脈打つ心臓の鼓動を感じ取り、
その腕であたかも腕のような枝を掻き抱いて、
木に口づけした。しかし、その口づけを、木は嫌がった。

嫌がる木に、神は言った、「私の妻になることができない今となっては、
せめて私の神木《しんぼく》になっておくれ。いつでも、いつまでも、月桂樹よ、
私の髪、私の竪琴、私の箙《えびら》はお前で飾られることだろう。また、お前は
ラティウムの将軍たちの額《ぬか》を飾る飾りとなるのだ、人々が勝利の凱旋の
歓喜の声をあげ、カピトリウムが長い祝賀の行列を目にする度《たび》にな。また、
同様、アウグストゥスの帝居《ていきょ》*の門前なる両の門柱の傍《かたわ》らに、忠実この上ない
張り番としてお前は佇《たたず》み、真中《まなか》に飾られた樫の葉冠《はかん》を見守り続けるのだ。
髪を切らぬ私の頭《こうべ》が永遠《とわ》に若さを保ち続けるように、
お前も、常盤木《ときわぎ》の常緑の葉の栄誉を永遠に保ち続けるがよい」。
パエアン〔アポロの異称〕は言い終えた。すると、月桂樹は、できた許《ばか》りの枝を
揺すり、天辺《てっぺん》の梢をまるで頭のように縦に振って頷《うなず》いたように見えた。
ハイモニアに渓《たに》*がある。至る所切り立つ〔崖の〕木立《こだち》で閉ざされる渓で、
人はこれをテンペと呼ぶ。この渓を抜け、ピンドスの麓に
源を発するペネイオスが、飛沫《しぶき》を上げつつ逆巻く流れを駆け下らせ、
激しく落ちる滝から微細な水煙棚引《すいえんたなび》かせる
水雲《すいうん》を湧き立たせて、木立の梢に水飛沫《みずしぶき》を浴びせながら、
遠く彼方《かなた》まで耳を劈《つんざ》く轟音を響かせている。
偉大な河神《かしん》の、ここが館《やかた》であり住処《すみか》、ここが秘された奥処《おくか》で、

河神は、ここにある岩窟に座し、
水の流れを治め、水に住むニンフたちに法を布《し》いていた。
ここに、先ず土地の河神らが参集したが、ダプネの父親の
河神に祝いを述べるべきか、悔やみを述べるべきか分からなかった。
参集したのは、ポプラ茂らせるスペルケイオス、淀みなく流れるエニペウス、
老河神のアピダノス、また流れ穏やかなアンプリュソスにアイアスで、
やがて、水勢の赴くままに流れゆき、彼方此方《かなたこなた》の蛇行に
疲れた河水《かすい》を海に注ぐ他の河神たちも集会した。
イナコスだけは居合わせなかった。イナコスは、住まいの洞《ほら》の最奥に身を潜め、
流す涙で水勢を増しながら、憐れ極まりない様《さま》で、失ったものと、
〔わが娘《こ》〕イオーのことを嘆いていたのだ。* 娘が生きているのか、それとも
死霊《しりょう》たちの許《もと》にいるのか分からなかった。だが、どこにも見つからぬ彼女は最早
〔この世の〕どこにもいないのではと、娘の不幸を疑怖《ぎふ》する心を募らせていたのだ。
　その父親の流れの辺《ほとり》から帰っていく彼女を、ユピテルが見染めていたのだ。
ユピテルはこう声をかけた、「ユピテルに相応《ふさわ》しい乙女よ、その婚姻の床で
褥《しとね》を共にする男を、誰にせよ、幸福にするに違いない娘よ、高き森の
木陰を目指していくがよい」。そう言って、ユピテルは森の木陰を指さし、
続けて言った、「太陽が中天の天辺《てっぺん》にあって、日差しのまだ暑い内にな。

獣どもの巣くう森に一人で入っていくのが怖いのなら、
神が見守っている、森の奥深くへでも、無事、辿り着けよう。
神は神でも、並の神ではないぞ。天界の偉大な王笏をこの手に握る私、
八方に稲妻た走《ばし》らせる雷電を投げかけるこの私、他ならぬユピテルだ。
これ、逃げるでない」。そう言ったのは、彼女がもう逃げ出していたからだ。
既に彼女はレルナの牧場《まきば》を越え、リュルケイオンの麓の木々茂る野を
過ぎようとしていたが、その時、神は黒い雲霞《うんか》を呼び寄せ、広い大地を
覆い隠し、彼女が逃げるのを阻んで、乙女の彼女を凌辱した。
　そうする間《ま》にも、ユノーはアルゴス*の中央辺りを見下ろしていたが、
俄《にわ》かに湧き起こった黒い靄《もや》が、照りつける陽《ひ》の下《もと》、さながら
夜の如き気色《けしき》を現出しているのに驚き、その靄《もや》が川面《かわも》から立ち昇る蒸気でも、
湿った大地から湧き上がる霧でもないのに気付き、
あれほど度々《たびたび》夫の密事《みそかごと》の現場を押さえたことのある妻として
当然のことながら、夫はどこにいるのかと、四方を見渡したが、
その姿がどこにも見当たらず、「私の思い過ごしか、それとも
私の面子《めんつ》が潰されているのか」、そう言うと、天頂から舞い降り、
地上に降り立つと、黒い靄に退くよう命じた。
夫のユピテルは妻の到来を予感し、イナコスの

620

娘の姿形《すがたかたち》を真っ白な若い雌牛に変えていた。
雌牛となった彼女も美しかった。サトゥルヌスの娘御〔ユノー〕は、
心にもなく、雌牛の姿の美しさを褒めた上で、何食わぬ顔で、
誰のものか、どこから来たのか、どの群れの雌牛なのか、と尋ねた。ユピテルは、
元の持ち主が誰か詮索されるのを嫌がって、土から生まれた雌牛だ、と
嘘をついた。サトゥルヌスの娘御はその雌牛を贈り物に欲しいと強請《ねだ》った。
どうすべきか。自分の愛するものを見捨てるのは無慈悲な所業。かと言って、
与えないのも疑惑を招く振る舞い。与えてしまえ、と唆《そそのか》すのは恥の心。他方、
それはならぬ、と愛の心が押しとどめる。恥の心は愛の心に負けていただろう。
だが、血を分け、*婚姻の床を分かち合う伴侶に雌牛などという
些細な贈り物を拒んだりすれば、徒《ただ》の雌牛と思われる筈もなかった。
夫の愛人を贈られはしたが、女神は直ちに懸念を悉《ことごと》く払拭した訳ではなく、
ユピテルのことを恐れ、何か企みがあるのでは、と思う不安はやまず、
遂にはアレストルの子アルゴスに、*見張らせようと、雌牛を委ねた。
アルゴスは百の眼で覆われた頭をもち、
その百の眼の内、代わる代わる二つずつが閉じて眠っているが、
残りの眼は開いていて、見張りを続けていた。
どの方向を向いて立っていても、常にイオーのほうを向いており、

背を向けても、イオーが目の前の視界に入っていた。アルゴスは
昼間はイオーに草を食《は》むのを許し、太陽が大地の下深くに沈むと、
小屋に閉じ込め、無体にも、その首に綱を巻いて縛り付けていた。
イオーが食《は》むのは木の葉や苦《にが》い草。可哀そうにも、
寝台の代わりに、必ずしもいつも草地とは限らぬ地面に
横たわり、泥水《どろみず》の流れを飲み水にしていた。
たとえ願い事を叶えて貰おうとアルゴスのほうに腕を
伸ばそうとしてみても、アルゴスに向けて伸ばす腕がなく、
恨みを声にしようとしてみても、出てくるのはモーという啼《な》き声だけで、
その音に酷《ひど》く怖《お》じ、自分の声に甚だ怯えた*。
また、よく遊んでいた岸辺、父のイナコスの川縁《かわべり》にやって来もしたが、
見慣れぬ角《つの》が川面《かわも》に映るのを見ると、
酷く恐れ、自分の姿に怯えて逃げ出した。
〔姉妹の〕水の妖精《ナイス》たちには、またイナコス自身にさえ、雌牛が何ものか
知る由もなかった。だが、彼女は父の後を追い、姉妹たちの後に付いていき、
触《さわ》られるままに任せて、賛嘆する彼女たちに身を委ねた。
老イナコスは草を摘み取り、雌牛に差し出した。
すると、彼女は父の手を舐め、その手の平に口づけをして、

流す涙を抑えきれず、言葉さえ出てくれるものなら、
助けを求め、自分の名を名のり、身に降りかかった不幸を語りたかった。
だが、言葉の代わりに、蹄《ひづめ》で土に描いた文字が、
変身を証《あか》しする悲しい証言の役目を果たした。
「ああ、何てことだ」、父のイナコスはそう叫び、嘆く雌牛の角《つの》と
雪白《せっぱく》の首に縋《すが》るように手を掛けて、「ああ、何てことだ」と再び叫び、
こう言った、「お前が地上隈《くま》なく探し求めた
わが娘《こ》なのか。見つかるより、見つからなかったほうが
まだしも悲嘆は軽かったろうに。お前は黙ったまま、私がかける言葉に
言葉を返すこともできず、唯胸深く溜息を吐《つ》くばかりで、
できることと言えば、私のかける言葉にモーと啼《な》き返すことだけ。だが、
私のほうは、何も知らずに、お前の新床《にいどこ》や婚礼の心積もりをし、先ずは
婿殿を迎え、次には孫の顔を見られるものと、望みを抱《いだ》いていた。ところが、
今、お前は牛群《うしむれ》の中から夫を選び、牛群の中から子を儲けねばならぬのだ。
しかも、私にはこれほどの苦しみを死によって終わらせることが許されぬ。
神であることが災いし、私には閉ざされた死の扉が
わが嘆きを永遠《えいえん》に終わらせてはくれぬのだ」。
そう嘆く父親を、星の眼をもつアルゴスは雌牛から引き離し、

娘を父親の手から奪って、遠く離れた牧場《まきば》へと
連れ去った。アルゴス自らは離れた山の高い頂に陣取り、
腰を下ろして、そこから八方に睨みを利《き》かせていた。だが、
神々の支配者〔ユピテル〕は、ポロネウスの妹*〔イオー〕のこれほどの不幸を
これ以上見るに忍びず、輝くプレイアデスの一人*〔マイア〕が生んだ
息子〔メルクリウス〕を呼び、アルゴスを殺すよう命じた。
言下に、メルクリウスは足に翼を付け、力強い
その手に眠りを送り込む杖と頭を覆う帽子*を取った。
それらの仕《し》度《たく》を整えると、ユピテルの子は父の城塞から
地上へと舞い降りた。地上に着くと、帽子を取り、
翼を外したが、杖だけは離さず手に持っていた。その杖で、
メルクリウスは、牧人の風を装い、道すがら盗んだ山羊*を追って、
人里離れた田野を、繋ぎ合わせた葦の笛を奏でながら進んでいった。
ユノーの命《めい》を受けた張り番は耳慣れぬその音《ね》に聞き蕩《と》れ、「そこのお前、
お前が誰にせよ、俺と一緒にこの岩に腰を掛けてはどうだ」、アルゴスは
そう声を掛け、続けて言った、「ここは他のどこより家畜には嬉しい
草がたっぷりあるし、見ての通り、牧人には恰好の木陰もあるからな」と。
アトラスの孫〔メルクリウス〕は腰を下ろし、種々《くさぐさ》に物語りしては、アルゴスと

語らったり、繋ぎ合わせた葦笛を奏でたりして過ぎゆく日を引き延ばし、
イオーを見張るアルゴスの眼を制しようと試みた。
だが、アルゴスのほうは心地よい睡魔に負けまいと抗い、
眼の一部は眠気を受け入れたものの、一部は
見張りを続けていた。アルゴスはまた――葦笛が編み出されたのは
最近のことだからだが――どのようにして葦笛が編み出されたのか、と尋ねた。
すると神はこう語りだした、「アルカディアの寒冷な山々に抱《いだ》かれる
ノナクリス縁《ゆかり》の木の妖精《ハマドリュアス》たちの中でも、誰よりも世に聞こえた
一人のニンフがいたのだ。ニンフたちは彼女のことをシュリンクスと呼んでいた。
彼女は、一再ならずサテュロスたちの追跡や、影多い森や豊饒の野に住まう
神霊たちの誰彼なしの追跡の目を晦《くら》まし、置き去りにしたことがあった。
ニンフの彼女はオルテュギア*〔デロス島の古名〕生まれの女神〔ディアナ〕を崇《あが》めて、
女神の好むことを手本にし、処女であることさえ真似ていたのだ。装いも
ディアナに倣う彼女は、定めてラトナの娘御と見間違われることだろう。
彼女の弓が角《つの》製で、ディアナの弓が黄金《おうごん》製でなかったなら、の話だがね。尤《もっと》も、
それでも彼女はよくディアナと間違われていた。その彼女がリュカイオスの
山から戻っていくところを、鋭い松葉の冠をかむったパンが見染めて、
こう言葉を掛けたのだ」。これにはまだ続きがあり、話はこうだった、

710

ニンフのシュリンクスはパンの達《たっ》ての願いという、その言葉を無視して
道なき道を逃げ、遂に岸辺が砂地で覆われる、流れ穏やかなラドンの河畔に
辿り着いたが、そこで行く手を水に阻まれた彼女は、
水の妖精の姉妹たちに、自分の姿を変えてくれるよう祈った。
すると、パンがシュリンクスを捕《つか》まえたと思った、その時、
パンが摑んだのは、ニンフの身体ではなく、水辺を好む葦の束で、
パンがその葦束に溜息を漏らすと、葦の空《うつ》ろな茎に伝わる息が振動し、
か細く、嘆きの声に似た音を響かせた。見たことも聞いたこともない
その絡繰《からくり》と音の甘美さに魅せられた神はこう言った、
「これからは、私の手元に残るこれが、お前との語らいとなるだろう」と。
こうしてパンは長さの異なる葦を互いに蠟で繋ぎ合わせ、
その葦笛をシュリンクスと呼んで、乙女の名を留めさせた。
キュッレネ生まれの神*〔メルクリウス〕はこうした経緯《いきさつ》を語ろうとしたが、
ふと見れば、アルゴスの眼が悉《ことごと》く睡魔に負けて閉じているのが分かった。
神はすぐさま声を抑え、眠りを確実なものにしようと、
重く垂れたその瞼《まぶた》を魔法の杖で撫でた。
間髪を入れず、項垂《うなだ》れる頭を首の付け根の所で
鎌で断ち切り、血塗《まみ》れのその頭を

岩の上から投げ落とすと、切り立つ巌《いわお》は朱《あけ》に染まった。
アルゴスよ、お前は死して横たわる。あれほど多くの眼に宿っていた光は
今は消え果てて、その百の眼を支配するのは、一つの永遠《とわ》の闇。
　サトゥルヌスの娘御は、その百の眼を取り、自分の聖鳥〔孔雀〕の羽や
尾羽《おばね》いっぱいに付けて、星の如く煌めく宝石さながらの飾りとした。忽《たちま》ち
ユノーは怒りの炎《ほむら》を燃え上がらせ、憤怒の捌《は》け口を求めるのに時を置かず、
ギリシア生まれの恋敵〔イオー〕の眼と心に恐ろしい復讐女神《エリニュス》を送り込んだ。
それは、胸内《むねうち》に潜む、目には見えぬ突き棒となってイオーを責め苛み、
世界中を流浪させ、逃げ回らせた。果てしないその苦難を
遂に終わらせたのは、ニルス〔ナイル川〕よ、お前であった。
イオーはニルスに辿り着くや、その岸辺で
膝を折って屈《かが》みこみ、首をのけぞらせて、唯一
擡《もた》げることのできた顔を星瞬く高空《たかぞら》に向けたが、呻吟し、
涙を流し、悲しげな啼《な》き声を発するその姿は、ユピテルに訴えかけ、
苦難の終わりを与えてくれるよう祈っているように見えた。
ユピテルは妻〔ユノー〕の項《うなじ》を腕で抱《だ》き、もう
仕置きは止《や》めるよう頼んで、こう言った、「向後《きょうこう》、懸念は
一切無用。あの娘が最早二度とお前の心痛の種となることは

あるまい」、そう言って、ステュクスの沼の名を挙げて誓った。
　女神《めがみ》ユノーが心を和らげると、イオーはかつての容姿を取り戻し、
以前の姿形《すがたかたち》に戻った。身体からは毛が失せ、
角《つの》が消え、眼球は小さくなり、
大きく裂けた口は窄《すぼ》み、肩や手が戻り、
蹄は消失して、五つの爪に変わった。その姿は、
輝くような白さ以外、雌牛の姿の名残を何一つ留めてはいなかった。
ニンフに戻ったイオーは二本の脚《あし》の働きを頼りに立ち上がり、
雌牛のようにモーという啼き声が出はしまいかと怯えながら、
長い間《あいだ》口にしなかった言葉をまた恐る恐る試してみるのだった。*
　今、彼女は女神《めがみ》*として、亜麻の装束*の一団によってこの上なく篤く祀《まつ》られる。
彼女には息子のエパポス*ができたが、偉大なユピテルを父として生まれたと
遂には信じられるに至り、諸都市で、母親〔イシス女神〕に隣接する
神殿を与えられている。ところで、このエパポスには、性格も年齢も相似た
友がいた。太陽神を父とするパエトンで、ある日、その彼が大口を利き、
自分に譲らず、ポエブス〔太陽神〕が父親だと言って自惚《うぬぼ》れるのに、イナコスの
孫は我慢がならず、こう言った、「お前は、愚かしくも、母親の言葉は
何でも鵜呑みにし、偽りの父親の幻想を抱いて思い上がっているのだ」と。

パエトンの顔は怒りで真っ赤になったが、恥ずかしさの余り、怒りを抑え、
エパポスから受けた侮辱を母のクリュメネに告げて、こう言った、「お母さん、
こう言えば、一層あなたはお嘆きになるでしょうが、誰憚《はばか》らず物を言い、
気性激しいあの僕が、ひと言も言葉を返せなかったのです。僕たちに向けて
こんな侮辱を加えられ、剰《あまつさ》えやり返すこともできなかったなんて、屈辱です。
さあ、お母さん、僕が天上に住む神の血筋を引く者だというのなら、それほど
高貴な生まれの印を示して、僕が神の子であることを証《あか》ししてみせて下さい」。
そう言うと、パエトンは母の項《うなじ》に腕を回し、
「僕の命《いのち》とメロプス〔クリュメネの夫〕の命、それに姉妹たちの婚姻にかけて、
僕の本当の父親が誰かが分かる証《あかし》を、どうか示して下さい」と母に懇請した。
パエトンのその言葉に心動かされてか、それとも自分に投げかけられた
誹謗の言葉への怒りに駆られてかは定かでないが、クリュメネは
両の腕を差し上げ、光り輝く太陽を見つめながら、こう言った、
「私を見つめ、私の言葉に耳を傾けている、燦然《さんぜん》と輝く、この
陽《ひ》の光にかけて、わが子よ、あなたに誓いましょう、あなたは、
あなたが眺めているこの陽の神、万物を統《す》べる太陽神から生まれた子だ、と。
私が嘘偽りを言っているのなら、私がその姿を眺めるのを陽の神ご自身が
拒まれ、わが眼《まなこ》があの陽の光を眺めるのも、これが最後となりますよう。

あなたのお父様の、遠からぬ住まいを知るのにそれほどの労は要りません。
お父様がそこからお昇りになる館《やかた》は、私たちの住む土地の間近なのですから。*
そうしたいのなら、出かけていって、お父様ご自身の口から聞くとよい」。
母親がそう言い終わると、パエトンは喜び勇んで、直ちに
家を飛び出し、心中、天界のことを思い描きながら、
故郷アエティオピア人の国を過《よぎ》り、烈日の下《もと》に暮らすインディア人の国を
越えて、一心に父親の住む陽の昇る地へと向かっていった。

訳注

一　この行から四行目までは、ホメロスの「女神（ムーサ）よ、アキレウスの怒りを歌いたまえ」（ホメロス『イリアス』一・一）以来の、主題を簡潔に提示し、神々（特にムーサなどの歌神）の加護を乞う、叙事詩伝統の「序詞」と呼ばれるもの。これに対応する「跋詞」（第一五巻八七一以下）参照。

二　「その」は以前は「変身」を受けるとされていたが、そうであれば原文の et（も）が意味をなさない。直前の「わが試み」を指すとする最近の研究のとおり、オウィディウスの「新たな詩作の試み」と関連づける解釈が正しい（下巻所収「訳者解説」参照）。

四　「織りなしたまえ（deducite）」の deduco については種々の解釈がなされているが、重層的なその語義の中でも特に「紡織」（「紡ぎ出す」、「（布、図柄を）織りなす」）の意味が強いと思われる。*Oxford Latin Dictionary*, "deduco" 4（特に4b）、Knox (ed.) 2013, p. 143 および第六巻六九（「布地には古《いにしえ》の物語が織りなされている（vetus in tela *deducitur* argumentum）」）参照。また、叙事詩に伝統的な、こ

の「序詞」に言う「久遠の歌（perpetuum carmen）」には、「連綿と続く、一連の長い歌」（＝叙事詩）の意とともに、本篇の「跋詞」（第一五巻八七一以下）に誇らしくも高らかに謳われている「永遠の（perennis）」歌、「不朽、不滅の（indelebilis）」歌の意も込められているであろう。「永遠の歌（ewige Gesang）」（Harich-Schwarzbauer und Honold (hrsg.), S. 89ff.）。

七　「まず原初にカオスが生じた」（ヘシオドス『神統記』一一六。廣川洋一訳）。

一〇　以下、全篇を通じて「太陽神」あるいは「太陽」を言うとき、ここに言う「ティタン＝ヒュペリオン」（ホメロス『オデュッセイア』一二・一三三では「太陽神《ヘリオス》ヒュペリオン」と言われている）、その子で、本来の太陽神「ヘリオス」（ローマ名ソル）、そして「アポロ」が、おそらく韻律上の要請に応じて、ほぼ区別なく用いられている。ティタンについては、本巻一一三行注参照。

一一　元来はガイア（大地）とウラノス（天空）の娘で、ティタン神族の一であったが、のちにポエブス（＝ポイボス）・アポロの双子の姉ディアナ（＝アルテミス）と同一視されるに至った。

一二　のちにそうなるように（本巻三四）、球体となることで「自らの重み」（下に、つまり中心に向かう力＝重力）によって平衡が保たれて大気の中に浮かぶとするのである。

一四　海の女神で、ポセイドンの妻。ここでは「海」の意の換喩。

二一　神と自然を同一視するのは、ストア派的な考え方。「より良き自然」とは、原初の「混沌（カオス）」状態を脱した自然」であり、「それを造り出す自然＝神」の意。別の表現では、「より良き世界（mundus melior）」、その「より良き世界の起源（mundi melioris origo）」（本巻七九）、すなわち「万有の造り主（opifex rerum）」（本巻七九）。

二三　「上天」の原語は caelum で、前行の「空（caelum）」と同じ語が用いられているが、「清澄な（liquidum）」とともに用いられて、下天《げてん》の「空」に対する「上天」、すなわち「アエテル（アイテル）」を指している。

二六　地、水、火、風（大気）、いわゆる「四大」の火（素材・元素としての「火」、「破壊的な火（pyr atechnon）」）ではなく、万物の始原である「創造的な火（pyr technikon）」で、太陽や星となって上天（アエテル）を構成する「天的・神的火あるいは光」のこと。これはストア派の思想。「ゼノンは（言う）、天は火でできている（ouranon einai pyrinon）」（ゼノン断片一一六（Arnim））。

三一　次に言う大地を球体と考える宇宙観以前の古い宇宙観では、大地は平坦に広がる円盤状の地塊で、その周囲を大洋（Oceanus）が取り囲んでいるとされた。

四五　「右方（dextra）」、「左方（sinistra）」は、文字どおりの意味ではなく、「一方の側」＝天の北極側、「もう一方の側」＝天の南極側の意。同数（二つ）の「天帯」は、地球の「地帯」（＝寒帯と温帯）に擬したもの。

五六　雷が雲の摩擦を引き起こす風によって生じることは、おそらくアナクサゴラス以来の考え方とされる。セネカ『自然研究』一・一・六、ルクレティウス『事物の本性について』六・一六〇以下、特に一七五以下参照。

六一　自然現象、抽象概念などを神格化した言葉については、多くは「時間」、「夏」、「嫉妬」、「飢餓」などのように語義を日本語で表し、「　」をつけて示した場合もあれば、「東風《エウロス》」、「愛《アモル》」のように、ルビに原語（原語がギリシア語であればギリシア語、原語がラテン語であればラテン語）をつけた場合、また、アクイロー（北風）、アケロオス（河神）のように、原語のカタカナ読み（固有名詞）で示した場合もある。コンテキストにふさわしいと思われる形式を選んだが、不統一の謗りは甘受しなければならない。

六二　ヒンドゥークシュ山脈あるいはヒマラヤ山脈。

六六　「南風」は、地中海中部から東部にかけての海岸地方でアフリカから吹きつける、いわゆる「シロッコ」のこと。湿度が高く、雨をともなうことが多い。

七三　「星々と神々の姿（astra formaeque deorum）」については、⑴ que（普通「と（and）」の意）を文字どおりにとり、「星々と神々」とする解釈、(2) queを「説明的、同格的」接続詞ととり、「星々、つまり神々の姿＝姿・形をとった神々」とする解釈、(3)「星々」を恒星、「神々の姿」を惑星（月を含め、地球を除く）ととる解釈の三通りがある。星あるいは星座を神あるいは神的なものとする考え方はギリシア・ローマの世界では広く行われており、特にストア派的思想との関連（本巻二一行注、二六行注参照）で、(2)もしくは(3)の解釈が正しいように思われる。

七六　「これら〔生命《いのち》あるもの〕に優る」の「これら」に「生命あるもの」として挙げられた神々が含まれていないことは確かだが、神々と人間の関係がどういうものかは、Andersonの言うように「〔全篇を通して〕曖昧なままになっている」。オウィディウスは、おそらく意図的にそうしているのであろう。もっとも、以下に言われているように、人間を「神的・天的存在」と見なす思想は、当時のストア派（同様に、アカデメイア派、逍遥学派）の思想と共通している。人間は「死すべき神（mortalem deum）〔…〕神的生き物（divinum animal）」（キケロー『善と悪の究極について』二・四〇）。

八二　ガイアとウラノスの子であるティタン神族の一。

八六　中世（四世紀頃）の神話作家ラクタンティウス（＝ルクタティウス?）・プラキドゥス（『オウィディウスの『変身物語』の梗概（*Argumenta metamorphoseon Ovidii*）』（*Narrationes fabularum Ovidianarum*）一・一＝ヘシオドス断片三八二（Merkelbach-West））にこうある。「同じく、ヘシオドスが記しているように、イアペトスの子プロメテウスが、あらゆる〔生き〕ものを凌駕する人類を土（humus）から造り、ミネルウァがこれに息吹を吹き込んだ」。人間が「粘土（pelos）」（アリストパネス『鳥』六八六）、あるいは「土（humus）」（プロペルティウス『詩集』三・五・七以下）、あるいは「土（ge）と火（pyr）、その他の元素」（プラトン『プロタゴラス』三二〇）から造られたとするのは、古代の一般的な考え方。アイスキュロス（『ヒケティデス（救いを求める女たち）』二五〇）の「大地（chton）〔＝土（ge）〕から生まれたパライクトン（ho gegenes Palaichton）」、ヘロドトス（『歴史』

八・五五）の「大地（＝土）から生まれたエレクテウス（Erechteus ho gegenes）」（エレクテウスは「大地」（＝土）から生まれたエリクトニオスと同一視されもする。第二巻五五三行注、第六巻六七七行注参照）参照。大洪水後の新人類が「大いなる母の骨（＝石）」（本巻三八三）から生まれたという神話や、泥土から新たに生物が誕生するという伝承（本巻四一六以下、四二五行注参照）なども、この考え方の延長線上にある。

九一　十二枚の銅板に刻まれ、中央広場《フォルム》に掲げられた「十二表法」に代表される、古いローマの慣行を念頭にしている。

九六　本巻一三〇以下でも言われているように、遠洋航海は富や財を求める過度な欲望のしからしめる営みとして、特にストア派の思想では悪と見なされた。「交易で儲けをという希望を抱いて闇雲な利欲に導かれ、ありとあらゆる土地をめぐり、ありとあらゆる海を渡る者もいる」（セネカ『生の短さについて』二・二）。

一〇四　ヨーロッパ原産で、ヤマモモに似た実をつけるツツジ科の木。学名 Arbutus unedo（英名 strawberry tree, 独名 Erdbeerbaum）。本邦の既訳書が例外なくそう訳している、日本や中国などに生える東アジア原産のヤマモモ科のヤマモモ（学名 Myrica rubra）とは異なる。

一〇五　バラ科キイチゴ属（学名 Rubus）のトゲのある低木で、苺のような実をつけるもの。ラズベリーやブラックベリーなど。

一一〇　実った穂をつけた麦の明るい淡黄色を表すのに「白く輝く（caneo）」という動詞を用いた。比較的稀な用法。

一一二　「神酒（ネクタル）」は、神々の飲み物。楽園的黄金時代の情景を際立たせる描写として、文字どおりの意味で使われている。

一一三　黄金時代は、ウラノス（天空）とガイア（大地）から生まれたサトゥルヌス（クロノス）を主神とするティタン神族が世界を支配していた。サトゥルヌスは自分が父親ウラノスにそうしたように、自分の息子に支配権を奪われる定めであることを恐れ、生まれ来る子を嚥下していたが、妻レアの計らいで末子《ばっし》ユピテルだけは救われ（石を襁褓にくるんで、これを呑み込ませ、ユピテル自身はクレタのイダ山に匿い、クレテス人、あるいはニンフたち、あるいは山羊に養育させた（この点については、第三巻五九四行注、第四巻二八一行注、二八二行注参照））。その後、ユピテルが逞しく長じたとき、ガイアの策略によって、サトゥルヌスが嚥下していた子供たちが吐き出され、ユピテルはその兄弟とともに、サトゥルヌスの支配するティタン神族に戦い（「ティタン神族との戦い（ティタノマキア）」と呼ばれる）を挑み、これを倒して冥界の底のタルタロスに幽閉、世界の支配権を確立し、銀の時代が始まる。以下、いわゆる「五時代神話」（金・銀・銅の時代のあと、鉄の時代の前に英雄時代がある）が語られる。ヘシオドス『神統記』四五三以下など。

一三九　冥界を流れる河もしくは沼（この点については、第二巻四六行注参照）。ここでは「地下深い所」の意。なお、特に神々がこの河、あるいはその神霊、あるいは他の冥界の河々（皆ステュクスの支流とされる）にかけて誓いをすること（例えば、本巻一八九参照）については、偽りの誓いを立てる神は一年間、神食（アンブロシア）も神酒（ネクタル）も口にできず、「息もなく」横たわっていなければならず、その後、九年間、神々の会議にも宴にも参加できないという、「このような誓いとすべく、神々は、ステュクスの、不滅にして、太古の水を、定めたもうたのである」（ヘシオドス『神統記』八〇五—八〇六。廣川洋一訳）。

一四九　特に共和政末期のローマで重要視され、ウェルギリウスの建国叙事詩『アエネイス』で表象されて、主人公アエネアスが体現した規範概念 pietas の訳。親子や親族間、神と人間、長と幼の間などでの「敬虔」と「敬意」と「愛情」を併せ含む心のあり方。訳語は「敬愛の心《ピエタス》」で通した。

一五〇　ユピテルとテミスの娘で、正義の女神。

一五三　ガイア（大地）がウラノス（天空）の切り取られた陽物から滴り落ちた血を受けて産んだ、エンケラドスやエピアルテスなど、狂暴な巨人族。以下に語られているように、オリュンポスの神々の支配権を狙って戦い（「巨人族との戦い（ギガントマキア）」と呼ばれる）を挑んだ。

一六三　ユピテルの天空の住まいを、実際にユピテル神殿とともに、カピトリウム丘にあった城塞（arx）に擬したもの。本巻一七六の「天空のパラティウム」参照。

一六五　一伝では、ゼウスとニオベ（第六巻一四六以下で語られる名高いニオベとは別人）の子で、有史以前のギリシアに住んでいたとされるペラスゴイ人の名祖である、アルカディアの伝説的な王ペラスゴスの子という（パウサニアス八・二・一、ストラボン五・二・四）。オウィディウスは、文化的で敬虔な王という伝もあるリュカオンを、それとは真逆の、残忍な瀆神者とする伝（アポッロドロス三・八・一参照）を採用している。なお、リュカオン（Lycaon）の狼への変身は、ギリシア語の Lykos（狼）、また、アルカディアのリュカイオス山で行われていたというゼウス神への人身御供と「狼人間」伝説（例えば、プラトン『国家』八・五六五D―E）を念頭にしている。

一六九　ラテン語で via lactea（乳の道）、ギリシア語で galaxias (or galaktias or galaktos) kyklos（乳のアーチ（穹窿））。

一七六　パラティウムは、ローマ七丘中の主要な丘で、アウグストゥスの帝居をはじめ、多くの貴顕の邸宅が建ち並んでいた。

一八四　オリュンポスを襲った巨人族は、「蛇足」という伝（パウサニアス八・二九・三）はあるが、「百腕」をもつとはされていない。ティタン神族および巨人族の兄弟で、ガイア（「大地」）が産んだ子にヘカトンケイレスと呼ばれる三名の子がいるが、その名のとおり「百腕（ヘカトンケイル）」であった。オウィディウスは巨人族の怪異さを強調するために、意図的に「巨人族との戦い（ギガントマキア）」に「ティタン神族との戦い（ティタノマキア）」（本巻一一三行注参照）の要素を混入させているのであろう。

一九三　ファウヌス以下は、山野に住む劣格の神霊。ローマのファウヌスはギリシアのパンとしばしば同一視される半人半山羊の山野の神霊で、シルウァヌスはその名のとおり森（シルウァ）や荒野などを守る老神。

二〇五　二〇〇行からこの行までは、リュカオンによるユピテル殺害の試みを前四四年のブルートゥスら共和派によるカエサル暗殺に擬したもの。カエサル暗殺とその後の神格化は、本篇の大団円――アウグストゥス頌――の序章として再び取り上げられる（第一五巻七四五以下参照）。

二一七　このリュカイオス山については、本巻一六五行注参照。

二一八　ギリシアにおいてもローマにおいても、客人（特に、危害の恐れのない、異国や異郷の客人）の厚遇（ギリシア語でxenia（クセニアー）、ラテン語でhospitium（ホスピティウム）と呼ばれる）は、ある種の社会規範の一であった（これには、共同体ごとに法や慣習が異なり、国際法というものがなかった歴史的時代背景が関わっている）。特にゼウス（ユピテル）はZeus Xenios（ゼウス・クセニオス＝主客の礼を尊ぶゼウス）と称され、この美徳・社会規範の守護神として祀られた。これを示した典型的エピソードとして、第八巻六二〇以下の「ピレモンとバウキス」老夫婦のエピソードが挙げられよう。

二四一　原文では「復讐女神（エリニュス）」と単数形で言われているが、罪人を追及し、犠牲者の復讐を遂げる三柱の女神（アレクトー、ティシポネ、メガイラ）を指し、普通複数形で「復讐女神たち（エリニュエス）」と呼ばれる。ローマ名「フリアエ（Furiae）」が示すように、追及する相手に「狂気（furia）」を吹き込み、狂乱に陥らせる女神でもあり、「狂気、狂乱」の換喩としても用いられる。「復讐女神たち」という名（「エリニュス（Erinys）」の語源ははっきりしないが、「闇を行く（eerophoites）」女神あるいは「恐ろしい（daspletis）」女神と言われる）を憚り、婉曲語法で「慈しみの女神たち（エウメニデス）」、「厳かな女神たち（セムナイ）」などとも呼ばれた。

二五六　この「定め（fata）」について、オウィディウスは、神々の主神で、世界を支配するユピテルに「私

〔ユピテル〕をも、定め（fata）は支配している」と言わせ、定めの不可変性を語らせている（第九巻四三四）。自然と神を同一視する思想（本巻二一行注参照）、天的な火の思想（本巻二六行注参照）など、本巻の創世論の下地にあるストア派的な思想を考え合わせれば、おそらくストア派の言う「永遠で、逸脱しえない〔＝変ええない（aparabatos）〕ものである相互連関性〔因果の連鎖〕に起因して次々に連続し、循環〔回転〕する森羅万象の、自然によって生じた、ある配列〔秩序〕」（クリュシッポス断片Ⅱ一一六九—一一七〇（Arnim））であるところの「宿命、定め（fatum, heimarmene）」を念頭にしていると思われる。

二五六　ストア派の思想では「能動的・創造的火」が「受動的火」に作用して一種のビッグバンのような形で生成した宇宙は「大年」（太陽と七惑星が元の位置に戻る周期である約三万六千年。プラトン『国家』五四六B以下、同『ティマイオス』三九D参照）で、いわゆる「大燃焼（ekpyrosis）」を起こして始原の火に戻り、これを繰り返すと考えられた（ゼノン断片一〇九b（Arnim）参照）。オウィディウスの記述の背景にあるこの「大燃焼」については、Breitenbach の第一巻二五六行以下注、Bömer 1969-86 の第一巻二五六行注参照。原文には「火（ignis）」、「炎（flamma）」、「燃える（ardeo）」という語が使われているだけで、「劫火《ごうか》」にあたる単語はないが、この一文の下地にあるストア派の「大燃焼」の思想を伝えるには、仏教のこの用語が最適と思われる。この「火による世界の破壊」と「洪水による世界の破壊」については、プラトン『ティマイオス』二二Dも参照。

二五九　ウラノスとガイアから生まれた巨人族で、額に目が一つだけあるという特徴的な容貌（名は「円《まる》（kyklo-）目（op-）」）をしている。ブロンテス（雷鳴）、ステロペス（雷火）、アルゲス（閃光）の三名で、「ティタン神族との戦い（ティタノマキア）」（本巻一一三行注参照）の折、クロノスによって閉じ込められていたタルタロスから一時的に解放されてゼウスに味方し、以後ゼウスの雷土の造り手として自由の身となった。ヘシオドス『神統記』一三九以下、五〇一以下、アポッロドロス一・一・二。

二六三　デウカリオンとピュッラ（このあと述べられるように、大洪水を生き延びた唯一の人類）の孫ヒッポテス（第一二巻四三〇行注参照）の子で、浮き島に住む「風の取締役（tamias anemon）」（ホメロス『オデュッセイア』一〇・二一）、「〔風神たちの〕王（rex）」（ウェルギリウス『アエネイス』一・五二）。浮き島は、ホメロスの地理ではシキリア島の南西沖というのが有力だが、のちには北東沖のアイオリア諸島（リーパリ諸島）のストロンギュレ（現在のストロンボリ島。ストラボン六・二・一一）、リパラ（現在のリーパリ島。ディオドロス・シケリオテス五・九・四）とされた。その地下の洞穴（「檻」と表現され、アエトナに通じることから「アエトナの檻」とも言われる）に諸々の風を閉じ込めていた。

二七〇　ポントスとガイアの子タウマス（「驚異」の意。プラトン『テアイテトス』一五五D）とオケアノスの娘の一人エレクトラの娘。ヘルメス（メルクリウス）がゼウス（ユピテル）のお使い神的な存在であるのに対して、天と地を結ぶ架け橋である「虹（イリス）」はヘラ（ユノー）のお使い女神的な存在。

二七五　オリュンポスに住まいする十二柱の兄弟姉妹神の長幼については、本巻六二〇行注参照。

二九九　「細身の（graciles）」は家畜（山羊）の形容としては奇妙だが、この文（graciles gramen carpsere capellae）は、gとcの「頭音反復（alliteration）」という修辞技法を用いた一種の言葉遊びを主眼としているため。

三一八　プロメテウスの子。父の警告に従い、箱舟（larnax）を造り、妻ピュッラ（プロメテウスの弟エピメテウスの娘）とともに乗り込んで、以下に言う大洪水を逃れた。

三二〇　そこに住むニンフのコリュキアにちなんで名づけられたというパルナソス山の「コリュキオンの洞」については、パウサニアス一〇・六・三、一〇・三二・二、一〇・三二・七、アイスキュロス『エウメニデス（恵み深い女神たち）』二二など参照。

三二一　アポロ以前にデルポイで予言を行っていた女神。ウラノス（天空）とガイア（大地）の娘で、正義、法、秩序を司る。「デルポイのアポロ」については、本巻四三八以下で語られる。

三三二　原語は murex で、これは貝紫の染料がとれる悪鬼貝（そのうちのシリアツブリガイ）を言うが、ここでは特にその意味はなく、巻き貝一般を指すものと思われる。なお、シリアツブリガイについては、第六巻九行注参照。

三三三　ネプトゥヌス（ポセイドン）の子。ウェルギリウスは、トリトンの姿を象った船嘴を描写してこう言う。「法螺貝で紺青の海を脅かしつつ、泳ぐその正面は毛深い腰あたりまで人の姿で、腹から下の半身は魚になっている」（ウェルギリウス『アエネイス』一〇・二〇九―二一一）。

三六九　テミス女神のデルポイの社に詣でる前に「ケピソス（川）の水辺」に赴き、「禊」をした、とする記述には、両者の位置関係や距離から言って地理的問題がある。「ケピソス（川）の水（Cephisidas undas）」がデルポイにある「カスタリアの泉」に通じているとする伝承（パウサニアス一〇・八・一〇）があり、この記述はその伝承に基づいているのではないかという。

四一四　「堅固（durus）」は「大地から生まれたもの（gegenes）」（＝人間）の特性であり（ルクレティウス『事物の本性について』五・九二五―九三〇）、特に、ここに言うように「大地の骨＝石」から生まれたものゆえ。

四二五　ナイル川の氾濫による泥土から生き物が生じる、という考えは広く行われていた。オウィディウスはディオドロス・シケリオテス一・一〇・四以下の記述に拠っているのではないかとされる。

四四〇　前出（本巻三一七）のパルナソスの山腹のこと。

四四七　デルポイでアポロに奉納された祭典。オリュンピアでのオリュンピア祭（ゼウスに奉納）、コリントスでのイストミア祭（ポセイドンに奉納）、ネメアでのネメア祭（ゼウスに奉納）と並ぶギリシア四大祭典の一。各種運動競技のほか、詩、音楽（歌唱や縦笛、竪琴などの楽器演奏など）の競技も行われた。

四四九　原語の aesculea（< aesculus）の正確な特定は難しい。ほとんどの訳書・注釈書は oak（英）、Eiche（独）として、コナラ属（Quercus）の「楢」あるいは「樫」の名を挙げている。もう少し詳しく特定す

れば、いずれもコナラ属の durmast (Quercus petraea), Hungarian oak (Quercus frainetto) が挙げられるが、トチノキ属 (aesculus) でバルカン半島、特にギリシアからトルコにかけての森林地帯が原産というセイヨウトチノキ (いわゆるマロニエ (Aesculus hippocastanum)) の可能性が高い。

四六一 クピドーの持ち物は弓矢のみと見なされがちだが、古くから「恋の火を点ける」、「愛の炎を煽る」その神能によって火や炎もその属性と考えられ、ローマの恋愛詩人は「松明 (faces)」をその武器に加えている。第一〇巻三二一―三二二参照。また、ティブッルス『エレゲイア詩集』二・一・八二、二・六・一六。

四七七 この行は Tarrant の底本では削除記号が付されているが、Anderson の底本に従う。

四九二 土地の肥料とするために、刈り株や藁を畑地で燃やした。『また、痩せた土地に火を点け、麦の軽い刈り株をぱちぱち燃える炎で燃やすのも有益だ』(ウェルギリウス『農耕詩』一・八四―八五)。

五一八 予言の神、詩歌の神としてのアポロの権能を示している。

五四七 五四三行からこの行までは、Anderson の底本に従う。

五六二 アウグストゥスがホルテンシウスの邸宅を譲り受けて帝宮としたもので、パラティウム丘にあった (本巻一七六行注参照)。「樫の葉冠」は内乱を終結させてローマ市民の命を救った印、植樹された月桂樹は勝利の印。

五六八 原語は nemus (林、木立) で、名高い景勝地テンペ渓谷の懸崖に生える木立を指して言われているが、普通「テンペの林」とは言わないので、本来の「渓」と訳した。

五八五 以下のイオーの物語については、アイスキュロス『縛られたプロメテウス』五六一―八八六、同『ヒケティデス (救いを求める女たち)』五三一―五八九、アポッロドロス二・五―八、ヒュギヌス一四五、一四九など参照。ヘロドトス (『歴史』一・一―二) は、エウロパ (エウロペ) と同様、イオーもフェニキア人の商人たちに拉致され、エジプトに連れていかれたと記す。

六〇一　agros（田野）とする校本（Anderson）もあるが、「田野の中央」だと、どこの「田野」か曖昧になる。Tarrant の底本どおり Argos で訳した。

六一〇　ユピテルとユノーは、ともにサトゥルヌス（クロノス）の子。なお、ユピテルは、ティタン神族の末《ばっ》子《し》であった父親サトゥルヌス同様、末子。ちなみに、ポセイドンやプルトンなどを「弟」とする訳書があるが、どちらもユピテルの兄にあたる。本巻一一三行注、ヘシオドス『神統記』四五三以下。双生神アポロとディアナの関係も、前者は弟で、後者は姉。アポッロドロス一・四・一参照。これは末っ子ほど優れているとする「末子伝説」あるいは「末子成功譚」の一例であろう。

六二四　「大地が産んだ」（アイスキュロス『縛られたプロメテウス』五六七）とも言われるが、父親については、アゲノル、イナコスなど、諸伝がある。「四つ目」（ヘシオドス断片二九四（Breitenbach-West））とも、「あらゆるもの〔あるいは方向〕を見ている（panoptes）」（エウリピデス『ポイニッサイ（フェニキアの女たち）』一一一五）とも言われる怪物。

六二八　この行は Tarrant の底本では削除記号が付されているが、Anderson の底本に従う。

六六八　有史以前、ペロポンネソス半島全域を支配した伝説的な古王。イナコスの息子、したがってイオーの兄。その娘ニオベ（第六巻一四六以下に物語のあるプリュギアのニオベとは別人）は、ユピテル（ゼウス）が交わった最初の人間の女性とされ、アポッロドロス（二・一・一）によれば、ペラスゴス（本巻一六五行注参照）はその子ともいう。

六六九　アトラスと、オケアノスの娘プレイオネの七人の娘。星団「昴《すばる》」に変えられた。第六巻一七四行注参照。

六七三　前行の「翼」以下は、メルクリウス（ヘルメス）の象徴的な装備あるいは持ち物。「翼」は、普通「タラリア（talaria）」と呼ばれる、翼のついたサンダルを言うが、裸足に翼のあるメルクリウス像もある。メルクリウスは、元は風の神とも、豊饒の神（巾着様の袋をもつ像があるが、豊かさの印とされる）とも言われるが、神話上の顕著な権能は、お使い神、伝令神、また死者の霊を冥界に送り届ける先導神としてのそれで、petasos と呼ばれる、旅人がかぶる鍔広の帽子（これにも翼がある場合がある）と、kerykeion（ラテン語では caduceus）と呼ばれる杖をもつ姿で象られる。相手を眠らせる魔力のあるこの杖（「眠りを送り込む〔杖〕」（ホメロス『イリアス』二四・三四三―三四四））には二匹の蛇が絡みつき、持ち手のところで顔を向かい合わせている形をとる（医術の神アスクレピオスも同様の杖をもつが、蛇が一匹である点でメルクリウスのものとは相違する。アスクレピオスが蛇の姿となってローマに移り住んだという出来事の挿話が、第一五巻六二六以下にある。アスクレピオス（Asklepios）も、「蛇（askalabos）」がその由来という（「askalabos の原義は、おそらく「蜥蜴」ではなく「蛇〔＝爬虫類〕一般」を指す」（Roscher, Bd. 1, Abt. 1S, 615-641（「Asklepios」の項）参照））。蛇の絡みつく杖については、元は「蛇神」としてのメルクリウスそのものの象徴であったとされ、起源はメソポタミアの地下神あるいは大地母神イシュタルの使者で治癒の神ニンギジッダ（Ningishzida）とされる（Frothingham 参照）。

六七六　メルクリウス（ヘルメス）については、「はしこい、知恵の回る（polytropos）」、「狡猾な（aimylometes）」、「泥棒（le (i) ster）」、「牛の駆り手（elator boon）」などと言われ、「明け方に生まれ、日中に竪琴を弾き、夕方に遠矢を射るアポロの牛を盗んだ」（『ホメロス風賛歌』四（「ヘルメス」）・一七―一八）と言われるように、泥棒、窃盗はその神性の一つとされる。それにまつわるエピソードが、第二巻六七六以下にある。

六九四　オルテュギアの名の由来については、第五巻六四〇行注参照。

七一三　syrinx. ギリシア語で、いわゆる「パンパイプ（葦笛、牧笛）」を意味する。

七四六　別伝では、イオーはアルゴスから解放されたあと、ヘラが代わりに送った虻《あぶ》に責め苛まれた挙げ句、エジプトまで逃げたという。アポッロドロス二・一・三、セルウィウス『ウェルギリウス『アエネイス』

注解』七・七九〇。

七四七　ヘロドトスには「イシスの神像は、ギリシア人の描くイオーの姿と同様に、牛の角をもった女身であり、エジプト人は誰でも、どの家畜とも比較にならぬほど牛を大切に崇めている」(『歴史』二・四一)と両者の類似性への言及があるが、ディオドロス・シケリオテス(一・二四・八)では、ギリシア人はイオーをイシスと考えた、とはっきり述べられている。「人々が言うには、ペルセウスもエジプトで生まれたということであり、イシスの生まれ(genesis)は、イオーが雌牛の姿に変身したという神話を語るギリシア人によって、〔エジプトから〕アルゴスへと移されたということだ」。他に、ルキアノス『神々の対話』三、ユウェナリス『諷刺詩』六・五二六以下。

七四七　エジプトでイシス神を祀る神官の装束。「エジプト人の服装は〔…〕麻〔「亜麻」の意〕の肌衣をつけ、その上から白い毛織の着物を羽織る〔…〕。しかし毛のものは聖域へは身につけて入らず〔…〕それは宗教上禁ぜられているのである」(ヘロドトス『歴史』二・八一。松平千秋訳)。また、エジプトのイシスに仕える祭司について、プルタルコスには「祭司が亜麻の衣をまとうのは〔…〕羊を崇めているからだとの説をなす人もあります」(『イシスとオシリスについて』四(=『モラリア』三五二C))とある。実際は、羊毛は摂りすぎた食べ物が産む不浄なものだから、というのがプルタルコスの説。

七四八　長じてメンピスを妻とし、エジプトを支配した。本作において諸所でその物語が語られている、ダナエとその息子ペルセウス、あるいはエウロパやカドモス、ペンテウス、セメレなど、アルゴス王家やテバイ王家に連なる人物たちの遠祖。第四巻四六二行注、六〇八行注、第五巻二三八行注参照。

七七四　ヘロドトス以来の像では、漠然とナイル川以東のアフリカ内陸部南東の地域であるが、ホメロスの頃の像では、南東の果ての、大地を取り巻くオケアノス(本巻三一行注参照)近くの地域と考えられていた。

第二巻

10

太陽神の宮居《みやい》は列柱も高く聳《そび》え立ち、
眩《まばゆ》い黄金と赫々《かっかく》と照る赤銅《しゃくどう》で燦々と輝いていた。
天辺《てっぺん》の破風《はふ》を覆う象牙は皓々と照り映え、
両開きの門扉は白銀の光で煌めいている。だが、
材〔の豪華さ〕より技〔の見事さ〕のほうが優《まさ》っていた。その門扉に、
ムルキベル*〔ウルカヌスの別称〕が、大地を真ん中にして、それを取り巻く海と
円を描く大地と、その上を覆う空の浮彫を施していたからだ。
海には紺青の海神《かいしん》たちがいる、法螺貝の音《ね》も心地よいトリトン*や
変幻自在のプロテウス*〔海神の一〕、その腕でクジラの
巨大な背を押さえつけるアイガイオン*や、
ドリス〔海神ネレウスの妻〕、それに、見れば思い思いに、泳いだり、
岩に腰かけて緑の髪を乾かしたり、魚に運ばれたりしている
その娘〔海の妖精ネレイス〕たちである。皆同じ顔付きという訳ではなかった。尤《もっと》も、
各自全く違っているのでもなく、姉妹たちらしく、よく似た面立《おもだ》ちであった。
大地には、人々や市々《まちまち》、数多《あまた》の森や獣や川が、
またニンフたちや田野に住まう、その他《ほか》の神霊たちが見てとれる。
その上方には、輝きを放つ天空が象《かたど》られ、
左の門扉には六つの宮《きゅう》〔=星座〕が、右の門扉にも同数の宮が描かれている。

　クリュメネの子は、坂道を登ってその宮居に
辿り着くや、実の親か疑念を抱く父の館に入り、
すぐさま父の顔《かんばせ》に向かって歩を進め、
遠く離れて立ち止まった。それ以上近くで眩い光芒を
見つめることができなかったからだ。太陽神は緋色の装束に身を包み、
緑光《りょっこう》放つ緑柱玉《エメラルド》の飾りで燦然と輝く玉座に腰を下ろしていた。
その左右には「日」と「月」と「年」と
「世紀」と、等間隔に並んだ「時間」たちが控えていた。
さらには、花の冠をかむる淡き「春」、
麦穂を編んだ輪飾りを頭に巻く裸姿《はだかすがた》の「夏」、
踏みしだいた房《ふさ》で葡萄色に染まる「秋」、
白髪《はくはつ》逆立てる凍《い》てつく「冬」が立っている。
　中央の玉座に座す太陽神は、見たこともないその場の光景に怯えている
若者を、*万物見そなわすその眼で見て取ると、こう声をかけた、
「ここに旅してきた理由は何だ。この天の宮居に、何を求めてやって来た、
パエトンよ、誰が父親であれ、わが子と認めるに相応《ふさわ》しい子よ」と。
パエトンは答えて言った、「おお、無辺の世界を照らす普《あまね》き光、
父上のポエブス——あなたをそう呼ぶのを僕にお許し下さるのならば、また、

母クリュメネがあらぬ話で自らの罪を覆い隠しておられるのでなければ——
父上、僕があなたの本当の子だと信じて貰える証《あかし》を与えて下さり、
心のこの惑《まど》いを、どうか払い去って下さい」。
パエトンがそう言い終わると、太陽神は頭の周り全体から目眩《めくるめ》く光芒放つ
光輪《こうりん》を外し、もっと近づくよう促して、
パエトンを抱擁し、こう言った、「お前は紛れもなくわが子と言うに
相応《ふさわ》しい者。クリュメネが告げたお前の出自に嘘偽りはない。
お前の疑念を晴らすために、望みのものを、何なりと言ってみよ。
叶えてやろうから、それを携えて帰るがよい。私は目にしたことがないが、
神々がそれにかけて誓いをする〔冥界の〕沼*を、この約束の証人としよう」。
　そう言い終わるか終わらない内に、パエトンは、一日だけ、翼ある馬の
手綱を取り、父の車駕を御《ぎょ》す特権を与えてほしいと願った。
父の太陽神は誓ったことを後悔した。三度四度と輝くその頭《かぶり》を振りながら、
神はこう言った、「私の言葉が短慮であったと、お前の言葉を聞いて、
思い知らされた。ああ、約束を反故《ほご》にできればよいものを。わが子よ、
それだけはお前に拒めれば、それが偽らざる私の今の気持ちだ。だが、
思い止《とど》まるよう勧めることは許される。お前の望みは無事には済まぬもの。
パエトンよ、お前の求めているのは大それた賜物。お前のそのか弱い力、

その年端《としは》もいかぬ若さには務まらぬ大仕事だ。死すべき人間に生まれたのが
お前の定めだ。お前の願いは、その死すべき人間の分《ぶん》を超えたもの。いや、
お前は、何も知らずに天上の神々方でさえ叶えられることのない難事を
希《こいねが》っているのだ。その神々が、各々、自らの神威をいくら誇ろうとも、
どの神であれ、火焔を運ぶ馬車を乗りこなす力はない、
この私を除けばな。広大なオリュンポスを統《す》べる支配者、恐るべきその手で
仮借なき雷《いかずち》を投げかける方《かた》でさえ、この馬車を御すことは
叶わぬのだ。しかして、この世に、ユピテル以上に偉大な存在が何かあろうか。
道程の初めは、険しく、朝、まだ元気な馬たちもやっとの思いで
登るような険峻な道だ。中ほどは天空の最も高いところを通る道で、
そこから海と大地を眺める時は、この私自身でさえ
恐怖を覚え、身の竦《すく》む恐ろしさに心も戦《おのの》くほど。
最後は急峻な下り坂で、確かな手綱捌きが要る。
その時は、眼下に広がる波間《なみま》に私を迎え入れてくれる
テテュス*でさえ、私が真っ逆さまに落下しはせぬかと危ぶむのが常なのだ。
加えて、天空は絶え間なく旋回し、目眩《めくるめ》く速さで回転しており、
高きにある星々をその急速な回転に巻き込み、天球の周りを巡らせている。
私はその回転に逆らって進むのだが、他の全てを打ち負かす猛烈なその動きも、

私には勝てず、急激な天球の回転とは逆向きに、*私は馬車を駆っていくのだ。
その馬車を与えられたと想像してみるがよい。お前はどうする。回転する
天極に抗って馬車を進め、急激に旋回する天軸に拉《らっ》されずに済ませられるか。
ひょっとして、お前はその天空に、神々の住まいする幾多の聖林や都や
供物《くもつ》に富む聖堂があるものと想像しているのかも知れぬ。だが、そうではない。
潜む数々の危険や異形《いぎょう》の獣どもを、お前は潜《くぐ》り抜けて行かねばならぬのだ。
たとえ手綱捌きを過《あやま》たず、逸《そ》れることなく道を辿って行くとしても、
立ちはだかる「雄牛」〔座〕の角《つの》を潜り抜け、
ハイモニアの「*弓〔=射手座〕」や獰猛《どうもう》な「獅子〔座〕」の口、はたまた長い腕を
伸ばして湾曲させている凶暴な「蠍《さそり》〔座〕」や、これとは逆〔の外《そと》〕方向に
腕を湾曲させている「蟹《かに》〔座〕」の間《あいだ》を潜り抜けて進んでいくことになるのだ。
それに、火焔を胸内《むねうち》に蔵し、口や鼻から火焔を噴く意気盛んな馬たちを
御すのは、お前にとって並大抵のことではない。この私でさえ
中々受け付けようとはしないのだ、馬たちが競《きお》い立ち、
熱《いき》り立って、その頸で手綱に抗う時にはな。さればだ、
私からの授かりものが、わが子よ、お前の滅びの因《もと》とならぬよう、
よくよく考えるのだ。まだ間に合う内に、お前のその願いを思い直すがよい。
無論、お前が求めているのは、お前がわが血を引く子だと信じられる、確かな

証《あかし》ということであろう。お前の無事を案じるこの心こそ私の与える確かな証《あかし》、
父親だからこそのこの懸念が、私がお前の父であることの証拠なのだ。見よ、
さあ、私のこの顔を。ああ、お前がこの胸の内を覗き見ることができ、
心中の私の憂慮が如何ばかりのものか、分かってくれればよいのだが。
これが最後だ、見回してみるがよい、求めるのなら、豊かに富める世界にある
あらゆる宝、天と地と海の、その無数にある、これほど素晴らしい宝の中から、
何かを求めるがよい。それが何にせよ、拒まれることは決してあるまい。
唯この願いだけは否《いな》みたいのだ。これは、賜物とは言い条、実の所は刑罰。
栄誉ではない。パエトンよ、お前は、賜物ならぬ、刑罰を求めているのだ。
何も知らぬお前、どうして甘えるように私の項《うなじ》を掻き抱く。疑心は無用。
与えられよう、ステュクスの河水《かすい》に誓ったのだから、お前の望むものが
何であってもな。だが、同じ望むにしても、もっと賢明な望みができぬものか」。
　神は忠告を言い終えた。しかし、パエトンはその言葉に逆らい、飽くまで
望みのものを執拗に求め続けた。車駕を御したい欲望で熱くなっていたのだ。
そこで、父の太陽神は、できるかぎり引き延ばしを図ってみたあと、遂に、
若者をウルカヌスの手に成る贈り物、高く聳《そび》える車駕へと連れていった。
車軸は黄金製、轅《ながえ》も、車輪を取り巻く大輪《おおわ》も
黄金製で、放射状に並ぶ輻《や》は白銀製であった。

軛《くびき》には全体に黄玉《おうぎょく》や宝石が順序良く綺麗に嵌《は》め込まれており、
太陽神ポエブスの光を反射してきらきらと輝いていた。
放胆なパエトンが造り物を眺め、その細工に賛嘆の声を
漏らしている間《あいだ》に、見よ、輝く東の空で見張っていた曙《アウロラ》の女神が
紅《くれない》の扉を開き、薔薇《ばら》に満ちた*広間を開け放った。すると、
星々が退散していったが、その群れの殿《しんがり》を務めるのは
明けの明星《ルキフェル》で、最後に空の持ち場から出ていった。
その星が大地目指して沈み、世界が赤らみ始め、
弦月の角《つの》が、言わば消えていくのを見ると、
太陽神《ティタン》は迅速な「時間」たちに馬を馬車に繋ぐよう命じた。
「時間」の女神たちは太陽神の命《めい》を素早く実行し、
瑞々《みずみず》しい神食《アンブロシア》で満腹した、火を噴く馬たちを、聳え立つ
厩舎から連れ出し、鈴の音響《ね》かせる馬勒《ばろく》を付けた。
その時、父の太陽神は息子の顔に聖なる霊薬を塗って、
激しく燃える炎に耐えられるようにしてやり、
髪の周りに光輪を被《かぶ》せてやったが、悲しみを予感して、
憂い深いその胸から何度も溜息を漏らしながらこう言った、
「せめて、今、言って聞かせる父の忠告に従うことができるのなら、わが子よ、

こうするがよい、突き棒＊は控え、むしろ手綱のほうを力強く使うのだ。
馬たちは強いられずとも自分から急ぐ。逸《はや》る馬たちを抑えるのがひと苦労なのだ。
また、五つ〔すべて〕の天帯＊を通って一直線に進もうなどと思ってはならぬぞ。
定まった軌道《みち》は斜めに大きな弧を描く軌道で、
その軌道は三つの天帯の範囲に収まり、天の南極、さらに
天の北極に連なる「大熊《おおぐま》〔座〕」は避けて通る。
この軌道を辿るのだ――私が付けた車輪の跡がはっきりと見て取れよう――
また、天空も地上も等しく熱を受け取るよう、
低すぎてもならぬし、上天の天辺《てっぺん》を進んでもならぬ。
進路を逸らして、高すぎると天の宮居を炎上させ、低すぎると地上を
炎上させてしまうことになるからな。中ほどを行くのが最も安全だ。馬車が右に
寄りすぎて曲がってしまい、蜷局《とぐろ》を巻く「蛇〔座〕」のほうに傾いてもならぬし、
左に寄りすぎて、下方に位置する「祭壇〔座〕」に近づいてもならぬ。
その二つの中間の進路を保つのだ。後は運命の女神《フォルトゥナ》に任せよう。女神がお前に
神助を垂れ、お前の無事を、お前以上に図ってくれることを願うばかりだ。
私がこうして話している間《あいだ》にも、露に濡れた「夜」が西方の国《ヘスペリア》の岸辺にある
終着点に辿り着いた。我々が勝手気儘に愚図愚図しているわけにはいかぬ。
我々の出番が求められている。闇を払い、曙《アウロラ》の女神が輝き出しているからな。

手綱を手に取るのだ。いや、お前の気持ちがまだ変わり得るものなら、私の忠告を用いることだ、私の馬車ではなくてだ。お前にそれができ、お前がまだ硬い地面に足を付けている今の内に、*お前が、何も知らずに、不幸にも望んだ馬車にまだ乗っていない今の内に、地上に光を届ける役目は私に任せるのだ。その光を、お前も無事眺められよう」。

　だが、パエトンは若者らしい身体で〔常より〕軽い〔荷として〕馬車に乗り込み、馬車の上で立ち上がると、軽い手綱を手に取る喜びをかみしめながら、車上から、不承不承の父に向かって感謝の言葉を口にした。そうする内にも、俊足のピュロエイスにエオオスにアイトン、さらに四番手のプレゴンが——太陽神の馬たちだが*——炎を噴き出す嘶《いなな》きで大気を満たしながら、行く手阻む横木*を足で蹴っている。その横木を、孫〔パエトン〕の悲しい運命を知らぬ海の女神テテュスが取り外して、広大無辺の大空を自由に駆ける機会が与えられると、馬たちは勢いよく軌道《きどう》に飛び出し、蹄で蹴って大気の中を駆けながら、開《はだ》かる雲を切り裂き、翼で加勢されて軽快に、同じ東の方位で生まれた「東風《とうふう》」を追い抜いていく。だが、如何《いかん》せん、荷が軽すぎた。太陽神の馬たちがそれと感じることができないほどの軽さで、軛《くびき》にも、いつもかかる荷重が欠けていた。

丁度、反り返る舟が、適度な重さの荷を欠くと、安定を失って傾き、
余りの軽さに不安定なまま、彼方此方《あなたこなた》と波に弄《もてあそ》ばれるように、
太陽神の馬車もまた、慣れた重さの荷を欠いて、上空へと飛び跳ね、
高く舞い上がってぐらぐらと揺れ、まるで御者のいない馬車のようであった。
馬たちは、それに気づくや、暴走し始め、踏み慣れた
道を離れ、元の正常な軌道から逸れて、疾走した。
パエトン自身怯えたが、託された手綱の操り方も、道がどこかも分からず、
たとえ分かっていたとしても、馬たちを制御できる筈もなかった。
　この時初めて、寒冷な「大熊・小熊〔座〕」が太陽の光芒で熱くなり、
禁断の海*に浸《つ》かろうとしたものの、無駄であった。また、
凍《い》てつく天の北極間近に位置する「蛇〔座〕」は、それまでは
寒さのために動きが鈍く、誰の脅威にもならなかったが、
この時熱せられて、その熱の所為《せい》で今までにない怒りの相貌を現した。
汝もまた、「牛飼い〔座〕」よ、驚愕して逃げ出したと言われる。
尤《もっと》も、その逃げ足は遅かった。自分の荷車が手枷*足枷《てかせ》となったのだ。
さて、しかし、不幸なパエトンは、天空の天辺《てっぺん》から眼下
遥か彼方《かなた》の、そのまた遥か彼方に横たわる大地を目にすると、
青ざめ、突然の恐怖に膝が震え出し、

余りにも目眩《めくるめ》く光の眩《まばゆ》さに目が眩《くら》んだ。
今となっては、父の馬などに金輪際《こんりんざい》触れなければよかったと思い、
最早、自分の素性を知ったこと、願いを聞き届けられたことを後悔し、
今となっては、メロプスの子と呼ばれたいと思いながら、運ばれていった。
その様《さま》は、恰《あたか》も船が吹き荒《すさ》ぶ「北風《ほくふう》」に翻弄され、その激しさに屈して
舵取りが舵を手放し、船を神頼みに委ねてしまったかのよう。
どうすればよい。背後には後にしてきた遼遠な空が広がり、
眼前にはそれ以上に広漠とした空が広がっている。パエトンは心の中で
両者の距離を測り、到達する定めにはない
西方《せいほう》を望み見るかと思えば、また、時に、東方《とうほう》を振り返り見るものの、
どうすべきか分からず、呆然としたまま、手綱を緩めるのでもなく、
引き締めることもできず、声を掛ける馬たちの名も知らなかった。
剰《あまつさ》え、天空のあちらこちら、至る所から目に入ってくる怪異のものや、
巨大な獣の姿を眺めて、震えあがった。
その天空に、とある一角があり、「蠍《さそり》〔座〕」が両腕を弓なりに曲げ、
尻尾と、胴の両側に並ぶ曲がった脚で
身体《からだ》を伸ばした姿で、二つの宮《きゅう》の空間を占領している。*
少年は、毒を含むどす黒い汗で濡れたその「蠍〔座〕」が、

針の付いた弓なりの尾で今しも突き刺そうと脅《おびや》かしているのを見ると、
冷たい恐怖に呆然自失し、我知らず手綱を放してしまった。
　パエトンの放した手綱がだらりと背中に落ちかかるや、
馬たちは進路を逸《そ》れ、抑える者がいない状態で、見知らぬ区域の
大空を翔《かけ》り、衝動の駆りたてる方角へとあてどなく
闇雲に暴走し、高空《たかぞら》に鏤《ちりば》められた星々に
ぶつかるかと思えば、馬車を引《ひ》っ攫《さら》って、道ならぬ道を疾駆し、
ある時は天辺《てんぺん》を目指し、またある時は急峻な下り道を
大地に近い空域目指して真っ逆さまに駆け下っていった。
月の女神《ルナ》*は弟神〔アポロ〕の馬たちが自分の馬たちより低空を翔けていくのに
驚いたが、見れば、雲が焼けて煙を吐いている。
大地は、高ければ高いほど、炎を浴びて焦土と化し、
裂けてひび割れて、水分を奪われ、干上《ひあ》がった。
牧草は燃えて白い灰となり、樹木は木《こ》の葉諸共《もろとも》焼け焦げ、
畑地の麦は干涸《ひから》びて、自らが燃料を与えて自らの災難に加勢している。
だが、私が嘆いているのは些細なもの。それ処《どころ》か、偉大な数多《あまた》の都市が
城壁諸共滅び、猛火は悉《ことごと》くの国をその民《たみ》諸共
灰燼に帰せしめた。山々諸共森が燃えた。

アトス山《さん》が燃え、キリキアなるタウロス山やトモロス山、オイテ山が燃えた。
以前は泉に富んでいたイデの山もその時干涸びて燃え、乙女のムーサらの
聖山ヘリコンも、オイアグロス王縁《ゆかり》*の地となる以前のハイモスの山も燃えた。
またアエトナ山も今や二倍になった火*で燃え、立ち昇るその炎は天を沖《ちゅう》した。
双峰のパルナソスも、またエリュクス山もキュントス山もオトリュス山も燃え、
遂には万年雪を失う運命のロドペの山並も、ミマス山も、ディンデュマ山も、
高く聳えるミュカレも、祭儀の聖地となるべく生まれたキタイロン山も燃え、
またスキュティアもその寒冷さが役に立つことはなく、カウカススの山並も、
ピンドス諸共オッサの山も、それらより大山《たいざん》のオリュンポスも燃えた。
［天を衝《つ》くアルペス山脈も、雲を戴くアッペンニヌスの山並も。*］
　さて、パエトンは大地のあらゆる所から
火の手が上がっているのを目にしたが、これほどの炎熱に耐えられず、
恰《あたか》も底深い炉から噴き出すような、灼熱する熱気を
口に吸い込みながら、自分の乗る馬車が白熱していくのを感じた。
しかも、最早降りかかる灰や飛び散る火の粉に
耐えきれず、八方を熱い煙に取り囲まれ、漆黒の闇に
包まれて、どの方向へ進んでいるのか、今自分がどこにいるのかも
分からず、天翔《あまかけ》る馬たちの気の向くまま、闇雲に引《ひ》っ攫《さら》われていった。

血が〔炎熱で〕皮膚に凝集したため、アエティオピアの民が
黒い肌色になったのはこの時のことだと信じられている。
炎熱で湿気を奪われ、リビュアが乾燥した砂漠になったのも、
またニンフたちが、髪を振り乱して、泉や湖の消失を嘆いたのも
この時のこと。ボイオティアはディルケの泉を探し求め、
アルゴスはアミュモネの泉を、エピュレ〔コリントスの古名〕はペイレネの泉を
探し求めた。遥か隔たる両岸を与えられた大河もまた、無事なままでは
済まなかった。タナイスは河水の只中で湯気を立て、
老河神《かしん》の治めるペネイオスやテウトラス王の領地ミュシアのカイコス、そして
流れ早きイスメノス、またペゲウス王縁《ゆかり》のエリュマントス、後《のち》に再び
火の手を上げることになるクサントス*や流れ黄色いリュコルマス、流れを繋く
蛇行させて戯れるマイアンドロス、更にミュグドネス族縁《ゆかり》のトラキアの
メラス、タイナロン岬で名高いラコニアのエウロタスも同様に湯気を立てた。
バビュロンのエウプラテスが焼け、オロンテスが焼け、
流れ早きテルモドンが、またガンゲスやパシスやヒステルが燃えた。
アルペイオスは沸騰し、スペルケイオスの岸辺が燃え上がった。
タグスの流れが運ぶ砂金は火焔で溶け、
マイオニア〔=リュディア〕の岸辺に群れて歌を響かせていた

水鳥〔＝白鳥〕たちはカユストロス川の流れの只中で焼け死んだ。
ニルスは、恐怖して、世界の最果てへと逃げ、源流を隠したが、
その源流は今なお人に知られぬまま。* 七つの河口は
砂塵に埋もれて、流れる水のない空《うつ》ろな七つの谷間と化した。
同じ災厄に見舞われて、イスマロス〔＝トラキア〕のストリュモン共々ヘブロスも、
また西方の川のレヌスもロダヌスもパドゥスも、また
全世界の覇権を約束されたテュブリスも干上《ひあ》がった。
土地はどこもひび割れ、裂け目を通って冥府《タルタロス》にまで
光が届き、冥界の王〔ディス〕とその妃《きさき》〔プロセルピナ〕を驚愕させた。
大洋さえ狭《せば》まり、先頃まで海原《うなばら》であった所は干上がって、
乾いた砂原《すなはら》と化した。それまで深い海が隠していた山々が
姿を現し、散在するキュクラデス諸島の島数《しまかず》を増やした。
魚たちは深い水底《みなそこ》を目指し、いつもなら体《からだ》を弓なりに曲げ
海面上の空中へと飛び跳ねる海豚《いるか》たちも飛び跳ねようとはしない。
海面には、仰向けになった海豹《あざらし》たちの死骸が
浮かんでいる。話では、他ならぬネレウスやその妻ドリスと
その娘たちさえ、生温かくなった〔海底の〕洞穴《ほらあな》に身を潜めたという。
ネプトゥヌスは険しいその顔と腕を三度、海面から

280

現そうとしてみたものの、三度、大気の炎熱に耐えきれなかった。

だが、万物を育む「大地」は違った。周囲を海に取り囲まれ、海の水と、至る所で縮小し、母なる「大地」の暗い体内に身を隠した泉の水に挟まれていたこともあって、自らは涸《か》れ涸《が》れながらも、苦し気な顔を首の辺りまで擡《もた》げて、手を額《ひたい》に翳《かざ》し、激しく震撼して
あらゆるものを打ち震わせながら、少し身体を沈め、いつもより低い位置から、途切れ途切れにこう声を上げた、

「これが、神々の王よ、あなたの御心《み》に適い、私がこのような災厄に値する者というのなら、何故あなたの雷《いかずち》は沈黙したままなのです。同じ火の力で滅びるのなら、あなたの雷電の火で滅び、せめて因となった者の違いで禍《わざわい》を軽くして下さいませ。喉を開いて、これだけの言葉を出すのも、やっとの思い」

――熱気が口を塞《かぶ》いでいたのだ――「ほら、ご覧下さい、焼け焦げたこの髪、それに、目に被さるこれほどの灰、顔を覆うこれほどの灰を。

私の豊饒さと忠実な務めに対して、あなたが私にお与えになる、これが褒美、これが栄誉だと仰《おっしゃ》るのでしょうか。私はと言えば、曲がった鋤や鍬の傷に耐え、年がら年じゅう責め苛まれて、家畜には木の葉*を、人類には滋味豊かな糧《かて》の穀物を、

あなた方《がた》神々には香料を貢《みつ》いでいる者なのですよ。ですが、私の
これまでの行いに、この破滅に値する咎《とが》が何かあったとしてみましょう。では、
海が何を、あなたの兄神《あにがみ》が何をなされたというのでしょう。籤*であの方に
委ねられた海が、何故《なぜ》縮まり、何故天空から益々遠ざかっていくのでしょう。
また、たとえ兄神や私への恩愛があなたの御《み》心を動かさないとしても、せめて
あなたの治める天空を憐れと思召《おぼしめ》せ。天の両極を見回して御覧なさい。
両極から煙が上がっているではありませんか。火焔がそれらを破壊すれば、
あなた方の天の宮居が崩れ落ちてしまいます。ほら、他ならぬアトラス*も
苦しんで、灼熱する天軸をその両肩で支えかねています。
もしも海が、もしも大地が、もしも天の宮居が滅びたなら、
私たちは諸共に昔の混沌《カオス》へと投げ込まれてしまうのです。お救い下さい、炎から、
残されているものがあれば、残らず。どうか、全世界の無事をお図り下さい」。
「大地」はそう言って、言葉を終えた。それ以上熱気にも
耐えられず、それ以上声を出すこともできなかったからだ。そうして、
首を竦《すく》めて自分の体内に顔を隠し、死霊たちの国のほうに近い洞《ほら》に身を潜めた。
　一方、全能の父神は、天上の神々と、他ならぬ車駕を与えた、当の
ポエブスを立ち会わせ、厳かにこう宣告した、「私が助けの手を差し伸べねば、
万物が由々しき定めによって滅び去ることになろう」。そう言うと、高く天頂の

城塞へと昇っていった。ユピテルが、そこから広大な大地の上に雲を広げたり、
雷電を生んで、激しくた走《ばし》る稲妻を投げかけたりする習いの場所である。
だが、その時は、〔火焔のせいで〕大地の上に広げる雲も、
天から降らせる雨もなかった。
ユピテルは雷鳴を轟かせ、雷電を右耳の上に振り翳《かざ》して、御者の
パエトンめがけて投げつけ、パエトンを馬車から転落させると同時に
その命をも奪い、仮借ない雷火で火焔を鎮めた。
馬たちは狼狽し、てんでに違う方向へと飛び跳ね、軛《くびき》から
頸《くび》を外して、引きちぎられた手綱を後に残して駆け去っていった。
あちらには馬勒《ばろく》が、こちらには轅《ながえ》から捥《も》ぎ取られた車軸が、
また別の所には破壊された車輪の輻《や》が転がっており、
あちらこちら広い範囲に、ばらばらになった馬車の残骸が散らばっていた。
　パエトンはと言えば、赤毛の頭髪を荒れ狂う炎で焼かれ、
馬車から真っ逆さまに転げ落ち、空中を長い距離
運ばれていった。その様《さま》は、時に、晴れた空から、実際は落ちないが、
落ちたかのように見えることがある流星のようであった。
その彼を、祖国から遥か遠く隔たる地にある偉大な大河エリダノス〔ポー川〕が
受け取り、燻《くすぶ》る彼の顔を河水に浸《つ》けて汚れを拭ってやった。

西方《ヘスペリア》の国のニンフたちが、三叉《みつまた》の雷火に焼かれて煙《けぶ》る
その亡骸《なきがら》を墓に納め、墓石に碑名も刻んで、こう標《しる》した。

　ここに眠るはパエトン。父の車駕の御者なりき。
　その車駕をよく保つこと能《あた》わざるも、壮図《そうと》に挑みて、仆《たお》れぬ。

　さて、父の太陽神は、憐れにも、身も窶《やつ》れる悲しみで
顔を覆って嘆いたが、言い伝えを信じればの話ながら、一日が
陽《ひ》の光の射さぬままに過ぎていったという。だが、大火が光を与えた。
あの災厄にも何某《なにがし》かの効用があったという訳である。ところで、
母のクリュメネは、これほどの不幸にあって、口に出して当然の言葉を
ありったけ口にした後、嘆き悲しみながら、半狂乱の態《てい》で、
掻き毟《むし》った胸を開《はだ》け、地上隈《くま》なく経巡って、初めは息絶えた
息子の亡骸《なきがら》を、やがてはせめて遺骨だけでも、と探し回った挙げ句、
遂に異郷の岸辺に埋葬されていた遺骨を見出し、
その場に身を投げ出して、大理石の墓石に刻まれたわが子の名に
涙を注ぎ、開《はだ》けた胸でそれを愛撫した。彼女の娘たち
ヘリアデスの悲しみも母に劣らず深く、死者には空しい

350

捧げものの涙を注ぎ、手の平で嘆きの胸を打ちつつ、
悲しむ声を聞いてくれる筈もないパエトンの名を
昼も夜も呼び続けては、墓の傍《かたわ》らに頽《くずお》れるのであった。
月が三日月の角《つの》を合わせて満月となること四度に及んだ。
彼女たちは習い通り――常の行いは習いとなるのだ――
相変わらず胸を打つ音を響かせていた。その内の一人、長姉《ちょうし》の
パエトゥサが、大地に身を投げ、ひれ伏そうとした時、両足が強張《こわば》って
動かない、と訴えた。その彼女を助けようと、輝くように白いランペティエが
走り寄ろうとしたものの、脚が俄《にわか》に変じた根によって妨げられてしまった。
三人目は、髪を手で掻き毟《むし》ろうとすると、引き毟ったのは、髪の毛ならぬ
葉っぱであった。別の姉妹は脛《すね》が木に包み込まれて幹になるのを嘆き、
また別の姉妹は腕が長い枝になったのを嘆いた。
彼女たちがそうした出来事に驚愕している内にも、樹皮が股《もも》の付け根を、
さらには徐々に腹を、胸を、肩を、手を覆い尽くしていき、
遂には母の名を呼ぶ口だけが残されていた。
衝動に駆られるままに、あちらの木*へ、またこちらの木へと駆け寄り、
時間が許す限り、口づけをしてやる以外、母に何ができたであろう。だが、
母はそれでは満足できなかった。娘の身体を幹から引き剝《は》がそうとしてみたり、

柔らかい枝を手で折り取ったりしてみたが、折った所からは、
まるで傷口から出てくるように、血の滴《しずく》が滴《したた》り落ちた。
「やめて頂戴、お願い、お母さん」、傷つけられた娘たちは皆、叫んだ、
「やめて頂戴、お願いだから。お母さんが枝を折ることで、私たちの身体が
傷ついているのです。これでお別れ。さようなら」。この言葉を最後に、
樹皮が口を塞《ふさ》いだ。そこからは涙が流れ落ち、できたばかりの枝から
滴《したた》り落ちた涙は陽光で固まり、琥珀《こはく》となった。それを、澄んだ流れが受け取り、
新妻たちが身に着けるようにと、ローマに送り届けることとなったのだ。
　ステネロスの息《そく》キュクノス*がそこに居合わせ、この不思議な光景を見届けた。
彼は、パエトンよ、母方の血で結ばれた汝の血縁ではあったが、むしろ汝とは
血族より親密な心の友というほうが当たっていた。キュクノスは国を後にして
――彼はリグリアの民と数多の大都《だいと》を治める王だったからだが――
エリダノスの緑なす岸辺と水の流れ、また
姉妹たちの変身で木々の数を増した森を嘆きの声で満たしていたが、
その時、俄《にわか》に声が次第にか細くなっていき、髪の毛が変じて
白い羽毛となり、首が胸から長く伸びていった。さらに
赤くなった足指を水掻きが繋ぎ合わせ、脇腹は羽根で覆われ、口は
先端の丸い嘴《くちばし》と化した。キュクノスは新しい鳥〔白鳥〕となったのだ。

だが、〔鳥とはいえ〕空や〔天空の神〕ユピテルに身を委ねようとはしなかった。
それも当然で、ユピテルが理不尽にも送った雷火を忘れてはいなかったのだ。
その代わりに、キュクノスは沼地や広い湖を好み、火を厭《いと》って、
棲《す》み処《か》に、火と対抗する水を選んだのである。
　一方、パエトンの父ポエブスは、黒ずんだ服喪の衣装に身を包み、
いつもの輝きをなくして、日蝕の時の常のような暗い顔付きで、
己を憎み、光と昼を厭《いと》って、ひたすら
心が悲しむに任せたが、その悲しみに怒りが加わり、
世界に対する務めを果たすことを拒んだ。「もう沢山だ」、神はそう言った、
「太初以来この方、休みなく齷齪《あくせく》働くことが私に割り当てられた運命。
終わりもなく、酬いもない苦労をこれ以上背負わされるのはこりごりだ。
誰でもいい、他の神が光を運ぶ私の馬車を御せばよいのだ。もしも
誰もおらず、どの神もできないと白状するのなら、他ならぬユピテル自らが
御せばよい、せめて私がいつも握る手綱と格闘している間《あいだ》だけは、必ずや
父から子を奪わずには措かぬあの雷電を脇に置くことになろうから。その時は、
炎を放つ脚もつ馬たちの力を思い知らされ、それをうまく御せなかったからとて、
死の憂き目に遭わねばならぬ謂《いわ》れはない、と悟ることであろう」。
　こう憤懣をぶちまける太陽神の周りを、神々が残らず

取り囲み、世界を闇の中に放り込もうなどとしないよう、挙《こぞ》って
嘆願の声を上げて頼んだ。ユピテルも雷火を送ったことの弁解をして
嘆願したが、神々の王らしく厳かに威嚇することも忘れなかった。そこで、
仕方なく、ポエブスは、恐怖に怯えて狂ったように暴れ回る馬たちを集めて、
軛《くびき》に繋《つな》ぎ、悲痛の思いを胸に秘めながら、馬たちに荒々しく突き棒と鞭を当て、
――実際、荒々しかった――息子の死を馬たちの所為《せい》にして責め立てるのであった。
　さて、全能の父神ユピテルは天空の壮大な城壁の周りを巡り、
火の威力で破壊され、崩落している箇所がどこかないか、
調べて回った。城壁がしっかりしており、本来の強固さを
保っているのを見て取ると、次には大地と人間たちの営みに
目を向けた。だが、とりわけ気にかけたのは〔生誕地として〕縁《ゆかり》の
アルカディア*であった。涸れた泉や、まだ流れようとしない川を
元通りに戻し、大地には草を、木々には葉を与え、
傷ついた森には再び青々と茂るよう命じた。こうして
頻繁に行き来する内に、ユピテルは一人のノナクリス〔アルカディアの山〕の
乙女〔カッリストー〕に懸《け》想《そう》し、受けた愛の炎で骨の髄まで恋い焦がれた。
彼女がいつもすることは、羊毛を柔らかく紡ぎ出すことでもなければ、
髪を束ねて綺麗に整えることでもなかった。簡素な留め金が服を留め、

白いリボンが構うことのない乱れ髪を抑えていた。彼女は、
ある時は滑《すべ》らかな投げ槍を手に握り、ある時は弓を手に取って、ポエベの
戦士となっていたのだ。マイナロス山を駆けるニンフたちの中で、誰よりも
三つ辻の女神《トリウィア》*の寵愛を受けていた。だが、〔寵愛による〕威勢は長続きしない。
　空高く行く太陽が軌道の半ばを過ぎた、ある昼下がりのこと、
彼女は、どの時代にも斧を入れられたことのない森の中へと入っていった。
その森で、カッリストーは肩から箙《えびら》を外し、しなやかな弓の
弦《つる》を弛《ゆる》めて、草に覆われた地面に横たわり、
彩《いろど》り豊かに模様の描かれた箙の上に頭を載せて休んでいた。
疲れ、見張る者もいない無防備なその彼女を、ユピテルは目に留めると、
「この浮気をわが妻が知ることは屹度《きっと》あるまい」、そう言った、「また、
知られたとして、たとえ詰《なじ》られ、罵《ののし》られようと、おお、甘受する価値は
あろうというものだ」。そう言うと、早速ディアナの顔と衣装を真似て変身し、
そうしてニンフに語りかけた、「ねえ、私の供の一人の娘よ、お前、今日、
どこの山の背で狩りをしてきたの」と。乙女は草地から身を起こすと、答えた、
「ご機嫌よろしく、女神様、私が思いますに、ユピテル様より——ご自身が聞いて
おられようと構うものですか——偉大な女神様」と。神はそれを聞いて苦笑し、
自分が自分より気に入られているのを喜んで、乙女に口づけをしたが、

十分慎み深い口づけとは言えず、乙女がするような口づけでもなかった。
ユピテルは、どの森で狩りをしてきたか話そうとする彼女に矢庭に抱きついて、
言葉を遮《さえぎ》り、その罪深い行動によって正体を暴露した。彼女のほうは、
女性に可能なかぎりの力で逆らい——サトゥルヌスの娘御よ、あなたがその様《さま》を
目撃していればよかった。そうすれば彼女にさほど辛くは当たらなかった筈——
抗おうとしてみたものの、うら若い乙女が誰に勝てよう。
誰がユピテルに勝てよう。ユピテルは、勝利を収め、高空《たかぞら》の上天《アエテル》目指して
戻っていった。彼女は出来事を知る木立を厭い、森を憎んだ。憎さの余り、
その森から戻っていこうとした時、矢の入った箙と木に掛けていた
弓を取り上げるのを危うく忘れるところであった。
その時、見よ、高いマイナロスの峰伝いにやって来たディクテュンナ*が
供の一団を連れ、仕留めた獣も誇らしげに掲げて森に入ってきた。女神は
彼女を見やり、彼女に目を留めると、彼女に呼びかけた。呼びかけられた彼女は
逃げようとした。またディアナの姿に変身したユピテルでは、と恐れたのだ。
しかし、ニンフたちも一緒に入ってくるのを認めると、
欺きではないと悟り、女神らの一団の方に近づいていった。
ああ、罪過を顔に表さず、隠し通すことの何と難しいこと。
彼女は地面に向けて伏せた目を上げかね、以前はそうしていたように、

女神のすぐ脇に付き従うことも、一行の先頭に立つこともせず、
黙ったままで、赤らめたその顔は純潔が汚されたことを図らずも物語っていた。
もしもディアナが処女でなかったなら、数知れぬ徴《しるし》で乙女の過《あやま》ちに
気づくことができただろう。一方、ニンフたちは逸早《いちはや》く感づいていたという。
月が角《つの》を合わせて盈《み》ちること九度を数えた頃のこと、ディアナは、
狩の後で、しかも弟神〔ポエブス〕の炎熱でぐったりしていたところ、
ひんやりした、とある森に行き当たった。その森には、さらさらと、
せせらぎの音と共に、細かな砂を巻き上げながら、小川が流れていた。
女神はその場所の素晴らしさを愛賞し、片足をそっと水面《みなも》に浸《つ》けてみて、
水の流れも愛《め》でると、「ここには見る者とて、誰もいない」と言った、「さあ、
服を脱ぎ、裸になって、溢れんばかりのこの清水で沐浴しましょう」と。
パッラシアの乙女は顔を赤らめた。他のニンフたちは服を脱ぎ捨てた。だが、
乙女一人だけがぐずぐずしていた。躊躇《ためら》う彼女の服をニンフらが無理やり
脱がせ、服が剝がされると、露わな裸身は罪を暴露せずには措《お》かなかった。
狼狽し、手で腹部を隠そうとする彼女に、「行くがよい、ここから遠く
離れなさい」とキュンティア〔ディアナの異称〕は言った、「この聖なる泉を
汚してはならぬ」。そう言うと、供の一団から立ち去《と》るよう彼女に命じた。
　こうした経緯《いきさつ》を、雷《いかずち》轟かせる偉大な神の伴侶は疾うの昔に気付いていたが、

適当な時が来るまで厳しい罰を与えるのは引き延ばしていた。だが、最早
ぐずぐずする理由は何もなかった。恋敵には息子アルカスが生まれていたが
――それこそユノーの痛心の大本《おおもと》であった――今では少年になっていた。
その子に、きつい心で厳しい眼差《まなざ》しを向けると、ユノーはこう言った、
「ええ、ええ、こういう魂胆がまだあったという訳ね、ふしだらな娘め、
子を身籠り、そうして子を産んで夫の不始末を明るみに出し、その子を
ユピテルの不面目な為体《ていたらく》の生き証文《じょうもん》にしようという魂胆が。屹度《きっと》、報いを
受けさせずには措《お》かないからね。自分でも気に入り、わが夫にも気に入られた
あなたの、図々しい娘め、その綺麗な見目形《みめかたち》を奪ってあげようから」。
女神はそう言うと、目の前にいる娘の前髪を鷲掴みにして
地面に引き倒した。カッリストーは嘆願するように腕を伸ばした。
だが、その腕には逆立つ真っ黒な剛毛が生え始め、
手が曲がって、指先は鉤《かぎ》なりの爪と化し、その手は
脚の役目を果たし始め、更に、かつてはユピテルに愛《め》でられた口は
大きく裂けて醜い口となった。そうして、祈りや嘆願の
声がユピテルの心を動かすことのないよう、人間の声を奪われ、
言葉を発することもできなくなった。嗄《しわが》れた喉から出てくるのは、
猛り狂い、威嚇し、恐怖させる吠え声であった。

しかし、熊になったとは言え、昔の心は残っていた。
絶え間ない呻き声でその苦しみを証《あかし》し、
手とも言えない手を空と星々に向けて差し上げては、
ユピテルのつれなさを、言葉には出せなくとも、犇々《ひしひし》と感じ取るのだった。
ああ、幾度《たび》、森で休む勇気もなく、昔の
わが家《や》の前や、かつて慣れ親しんだ田畑《たはた》の周りを彷徨《さまよ》い歩いたことであろう。
ああ、幾度、岩だらけの道を犬たちの吠え声に追い立てられ、
幾度、狩人であった自分が狩人らへの恐怖で逃げ回ったことか。
獣を見かける度《たび》に、自分が何ものであるのかも忘れて、何度も隠れ、
自分が雌熊であるにもかかわらず、山中で雄熊の姿を見かけては恐怖し、
父親〔リュカオン〕がその中にいるにもかかわらず、狼の群れを見ては酷《ひど》く怯えた。
　一方、リュカオンの孫アルカスのほうだが、母〔カッリストー〕のことは
知らぬまま、十五度目の誕生日も過ぎ、十六の歳*になっていた。
ある日、彼が獣を追って、狩りに適した木立を選び、
エリュマントスの森に、編まれた狩り網を張り巡らせていた時のこと、
偶然にも母の雌熊に遭遇した。雌熊はアルカスを見ると立ち止まり、
彼のことが分かっている風であった。だが、アルカスは踵《きびす》を返して
逃げ出し、いつまでも自分をじっと見つめ続けているその熊を

何も知らずに恐れて、更に近づこうとするその熊の胸を鋭い槍で今しも突き刺そうとした。その時のことである、全能の神ユピテルがそれを押しとどめ、母子《ははこ》を引き離すと共に、母殺しの非道の罪を犯させず、二人を旋風《つむじかぜ》で攫《さら》って空中を運び、天空に据えて、隣り合う二つの星座〔大熊座と小熊座〕にしてやったのだ。

　ユノーは、星々の間で恋敵〔カッリストー〕が輝き始めると、怒りを募らせ、天降《あまくだ》って、大海原の、白髪のテテュスと老神オケアノスの許《もと》を訪《おとな》った。神々が屢々《しばしば》敬意を払ってきた二神である。来訪の訳を尋ねる二神に、ユノーはこう語り始めた、

「神々の女王である私が、なぜ上天《アエテル》の宮居からここにやって来たのかと、お尋ねになるのですね。私に代わって、別の女が天空を牛耳っているのです。私の話が嘘か誠かは、夜になり、世界が暗闇に包まれた時、新参の星座が——ああ、心が痛む——つい先頃、天の最も高い所に座を占める栄誉を与えられて、輝くのをご覧になればお分かりになる筈。天の北端にある、最も短い径の極圏が天軸の先端の周りを取り巻いている所です。本当に、誰がこの私ユノーを傷つけずに措くものですか。誰が、私を怒らせても、怖がるものですか。禍《わざわい》を与えながら、それが相手の利になる神なんて、私くらいなものですもの。ああ、私のしたことの、何と大したこと。私の神威の、何と絶大なこと。私は

530

人間であり続けるのを許さなかった。すると神になったのです。私が罪人《つみびと》に罰を与えても、この程度のこと。私の力の偉大さなど、この程度のものなのです。こうなったら、元の姿に戻してやり、獣の顔を取り去ってやればいいのです。以前、ポロネウスの妹のアルゴス女〔イオー〕にはそうしましたものね。なぜ私ユノーを追い出して、あの女を後妻に迎え、私の閨《ねや》にあの女を寝かせないのでしょう。なぜリュカオンを舅にしないのでしょう。とは言え、傷つけられ、貶《おとし》められたあなた方の養い子*の、この私を憐れと思召《おぼしめ》すのなら、どうか北斗の七つ星*があなた方の紺青の海に近づけぬようにし、恥ずべき情事の褒美に天空に迎え入れられたあの星座どもを追い払って、清らかな大海原に、あの情婦が決して浸《つ》かることのないようにして下さいませ」。

　海の二神は頷き、願いを聞き入れた。サトゥルヌスの娘御は快速の車駕に乗り、鮮やかな飾りを付けた孔雀たちに牽《ひ》かれて、澄みわたる空を翔け昇っていった。この孔雀が殺されたアルゴスの眼で美しく飾られたのは最近のことだが、同じように、以前は輝くように白かったお前が、お喋り鳥の大鴉《おおがらす》よ、突然、黒い羽に変わったのも最近のことだった。実際、この鳥はかつては白い羽をしており、白銀色に輝いていた。その白さは、斑《ぶち》の入らない、どの白鳩にも引けを取らず、また後《のち》に見張りの鳴き声でカピトリウムを守る張り番となる筈の鶩鳥*にも、更には水流を好む白鳥にも劣らなかった。破滅の因《もと》となったのは舌であった。お喋りなその舌の所為《せい》で、白い色をしていたのが、今では白とは真逆の色をしているのだ。ハイモニア〔テッサリアの古名〕全土で、ラリッサのコロニスより美しい乙女は一人もいなかった。彼女は、デルポイの神〔アポロ〕よ、確かにあなたのお気に入りだった。尤《もっと》も、それは、彼女が貞潔であった間《あいだ》、あるいは彼女の不貞が気付かれなかった間のこと。だが、ポエブスの聖鳥の、容赦ない告げ口屋の大鴉が不貞に気付き、密かな罪を暴露しようと、主《あるじ》のアポロの許《もと》へ急いで出かけていった。その大鴉の後を、やはりお喋りの小鴉《こがらす》が、何事も詮索せずには措くまいと、羽を羽搏《はばた》かせて追いかけていき、俄旅《にわかたび》の訳を聞き知ると、こう言った、「身の為にならない旅で、お急ぎのようね。でも、あなたの未来を語る私の言葉を蔑《ないがし》ろにしないで。先ず、私が何ものだったか、今、何ものであるかを知り、その上で、何の咎あってそうなったのか、お尋ねなさい。お分かりになるわ、忠義が仇《あだ》になったのだと。その訳は、昔、ある時、母親のない子として生まれたエリクトニオス*を不憫に思い、パッラス〔アテナ＝ミネルウァ〕様がアッティカ産の柳で編んだ籠に入れ、その籠を半人半蛇二つの姿もつケクロプス*の三人の娘たちに、秘密を覗き見してはならぬ、という命《めい》を与えて預けたのです。

私は、鬱蒼と茂る楡《にれ》の軽やかな葉陰に隠れて、彼女たちがどうするか、
こっそり見張っていました。パンドロソスとヘルセの二人の姉妹は、邪心なく、
頼まれたことを忠実に守っていましたが、姉妹の一人アグラウロスは二人を
臆病者と呼び、籠を括《くく》っていた紐の結び目を解《ほど》いたのです。見ると、中には
赤ん坊と体《からだ》を長く伸ばしている一匹の蛇が入っていました。私は一部始終を
女神に知らせたのです。その見返りに私が得た褒美というのが、
ミネルウァ様の庇護から追っ払われた鳥という名で呼ばれ、夜の鳥〔梟〕の
後塵を拝する地位に貶《おとし》められることだったのです。私に下された罰が鳥たちへの
教訓になり得ましょう、余計なお喋りで危難を招いてはならぬ、という教訓に。
でも、私が何かそんなことを強請《ねだ》りもしないのに、女神が自分から私を供にと
お求めになる筈がないと仰るかもしれないわね。女神様御自身に聞けばいいわ。
如何《いか》にお怒りになっていても、怒っているからとて、事実を否定はなさらない筈。
そもそも、私を生んだのは——これは知らぬ者のいない話です——ポキスの地で
名も高いコロネウス。私は王家の娘で、裕福な数多《あまた》の求婚者から
結婚を——私を見縊《みくび》ってはいけませんよ——望まれていた者なのです。
その私の器量が仇《あだ》となりました。と申すのも、今でもそれが習いなのですが、
ある日、私が浜辺の砂の上をゆっくりとした足取りで散歩していた時のこと、
海の神〔ネプトゥヌス〕がその私を見染めて、逆上《のぼ》せあがり、嘆願に

甘い言葉を交えて言い寄り、無駄な時間を費やした挙げ句、力ずくで
手籠めにしようと、追いかけてきたのです。私は逃げ出しましたが、寄せる波で
固くなった砂地を過ぎると、柔らかい砂に足を取られ、徒《いたずら》に疲れる許《ばか》りでした。
それで、私は助けを求めて神々や人々に呼びかけました。私の声は人間には
誰にも届きません。でも、処女神のミネルウァ様が処女の私に心を動かされ、
助けを与えて下さったのです。私は空に向けて腕を伸ばしました。すると、
腕には軽やかな羽根が生え出し、腕が〔羽根の色で〕真っ黒になり始めました。
私は脱ぎ捨てるために上着を肩から外そうとしましたが、それはもうすでに
羽毛に変わっており、その根が皮膚の下深くに食い込んでいたのです。
開《はだ》けた胸を手の平で打とうとしてみても、
最《も》早《はや》私には手の平も開けた胸もありません。走ろうとすると、
以前のようには足が砂地に付かず、地面から浮き上がるのです。
やがてその内に、空高く舞い上がり、空を翔ける鳥となって、こうして私は
ミネルウァ様の申し分のないお供となったという次第。でも、それが今、
私にとって何のためになるというのでしょう、悍《おぞ》ましい罪を犯して鳥になった
ニュクティメネ*が、結局、私に代わって名誉ある地位に就いているのなら。
これはレスボス中で知れ渡っている余りにも有名な話ですが、あなたは
聞いたことがないと仰《おっしゃ》るの？　ニュクティメネが父親と共寝し、閨《ねや》を穢《けが》したって

話ですわ。あの女は、今は鳥*になっていますが、犯した罪は自覚していて、
人目を憚《はばか》り、陽《ひ》の光を避けて、闇の中に恥を隠しているのです。
皆から追い立てを喰らい、明るい空から締め出されてね」。
　こう話をする小鴉に大鴉は言った、「下らん話で俺に引き返させようって
魂胆なのだろうが、そんな禍《わざわい》など、桑原桑原《くわばらくわばら》、お前に降りかかればよい。
愚にもつかない縁起担《かつ》ぎなんて、糞っ喰らえだ」。そう言って、大鴉は旅を続け、
主人に、コロニスがテッサリアの若者と寝るのを見た、と告げ口をした。
娘の浮気を聞くと、娘を愛するアポロの月桂樹の華冠《はかん》が滑り落ち、
同時に、神の表情も顔色もさっと変わって、竪琴の撥《ばち》がその手から
転げ落ちた。膨れ上がる怒りで心が煮え滾《たぎ》るままに、アポロは、
手馴れた武器を手に取り、〔矢を番《つが》え〕弭《はず》に掛けた弦《つる》を
引き絞って、あれほど度々《たびたび》わが胸に合わせた
娘の胸を、逃れ難い矢で貫いた。
胸を貫かれた娘は呻き声を発し、その胸から矢が抜かれると、迸《ほとばし》る鮮血で
真っ白な四肢が朱《あけ》に染まった。彼女は今際《いまわ》にこう言った、
「あなた様から罪の報いを受けたのは致し方ないこととながら、御《お》子を
産んだ後でもよかった筈。今、この身と共に二つの命が尽きようとしています」。
コロニスはそこまで言うと、流れ出る血潮と共に命をも注ぎ出した。

620

［やがて、魂のない骸《むくろ》を、死の冷たさが覆った］*。

娘を愛したアポロは残酷な罰を悔やんだが、悲しいかな、遅すぎた。告げ口に耳を傾け、あれほど激しく怒りに燃えた自分を嫌悪し、娘の罪と心痛の理由を知る羽目に自分を陥らせた鳥も、また弓も、更には、わが手も、そのわが手と共に性急に放った凶器の矢も憎んだ。頽《くずお》れた娘を掻き抱き、最早手遅れの介抱で死を免れさせようと手を尽くし、空しく医術を施してみた。だが、試みた医術も甲斐なく終わり、火葬の薪《まき》が用意されて、永遠《とわ》の別れの火で今しも亡骸《なきがら》が燃え上がろうとしているのを見ると、アポロは胸深くから絞り出した呻きを漏らした。神々にはその顔を涙で濡らすことは許されないからだ。その悲痛な呻きは、恰《あたか》も目の前で、〔屠《ほふ》り手の〕右耳の上に振り翳《かざ》された鉄槌《てっつい》が、まだ乳離れしていない子牛の窪んだ蟀谷《こめかみ》を激しい一撃で打ち砕いた時の、若い母牛のそれのようであった。だが、感謝されることのない香油を娘の胸に注ぎ、最後の別れにと抱擁し、非情にも命を奪った娘への情理を尽くした弔いを終えると、ポエブスは、自分が宿させた胤《たね》が娘諸共《もろとも》灰となるのに

耐えられず、炎に包まれる母親の胎内から嬰児を取り出し、
半人半馬二つの姿をしたケイロン*の洞窟へと運び込んだ。
偽りならぬ真実を告げたお喋りへの褒美を期待していた大鴉には、
白い羽根をした鳥たちの仲間になるのを禁じたのだ。
　一方、半人半獣のケイロンは、神の血筋を引く養い子を喜び、
養育の重責に伴う名誉を嬉しく思っていたが、
ある時、彼の許《もと》へ、肩に覆いかぶさる赤毛の、
半人半馬《ケンタウロス》〔ケイロン〕の娘がやって来た。かつてニンフのカリクローが流れ早い
川の岸辺で産み、オキュロエ〔「早き流れ」の意〕と名付けた娘である。彼女は
父の技《わざ》*を修得しただけでは満足せず、秘められた
定めを告げる予言の術《すべ》も会得し、それを実践していた。
それ故、心に予言の霊感を受け、胸に閉ざして秘める霊力で
身体を熱《ほて》らせると、彼女は*嬰児を見つめてこう言った、「幼《おさ》な児《ご》よ、
すくすくと育ちなさい。そうして、行く末は、全世界に安寧を
もたらす者となるのです。屢々《しばしば》、死すべき人間たちがあなたのお陰で息災延命を
得ることになるでしょうし、また、あなたには、奪われた命を再び与えることも
許されるでしょう。神々がお怒りになる中、一度だけ敢えてそれを行った後、
命を与える二度目の力は祖父ユピテル様の雷火によって妨げられます。その時、

あなたは神の身から、血の気のない骸《むくろ》となりますが、今しがたまで骸であった
あなたは再び神となり、こうして生死の定めを二度重ねることになるのです*。
あなたも、愛《いと》しいお父様、今は不死の神の身、出生《しゅっしょう》の掟によって未来永劫
命永《いのちなが》らえる存在としてお生まれになりましたが、やがて、死ぬことが
できる存在であるのを切望されることになりましょう、恐ろしい蛟《みずち》の
毒血《どくち》を受けて*、全身に毒が回り、激しい苦痛に身を苛まれる、その時に。
しかし、遂には、神々があなたを永遠の存在から死を免れぬ存在へと
変え、運命の三女神*が紡ぎ出されたあなたの運命の糸を解《ほど》くことになります」。
定めにはまだ語るべきことが残されていた。だが、オキュロエは胸の底から
深い溜息を漏らし、頬を伝う、湧き出る涙と共に
こう言った、「定めが私の機先を制し、私はもうこれ以上語ることを
禁じられ、最早言葉を使うことができなくなろうとしています。思えば、
私の予言の技は、それほど有り難いものではなかった。その所為《せい》で、こうして
神の怒りを招いてしまったのですもの。未来のことなど知らなければよかった。
最早私から人間の姿形が取り去られていくよう。
今では食べたいと思うのは草。今では広い草原を駆けりたい気が
頻《しき》りにします。お父様譲りの雌馬の姿に、私は変わろうとしています。
でも、なぜ全身が。お父様は確かに人馬二つの姿の筈なのに」。

彼女はそう言ったが、その嘆きの言葉の最後のほうは
ほとんど理解できず、その言葉は乱れていた。やがて
その声は人語とも思えず、かといって雌馬の嘶《いなな》きとも思えない、誰か
馬の鳴き声を真似ている人間の声のようになった。だが、その内すぐに
彼女は紛れもない嘶《いなな》きを発し、その両腕を草の中に下ろして手を突いた。
すると、指が合体し始め、五つの爪が合わさって、軽快な
一続きの角質の蹄となり、顔も頸も長く
大きくなって、長い上衣《うわぎ》の裾の大部分は尻尾になり、先ほどまで
項《うなじ》に纏《まと》わり乱れていた髪の毛は〔そのまま〕右側の鬣《たてがみ》となった。
こうしてオキュロエは声も姿形も共に一変し、
その名も、この不思議な変身によって〔ヒッペ（「雌馬」）へと〕変わったのだ。
ピリュラ*を母とする半神〔ケイロン〕はさめざめと泣き、デルポイの神よ、
あなたの助けを求めたが、無駄であった。その訳は、偉大なユピテルの命《めい》を
徒《あだ》にすることは、あなたにはできなかったし、たとえできたとしても、あなたは
その場にいなかったからだ。その時、あなたはエリスやメッセニアの田野を
住まいとしていた。それは丁度、あなたが牧人の着る毛皮に身を包み、
左手には森で伐った杖を持ち、もう一方の手には長さの違う
七本の葦を繋ぎ合わせた葦笛を携えていた頃のこと。* その頃、ある時、

愛のことで頭が一杯で、遣る瀬《やせ》なさを甘い葦笛の調べで紛らしている間《あいだ》に、
話では、見張りを怠った牛たちがピュロスの野にまで足を
踏み入れてしまったという。その牛たちを、アトラスの*娘マイアの子が
目にし、十八番《おはこ》の技〔窃盗〕を発揮して牛たちを連れ去り、森の中に隠した。
その在郷で名を知られた老人以外、この窃盗に気付いた者は
誰もいなかった。その老人を、近隣の者は皆バットスと呼んでいた。
彼は裕福なネレウス*の雇人《やといにん》で、森林や牧草豊かな牧場《まきば》、また
由緒正しい血統の雌馬の群れを見守る番人をしていた。メルクリウスは
老人を捕《つか》まえると、機嫌を取るような手つきで脇に導き、こう言った、
「なあ、見知らぬお前さん、あんたが誰にせよ、誰かこの家畜を
探す者がいたら、見なかったと言ってくれないか。お礼をしないなどとは
言わぬ。見返りに、真っ白な雌牛を受け取るがいい」。そう言って、
神は雌牛を与えた。雌牛を受け取ると、見知らぬ老人は言った、
「安心して行きなされ。儂《わし》があんたの盗みを喋《しゃべ》る前に、そこにある石が先に
喋ることだろうさ」。そう言って、老人は石を指さした。ユピテルの子は
その場を離れる風を装った。そうして程なく戻ってくると、声も姿も変えて、
こう声を掛けた、「在所の方《かた》よ、あんた、見なかったかね、この道を通って
行く牛群《うしむれ》を。力を貸してほしいのだ。盗みに黙《だんま》りはいけない。包み隠さず

言ってくれ。お礼に番《つがい》の雄牛と雌牛をあげよう」。
すると、老人は、褒美が倍になったので、こう答えた、「あの山の
麓にいるだろう」と。実際、牛群はその山の麓にいた。アトラスの孫は苦笑し、
言った、「この裏切り者、お前は俺を裏切って、当の俺に俺を
売り飛ばそうっていうのかい。俺を裏切って、当の俺に俺を」。そう言うと、背信の
その老爺《ろうや》を硬い石に変えた。その石は今でも「密告者《インデクス》」と呼ばれている。
何の落ち度もない石に昔の汚名が今なお纏《まつ》わり付いているという訳だ。
伝令杖《づえ》持つ神はそこから、対称の翼を羽搏《はばた》かせて舞い上がると、空を
翔《かけ》りながら、ムニュキア〔アテナイの外港〕の野やミネルウァ〔アテナ〕の愛《め》でる地、
また学識の地リュケイオンの森*を見下ろしていた。
偶々《たまたま》、その日は、清らかな乙女らが、仕来《しきた》り通り、花輪で飾られた籠を
頭に載せて、祭典*の行われるパッラス〔アテナ〕の社《やしろ》のある
丘〔アクロポリス〕へと神聖な器《うつわ》を運んでいるところであった。
翼もつ神は、その丘から戻っていく乙女たちを目にとめ、
進路を真っ直ぐには採らず、同じ所をぐるぐると旋回した。
その様《さま》を喩えれば、鳥の中でも最も速い鳶《とび》が、臓物を見つけたものの、
犠牲獣をびっしり取り巻き、佇《たたず》む祭司たちを警戒して、
ぐるぐる輪を描き、それ以上遠くには飛び去ろうとせずに、

狙った獲物の上空を貪欲に飛び回り続けているよう。丁度そのように、キュッレネ生まれの敏捷な神はアクテ〔アッティカの古名＝アテナイ〕なる丘の上で飛ぶ方向を傾け、空の同じ所をぐるぐると旋回し続けていた。明けの明星《ルキフェル》が他の群小の星に勝《まさ》ってひときわ明るく輝き、黄金の月がその明けの明星《ルキフェル》に勝ってひときわ明るく輝く、まさにそのように歩を運ぶヘルセは他の乙女らすべてに勝《まさ》ってひときわ美しく、列を組んで練り歩く仲間の乙女らの華であった。

ユピテルの子はその美しさにうっとりと見惚《みと》れ、空中を浮遊しつつ、バレアレス人の弩《いしゆみ》が放った鉛玉《なまりだま》さながらに、恋の炎で熱くなった。鉛玉というのは空中を飛び、飛ぶことで熱くなるが、雲の下で、それまでもっていなかった火と出会い、火を受け取るのだ。*

メルクリウスは進路を変え、大空を後にして地上を目指したが、神の姿を偽ることはしなかった。それほど自分の容姿に自信があったのだ。確かにその自信は正当なものではあったが、念には念を入れて、髪を撫でつけ、裾が具合よく垂れ、黄金の飾りのついた縁《へり》がすべて見えるよう、外套を整えた上に、右手に握る、眠りを与え、眠りを払う杖がぴかぴかに磨かれているか、翼あるサンダルが綺麗に拭《ぬぐ》った足で輝いているか、確かめた。

屋敷の奥まった所に、象牙と鼈甲《べっこう》で飾られた部屋が
三部屋あり、その内の右側は、パンドロソスよ、汝の部屋、
左側はアグラウロスの、真ん中の部屋はヘルセの部屋であった。
最初に気付き、大胆にも、神の名と、来訪の訳を尋ねた。
その彼女に、メルクリウスはこう答えた、「私はアトラスと
プレイオネの孫。*空を翔けて父の命《めい》を伝える伝令役を
務める神だ。私の父というのは他ならぬユピテル。私には、
ここに来た訳を偽って語る積《つも》りはない。あなたのほうは唯、妹に対して忠愛の
心をもち、〔生まれ来る〕私の子の伯母と呼ばれるのを肯《うけが》ってくれさえすればよい。
ここに来た訳はヘルセだ。愛するこの私に、是が非でもあなたの支援が欲しい」。
アグラウロスはそう語る神を見つめたが、その目付きは、つい先頃、
ミネルウァの隠匿されていた秘密を覗き見した時の〔貪欲な〕目付きと変わらず、
手助けの労を取る見返りに大量の金《きん》が欲しいと
要求し、有無を言わせず、取りあえずは屋敷から出ていくよう神に強いた。
そのアグラウロスに、戦《いくさ》の女神〔ミネルウァ〕は険しい目を向けると、
胸深くから吐息を吐き出したが、その勢いは激しく、
胸諸共《もろとも》、逞しいその胸に当てたアイギス盾*も

打ち震えるほどであった。女神の心に記憶が蘇ったのだ、彼女アグラウロスが、
母親なしで生まれた、レムノスに住まう神*〔ウルカヌス〕の子を覗き見し、
自分と交《か》わした契《ちぎ》りを破って、穢《けが》れた手で秘密を暴いた記憶が。女神には、
その女が今や神にも妹にも有り難がられようとしている上に、強欲にも要求した
金《きん》を手に入れ、金持ちになろうとしているという〔苦々《にがにが》しい〕思いが募《つの》った。
すぐさまミネルウァは「嫉妬」の、どす黒く腐敗した膿血《のうけつ》に塗《まみ》れた
館《やかた》へと出かけていった。その館は、深い谷底にあって、
人目に触れることなく、日も射さず、風も届かず、
陰鬱で、館中が悴《かじか》む寒さに包まれ、
温かい火は絶えてなく、常に漆黒の闇に覆われていた。
女丈夫《じょじょうふ》の、恐るべき戦《いくさ》の女神はそこに着くと、
館の前で立ち止まり――〔穢れた〕館の中に入ることは
許されなかったからだ――、門扉《もんぴ》を〔槍の〕石突《いしづき》で撃った。
撃たれた門扉が開いた。見れば、中に、邪悪な毒心の糧である
蛇の肉を喰らっている「嫉妬」がいた。
それを見ると、女神は目を背《そむ》けた。だが、「嫉妬」のほうは
大儀そうに地面から起き上がると、食いかけの
蛇の屍《かばね》を残したま、怠《だる》げな足取りでのろのろと近づいてきた。

容姿といい、武具といい、美麗な女神を見ると、
「嫉妬」は呻きを漏らし、顔を顰《しか》めると同時に、溜息をついた。
その顔は青白く、全身痩せ細っていた。
どこを向いても、その眼は藪睨《やぶにら》みで、歯は歯垢で鉛色《なまりいろ》をしており、
胸は胆汁で緑色に染まり、舌は毒液に塗《まみ》れている。
他人《ひと》が苦しむのを見た時に出る以外、笑いというものは一切なく、
四六時中、止むことのない心労に神経を高ぶらせて、眠りもせず、
人の成功を見ると虫唾《むしず》が走り、それを目の当たりにすることで
衰弱し、人を責め苛むと同時に、己も責め苛まれて、
己が己の責め苦なのだ。だが、そんな「嫉妬」を忌み嫌ってはいたものの、
トリトニス湖縁《ゆかり》の女神〔ミネルウァ〕は手短にこのような言葉で彼女に語りかけた、
「お前のその病毒でケクロプスの娘の一人を病みつかせておくれ。是が非でも
そうして貰わねば。アグラウロスがその娘《こ》よ」。それだけ言うと、逃げるように
立ち去り、槍の石突で大地を一突きして弾みをつけると、空へと舞い上がった。
「嫉妬」のほうは、藪睨みのその眼で女神が逃げ去っていくのを認めると、
小声で呟《つぶや》きを発し、ミネルウァが目的を叶えるであろうことを
忌々《いまいま》しく思いながら、棘のある蔓を上から下まで
巻き付けた杖を摑み、黒雲《くろくも》に身を包んで、

800

足を踏み入れる先々で、花咲く野を踏み躙《にじ》り、
草を焼き焦がし、木々の梢を捥《も》ぎ取り、
吐く息で人々や市々《まちまち》や家々を
毒しながら旅を続けて、ようやくトリトニス湖縁《ゆかり》の女神の城塞なる、
学才と富で栄え、祝祭に溢れる平和で幸う《さきわ》都城〔アテナイ〕を目にすると、涙を
抑えきれなかった。人が悲しみ、涙するものが何一つ見当たらなかったからだ。
しかし、ケクロプスの娘の部屋に入ると、
女神の命《めい》を実行し、錆《さび》色に染まったその手でアグラウロスの胸に
触れて、心臓一杯に棘のある茨《いばら》を植え付け、
身体を蝕《むしば》む病毒を吹き込んで、真っ黒な毒を骨という骨に撒き散らし、
肺の真ん中に振りかけた。そうして、
〔アグラウロスの〕不幸の因《もと》の範囲があまり広がりすぎぬよう、
その眼前に妹〔ヘルセ〕の姿と、その幸福な
〔メルクリウスとの〕結婚、それに美しい姿の神を彷彿させ、何もかもが
立派に見えるように粉飾した。そうした光景を眼前に浮かべ、沸き起こる
密かな嫉妬の棘に苛まれて、ケクロプスの娘は身悶えし、昼と言わず、
夜と言わず、悩み続けて呻吟し、憐れ極まりなく、徐々に衰弱し、病み
衰えていった、恰《あたか》も射すかと思えば曇る日差しに徐《おもむろ》に解けていく氷のように。

仕合わせな妹ヘルセの幸《さち》を思って次第に身を焦がすその様《さま》を喩えれば、
山と積まれた刺草《いらくさ》の下《した》で点《とも》された火が
炎を立てて燃え上がらず、熱気でゆっくりと燻《くすぶ》り続ける時のよう。
こんな仕合わせを目にするくらいなら、いっそのこと死んでしまいたいと何度も思い、
それが罪悪であるかのように、厳格な父に言い付けてやりたいと何度も思った。
遂には、神がやって来たら締め出してやろうと、部屋の入り口を前にして
座り込んだ。宥《なだ》め賺《すか》しや嘆願や
穏やかこの上ない言葉をかける神に、「おやめなさい」と彼女は言った、
「あなたを追い払わないかぎり、ここから動くつもりはありませんから」と。
キュッレネ生まれの敏捷《はしこ》い*神は言った、「では、その取り決めを守ってやろう」。
そう言うと、メルクリウスは〔自ら触れることなく〕神の杖で扉を開けた。一方、
彼女のほうは、立ち上がろうとしたものの、座るのに曲げた脚の
どの部分も無気力な重たさで動かせなくなった。それでも
彼女は上半身を真っ直ぐにして、どうにか起き上がろうともがいたが、
膝関節が強張《こわば》り、冷たさが爪先《つまさき》まで
染み渡り、血管からは血の気が失せて、青ざめていった。
その様を喩えれば、悪性の不治の癌が身体の広範囲に
転移し、まだ冒されていない部位を癌化させて、疾病《しっぺい》を広げていくよう。

まさにそのように、死の冷たさが徐々に胸に行き亘《わた》り、
命の息吹の通《かよ》い路《じ》を閉ざして、呼吸を止めさせた。
彼女は言葉を発しようとはしなかった。たとえ何か言おうとしたとしても、
声を出す道がなかった。元の首はすでに石に変わっており、口は固まって
しまっていた。彼女は座ったまま、血の気のない石像になっていたのだ。
その石は白くはなかった。石は黒く染まっていた、彼女の邪心そのままに。
　こうして、アトラスの孫〔メルクリウス〕は瀆神のアグラウロスの言葉と心への
罰を下すと、パッラス〔アテナ〕に因《ちな》んで名づけられた地〔アテナイ〕を
後にして、翼を羽搏《はばた》かせて最上天《アエテル》目指して翔け上がっていった。
そのメルクリウスを、父神は脇に呼び、色恋のためという理由は伏せて、
こう言った、「私の命令の忠実な使い役を務めてくれるお前、わが子よ、
ぐずぐずせず、即刻、習いの道を辿って下界に降《くだ》り、
お前の母〔アトラスの娘たちプレイアデス（昴星団）の星マイア〕を左手に*
見上げている地——土地の者はシドンの名で呼んでいる——
その地を目指すのだ。そうして、町から離れた山辺《やまべ》の牧草を食《は》んでいる
王家の家畜が見えようから、その群れを海辺《うみべ》のほうへと追い立ててくれ」。
ユピテルはそう言った。早くも、山から追い立てられた若牛の群れは、ユピテルの
命じた海岸を目指していたが、そこは大王〔アゲノル〕の娘*〔エウロパ〕が

お供のテュロスの乙女らに立ち交じって遊び興じる習いの海岸であった。
威厳と色恋の二つはそうそう両立するものではなく、一つ所に
相伴うことのないもの。そこで、王笏の威厳をかなぐり捨てて、
かの父神にして神々の支配者、三叉《みつまた》の雷火の武器を
右手に握り、その頷き一つで全世界を震撼させるユピテルは
雄牛の姿形《すがたかたち》を取り、若い牛群《うしむれ》に立ち交じってモーと啼き、
草の上を漫《そぞ》ろ歩いた。その姿は見るからに美麗な若い雄牛であった。
いかにも、その白さは、硬い足で踏み潰されてもいず、
雨を運ぶ「南風《なんぷう》」に融《と》かされてもいない純白の新雪のようであった。
頸《くび》は筋肉で盛り上がり、〔分厚い〕喉袋《のどぶくろ》は〔喉からではなく〕両肩から垂れ下がり、
角《つの》は小ぶりだが、人の手で造形された細工にも引けを取らない
形の見事さで、透明な宝石にも勝《まさ》って透き通るような清らかさであった。
額《ひたい》には威嚇するような厳《いか》つさはなく、眼光も恐ろしくはない。
顔付きは総じて温和さを湛《たた》えていた。アゲノルの娘は、そのあまりにも
美しく、荒々しい粗暴さが全く見て取れないことに感嘆した。
しかし、見たところ柔和な雄牛ではあったが、初めは怖くて触《さわ》れなかった。
やがて雄牛に近づき、輝くように白いその口に花を差し出してみた。
娘に恋する雄牛は喜び、待ち望んだ喜びが訪れる時までは、と、娘の手に

口づけした。だが、最早それ以上の喜びを先延ばしするのは耐えられなかった。
そこで、じゃれついてみたり、緑なす草の上で飛び跳ねてみたり、
黄土色の砂地の上に雪白のその脇腹を横たえてみたりもした。
そうして、徐々に娘の恐怖心を取り除いた上で、胸を差し出し、
乙女の手で撫でて貰おうとするかと思えば、また角《つの》を近づけ、
編んだばかりの花輪を巻き付けて貰おうとした。王女のほうも、大胆になり、
誰の上に乗ろうとしているのかも知らぬまま、雄牛の背に乗った。
その時、神は、陸地や乾いた砂浜から離れて、徐《おもむろ》に
牛に似せた偽りの足を、寄せては返す浜辺の波に浸《つ》けた。
それから、更に水際《みずぎわ》から沖へと離れて、遂には大海原の只中を進んで、
戦利の品を運んでいった。攫《さら》われた乙女は怯え、後にしてきた浜辺を
振り返り見るが、右手で角を摑み、もう一方の手は背に
置いたまま。その衣は吹く風を孕んで膨らんでいた。

訳注

七　第一巻三三一行注参照。
八　第一巻三三三行注参照。
九　プロテウスについては、第八巻七三一行注参照。

一〇　「百腕の巨人たち（ヘカトンケイル）」の一（第一巻一八四行注参照）。ブリアレオスとも言う。Anderson は「アイガイオンは伝統的に百の腕をもつとされる。オウィディウスは、彼〔アイガイオン〕がその無数の手足で海の怪物（例えば鯨）をつかんでいる姿を想像する。こうした光景のすべてが二枚の門扉にいかに適切でありうるのか、オウィディウスは語っていない」と注している（Anderson 当該行注参照）。しかし、門扉には大地、海、空の三界が浮き彫りで描かれているが、「ブリアレオス〔＝アイガイオン〕はその美質ゆえに／これを〔…〕大地を震わす神（ポセイドン）が養子となし／その娘／キュモポレイアを娶《めあわ》された」（ヘシオドス『神統記』八一七―八一九。廣川洋一訳）と言われており、今では海に住まいするアイガイオンは、むしろ海の点景の一とされるにふさわしいと言える。

三一　原語は iuvenis. このあとでは「少年（puer）」（本巻一九八）と言われる。ローマの年代区分では puer は十六歳までで、十七歳から三十歳までは adulescens（青年）と呼ばれた。iuvenis は、この年代区分では三十一歳から四十五歳までの「壮年」とされるが、漠然と「若者、青年」の意でも使われる。パエトンの年齢は、おそらく華奢さや軽さを強調するために、十六歳くらいの、どちらかと言えば「少年」と考えられているのであろう。「ケピソスの子〔ナルキッソス〕」が十五に一つ歳を重ねて、少年とも青年とも（puer iuvenisque）見られる年頃になった頃」（第三巻三五一―三五二）参照。パエトンは該当しないが、ある場合に、この「十六歳前後」という年齢がもつ意味については、第一〇巻六一五行注参照。

四六　ステュクス（第一巻一三九行注参照）は、ヘシオドス（『神統記』）では、川（河）とは言われず、ただ「名高い冷たい水（hydor）」（七八五）、「ステュクスの不滅の太古の水（hydor）」（八〇五）としか言われておらず、川（河）とも沼とも表象される。「ステュクスの沼（stygiam paludem）」（ウェルギリウス『アエネイス』六・三二三）。

六九　海神の王オケアノスの后。パエトンの母クリュメネの母親で、パエトンの祖母にあたる。

七三　地球の東回りの自転によって星の動きは西回りに見える（星の日周運動）が、太陽は天球上の黄道を西から東に向かって一年で一周、一日一度ずつ、東回りに移動している。太陽が一日一度ずつ東に移動するということは、星々は太陽に対して一日一度ずつ西に、つまり逆向きに動いていくように見えるということになる。

六二 「ハイモニア」は、テッサリアの古名。テッサリアに住んでいた半人半馬の種族ケンタウロイの一であるケイロン（本巻六三〇以下に短い物語がある）は、音楽、天文学、法、医術などに秀でた賢者とされ、アキレウス、ヘラクレス、イアソンなど名だたる英雄たちや、医神アスクレピオスを養育したが、本巻六四九以下で娘オキュロエによって予言の形で語られているように、レルナの蛟《みずち》の毒に冒されて死んだあと、射手座になった（本巻六三〇行注、六五二行注、第九巻一〇一行注参照）。

一一三 ホメロスでは、曙の女神は「薔薇色の指をした（rhododaktylos）」と形容されるが、その連想から、女神の宮居の広間も「薔薇に満ちている」とする。

一二七 stimulus. 家畜、特に牛を追い立てる杖様の棒。

一三九 第一巻四五以下およびその注参照。

一四七 この行は Tarrant の底本では削除記号が付されているが、Anderson の底本に従う。

一五四 馬のギリシア語名は、太陽神の車駕を牽く馬にふさわしく、「火と燃える馬（ピュロエイス）」、「曙（茜）色の馬（エオオス）」、「炎の馬（アイトン）」、「燃える馬（プレゴン）」を意味する。

一五五 競馬で出発点に渡された横木。これが跳ね上げられて競走が開始された。太陽神の馬たちの出発をその競馬の出発に擬したもの。

一七二 ヨーロッパや日本など北半球の中緯度地域では、天の北極近くに位置する大熊座、小熊座（北極星のある星座）は周極星となり、人の目には海に沈まないように見えることから。

一七七 ギリシア語の星座名 Bootes は「牛を（Bo）＋追う者（Otes）」で、大熊座を牛に牽かれた荷車と見なし、牛飼いがその荷車を駆っている姿に見立てた。

一九七　蠍の巨大さを強調するために、その鋏角《きょうかく》と尻尾が両隣の二宮（天秤座と射手座）に跨っている姿に描き出した。

二〇八　元来はティタン神族の一であるヒュペリオンとテイアの娘（セレネ＝ルナ）とされたが（ヘシオドス『神統記』三七一）、のちにアポロの双生の姉である女神アルテミス（ディアナ）と同一視されるに至った。これには「三つの姿をとる（triformis）」と言われるヘカテとの連想も働いている（ヘカテについては、第七巻七五行注参照）。

二一九　第一〇巻一―八五、第一一巻一―八四で語られる楽人オルペウスの父とされるトラキアの王とも、河神とも言う（セルウィウス『ウェルギリウス『農耕詩』注解』五二四には、原文の「オイアグロス縁《ゆかり》のヘブルス〔川〕（Oeagrius Hebrus）」に注して、それは「オルペウスの父であるオイアグロスの川〔その河神〕の意で、ヘブルス川はそこから流れてくる。ゆえに「オイアグロス縁の（Oeagrius）」と言われている」とするが、トラキア王とする伝のほうが圧倒的に多い（ディオドロス・シケリオテス四・二五・二、三・六五・六、アポッロニオス『アルゴナウティカ』一・二三以下など）。なお、オルペウスおよびその父親については、第一〇巻三行注参照。

二三〇　活火山であるアエトナ山のもともとの火に、パエトンによる火災の火が加わって、の意。

二三六　この行はTarrant の底本には削除記号が付されているが、Anderson の底本に従う。

二四五　別名スカマンドロス（川）。大火のあと、トロイア戦争時、河神スカマンドロスがアキレウスに怒って洪水を引き起こしたが、ヘパイストス神が大火災でこれに対抗し、洪水は収まる、という出来事がある。ホメロス『イリアス』二一・三一四以下。

二五五　ナイル川の源流は、長い間、謎とされ、その探索は二一世紀に入ってもなお続けられている。まして古代においては、まったく知られていなかった。

二六八　ポプラや楡《にれ》などの木の葉を家畜の餌にすることは一般的だった。ウァッロー『農事考』一・一五・

一、カトー『農業論』五・八、ウェルギリウス『農耕詩』二・三七一以下など。

二九一　ティタン神族に勝利したあと、オリュンポスの神々が世界を支配するにあたって、支配領域を天空と海と地下の三つに分け、誰が支配するかを籤で決めた結果、天空はユピテル（ゼウス）、海はネプトゥヌス（ポセイドン）、地下はディス（プルトン＝ハデス）が引き当てた。アポッロドロス一・二・一、ウェルギリウス『アエネイス』一・一三八以下。なお、ヘシオドス（『神統記』八八三―八八五）では、神々が「ゼウスに／彼が（神々を）統べ／治めるようにと懇請した／大地《ガイア》の勧めに従って。かくて／彼は／神々の間に／正しく権能を分かち与えられた」（廣川洋一訳）とされる。

二九六　天空を支えているとされるティタン神族の一。山（アトラス山脈）になった次第が、第四巻六二一以下で語られている。第四巻六二八行注、六六二行注参照。

三五六　姉妹たち（「ヘリオスの娘たち（ヘリアデス）」あるいは「パエトンの姉妹たち（パエトンティアデス）」と呼ばれる）はポプラの木になったという。この話は、すでにヘシオドスに記されていたとされる（ヒュギヌス一五四）。他にプリニウス『博物誌』三七・三一。ただし、ウェルギリウス（『牧歌』六・六三）では「ハンノキ（alnus）」となっており、エウリピデス（『ヒッポリュトス』七四〇―七四一）では「涙の琥珀色に輝きを放つ〔木〕」とのみ語られる。

三六七　「キュクノス（kyknos）」の名はギリシア語で「白鳥」を意味する。以下は一種の由来譚。ウェルギリウス『アエネイス』一〇・一八九以下、ヒュギヌス一五四。なお、アキレウスに討たれて白鳥に変身する別人のキュクノスの話が、第一二巻七二以下にある。

四〇六　カッリマコスの『賛歌』一（「ゼウス賛歌」）にゼウスの生地としてクレタ説とアルカディア説があるが、「クレタ人は嘘つき」の諺どおり、ゼウスが生まれたのはアルカディアのリュカイオス山で、のちにクレタに移されて養育されたとある。第一巻一六五行注参照。

四一六　ディアナの異称。本巻二〇八行注、第七巻七五行注参照。

四四一　一説では「狩網（dictya）の女神」と言い、本来はクレタの山野や狩の女神ブリトマルティスを指したが、のちにディアナと同一視され、その異称の一つとなった。

四九七　ローマでは生まれた年を一歳とする「数え年」なので、オウィディウスもそう想定していたと思われる。

五三七　オケアノスは「ティタン神族との戦い（ティタノマキア）」（第一巻一一三行注参照）の際、戦いに加わらなかったため、ユノー（ヘラ）、それにおそらくケレス（デメテル）やウェスタ（ヘスティア）、またティタンの女神の多くもオケアノスの支配する海に避難し、戦いの続いた十年間そこにとどまったとされる。自らをオケアノスとその妻テテュスの「養い子」とするのは、そのためである。ホメロス『イリアス』一四・二〇〇―二〇四。

五二八　「北斗の七つ星（septentriones）」には、本来の北斗七星の大熊座とともに、小北斗七星とも呼ばれる小熊座も含まれよう。

五三九　前三九〇年、ガリアの一部族セノネスがローマを攻撃し、ローマ軍はカピトリウム丘の城塞に立てこもって抵抗していたが、秘密の登り口を知ったガリア兵が城塞を襲おうとした時、ユノー神殿で飼われていた鵞鳥がけたたましい鳴き声でその危機を報せて、危うく陥落を免れたという。リウィウス『ローマ建国以来の歴史』五・四七。

五五三　ミネルウァ（アテナ）に愛情を覚えたウルカヌス（ヘパイストス）が力ずくで思いを遂げようとしたが、女神が拒絶したため、思わずウルカヌスは射精してしまい、その精液が女神の太腿にかかった。ミネルウァはそれを羊毛の布（erion（エリオン））で拭って布を投げ捨てると、「大地（chthon（クトン））」が受け取り、男の子を生まれさせ、ミネルウァに返すと、母なしで生まれたその子を憐れんだミネルウァは、以下で語られるように、籠に入れて育てようとした。その出生の経緯からエリクトニオス（Erichthonios）と呼ばれたが、ミネルウァの社の神域で無事に育ったあと、アテナイの王となった。アポッロドロス三・一四・六など。eri- を「争い（eris）」と関係づけ、ウルカヌスの求愛にミネルウァが抵抗して「争い（eris）」になったことから、とする説もある。ヒュギヌス一一六、セルウィウス『ウェルギリウス『農耕詩』注解』三・一一三。なお、アテナイ古王の系譜を記した第六巻六七七行注も参照。

五五五　大地から生まれた半人半蛇の姿をした、アッティカ（アテナイ）の初代王と言われる伝説的人物。その名にちなんで「ケクロプス縁《ゆかり》の城塞あるいは丘」（＝アクロポリスあるいはアテナイ）、「ケクロプス縁の港」（＝アテナイの外港ペイライエウス）、「ケクロプス縁の民」（＝アテナイ人）などと言われる。その後の初期のアテナイ王の系譜については、第六巻六七七行注参照。

五九〇　レスボス人の王エポペウスの娘。あまりにも美しかったので、父親に陵辱され、恥じて森に逃れたが、アテナ（ミネルウァ）が憐れんで梟に変え、自分の聖鳥とした（ヒュギヌス二〇四、二五三）。セルウィウス（『ウェルギリウス『農耕詩』注解』一・四〇三）では、「神々が」「鳥に」変身させたとしか言われていない。

五九三　梟のこと。

六二一　削除記号は Tarrant の底本に従う。

六三〇　クロノス（サトゥルヌス）とオケアノスの娘ピリュラの子で、半人半馬の賢者。半人半馬となった理由については、第六巻一二六行注参照。

六三八　本巻八一行注参照。

六四一　のちに医神アスクレピオスとなる。エピダウロスに神殿が建てられたが、そこから招来され、蛇の姿で海を渡ってローマに来都し、疫病からローマを救った話が、第一五巻六二二以下で語られている。

六四八　医神となったアスクレピオスは、父テセウスの呪いで事故死したヒッポリュトスをウィルビウスとして蘇らせ（蘇らせた相手は、他にテュンダレオス、カパネウスなどとも言う。セクストゥス・エンペイリコス『学者たちへの論駁』一・二六一に異伝が纏められている）、それに憤ったユピテルによって雷電で殺されるが、ローマの伝承では(ヒュギヌス『天文譜』二・一四)、神として天に迎えられて、「蛇使い座(オピウコス)」になったという。第一五巻四九三以下に、ウィルビウスとして蘇ったヒッポリュトスの挿話がある(同巻四九七行注も参照)。息子アスクレピオスを殺された父アポロは、復讐に、ユピテルの雷電を製作したキュクロプスを殺したため、償いに、地上のテッサリア王アドメトスのもとで一年間奴隷として仕えることを命じられた。それが、このあとすぐ語られるメルクリウスによる牛泥棒の物語(本巻六七六以下)の背景になっている。

六五三　ヘラクレスは、本来獣的な一部のケンタウロイと戦ったことがあり、その折、自分が退治したレルナの蛟《みずち》の毒血を塗り込めた矢を放ったところ、誤ってケイロンの膝にあたってしまった。ケイロンは激しい苦痛に苛まれた挙げ句、苦痛を逃れるためにユピテルに死を願ったところ、かなえられ(本来、不死のため死ねなかったが、プロメテウスが代わりに不死となってやり、死ぬことができたという。アポッロドロス二・五・四)、天空に昇って射手座になったという。その毒血が、のちにヘラクレス自らをも冒し、ヘラクレスは焼身自殺して天上に迎えられることになる経緯が、第九巻八九―二七二で語られる。

六五四　ここでは直訳すると「三柱の女神たち(triplices deae)」と普通名詞で言われているが、ギリシア語では「モイライ(Moirai)」(meros(分《ぶん》、割り当て)から)。運命(寿命)の糸を紡ぐクロトー、それを割り当てるラケシス、それを切るアトロポス(曲げえぬ者、不可避の者)の「運命の三女神」を言う。ラテン語では「パルカエ(Parcae)」で、元は出産の女神「産む者(Parca)」であったが、のちにおそらく誤った語源解釈からギリシアのモイライに擬され、複数形で言われるようになった。

六七六　第六巻一二六行注参照。

六八二　この物語には複数の要素が融合されている。アポロが牧夫に身をやつしたこと、アポロの恋、メルクリウス(ヘルメス)による牛泥棒がそれ。オウィディウスがどの伝承に拠っているかは不明ながら、これに近い話形を後二世紀頃の神話作家アントニヌス・リベラリス(二三)が、ニカンドロスなど複数の出典を明示しながら伝えている。それによれば、アポロはアドメトス王の許で牧夫として働いていたが、王の孫の美少年ヒュメナイオスに恋し、気もそぞろなそのアポロを尻目に、メルクリウスは番犬を黙らせて、アポロが番をしていた牛群を盗み、この物語の舞台となっているペロポンネソスのメッセニアまで連れ来たったという。

六六六 メルクリウスと、特に牛の窃盗（泥棒）については、第一巻六七六行注参照。

六六九 ホメロス『イリアス』（一・二四七以下）で、人間の三世代目を生きており、蜜よりも甘美な弁舌をもつ賢将とされているネストルの父。ピュロス王。

七一〇 リュケイオンは、アテナイ東方の市壁外近くにあったアポロの聖域の森。ここに前三三五年、アリストテレスは、のちに逍遥学派を形成していく学園を開いた。

七一二 毎年アテナイの守護神アテナの誕生月とされるヘカトンバイオンの月（ほぼ今の八月）に行われた、アテナイ最大祭典のパナテナイア（Panathenaia）祭。市民、長老、騎馬隊、青年、少年少女など、さまざまな階層、年齢の市民がアクロポリスを目指して練り歩く大祭列で名高い。

七二九 「鉛の玉は、飛びながら多数の冷気の粒子〔＝アトム〕を捨て、空中で火を受け取って熱くなる」（ルクレティウス『事物の本性について』六・三〇六―三〇八）。

七四三 メルクリウス（ヘルメス）はユピテル（ゼウス）とマイアの子で、マイアはアトラスとオケアノスの娘プレイオネの娘たちプレイアデスの一人。第一巻六六九行注、第六巻一七四行注参照。

七五四 元はユピテルの持ち物で、ユピテルを養った山羊（aig-＜aix）アマルテイア（第三巻五九四行注参照）の皮を張った不敗の盾。のちには、もっぱら女神ミネルウァ（アテナ）の盾とされた（ユピテルと同じものかは不明）。アテナは、それを目にすれば石と化すというメドゥサの首級（この物語は、第四巻七七二以下で語られている）をペルセウスから与えられ、この盾にはめ込んだ。

七五六 ウルカヌス（ヘパイストス）は、母神ユノー（ヘラ）に味方した時、怒ったユピテル（ゼウス）にオリュンポスから投げ落とされ、「丸一日、空を飛んで〔…〕レムノス島に落っこちた」。足が不自由なのはそのためだが、爾来レムノスがウルカヌスの聖地となった（ホメロス『イリアス』一・五九〇以下、アポッロドロス一・三・五など参照）。

八一八　第一巻六七六行注参照。

八三九　プレイアデス（＝昴）は、牡牛座の散開星団。種々の解説がなされているが、明快なものはない。南向きに空を見上げて「左手（側）に」、つまり「東側に」昴あるいは牡牛座を見上げる地の意のようであるが、その説明では地点（シドンの町）を特定する基準にはならず、特別な意味はないように思われる。これはオウィディウスが「学識ある詩人（poeta doctus）」の手法でメルクリウスとマイア（＝昴の星の一）の母子の関係を示すために用いた「普通ではない地理の表現〔法〕（die ungewöhnliche geographische Bezeichnung）」であると Bömer 1969-86 は注している。

八四四　エウロパ。テュロスの王アゲノルとテレパッサ（母親は、他にアルギオペ、テュローなどとも言われる）の娘。ここで語られているように、ユピテルに見初められてクレタに連れていかれ、ミノス、サルペドン、ラダマンテュスの三子を儲けて、クレタ王家の祖となった。アポッロドロス三・一・一、ヒュギヌス一七八など参照。

第三巻

今や、神は変身していた雄牛の姿を捨てて、
正体を明かし、ディクテ聳《そび》えるクレタの野に辿り着いていたが、その頃、
そうとも知らぬ父親〔アゲノル〕は〔息子〕カドモスに、攫《さら》われた娘を隈《くま》なく
探すよう命じ、加えて、見つけられなかった場合の罰として追放を申し渡したが、
同じ一つの行為とは言え、〔娘には〕情愛深く、〔息子には〕罪深かった。
アゲノルの子は、世界中を彷徨《さまよ》い歩いた挙げ句――というのも、ユピテルの
密かな悪事の跡を誰が摑めよう――、追放者として、祖国と父の怒りを
逃れて、ポエブス〔アポロ〕に祈願し、神託によって
伺《うかが》いを立て、どこに安住の地を求めればよいか、尋ねた。
「汝は一頭の雌牛と」とポエブスは言った、「人気《ひとけ》なき野で出くわすであろう。
軛《くびき》に繋がれたこともなく、曲がった鋤《すき》を引いたこともない牛だ。
その雌牛を導き手として道を辿り、雌牛が草の上に膝を折って休む所に
城壁を築き、ボイオティア〔「牛が草食む地」〕と名付けるがよい」と。
カドモスがカスタリア*の洞《ほら》を出て、山を下《くだ》り切らない内に、
一頭の雌牛が、見張る者もなく、ゆっくりと歩いているのが目に留まった。
見れば頸《くび》に隷属の印の軛を付けていない。カドモスは
後ろから雌牛に付いていき、逸《はや》る歩みを抑えて、その後を追った、
行くべき道を、そもそも示したもうたポエブスに無言の内に感謝を捧げながら。

早やケピソスの浅瀬を渡り、パノペの野を過ぎていた。
その時、雌牛は歩みを止め、高く伸びた角《つの》で美しい頭を
空に向けて擡《もた》げ、モーという啼き声で大気を打ち震わせると、
振り向いて、背後に付き従う者たちを一瞥し、
膝を折って、横腹を柔らかな草の上に横たえた。
カドモスは神に感謝を捧げて、異郷の地に口づけし、
見知らぬ山々や野に挨拶した。
カドモスはユピテルへの供犠《きょうぎ》を執り行おうとした。そこで、部下たちに
湧き出る泉から汲んだ、禊《みそぎ》のための清水を探してくるよう命じた。
　斧を一度も入れられたことのない太古の森があった。
その森の真ん中に、入り口が小枝や蔓草にびっしりと覆われ、
石で組んだような低い穹窿《きゅうりゅう》を形作っている洞窟があり、
滾々《こんこん》と豊かな水を湧き出させていた。その洞窟の中には一匹の、
黄金の肉冠《にくかん》も際立つ、マルス〔軍神〕の大蛇が潜んでいた。
ぎらぎら輝くその目は炎を噴き、全身が毒で膨れ上がり、
三叉《みつまた》に裂けた舌はシュルシュルと音を立て、歯は三列に並んでいる。
テュロスの民〔ポイニケ人〕を出自とする〔カドモスの〕部下たちが
その森に不運にも足を踏み入れ、水を汲もうと水瓶《みずがめ》を泉に落とし入れ、

音を立てると、洞窟の奥から、青黒い大蛇が頭を擡《もた》げて
姿を現し、その舌でシュルシュルと恐ろしい音を響かせた。
部下たちの手から水瓶が滑り落ち、血の気が
身体からさっと引き、突然の戦慄が恐怖する手足に走った。
大蛇のほうは、鱗のあるその体をぐるぐる輪にして蜷局《とぐろ》を
巻き、そうして、ひと跳《は》ねして立ち上がると、巨大な弧を描いて
体の半ば以上を軽い大気の中に擡げ、
森全体を見下ろした。もしも全身を見渡せたなら、その巨大さは、大小二つの
「熊（座）」を隔てる天空の「蛇〔＝竜〕（座）」にも引けを取らなかった。瞬く間に
大蛇はポイニケ人たちに襲いかかった。武器を取ろうとする者も、逃走を
図る者も、恐怖でどちらの行動も取れずにいる者も、お構いなしであった。
ある者は噛み殺し、ある者は長い胴で絞め殺し、また
ある者は毒を吹きかけて、その致命の毒気で息絶えさせた。
既に陽《ひ》は南中し、物の影が短くなる頃合いとなっていた。
仲間の帰りが遅い訳を怪訝《けげん》に思ったアゲノルの子は、
部下たちの跡を追った。身を護る防具といえば獅子から剝ぎ取った
皮〔の盾〕一枚で、武器は鉄の穂先輝く長槍一本と投げ槍一本であったが、
彼にはどの武器にも優《まさ》る勇気があった。

森に分け入り、部下たちの屍《しかばね》を認め、その上に被《かぶ》さる
巨大な胴体をした勝利者の敵が
血塗《まみ》れの舌で哀れな屍の傷口を舐めているのを目にするや、
カドモスは叫んだ、「忠実この上ない者たちよ、お前たちの死の
仇《かたき》を取るか、さもなくば死の道連《みちづ》れになるかだ」。そう言うと、右手で
大きな岩石を持ち上げ、力を振り絞って大蛇めがけて投げつけた。
その衝撃には、見上げるように聳える城壁さえ、高い尖塔諸共《もろとも》、
ぐらぐらと揺さぶられたであろうが、大蛇は傷一つ負わず、
さながら胴鎧《どうよろい》のように、鱗と黒く硬い皮で
守られて、岩石の凄まじい打撃を撥ねつけた。
だが、その同じ皮の、さしもの硬さも投げ槍には勝てなかった。
投げ槍は、湾曲する蛇のど真ん中の、しなやかな背骨に突き刺さり、
背骨を貫いた穂先は更に深く腹にまで食い込んだ。
大蛇は苦痛の余り狂暴になり、体を捩《ねじ》って頭を背に向け、
傷を眺めやると、刺さった投げ槍に嚙みついた。そうして、
力を振り絞り、四方八方あらゆる方向に揺すって、やっとのこと
背中から槍を引き抜いた。だが、槍の穂先はまだ背骨に突き刺さったまま。
すると、習いの怒りに新たな怒りの因《もと》が加わって、

尚更激高し、膨張する血管の所為《せい》で喉は膨らみ、
毒を含む顎《あぎと》中に白い泡が溢れた。
大地は鱗で削られて音を立て、ステュクス流れる冥界の入り口から噴き出る
瘴気《しょうき》さながらの、蛇の吐く真っ黒な毒気《どっき》で大気は一面汚染された。
大蛇は巨大な円を描いて蜷局《とぐろ》を巻くかと思えば、また時に
高く聳える木よりも真っ直ぐに直立し、また時に
雨で水嵩を増し、奔流となって流れる川さながらの激しい勢いで
突進し、はだかる木々をその胸で薙《な》ぎ倒していく。
アゲノルの子は僅かに後ずさりし、獅子から剝いだ皮〔の盾〕で
突進を持ち堪《こた》えながら、迫り来る大蛇の口を
突き出した長槍で防いだ。大蛇は荒れ狂い、硬い鉄の穂先を
空しく痛めつけようとして、歯を切っ先に立てて嚙み砕こうとした。
既に、毒を含むその口蓋から血が
流れ始め、飛び散るその血飛沫《ちしぶき》は、緑なす草を朱《あけ》に染めた。
だが、傷は軽かった。突き出された槍から身をのけぞらせて、
傷を負った首を引っ込め、退くことで、切っ先が食い込み、
傷がそれ以上深くならないよう防いだからだ。
アゲノルの子が、すかさず、後ずさる大蛇に迫り、穂先を喉に向かって

100

更に深く突き立てると、樫の木が後退する蛇を阻み、木の幹諸共、蛇の首は串刺しにされた。大蛇の重みで樫の木は撓《たわ》み、〔のたうつ蛇の〕尻尾の先端で幹が鞭打たれるのに呻きを上げた。

勝利者のカドモスは、打ち負かした敵の巨体をつくづく眺めていた。すると、俄《にわ》かに声が聞こえた。——どこから聞こえたのか分からなかったが、確かにこう聞こえた——「アゲノルの子よ、どうしていつまでも見ているのです、屠《ほふ》った蛇の屍《かばね》を。あなたもまた蛇となった姿を見られることになるのです」*。カドモスは、暫しの間《あいだ》、恐怖に捉えられた。と同時に、血の気も失せて蒼白となり、冷たい戦慄に髪の毛が逆立った。するとと、見よ、そこに、上空から舞い降り、傍に佇《たたず》む、勇者の守護神パッラス〔アテナの異称〕がいた。女神はこう命じた、「大地を掘り起こしなさい。そうして、やがて興《おこ》る民の種《たね》となる蛇の歯を蒔くのです」と。カドモスは女神の指図に従って、鋤を打ち込み、畝《うね》を掘り起こすと、命じられた通り、死すべき人間を生む種である蛇の歯を大地に蒔いた。すると——信じがたいことだが——土塊《つちくれ》が動き始め、畝から、尖った槍の穂先が現れ、やがて次には彩りも鮮やかな羽根飾り揺らめく頭立《あたまだて》を付けた兜が、

次には肩と胸と武器を握る腕が
現れた。種《たね》の歯が成長し、盾を持つ勇者が実ったのだ。
その様《さま》は、祭りの日の劇場で緞帳が引き上げられる時、*
そこに描かれた、人の図像《ずぞう》が立ち上がり、まず初めに顔を見せた後、徐々に
その他の部分も現れてゆき、幕が静かな動きで上がるにつれて、やがて
全身を現し、遂には幕の下端《かたん》の縁《へり》に足を乗せた立ち姿になる、まさにそのよう。
　新たな敵の出現に驚いたカドモスは武器を取ろうとした。
「やめろ」、大地が生んだ一団の一人が叫んだ、「武器を
取るのは。同胞《はらから》同士の争いに余計な手出しをしてはならぬ」。
そう言うと、大地から生まれた兄弟の一人を堅固な剣を振るって
白兵戦で切り殺したが、自らは遠くから放たれた投げ槍で仆《たお》れた。
だが、その彼を討ち取った者も、討ち取られた者より長生きはせず、
たった今授かったばかりの命の息吹を吐き出し、息絶えた。
同じようにして、集団が一人残らず荒れ狂い、俄かに生まれた
同胞《はらから》たちは同胞同士の戦《いくさ》で互いに殺《あや》め、殺められて、仆れた。
今や、短命の生を授かった若者たちは
まだ温かいその胸を血に染まる大地に打ち付けていたが、
五人が生き残った。その内の一人は、名をエキオンと言った。彼は

トリトニス湖縁《ゆかり》の女神〔アテナ〕の忠告に従い、自分の武器を地面に投げ捨て、
他の兄弟と兄弟和合の誓約を互いに取り交わしたのだ。
シドン出の異国人〔カドモス〕はこの五人*を大業の仲間にし、
ポエブスの神託によって命じられていた都の礎を置いた。
　既にテバイには都らしい佇《たたず》まいがあった。今や、カドモスよ、汝は、亡命の
地にありながら、誰の目にも幸せと見られた。舅、姑がマルスとウェヌスという
僥倖にも、汝は恵まれたのだ*。加えて、これほど高貴な結婚で授かった
子孫たち、あれほど多くの息子や娘たち、また、既に青年になっていた、愛《いと》しい
愛の証《あかし》の孫たちもいた。だが、無論のこと、人間として生まれたからには、
常に終わりの日を覚悟しておかねばならず、死を迎え、永遠《とわ》の別れの
葬儀を済ませるまでは、何ぴとも幸せと呼んではならないのだ。
　これほど数多《あまた》の幸《さち》の中で、カドモスよ、汝にとって最初の
嘆きの因となったのは孫〔アクタイオン〕であり、その額《ひたい》に生え出た
見知らぬ角《つの》、また、主人の血を存分に啜った犬たちよ、お前たちであった。
しかし、元を正せば、その不幸の元凶は「運命《フォルトゥナ》」であって、若者に
罪はなかった。いかにも、偶然の過ちに何の罪があったというのであろう。
　仕留めた種々の獣の血に染まる山があった。
既に真昼の日差しが物の影を短くし、

太陽は東西の起点、終点いずれからも等距離にあった。

その時のこと、ヒュアンテス人の若者〔アクタイオン〕は穏やかな声で、獲物を求めて、道なき獣の隠れ場を彷徨《さまよ》う狩の仲間にこう呼びかけた、

「仲間の皆、狩網も槍も獣の血でびっしょり濡れている。

今日一日の首尾は申し分ない。明日の朝、曙《アウロラ》の女神がサフラン色の馬車に牽かれて、陽の光を再び連れ戻す時に、予定していた狩を再び始めることにしよう。今、ポエブスは東西の起点、終点いずれからも等距離にあり、熱気で地面をひび割れさせている。目下の作業は中断し、結節も見事な狩網を片付けるのだ」。

男たちは指図に従い、作業を中断した。

唐檜《とうひ》や鋭い葉の糸杉が密生する谷があった。名をガルガピエと言い、裾を絡《から》げた〔狩人〕ディアナの聖地で、その最も奥まった所に、生い茂る木々に囲まれた洞窟がある。人の技に成るものではないが、人の技に似せて、自然が自らの巧緻さで造形した見事な洞窟であった。というのも、それは自然のままの軽石と軽い凝灰岩で天然の穹窿を形作っていたからだ。その右手に透き通った泉があり、せせらぎの音と共に、細い流れとなって流れ、洞窟の、縁《へり》が草生《む》す開けた池へと注ぎ込んでいる。

森の女神は、狩に疲れると、この池で沐浴し、
処女のその身体に清水を浴びる習いであった。
女神は、そこにやって来ると、ニンフらの内で、武具の運び役を務める一人に
投げ槍と箙《えびら》、それに弦《つる》を弛めた弓を手渡した。
もう一人のニンフは女神が脱いだ衣装を両腕の上に受け取り、そうして、
二人して女神が足に履くサンダルの紐を解《ほど》いた。一方、彼女らより技に長けた
〔河神〕イスメノスの娘クロカレが項《うなじ》に乱れ靡《なび》く女神の髪の毛を
束ねて結《ゆ》い上げた。尤《もっと》も、クロカレ自身はざんばら髪のままだ。
ニンフのネペレやヒュアレやラニス、またプセカスやピアレが
大きな水瓶で清水を汲んでは、女神に注ぎかける。
ティタンの孫娘〔ディアナ〕が、いつものように、その池の清水で沐浴している時、
見よ、狩の作業の一部を翌日に延ばしたカドモスの孫〔アクタイオン〕が
見知らぬ森を覚束ない足取りで彷徨《さまよ》いながら、
聖林の中に足を踏み入れた。定めが彼を、こうして聖林へと導いたのだ。
アクタイオンが、泉の水で滴《しずく》したたる洞窟に入っていくと、
その時、裸姿のままであったニンフたちは、男を目にするや、
忽《たちま》ち、胸を打ちながら、悲鳴を上げて森中に
響き渡らせると、ディアナの周りを取り囲み、

自分たちの身体で女神を覆い隠そうとした。だが、女神自身は彼女たちより
丈《たけ》が高く、肩から上、首と頭の分、ニンフの皆より抜きん出ていた。
真正面から射す夕日に染まる雲の習いの
茜《あかね》色か、はたまた朝日に映える曙《あけぼの》の紅《くれない》か、衣を脱いだ
裸の姿を見られたディアナの顔は、まさにその色に、さっと染まった。
女神は、お供のニンフたちの群れに取り囲まれてはいたが、
上体を斜めに捩《よじ》って半身《はんみ》になり、顔を後ろに
背《そむ》けると、手許に矢があればよかったのに、と思ったものの、
手近にある清水を掬《すく》い取り、男の顔に
注ぎかけ、報復の水を頭に振りかけながら、
やがて訪れる不幸を予言する、このような言葉を付け加えた、
「さあ、衣を脱いだ裸の私を見た、と吹聴《ふいちょう》して回っても構わないことよ、
できるものならね」と。威嚇の言葉はそれまでで、
ディアナは水を振りかけたアクタイオンの頭に長命の鹿の角《つの》を生えさせ、
頸を長くし、耳の先端を尖らせ、
手を足に、腕を長い脚に変えて、
全身を鹿《か》の子斑《こまだら》の毛皮で覆った。
更に加えて、びくびく怯える臆病さも与えた。アウトノエの子の英雄は

逃げ出したが、走りながらも、自分がこれほど速く走れることに驚いた。
［しかし、水面《みなも》に映る自分の姿形と角を見るや、］
「ああ、何てことだ」、そう言おうとした。だが、声が一言も出てこなかった。
彼は呻いた。それが声だった。自分のものであって自分のものではない顔中に
涙が溢れた。心だけは元のままだったのだ。
どうすればよい。王宮の家に戻ろうか、それとも
森に隠れようか。前者は羞恥心が否と言い、後者は恐怖心が否と言った。
　アクタイオンが躊躇《ためら》っている内に、犬たちが彼を見つけた。メランプスと*
嗅覚鋭いイクノバテスが最初に吠え声で合図を送った。
イクノバテスはクレタ犬で、メランプスはスパルタ犬の血を引く。
その後《あと》、疾風《はやて》よりも速く他の犬たちも突進してきた。
パンパゴスにドルケウスにオレイバソス。これは皆アルカディア犬だ。
また屈強のネブロポノス、更にライラプスと共に獰猛なテロン、
脚力に長けたプテレラスと嗅覚に長けたアグレ、
最近、猪の牙に突き刺された気性荒いヒュライオス、
狼から生まれたナペ、家畜を追う番犬だった
ポイメニス、仔の犬二匹を引き連れたハルピュイア、
腹の引き締まったシキュオン犬のラドン、

更にドロマスにカナケ、スティクテにティグリス、またアルケ、
雪白のレウコンに黒毛のアスボロス、
剽悍《ひょうかん》なラコンに走力逞しいアエッロー、
更にトオスに、兄弟犬キュプリオスと連れ立った俊足のリュキスケ、
黒毛《くろげ》の額《ひたい》の真ん中に浮かぶ白毛《しろげ》も際立つ
ハルパロス、更にメラネウスに尨毛《むくげ》のラクネ、
また父親はクレタ犬だが、スパルタ犬の母犬から生まれた
ラブロスにアルギオドス、更に鳴き声鋭いヒュラクトル、他《ほか》、
多くの犬たちだが、一々名を挙げれば長くなる。この犬の群れが、獲物を狙って
岩壁や断崖、道なき岩場を越え、
辿る道も容易でない所や、辿る道さえない所を通って追いかけてくる。
アクタイオンは、自分が幾度《いくたび》も獲物を追いかけた場所を通って逃げてゆく。
ああ何ということ。他ならぬ主人が飼い犬から逃げるのだ。彼は叫びたかった、
「俺はアクタイオンだ。お前たちの主人だと分からぬか」*。
だが、心は願えど、言葉が出てこない。犬たちの吠え声が辺り中に谺《こだま》した。
メランカイテスが最初に彼の背中に嚙みついて傷を与え、
テロダマスがそれに続き、オレシトロポスが肩に食らいついた。
この三匹は遅れて出たが、山の近道を通って

先回りしたのだ。三匹が主人〔の鹿〕を抑えている間《あいだ》に、
他の一団が群がり集まり、各々、獲物の体に牙を立てた。
最早、傷を与える場所もなくなった。彼は呻き声を上げ、
人間のものではないが、かといって鹿には出せない声ならぬ
声を発し、慣れ親しんだ山の背を悲しげな嘆きで満たすと、
膝を折り、嘆願し、哀願する者のようにして、
物言わぬその顔を、恰《あたか》も腕のように周囲に振り向けた。
しかし、何も知らない狩仲間たちは、猛《たけ》り立つ犬の群れを、いつものように
叱咤して嗾《けしか》けながら、目でアクタイオンを探し、
まるでその場にいないかのように、我も我もとアクタイオンの名を呼び、
——彼は自分の名が聞こえる方に頭を向けたのだが——その場に居合わせず、
願ってもない獲物を目にすることなく、ぐずぐずしている、と言って嘆いた。
その場にいなければ、どれほど幸せだったか。だが、その場に居合わせた。自分の
飼い犬たちの残酷な仕業を、身をもって感じるのではなく、傍《はた》で見ていたかった。
犬たちは周りをびっしり取り囲み、鼻づらを肉に埋《うず》めて
偽りの鹿の姿をした主人をずたずたに引き裂いた。
アクタイオンが、こうして数知れぬ傷を受けて息絶えるまで、
箙《えびら》負う女神ディアナの怒りは収まらなかったという。

評説は是非分かれた。女神の仕打ちは公正さに悖《もと》る、余りにも
乱暴なものと思った者もいれば、それを褒め称え、厳格な処女性に
相応《ふさわ》しい女神だと言う者もいた。どちらの側にも一理あった。
ただ、ユピテルの后だけは、是とも非とも言わず、
むしろアゲノルの血を引く家の不幸を
喜んだ。今や彼女の憎しみは、そっくり、テュロス生まれの恋敵〔エウロパ〕から
血を分けたその一族に移ったのだ。そこに、さあ、以前の憎しみの理由に
新たな理由が続いた。ユノーは、偉大なユピテルの種を宿してセメレが
身重になったことに胸裂く思いであった。恨み辛みを言葉にしようとして、
「でも、あれほど度々《たびたび》恨み辛みを口にして、何の甲斐があったというの」と言った、
「当のあの女に狙いをつけなければ。私が偉大なユノーと正当に
呼ばれるのなら、当のあの女を滅ぼしてやるのです、この右手に、宝石鏤《ちりば》めた
女王の笏《しゃく》を握るのが相応しいのなら、私が神々の女王で、ユピテルの姉でも、
后でもある――少なくとも姉であるのならね。でも、ええ、ええ、さぞかし密かな
情事で満足で、私たちの褥《しとね》を汚した不義は束の間のこと、と言うのでしょうよ。
いいえ、身籠っている。まだ足りなかったのがそれ。紛*れもない罪の証拠を
大きなお腹に抱えて、この私にはまあ叶わなかったことなのに、ひたすら
ユピテルの子の母になろうという魂胆。それほど容姿に自信があるのね。なら、

280

その自信で痛い目に遭わせてやる。私はサトゥルヌスの娘ではない、万々一《まんまんいち》、彼女が愛人ユピテル自身の手で冥界の沼に沈められないようなことがあれば」。

　そう言うと、ユノーは玉座から立ち上がり、金色《こんじき》の雲に身を包んでセメレのいる館の戸口に近づいたが、雲を取り払う前に
老婆に姿を変え、蟀谷《こめかみ》には白髪を載せ、
肌には皺《しわ》を刻み、腰を曲げると、覚束なく
震える足取りで歩を進めた。声も老婆の声にして、
まさしくセメレの、エピダウロス生まれの乳母ベロエに成りすましたのだ。
そうして、二人して四方《よも》山話《やまばなし》に花を咲かせて、長い間語らった後、
ユピテルの名に話が及んだ時、ユノーは溜息をついて、こう言った、「願わくは
ユピテル様であってくれればいいのですが。でも、何もかもが心配です。
神々の名を騙《かた》って貞潔な乙女の閨《ねや》に入り込んだ男は大勢いますからね。ですが、
ユピテル様であるだけでは十分ではありません。愛の証《あかし》を与えてお貰いなさい、
その方が本物のユピテル様でしたらね。お頼みするのです。高空《たかぞら》にまします
ユノー様に迎え入れられる時の、偉大で崇高なお姿そのままのお姿で抱擁して
下さるように、と、その前に、御標《みしるし》の持ち物を身に着けて下さるように、と」。
このような言葉で、ユノーは初《うぶ》なカドモスの娘を言い包《くる》めた。その彼女に
彼女はユピテルに、何かは言わずに、贈り物を強請《ねだ》った。

神は言った、「何なりと選ぶがよい。決して拒まれることはあるまい。
そなたに少しでも不信を抱《いだ》かせぬよう、流れ激しいステュクスの
神霊を証人としよう。あれは神々でさえ恐れ畏《かしこ》む神霊なのだ」。不幸とも
露知らず、いとも容易に願いが叶えられたのを喜びながら、自分を愛する神の
唯々《いい》とした従順さで身を亡ぼすことになるセメレは、こう答えた、「お二方《ふたかた》が
愛の契《ちぎ》りを交わされます折、ユノー様が抱擁なさいますあなた様そのままの
お姿を、どうか私《わたくし》にもお示しくださいませ」。神はそう語る彼女の口を
塞《ふさ》ぎたいと思った。だが、既に言葉は口を出て、素早く大気の中に消えていた。
ユピテルは呻いた。彼女が望みを取り消すことも、ユピテルが誓いを
反故《ほご》にすることも、最早できないからだ。仕方なく、この上ない憂い顔で、
ユピテルは高きにある上天《アエテル》に舞い上がり、付き従う叢雲《むらくも》を
点頭《うなず》き一つで集めると、これに雨雲と、疾風に混じる雷光、
さらに雷鳴と避け難い雷火*を加えた。
しかし、できるかぎり自らの威力を削ごうと試みて、百腕の巨人
テュポエウス*を天界から突き落とした時に使った雷火で武装することは、
今は控えた。その力は余りにも苛烈だったからだ。
これより軽い雷火が別にあった。このキュクロプス*たちの手が
付与した威力や火力、また憤怒の程度はそれほど激しくはなかったのだ。

天上の神々は、これを「第二の武器」と呼ぶ。ユピテルは、それを手に取ると、アゲノルの子〔カドモス〕の館に入っていった。だが、所詮死すべき人間の身、荒れ狂う天空の騒乱には耐えられず、セメレは婚礼の結納の品で焼け死んだ。その母親の胎内から、まだ成熟していない嬰児〔ディオニュソス＝バッコス〕が取り出され、ひ弱な胎児のまま――信じるに足る話だとして――父親の太腿に縫い込まれ、その太腿で母親の胎内で過ごす期間を満たしたという。やがて月満ちて生まれた赤子を、初めの揺籃期は叔母のイノーが育て、次いで赤子はニュサ*のニンフたちに預けられて、ニンフらが自分たちの洞《ほら》に隠し、糧の乳を与えて養ったという。

定めの則《のり》に従って、地上でこうしたことが行われ、生死の門を二度くぐったバッコス*が揺籃期を無事に過ごしている間のこと、ある時、偶々《たまたま》ユピテルは、神酒《ネクタル》で気分を解《ほぐ》し、煩わしい心配事を心から追い払って、寛《くつろ》いでいるユノーと冗談を言い交わしていたが、こう言った、「そなたら女が得る〔愛の〕快楽のほうが、男が得る快楽より大きいのは確かだ」と。ユノーは、それは違う、と言った。そこで、博識のテイレシアス*の意見はどうか、尋ねてみることにした。彼は男女両方の愛を知っていたからだ。それというのも、彼テイレシアスは、緑深い森で、交尾する二匹の

大きな蛇の体を杖で激しく打擲《ちょうちゃく》し、そのために
男から——不思議なことながら——女になり、女として春秋を七度
経たことがあったからである。八年目に、再び同じ二匹の蛇に遭遇した彼は
こう言った、「お前たちを打つことが、打った当人の性《せい》を
別の性に変えることができるほどの力を宿すものなら、
今またお前たちを打とう」。そう言って、同じ二匹の蛇を杖で打つと、
元の男の容姿が戻り、生まれつきの性である男の姿が蘇った。こうして
彼は冗談交じりの諍《いさか》いの裁定人として選ばれたのだが、ユピテルの
言が正しい、と断言した。サトゥルヌスの娘御は、公正さに照らしても
事の軽重に照らしても、不当なほど激しく憤慨し、懲らしめに
裁定者の目を永遠の闇で閉ざしたと言われる。
しかし、全能の父神は——何神にせよ、他の神の行ったことを
取り消すことはできないからだが——奪われた視力に代えて
未来の出来事を予知する能力を授けて、名誉で懲らしめを軽くしてやった。*
　テイレシアスは〔予言者として〕ボイオティアの市々《まちまち》で盛名この上なく高く、
未来を尋ねる人々に非の打ちどころのない答えを返していた。
真実と定評のあるその言葉の信頼性を最初に試したのは
青色の〔水の〕ニンフのレイリオペであった。かつて、蛇行する流れに

巻き込み、自らの河水に閉じ込めて、河神のケピソスが
乱暴を働いたニンフで、誰にも勝《まさ》って美しい彼女は身籠り、
生まれた時から既に誰にも愛される愛らしい赤子を産み、
ナルキッソス*と名付けていた。その赤子のことで、その子が
齢《よわい》を重ね、長寿を迎えることができるかどうか、尋ねられた時、
定めを告げる予言者は、こう言ったのだ、「己を知ることがなかったならば」と。
その言葉は、長い間、無意味な空言と思われていた。しかし、成り行きがその
真実性を証《あかし》し、出来事や死に様《ざま》、狂気の新奇さが予言者の言の正しさを
実証した。というのも、ケピソスの子〔ナルキッソス〕が十五に一つ歳を
重ねて、少年とも青年とも見られる年頃になった頃のこと、
多くの若者が彼の愛を求め、多くの乙女が彼の愛を求めた。
だが、その柔和な容姿の下には、並外れて頑《かたく》なな矜持《きょうじ》が秘められており、
彼の心に適《かな》ってその愛を勝ち得た若者や乙女は誰一人いなかった。
その彼が、怯える鹿たちを狩り網に追い込んでいる姿を
声響かせるニンフが目にした。相手が語っていると、黙っていることもできず、
かといって、自分から先に語る術《すべ》も知らないニンフ、木霊《こだま》を返すエコーだ。
　彼女は、その頃は、まだ姿形《すがたかたち》があり、声だけの存在ではなかったが、
お喋り好きの彼女の言葉の使い方は、今のそれと違わず、語られた

370

多くの言葉の内の最後の言葉を繰り返すことしかできなかった。
そのようにしたのはユノーで、ニンフたちがユピテルと山で
寝ている現場を取り押さえることができるという時、
ニンフらが逃げ去るまで、彼女が長々と話しかけて女神を引きとめたことが
屢々《しばしば》あったからだ。サトゥルヌスの娘御は、そのことに気付くと、
こう言った、「私を騙《だま》したその舌の力を他愛《たわい》ないものに
してあげよう、極々《ごくごく》短い言葉しか喋れないようにね」と。
脅しが本物であることを、事実が裏付けた。彼女には、話の最後の言葉を
繰り返し、聞いた言葉を鸚鵡《おうむ》返《がえ》しのように復唱することしかできなかった。
さて、その彼女が、道なき野を彷徨《さまよ》うナルキッソスを見かけて、
恋の炎で熱くなり、密かにその跡をつけ、
追いかけるにつれて、間近で見る恋心に益々燃え上がった。
その様《さま》は、まさに松明《たいまつ》の先端に塗られて、
火を近づけると勢いよく燃え上がる硫黄のよう。
ああ、幾度《いくたび》、甘えるような言葉で語りかけて近づき、
優しくお願いしてみようという欲求に駆られたことか。だが、彼女の性《さが》が抗い、
自分から語り始めるのを許さず、許されるのは、音がするのを待って、
その音そっくりに声を返す用意をしていることだけだった。

偶然、少年ナルキッソスが信頼する仲間の一団からはぐれて、
声を上げた、「誰か傍にいる？」と。すると、「傍にいる」とエコーが答えた。
吃驚《びっくり》したナルキッソスは、あちらこちら辺りを見回し、
「来て」と大声で叫んだ。彼女はそう呼びかける少年に「来て」と呼びかけた。
少年は後ろを振り向いたが、またもや誰もやって来ないので言った、「どうして
僕から逃げるんだ」と。言っただけの言葉がそのまま返ってきた。
ナルキッソスは立ち止まり、物まねのように交互に反復される言葉に騙《だま》されて、
「こっちにおいで。一緒になろう」と言った。その言葉の響き以上に喜んで
答えを返したい言葉の響きはなかったが、「一緒になろう」とエコーは復唱し、
自分で自分の言葉に頷《うなず》いて、木立の中から姿を現し、
待ちに待ったナルキッソスの項《うなじ》に腕を回して抱きつこうとした。すると、
彼は逃げ出し、逃げながら言った、「その腕をどけろ。抱きつかないでくれ。
その前に死んでやる、お前に僕を自由にさせるくらいなら」と。
彼女が返した言葉は唯これだけ、「お前に僕を自由にさせるくらいなら」と。
無下《むげ》にされたエコーは森の中に隠れ、辱《はずかし》めを受けたその顔を木の葉で
覆って、それ以来、人気《ひとけ》のない洞窟に身を潜めて暮らした。しかし、恋い慕う
心は消えず、愛を拒まれた悲しみで、むしろ弥増《いや》しに恋心は募るばかり。
眠られぬ悩みに、哀れにも、身体は細ってゆき、

痩せた皮膚には皺が寄って、身体の水分は大気の中に
すべて雲散霧消した。声と骨だけが残った。
声は残ったが、骨は石に姿を変えたと言われている。
「その時以来、彼女は森に身を潜め、どの山でも姿を見かけることはないが、
誰もがその声を耳にする。彼女の内で、生きているのはただ声のみなのだ。*」
　ナルキッソスはこうして彼女を虚仮《こけ》にしたが、以前にも、河や山で生まれた
他のニンフたちも同様に虚仮にし、男友達との交わりも同様に虚仮にしていた。
そこで、愚弄された者の一人が両手を天に差し伸べ、祈った、
「彼自身も同様に愛し、同様に愛する者を手に入れられませんように」と。
ラムヌスの女神*〔傲慢を罰するネメシス〕は正当なその祈りを聞き届けた。
清水で銀色に輝く澄み切った泉があった。
牧人たちや、山裾で草を食《は》む山羊たちや
他の家畜たちが触れたことがなく、鳥や獣にも、また
落ちかかる木の枝によっても掻き乱されたことのない泉である。
周囲には、間近の水分に養われて、草が生え、
生い茂る木立が陽の光を遮《さえぎ》って、水が生暖かくなるのを防いでいた。
夢中になった狩と暑さで疲れた少年ナルキッソスは、
辺りの景色と泉に惹かれてここにやって来ると、泉のほとりに跪《ひざまず》き、

［渇きを鎮めたいと思っている内に、別の渇きが大きくなっていき*］
水を飲んでいる内に、目にした〔水面に映る〕姿の虜《とりこ》となって、
［実体のない望みに恋し、影にすぎないものを実体のあるものと思い込んだ。*］
自分で自分に恍惚となり、同じ表情のまま、身動《みじろ》ぎもせずにいた。
その様《さま》は、まるでパロス〔島〕の大理石で彫られた彫像のよう。
ナルキッソスは地面に跪《ひざまず》いたまま、双子星《ふたごぼし》のように輝く自分の目を、
そしてバッコスに相応《ふさわ》しく、アポロに相応しい自分の髪の毛を、また
まだ産毛《うぶげ》の生えている頬や象牙のように白い頸、
美しい顔立ちや雪のように白い肌に差す薄紅《うすべに》を見つめて、
自分がそれによって賛嘆される何もかもを賛嘆し、
誰とは知らずに自分への渇望に熱くなり、好意を抱《いだ》く者が好意を抱かれ、
求めつつ求められ、恋の炎を煽ると同時に恋の炎に煽られた。
幾度《いくたび》、偽りの泉に空しく口づけしようとし、
幾度、項《うなじ》を掻き抱こうとして腕を水に
浸《つ》けたことか。だが、水の中の自分を掴まえることはできなかった。
自分が何を見ているのか、分からなかった。だが、見えているものに恋い焦がれ、
欺いているその同じ錯誤が目を焚きつける。
軽信の少年よ、逃げる虚像を、なぜ掴まえようとする。お前の求めているものは

どこにもない。恋するものから目を逸らせば、消え失せてしまうのだ。
お前が目にしているものは、水面《みなも》に映る虚像。それは
実体のない影にすぎない。お前と共にやって来て、留まり、お前と共に
去ってゆくものなのだ、そこから去ることがお前にできるものならば。
　その彼を、食事や休息の欲求もそこから
引き離すことはできず、ナルキッソスは日陰の草の上に胸を伏せ、
満ち足りることのない眼《まなこ》で欺きの姿を飽かず眺め、
自らの眼差しで自ら滅びていこうとする。少年は少し身を起こすと、
周りを囲む木立に向かって腕を差し伸べ、こう言った、
「ああ、森の木々よ、僕ほど酷《むご》い目に遭う恋をした者が誰かいたか。お前たちは
多くの恋人たちを知っており、彼らの格好の逢瀬《おうせ》の場になってきたのだから。
誰かを覚えているか、お前たちが経てきた幾百年もの
長い年月の間《あいだ》に、こんな風に窶《やつ》れ果てた誰かを。心惹かれもし、
見えてもいる。でも、見えてもおり、心惹かれているものを、僕は
見つけられない――愛する少年を捉えている錯誤はそれほど大きかった――。
尚更恨めしいのは、僕たちを隔てるものが広大な海でもなければ、
長い道程《みちのり》でも、山でも、門を閉ざした城壁でもないこと。僕たちを隔てるのは
僅かな水。他ならぬ向こうも抱擁されるのを望んでいるというのに。

460

澄んだ水面《みなも》に接吻しようと、僕が口を近づける度《たび》に、
この子も口を仰向けにして僕の方に顔を近づけてくれるんだから。今にも
触れられそうだ。愛し合う二人を隔てているのは、あってないようなもの。
君が誰であれ、さあ、こっちに出てきて。掛《か》け替《が》えのない少年よ、何故僕を欺く。
僕が求めているのに、どこに行ってしまうんだ。屹度《きっと》、僕の見目も年齢も
君が嫌がるようなものではない筈。ニンフたちでさえ僕を好きになったんだから。
君は親愛の表情で、何かは分からないけれど、僕に希望を抱かせてくれる。
僕が君に腕を差し伸べると、君のほうも腕を差し伸べてくれるし、
僕が笑ったら、笑い返してくれる。何度も君が涙を流すのにも気づいたよ、
僕が涙を流すとね。僕が頷《うなず》くと、君も頷いて合図を送ってくれるし、
それに、美しいその口の動きで読み取れるかぎり、君は言葉を
返してくれる。尤《もっと》も、僕の耳にはその声が届かないんだ。そこにいるのは
僕なんだ。分かった。水面《みなも》に映る姿にもう騙《だま》されない。僕は僕自身への愛で
恋い焦がれているのだ。恋の炎を煽るのも、煽られているのも同じ僕。
どうしよう。僕が求めようか、求められようか。そもそも何を求める。
僕が望むものは僕の中。僕の豊かな美が僕を美に乏しい者のように餓《かっ》えさせる。
ああ、この僕の身体から僕が抜け出すことができれば、どれほどいいだろう。
愛する者には新奇な願いだけれど、僕が愛するものがこの身体に

いなければいいのに。苦しみの所為《せい》で、もう力が尽きていく。僕に残された生は
長くはない。年若くして命が尽きようとしている。でも、死は
僕には辛くはない、死ねば、この苦しみにさよならを言えるのだから。
叶うものなら、僕の愛するこの子には僕より長く生きて欲しい。
だけど、二人は一心同体。一人が死ねば、二人とも死ぬことになるのだ」。
そう言うと、まだ正気に戻らぬ少年は水面《みなも》に浮かぶ同じ姿にまた向き直り、
涙で水面をかき乱すと、波紋の広がる泉に映る姿が
朧気《おぼろげ》になった。その姿が消え去ろうとするのを見るや、叫んだ、
「どこに逃げようとする。罪作りな少年よ、留《とど》まっておくれ。愛する僕を
見捨てないで。触れることができないものを、せめて
目で眺めて、不幸なこの狂気の恋心に慰めを与えさせておくれ」と。
そう嘆く間《ま》にも、少年は胸元の縁《へり》を摑んで服を開《はだ》け、
露《あら》わになった大理石のように白い胸を手の平で打った。
打たれた胸は赤く薔薇色に染まった。
その様《さま》を喩えれば、白い部分の中に、
赤い部分の混じる林檎か、はたまた色とりどりの実をつけている
葡萄の房の、まだ熟していない薄紅《うすべに》色の実のよう。
澄み渡り、平らになった水面に映ったその影像を再び目にするや、

それ以上我慢ができず、恰《あたか》も小さな炎で溶ける
黄色い蠟か、あるいは生温かい朝の日差しで溶ける
朝霜《あさじも》のように、少年は恋しく思う心で身も窶《やつ》れて
憔悴し、隠された恋の炎で徐々に衰弱していった。
最早、輝く白さに紅《べに》の混じる肌色は失せ、
活力も体力も、先頃まで好もしかった姿も、
かつてはエコーが愛した身体つきも残ってはいなかった。そのエコーが
彼を見ると、以前の仕打ちを忘れてはおらず、怒りを抱いてはいたが、
心を痛め、少年が、可哀そうにも、「ああ、ああ」と悲嘆の言葉を漏らす度《たび》に、
エコーも反復して「ああ、ああ」と木霊を返し、
彼が〔嘆きのあまり〕両の手で自分の上腕を打つと、
腕を打つ、その同じ音を、彼女も木霊で返してやった。
いつもの水面《みなも》を見つめ続ける少年の今際《いまわ》の声はこうであった、
「ああ、僕が叶わぬ恋をしてしまった少年よ」。同じ数の言葉を、木々繁る
森が返し、少年が「さよなら」と言うと、エコーも「さよなら」と言った。
少年が困憊《こんぱい》した頭を垂らすと、項垂《うなだ》れる頭は緑なす草の上に落ちた。やがて、
自らの持ち主の美しい姿形《すがたかたち》を賛嘆したその目を、死が閉ざした。
黄泉《よみ》の世界に迎えられた後も、彼は

ステュクスの水に映る自分の姿を眺め続けていた。姉妹の水の精霊《ナイス》たちは哀悼の嘆きの胸を打ち、切った髪の毛を弟の霊に供え、木の精霊《ドリュアス》たちも哀悼の胸を打った。エコーは彼女たちの嘆きの声と胸を打つ音を反響させた。早や、縁《ゆかり》の人々が火葬用の木や、打ち振る松明や棺台《ひつぎだい》を準備していた。だが、亡骸《なきがら》がどこにも見つからなかった。代わりに見つかったのは、真ん中〔の副花冠《ふくかかん》〕を白い花びら〔花被片《かひへん》〕が取り巻く黄色い花〔水仙。学名Narcissus〕であった。

　この出来事が知られると、予言者の評判は、当然のことながら、ギリシア中の諸都市に知れ渡り、予言者の令名は世に轟く偉大なものとなった。だが、そのテイレシアスを、皆の中で唯一人、神々さえも蔑《なみ》するエキオン*の子ペンテウスだけは侮り、老予言者の予言の言葉を嘲笑《あざわら》い、光を奪われて闇の世界に生きるテイレシアスの不幸を罵《ののし》った。予言者は、白髪に覆われた頭《かぶり》を振りながら、こう言った、「あなたも、私のように光を奪われた者となり、バッコスの秘儀を目にすることがなければ、どれほど幸せであろう。こう言うのも、やがてその日が訪れるからだ、そう遠くないと儂《わし》は予言しておくが、この地に、セメレの子で、新しい神であるリベル*〔バッコスのローマ名〕が来臨し、この神を、あなたが神殿を捧げて、敬い斎《いつ》く心を示さなければ、あなたが八つ裂きにされ、その遺骸を四方八方にばら撒かれて、その血で、森やあなたの母や母の姉妹たちを血塗《ちまみ》れにする日がな。
必ずやそうなる。あなたが神を敬おうとせぬからだ。その時、あなたは、盲目の
この私が、見えぬものを余りにも見事に見通していた、と嘆くことになろう」。
そう語る予言者を、エキオンの子は追い払った。だが、やがて
その言葉の真実性が明らかとなり、予言者の答えは現実のものとなった。
　リベルが到来し、田野には祝祭の叫び声が響きわたった。
信者たちの群れが我先に殺到した。男たちも女たちも一斉に、母親たちも
若妻たちも、庶民も名士も、挙《こぞ》って見知らぬ祭儀へと詰めかけた。
「何の狂気だ、蛇〔の歯〕から生まれた者たち、マルスの後裔らよ、お前たちの
心を狂わせているのは」、ペンテウスはそう言った、「打ち鳴らされる
シンバルや曲がった角笛、それに、まやかしの
魔術に、それほど大きな力があるというのか、戦《いくさ》の剣《つるぎ》にも、
合図を鳴らす喇叭《らっぱ》にも、抜き身の槍をかざす隊列にも怯むことのなかった男たちが
女どもの声や、酒で煽られた狂乱、
淫らな*一団や空ろな小太鼓に手もなく打ち負かされるほどに。長老方《がた》よ、
あなた方に感嘆せねばならぬのか、船に乗り、遥かな船路を越えて、この地に
テュロスの都を築き、この地を放浪の民の家郷と定めた、そのあなた方が、今、
戦によらず、虜《とりこ》にされるがままになっているというのにだ。より精悍な年代で、

私の世代に近いお前たち、若者らよ、お前たちもだ。お前たちは、手に、神杖《テュルソス》*ではなく、
武器を取り、頭を葉冠《はかん》ではなく兜で覆うのが相応《ふさわ》しかったのではないのか。
頼むから、思い出すのだ、お前たちが如何なる血筋を引く者であるのかを。
そうして、一匹で多くの者を葬った、あの蛇*の勇猛ぶりを
心に取り戻すのだ。あの蛇は泉と池を守って
命を落とした。お前たちは、お前たちの名を守って勝利するのだ。
あの蛇は多くの勇者を黄泉の国に送った。お前たちは柔弱な者どもを追い払い、
父祖伝来の誉れを守り通すのだ。仮にも定めがテバイに
長く存立することを許さぬというのなら、城壁を毀《こぼ》つのは矢玉や
勇者たちであってほしいもの、剣戟と火炎の音が響き渡ってほしいものだ。
そうすれば、我らは惨めになろうとも、罪科《つみとが》とは無縁。悲運を嘆きこそすれ、
それを隠す要はなく、流す涙に恥辱は伴わぬ。だが、事実は異なり、
今、テバイは徒手空拳の童子によって奪い取られようとしている。
そ奴が喜ぶのは戦《いくさ》でもなければ、投げ槍や騎兵を用いることでもなく、
ミルラ〔没薬〕の香油を塗った髪や柔らかな葉冠、
紫の衣や彩りも鮮やかな衣に織り込まれた金だ。
直ぐにも、儂《わし》はそ奴に——お前たちは唯離れて見ておればよい——ユピテルが
父親というのは真っ赤な嘘で、祭儀もでっち上げたものだと白状させてやる。

あのアクリシオスに、虚妄の神霊を嘲笑い、
余所者《よそ》にアルゴスの城門を閉ざすだけの気概があったのに、*
このペンテウスが、テバイ全都共々、流れ者の異客《いきゃく》に怖気《おじけ》づくとでもいうのか。
さあ、急ぐのだ——これは従者たちへの命令である——。行って、首領を
縛《いまし》めて、ここに連れてこい。ぐずぐずと命令を遅らせることは、努《ゆめ》ならぬぞ」。
その彼を、祖父［カドモス］も、アタマス*も、その他一族の多くの者たちも
言葉を尽くして諫《いさ》め、乱暴を思い止《とど》まらせようと努めたが、無駄であった。
ペンテウスは忠告で益々激し、止めようとすることで苛立ち、
その激昂は増すばかりで、他ならぬ制止が却《かえ》って仇《あだ》となった。
私が目にしてきた急流も同じで、流れを妨げるものが何もなければ、
いつもの流れで、普段の川音で流れ下っていく。
しかし、妨げとなる何かの木材や岩石に堰《せ》き止められると、急流は
飛沫《しぶき》を上げ、奔流となって流れて、障害物で流れの激しさを増すものなのだ。
　さて、そこに、血塗《ちまみ》れになった家臣たちが戻ってきた。バッコスはどこか、と
尋ねる王に答えて、バッコスはどこにも見つからなかった、と言った。
そうして、「代わりに、バッコスの徒輩《とはい》で、祭儀を司る神官のこの男を
捕《つか》まえてきました」と言って、後ろ手に縛られた一人の男を引き渡した。
［テュッレニア人で、かつて神の祭儀に帰依して従ってきたという*］

ペンテウスはその男を、怒り狂った恐ろしいばかりの眼光で睨みつけ、
即刻処刑したい気持ちを辛うじて抑えながら、こう言った、
「今にも死を免れず、その死で他の者たちへの
戒めとなる筈の者よ、言うのだ、お前の名と親の名を、それに
どこの国の者か、何故《なにゆえ》新奇な儀礼の祭儀に血道を上げているのかを」。
すると、男は恐れる素振《そぶ》りも見せず、「私の名は」と言った、「アコイテスです。
祖国はマイオニア〔＝リュディア〕で、両親の出自は賤しい平民。
父は私に逞しい若牛が耕す田地《でんち》も、
毛のふさふさした羊の群れも、どんな家畜も残してはくれませんでした。
父自身も貧しい人で、日頃、釣り糸と釣り針、それに釣り竿で
跳びはねる魚を捕え、釣り上げるのを生業《なりわい》としておりました。
その技が父の全財産だったという訳です。その技を伝えてくれる時、
父はこう言いました、『この生業を継いでくれる跡継ぎのお前、受け取るがよい、
儂《わし》にある財産のすべてをな』と。その父が、死に際に、私に残してくれた遺産
と言っては、水以外になく、それだけが父の遺産と言えるものだったのです。
やがて、同じ岩場にしがみついて〔＝釣りばかりして〕いるのもどうかと思い、
私は更に、右手で舵を操る船の操縦術も学び、
オレノス*縁《ゆかり》の雨運ぶ星カペラ〔馭者座のアルファ星〕やタユゲテ〔＝昴《ぼう》＝スバル〕や

ヒュアデス*（＝畢《ひつ》＝雨降り星）や大熊座（＝北斗七星）を実際に目で確かめて
学び、風が吹いてくる方角や、船が寄港するのに適した港を覚えていったのです。
偶々《たまたま》デロスを目指していた折のこと、私は〔進路を逸れて〕キオスの地の
岸辺へと寄せられ、櫂を巧みに操って浜辺に接岸すると、
船からさっと跳び降り、濡れた砂浜に降り立ったのです。
一夜をその浜辺で過ごしました。朝まだき、夜がほのぼのと
明け初《そ》めると、私は起き上がり、新鮮な水を運んでくるよう〔仲間に〕
指図し、水のある泉に通じる道を教えました。
私自身は小高い丘に登って、船出するのに風の具合がどうか
確認し、仲間を呼んで、船に戻ろうとしました。
『ほら、我らはここにいるぞ』、仲間の内で真っ先に答えたのはオペルテスで、
人気《ひとけ》ない野で〔売り物の〕戦利品を――彼はそう思っていました――手に入れ、
乙女のような容姿の少年*を連れて、浜辺を歩いてきたのです。
少年はまるで酒と眠気で気怠《けだる》そうに足許をふらつかせ、付いてくるのも
やっとという様子。私はその服装や顔立ちや歩き方を観察しました。
すると、どうも人間らしいと思えるところが全く見当たらなかったのです。
私はそう直感しもし、仲間にそう言いもしました、『その子の身体に何神が
宿っているのかは確信がない。だが、その身体には、確かに神が宿っている。

あなたが何神にせよ、どうか加護を垂れたまい、苦難多き我らの事業に神助を
与えたまえ。この者たちにも何卒お赦しを』と。すると、『我らのための嘆願は
無用だ』、ディクテュスがそう言いました。他の誰よりも素早く帆桁《ほげた》の天辺《てっぺん》に登り、
帆綱を摑んで再び滑り降りてくる男です。この言葉に
リビュスが賛同し、また水先案内人として舳先《へさき》を守る金髪のメラントスも、
アルキメドンも、更に漕ぎ手らに大声で休めの合図や、漕ぐ間隔の
合図を送り、漕ぎ手らの士気を鼓舞するエポペウスも、他の仲間たちも
この言葉に賛同しました。戦利品に目の眩《くら》んだ欲はそれほど大きかったのです。
『だが、聖なるものを積荷にするなどという不敬で船を穢《けが》すことは、私が
許さない』、私はそう言いました、『この船で最大の権限を持つのは私だ』と。
私は昇降口の所で立ちはだかりました。エトルリアの都から追放されて、
リュカバスが怒り狂いました。乗組員全員の中で誰よりも不敵な
亡命者として、おぞましい殺人の罪の償いをしている男です。
その男は、私が阻もうとすると、若い屈強の拳《こぶし》で私の喉に
摑みかかりました。無意識ながら、思わず綱にしがみつき、それで
支えていなければ、私は海に投げ落とされていたところでした。
不敬な仲間の一団は、彼の行動に喝采を送りました。その時やっとバッコスが
――実際、少年はバッコスだったのです――まるで叫び声で眠気が

吹っ飛び、酔いから覚めて、正気に戻ったかのように、こう言いました、
『おじさんたち、何をしているの。何の叫び声？　船乗りのおじさんたち、言って、
どうやって僕はここに来たの？　僕をどこへ連れていこうっていうの？』と。
『心配するな』とプロレウスが答えました、『で、お前はどこの港に
着きたいんだ。言ってみな。望みの土地に降ろしてやろう』。
『ナクソスに』とリベル*は言いました、『船の進路を向けて下さい。
そこが僕の故郷《ふるさと》なのです。あの地に行けば、あなたたちだって歓迎されますよ』。
背信の船乗りらは、海とすべての神々に誓って、屹度《きっと》そうする、と
約束し、私に、色も鮮やかな船の、帆を張るよう命じました。
ナクソスは右の方角にありました。私が右手に向けて帆を張ると、*
『何をする、戯《たわ》けたやつめ。何を血迷っている、アコイテス』と、オペルテスが
制止しながら叫びました、『狂ったか。*進路を左手に取れ』と。大部分の者は
私に向かって頷《うなず》いて賛意を示し、中には私の耳元でそうしろと囁く者もいました。
私は唖然としました。『では、誰か舵を取るがいい』。私はそう言って、
操舵の技を使って罪の片棒を担ぐのを拒んだのです。私は
皆から糾弾され、寄ってたかって皆が私を難じて騒ぎ立てました。彼らの一人
アイタリオンは、『まさか俺たち全員の安全がお前一人にかかっているとでも
言うんじゃあるまいな』、そう言うと、態々《わざわざ》私のほうに近づき、舵取りの私の

仕事を引き受けて、ナクソスへの進路を離れ、別の方角に船を進めたのです。
その時、神は、からかって、まるで今になってやっと欺きに
気付いたかのように、弓なりに曲がる船の艫《とも》から海を眺め、泣いている
ふりをしながら言いました、『船乗りのおじさんたち、こっちは僕に約束してくれた
浜辺のある方角じゃありません。僕がお願いした土地はこっちじゃない。僕が
何をしたから、こんな目に遭うの。おじさんたちにとって何の手柄になるの、
いい大人が子供を、大勢が寄ってたかってたった一人を騙したりして』と。
私はもう随分前から泣いておりました。神を辱《なみ》する一団は私の
涙を嘲笑《あざわら》い、櫂を大急ぎで漕いで海原を進んでいこうとしました。
他ならぬ神ご自身にかけて——この神以上に身近な神はいないからですが——
あなたに誓います、あなたにお話しするこの話は本当のことでもあり、また
信じがたいことでもある、と。船が海の只中で微動だにしなくなったのです、
まるで乾船渠《かんドック》に収まった船そっくりに。
船乗りたちは、驚きながらも、櫂の手を休めず懸命に漕ぎ続け、
帆を張り、手立てを二つにしてまで船を進めようとしました。
しかし、木蔦《きづた》が、蔓を這わせて絡みついて、櫂の動きを邪魔したり、
実で重いその房で帆を飾ったりして〔使えなくして〕います。
神ご自身は房の付いた葡萄の蔓を額《ひたい》に巻き、

木蔦の葉で覆われた神杖《テュルソス》を打ち振っておられます。
その神の周りを取り囲むように、何頭もの虎や山猫、
斑《まだら》模様の獰猛な豹たちの幻が寝そべっておりました。
男たちは船から飛び降りました。彼らにそんな行動を取らせたのは狂気か、
恐怖か、それは分かりません。先ず、メドンの全身が次第に
黒くなっていき、背骨が目に見えて弓なりに曲がり始めました、
その彼に向かってリュカバスが叫びました、『お前、何と奇怪な姿に
変わろうとしているのだ』と。そう言う彼自身の口が裂け、鼻が
鉤《かぎ》なりに曲がり、皮膚には一面鱗が生えて硬くなっていったのです。
一方、リビュスは思い通りに動かない櫂を何とか漕ごうとしている間に、
自分の手が見る見る短く縮まっていき、その内に、最早
手ではなく、鰭《ひれ》と呼べるようなものになってしまいました。
また別の男は撚《よ》られた綱に腕を絡ませようとしたものの、
既に腕はなくなっており、手足のすっかり失《う》せた身体を
反り返らせて海に飛び込みました。尾の先は鎌のように曲がって、
まるで弓張り月の湾曲する角《つの》のよう。〔海豚《いるか》になった〕彼らはあちらこちら、
至る所で飛び跳ね、多量の水飛沫《みずしぶき》を上げては濡れた胴体を見せています。
何度も何度も海面に浮かび上がっては、また水面下に沈んでいき、

踊り手の一団の如く戯《たわむ》れて、戯《ざ》れ遊ぶように体を
跳ね上げ、広げた鼻で海水を吸い込んでは吹き出していました。
先ほどまで二十人いた内——船にはそれだけの数が乗り組んでおりました——
残っていたのは私一人だけです。怯え、身も凍る恐怖で身体を震わせ、ほとんど
正気を失いかけていた、その私に向かって、神はこう仰いました、『恐れを心から
払い、ナクソスへ進路を保つのだ』と。島に辿り着いた私は、バッコス様の
信仰に帰依し、今は神と、その祭儀を斎《いつ》き祀《まつ》る日々を送る身でございます」。

「随分長たらしく、回りくどい話に私は耳を傾けてきたが」とペンテウスは
言った、「時間を置けば、怒りの激しさも少しは収まろうかと思ったからだ。
召使いの者ども、一刻も早くこの男を引っ立てていき、恐ろしい責め具で
こ奴の身体を責め苛んだ上で、ステュクスの闇へと送り込んでやれ」。
テュッレニア〔＝リュディア〕人のアコイテスは、直ちに連れ去られ、堅固な
牢獄に閉じ込められた。そして、命じられた通り処刑するための
残酷な道具や刃《やいば》や火が用意されている間に、話では、
牢獄の扉が勝手に開き、誰が外した訳でもないのに、
鎖の手枷《てかせ》が腕からひとりでに抜け落ちたという。

エキオンの子は飽くまで意思を曲げず、人に命じて行かせることはせず、
自らキタイロンへと乗り込んでいった。祭儀を執り行う聖地として選ばれ、

バッコスの女信者らの歌声や甲高い叫び声の響き渡る山である。
ペンテウスは、さながら、戦場の喇叭《らっぱ》手が青銅の高らかな喇叭の音で
合図を吹き鳴らすと、一声《ひとこえ》嘶《いなな》き、戦意を漲《みなぎ》らせていく悍馬《かんば》のように、
長く尾を引く叫び声の響動《とよ》もす、辺りの大気に煽り立てられ、
叫喚を耳にして、怒りは弥増《いやま》しに煮え滾《たぎ》っていった。
　山のほぼ中腹に、縁《へり》は森に囲まれているが、
樹木が茂らず、四方が開けた野原があった。
そこで秘儀を不浄の目で盗み見していたペンテウスを
真っ先に見つけ、真っ先に、恍惚状態の中、狂おしい足取りで彼に走り寄り、
真っ先に神杖《テュルソス》を投げつけて、わが子ペンテウスを傷つけたのは
母親〔アガウェ〕であった。「さあ、妹たち」と彼女は叫んだ、「二人とも来て頂戴。
私たちの野をうろつく、とても大きなあの猪、あの猪を
この手で血祭りにしてやらねば」と。狂気に陥った集団全員が一人に向かって
殺到してきた。誰も彼もが群れ集まり、怯えるペンテウスを追いかける。
今では彼は怯えて身体を震わせ、今では語る言葉の激しさもどこかに失せ、
今では自分を責め、今では自分が間違っていたと認めた。
しかし、傷を負った彼は叫んだ、「どうか、叔母上アウトノエ、お助けを。
アクタイオン〔アウトノエの息子〕の霊に心動かされて、お情けを」と。

だが、アウトノエはアクタイオンが誰かも分からず、哀願するペンテウスの
右腕を捥《も》ぎ取り、もう一方の腕をイノーが引きちぎって奪い取った。
哀れにも、彼には母に差し伸べる手がなかった。しかし、ペンテウスは、
両腕を捥ぎ取られながらも、捥ぎ取られた傷口を示しつつ、言った、
「ご覧下さい、母上」と。それを見ると、アガウェは辺りに叫び声を響かせ、
首を振り振り、髪を風に靡《なび》かせて、
ペンテウスの頭を引き抜き、引き抜いた頭を血塗れの手で摑んで
叫んだ、「さあ、仲間の皆《みんな》、これが私の手柄、私は手にしたわ、この勝利を」と。
晩秋の寒さに傷《いた》められて、辛うじて枝に付いている
高い梢の葉を風が枝から引きちぎる速さも、狂女たちの
非道な手がペンテウスから手や頭を捥ぎ取る速さには比ぶべくもなかった。
こうした出来事を覆車《ふくしゃ》の戒《いまし》めとして、イスメノス流れるテバイの女たちは
バッコスの信仰に帰依し、香を捧げてその聖なる祭壇を斎《いっ》き祀《まつ》るに至ったのだ。

訳注

一四　神託所のあるパルナソス山中の、アポロやムーサたちに捧げられた聖なる泉。ここでは「パルナソス」あるいは「アポロの神託所」の意の提喩。

九六　カドモスとその妻ハルモニアは晩年、蛇に変身する。第四巻五六三以下参照。

二一一　ローマの劇場では、場面（幕）の終わりや劇の終わりを示すために、舞台前面の下に収めてある、いわば幕にあたる緞帳（神々や英雄の姿が描かれている）を吊り上げ、場面や劇が始まる時は逆に下げた。キケロー『カエリウス弁護』六五。

二一九　「スパルトイ（種蒔かれた者たち）」と呼ばれた彼らは、テバイの王家にも繋がる名家の祖となった。

二二三　カドモスが妻としたハルモニアは、マルス（軍神）とウェヌス（愛の女神）の娘。

二二六　犬の名は「黒足（メランプス）」以下、順に「追跡者（イクノバテス）」、「すべてを喰らう（パンパゴス）」、「鋭い目の（ドルケウス）」、「山を彷徨する（オレイバソス）」、「鹿を殺す（ネブロポノス）」、「暴風（ライラプス）」、「獲物を狩る（テロン）」、「翼ある脚の（プテレラス）」、「狩の（アグレ）」、「森の（ヒュライオス）」、「谷間（ナペ）」、「雌の家畜番（ポイメニス）」、「旋風（ハルピュイア）」、「ラドン川（ラドン）」、「走者（ドロマス）」、「咆哮（カナケ）」、「斑《ぶち》（スティクテ）」、「虎（ティグリス）」、「勇敢（アルケ）」、「白毛（レウコン）」、「煤色（アスボロス）」、「ラコニア（スパルタ）の（ラコン）＝強力な」、「疾風（アエッロー）」、「素早い（トオス）」、「キュプロス（島）の（キュプリオス）」、「雌狼（リュキスケ）」、「貪欲な（ハルパロス）」、「黒毛（メラネウス）」、「和毛《にこげ》（ラクネ）」、「狂暴な（ラブロス）」、「残忍な歯の（アルギオドス）」、「吠える（ヒュラクトル）」、「黒毛（メランカイテス）」、「獣を平らげる（テロダマス）」、「山で養われた（オレシトロポス）」の意。

二三〇　この行は Tarrant の底本では削除記号が付されているが、Anderson の底本に従う。

二六九　ユノー（ヘラ）は、ユピテルとの間に軍神マルス（アレス）、青春の女神ユウェンタス（ヘベ）、出産の女神エイレイテュイアをもうけ（ヘシオドス『神統記』九二二）、これとは別に単独でウルカヌス（ヘパイストス）を産んでいる（同書、九二七参照）が、ユピテルの正妻で、しかも婚姻を司る女神でありながら、ユピテルとの間の子供のことで言及されるのは稀。オウィディウスは、この事実を下敷きにして、ユーモアと誇張を交えてこう言っている。

三〇一　「雷光（fulgura）」（複数形）（本巻三〇〇）と「雷火（fulmen）」（本巻三〇一）は区別された。「雷光（fulgur）は単に光るだけ（tantum splendet）のもので、雷火（fulmen）は燃やす（incendit）もの」（セネカ『自然研究』二・五七・三）。

三〇三　別名テュポン。「巨人族との戦い（ギガントマキア）」（第一巻一五二行注参照）のあと、ガイアが産んでユピテルに挑ませた最強最大の巨人族。ユピテルは、このテュポエウスに腱を切られ、危うく敗北しかけたが、メルクリウスなどの助けでこれを斃し、アエトナ（エトナ）山を重しに載せて閉じ込めた。この時、オリュンポスの神々がエジプトに逃れたという短いエピソードが、第五巻三二一以下にある。ヘシオドスでは、テュポエウスは冥界の最深部タルタロスに投げ込まれたとされる（『神統記』八六八）が、オウィディウスと同じく（第五巻三四六以下参照）アエトナの下に閉じ込められたとする伝のほうが多い（アポッロドロス一・六・三、アイスキュロス『縛られたプロメテウス』三六三以下、ピンダロス『ピュティア祝勝歌』一・一五（三〇）以下など）。

三〇五　キュクロプスについては、第一巻二五九行注参照。

三一四　ホメロス『イリアス』（六・一三三）では「いと聖《きよ》きニュサの山（ニュセイオン）（egatheon（oros）Nyseion）」と言われている。ディオニュソス（バッコス）の生誕地とされるインディアの伝説的な山。

三一七　本巻二六〇以下で語られていたように、一度はセメレのお腹に宿り、セメレが焼け死んだあとは胎内から取り出され、ユピテルの腿に縫い込まれて、月満ちて誕生したことを言う。また、ザグレウスとして生まれ、死に、ディオニュソスとして再び生まれたこと（「ディオニュソスは二度生まれた（deuteron … genesthai Dionyson）と言う人もいる」（ディオドロス・シケリオテス三・六四・一）、「ディオニュソスは「プロセルピナとセメレの」「二人の母の子（ビマテル（Bimater））」と呼ばれる」（ヒュギヌス一六七））もオウィディウスの念頭にはある。この点については、第六巻一一四行注も参照。

三二二　トロイア圏の伝説と並んで二大伝説圏をなすテバイ圏の伝説で枢要な役割を果たす予言者。ピンダロスでは「ゼウスの御旨を占う、遥かに抜きんでて優れた占い師（prophetes）、真の予言者（orthomantis）テイレシアス」（『ネメア祝勝歌』一・六〇―六一）と言われている。

三三八　この出来事については、アポッロドロス三・六・七参照。

三四六　ナルキッソスの話は、オウィディウスとほぼ同時代のギリシアの文法家・神話作家コノンが記したものが、ポティオスの『図書総覧（*Bibliotheca*）』（*Myriobiblos*）に梗概として残されている（コノン『物語集（*Diegeseis*）』（*Narrationes*）二四）。また、同じ話形がパウサニアスにも記されているが、この話は不合理だとして、パウサニアスは別伝を記している。それによれば、ナルキッソスは双子で、姉妹がおり、彼女に恋していたが、彼女が死んだため（理由は不明。おそらく狩の折の何らかの事故で）、泉に自分の顔を映しては恋い慕った挙げ句、憔悴死し、花が生まれたのだという（九・三一・七―八）。ただし、どの伝にもエコーの話は出てこない。エコーについては、ダプニス（＝ダフニス）がクロエ（ー）に語った話として、ロンゴスはこう伝える。歌をはじめ、葦笛や竪琴など、ありとあらゆる楽の音に長けたニンフのエコーを牧神のパンが嫉み、美しさに恋心を覚えていたものの、近づけないので牧人たちを狂気に陥らせて八つ裂きにさせたが、大地がばらばらの身体を隠してやり、エコーは大地の中からあらゆる声や音を真似するようになった、と（『ダフニスとクロエー』三・二三）。エコーおよび予言者テイレシアスをナルキッソスの話と結びつけたのはオウィディウス独自の話形か、あるいは何かの出典があったのかについては不明（Bömer 1969-86）。

四〇一　削除記号は Tarrant の底本に従った。

四〇六　ネメシス。傲り、高ぶる者に対する神的な「義憤（nemesis）」を神格化したもの。アッティカ北部にあるラムヌスは、そのネメシスの神殿で名高い。

四一五　削除記号は Tarrant の底本に従った。

四一七　前注と同様。

五二四　本巻一二六、一二九行注参照。

五三〇　ディオニュソス信仰は、東方からもたらされた新しい信仰で、元来オリュンポスの神々の信仰とは関係がなく、ギリシア世界に受け入れられるまでには、その信仰や信者は迫害を受けた。以下のペンテウスの物語は、神話に組み込まれたその一例で、エウリピデスの悲劇『バッカイ（バッコスに憑かれた女たち）』に描かれて名高い。

五三七　女性信者が多く、夜中に行われ、葡萄酒で酩酊し、歌舞音曲で狂躁状態の中で行われたバッコスの秘儀は、古くから性的・卑猥な宗教という偏見の目で見られた。「やつら〔バッコスの信者たち〕はバッコスよりアプロディテ〔愛の女神〕のほうを大事にするのだ」（エウリピデス『バッカイ（バッコスに憑かれた女たち）』二二五）。また、リウィウス『ローマ建国以来の歴史』三九・八・四以下。

五四一　バッコスとその信者たちが手にした杖で、上端には松毬《まつかさ》を載せ木蔦や葡萄蔓を巻き、その下にタイニアと呼ばれる一種の注連飾りの羊毛紐を巻きつけたもの。

五四四　カドモスが斃した大蛇のこと。本巻三一以下参照。

五六〇　アクリシオスは、ダナエの父親、ペルセウスの祖父として名を知られるが（この物語は、第四巻六〇四以下で語られる）、ディオニュソス信仰に抵抗したという伝は他に伝わらない。

五六四　叔母イノーの夫。

五七六　Tarrant の底本に従って削除記号を付す。

五九四　オウィディウス以外では唯一ヒュギヌスが伝えている伝で、それによれば「〔馭者座の〕馭者の左肩の一匹の雌山羊（capra）と左手の子山羊たち（Haedi）」について多くの人はこうだと言っているという。すなわち、ウルカヌスの子オレヌス（オレノス）なる者にアエクス（Aex）（＜山羊（aix））とヘリケ（Helice）という二人の娘のニンフがおり、この二人のニンフが嬰児のユピテル（第一巻一一三行注、第四巻二八一行注、二八二行注参照）を育てた。また、ホメロスが『イリアス』第二巻（のカタログ）で挙げている、アリス（＝エリス）のオレヌス（オレノス）の岩（六一六）、ペロポンネソスのヘリケ（五七五）、ハイモニア（＝テッサリア）のアエガ†（＝アイガ†）（この名はホメロスになく、疑問符†が付けられている）はこの三人の名から名づけられたと言う人もいる、と（ヒュギヌス『天文譜』二・一三・五）。この場合だと、名から推測するに、アエガが馭者座のカペラ（Capella は Capra の指小辞のラテン語で、ギリシア語で言えば Aix（雌山羊）に相当し、馭者座のアルファ星を指す）になったということであろう（ヘリケは、普通は大熊座を指すが、この場合は不明）。そのあとすぐに（同書、二・一三・一三以下）ヒュギヌスはこうも言う。パルメニスクスが伝えるには、クレタにメリッセウスという王がいたが、その娘たちのところに嬰児のユピテルが養育のために連れてこられたが、娘たちは乳が出ず、アマルテア（アマルテイア）という名の雌山羊を神にあてがって育てた。アマルテアは双子の子山羊を産むのが常で、この時もそうだった。のちに養育の恩に報いて、ユピテルはアマルテアと双子の子山羊を星にした、と。この場合だと、アマルテアが馭者座の左肩のカペラ（アルファ星）に、二匹の子山羊はやはり馭者座の左手のエータ星とゼータ星（この二つの星はラテン語で Haedi（子山羊たち）と呼ばれる）になったということであろう。「雨運ぶ星」の意味については、次注参照。なお、ユピテルやミネルウァがもつ「アイギス盾」（第二巻七五四行注参照）の神話や「豊饒の角（Cornu Copiae）」の神話も、上述の神話と結びついている。

五九五　このヒュアデスとその前のタユゲテ（タユゲテはプレイアデスの一人で、ここではプレイアデスの提喩）については、第六巻一七四行注参照。プレイアデスもヒュアデスも、牡牛座に含まれる散開星団。中国占星術で言う畢宿《ひっしゅく》（和名「雨降り星」）に含まれる星官（＝星団、星座）には、この牡牛座と前注の馭者座を併せた「五車」というものがある。ヒュアデスの名も、ギリシア語の「雨が降る（hyei）」から来ている。馭者座のカペラも子山羊たちも、牡牛座のプレイアデスもヒュアデスも、雨をもたらす星（星座）と見なされた。これらの星（座）は、大熊座も含めて、季節や天候、方位を知る、航海では不可欠の手段であった（ホメロス『オデュッセイア』五・二七二）。

六〇七 ここで語られている「ディオニュソスと船乗り」の物語は、『ホメロス風賛歌』中の「ディオニュソス賛歌」を下敷きにしている。賛歌では「若さの盛り」、「豊かな黒髪」などと言われるが、「乙女のような容姿」とは述べられていない。ただし、ヘレニズム期以降、ディオニュソスは女性的な、たおやかな姿で描かれるようになる。若年齢と女性的容姿の誇張は、オウィディウスの創作。

六三六 バッコスのローマ名。ギリシア名「エレウテロス（自由なる者）」あるいは「エレウテリオス（自由にする者）」に対応する。

六四〇 直前の行（六三九）同様、厳密な描写ではない。「私」（アコイテス）は舵取りなので、自ら帆の上げ下げ、帆の方向転換などを行うことはない。したがって、厳密に言えば、直前の行は「帆を張らせるよう」、この行は「帆を張らせると」と表現しなければならない。

六四三 「制止しながら〔…〕『狂ったか。』までは、Tarrant の校訂 persequitur retinens で読む。

第四巻

10

だが、ミニュアス*の娘アルキトエは神〔バッコス〕の狂躁の秘儀を受け入れてはならないと考え、剰《あまつさ》え、妄《みだ》りに、バッコスはユピテルの子ではない、とまで言い、姉妹たちがその不敬な言動の仲間になっていた。だが、神官はこう命じていたのだ、神の祭礼を祝い、召使いの女たちや女主人たちは、仕事を免除されて、毛皮に身を包み、髪を結う髪紐を解《ほど》いて、葉冠を髪に巻き、手には葡萄蔓の葉の絡む神杖《テュルソス》を持つように、と。そうして、仮にも神を蔑《ないがし》ろにするようなことがあれば、神の怒りは厳しいものになろう、と予言していた。家婦たちや若妻たちはその言葉に従い、機織《はたお》りの手を休めて、紡ぎ籠や、紡ぐ途中の羊毛を脇に置き、香を焚いて、神の名を唱え、「バッコス」とも、「狂騒の神《ブロミオス》」とも、「解放する神《リュアイオス》」*とも呼び、また「雷電の御子《みこ》」、「二度生まれた神」、「一人で二人の母をもつ神」*とも、加えて「ニュサ*の御神《みかみ》」、「テュオネ〔＝セメレの異名〕の髪切らぬ御子」、「葡萄搾りの神《レナイオス》」、「愉楽を与える葡萄植樹の御神」、「夜祭の御神《ニュクテリオス》」とも、更には〔以下、信者たちの叫び声から〕「父神エレレウス」、「イアッコス」、「エウハン」とも呼び、その他《ほか》、ギリシアの数ある民《たみ》の間で呼ばれる数多《あまた》の名で、リベルよ、あなたを呼んでいた。その故《ゆえ》は、あなたには終わりなき青春があり、あなたは永遠の少年、あなたは高きにある天上界で、どの神よりも

美しい神と見なされているため。角《つの》のない姿*で佇《たたず》み給う時、あなたの顔《かんばせ》は
乙女にも紛《まが》う。あなたは東方《オリエンス》を支配下に収め、その御稜威《みいつ》は、肌黒い〔民の国〕
インディアが最果てのガンゲスの流れに潤される地にまで及ぶ。*あなたは、
畏《かしこ》むべき神よ、瀆神の両名、ペンテウスと諸刃《もろは》の鉞《まさかり》持つリュクルゴス*を
屠《ほふ》って成敗し給い、テュッレニア人の船乗りたちを海に投げ込み給うた。
あなたは、また、車駕を牽く二匹の山猫の頸を、彩りも鮮やかな手綱で抑えて
操り給う。バッコスの信女やサテュロスたちが群れをなしてあなたに付き従い、
酩酊した〔従神の〕老神*〔シレヌス〕はふらつく足を杖で
支えながら、湾曲する驢馬の背にだらりと力なくしがみつく。
あなたがどこへ足を踏み入れようとも、若々しい嬌声や
女たちの声が響き渡り、手の平で打たれた小太鼓や
空《うつ》ろなシンバル、長い管《くだ》の黄楊笛《つげぶえ》の音《ね》が鳴り渡る。
　イスメノス流れるテバイの女たちは「寛大にして慈悲深き御《み》心もて、お出ましあれ」と
祈りつつ、命じられた祭儀を執り行った。唯ミニュアスの娘たちだけは
家にとどまり、時宜に適わぬ機織り仕事で祝祭を穢して、
羊毛を紡ぎ出したり、親指で毛糸を撚《よ》ったり、
機《はた》から離れず織物をしたり、下女たちに精を出すようせっついたりしていた。
その内の一人が、軽やかな指捌《さば》きで糸を紡ぎ出しながら、こう言った、

「他《ほか》の女の人たちが仕事をそっちのけにして、偽《にせ》の祭儀を祝っている間、
それよりはずっと立派な女神パッラス〔アテナ〕様の務めに精出す私たちも、
有意義なこの手仕事の無聊《ぶりょう》を紛らし、所在ない耳を慰めるために、何か面白い、
いろんな話を代わる代わる皆《みんな》に語り合うことにしてはどうかしら、
時が経つのも忘れさせてくれるような面白い話をね」と。
姉妹たちはその言葉に賛同し、彼女に先ず初めに話をするよう促した。
彼女は、沢山の話の中から——実際、実に沢山知っていたのだ——
何を話そうかと考え、魚に姿を変えて、鱗に覆われたその体で
湖を泳ぎ回ったとパラエスティナ人が信じている、
バビュロンの女神デルケティス*、汝のことを語ろうか、
それとも、羽根を身に付け〔た白鳩となっ〕て、白い尖塔の上で
晩年を過ごした彼女の娘*〔セミラミス〕のことを語ろうか、
それとも、或る水の妖精《ナイス》が呪文と余りにも強力な秘薬で若者らの身体を
物言わぬ魚に変え、最後には自分も同じ目に遭ったという奇譚《きたん》*を
語ろうか、或いは、かつては白い実をつけていたが、血に染まり、
今は黒い実を付ける〔桑の〕木のことを語ろうか、と迷っていた。
「これがいい」と彼女は思った、余り知られていない話だから、これがいい、と。
そうして、羊毛から糸を紡ぎ出しながら、このように語り始めた。

「一人はピュラモスという誰よりも美青年、もう一人はティスベという、
やはり東方で並ぶ者のいない美少女がいたの。*
二人が住んでいたのは、言い伝えでは、セミラミスが煉瓦の高い
城郭を巡らしたという都〔バビュロン〕の、隣り合わせの家。
家の近さが二人の馴れ初めの故《もと》という訳ね。やがて、時が経つと、愛の心が
募っていき、当然、二人は晴れて結ばれていたことでしょう。ところが、
どちらの父親も反対したのよ。それでも、二人は相思相愛、互いに燃えるような
恋心を抱いていたわ。こればっかりは、いくら親でも反対できないわね。でも、
二人の仲を取り持ってくれる人なんて誰もいなかった。二人の語らいと言えば、
頷《うなず》きと目くばせだけ。抑えれば抑えるほど、抑えられた恋の炎の勢いは増す許《ばか》り。
ところで、二人の相接《あいせつ》する家の仕切り壁に、家が建てられた時にできた
小さな穴の開いた隙間があったの。
その瑕《きず》に気付いた人は、長い間、誰もいなかった。でも、
愛が気付かないものなど、何がありましょう。最初に見つけたのは愛し合う
あなたたち二人。二人は、それを声の通《かよ》い路《じ》にして、家人に気付かれずに、
その穴を通して甘い言葉を、か細い囁《ささや》き声で通わせたものでした。
こちら側にはティスベが、あちら側にはピュラモスが佇《たたず》んで、
代わる代わる耳を欹《そばだ》たせて相手の息遣いを聞き取ろうとしては、

何度も嘆き交わしたわ、『嫉妬深い壁よ。どうして愛する二人の邪魔をする。
二人が全身で抱擁を交わすのを許してくれたって、それとも、それが
高望みだというのなら、せめて口づけを交わせる隙間を開けてくれたって、
どれほどのことだというの。でも、私たちは恩知らずじゃない。あなたのお陰よ、
それは認めるわ、恋人の耳にこうして言葉を伝える機会が与えられたのは』と。
離れた場所から甲斐なくこんな言葉を交わしたあと、
日暮れ時になると、『さよなら』と言って、それぞれが自分の側の壁に、
壁の向こう側には届く筈もない口づけをするのでした。
翌朝《あさ》、曙の光が夜の星々を追い払い、
朝露に濡れた草が陽の光で乾く頃、
二人はいつもの場所に集まってきたの。そうして、小さな囁《ささや》き声で
不満を一頻《ひとしき》り嘆き合った後、こう取り決めたのよ、静寂《しじま》に包まれる夜が来たら、
人目を忍んで門の外に出よう、そうして
家を出て、都の家並《やなみ》も後にし、
郊外の広い野原に着いたら、逸《はぐ》れないよう
ニノス*の墓の前で落ち合うことにして、木陰に
隠れていることにしよう、と。そこには、真っ白な実のたわわに実る
一本《ひともと》の高い桑の木が、冷たい泉のほとりに立っていたの。

100

『そうしよう』、二人とも賛成したわ。遅々として進まないように思われた陽《ひ》も漸《ようや》く波間に沈み、代わって、夕月が同じ西の海から顔を覗かせました。

ティスベは、闇に紛れ、枢《くるる》を回して戸を開《あ》け、巧みに家人の眼を晦《くら》まして、家の外に出ると、顔をヴェールで覆った姿で墓のある所にやって来て、言われた木の下に腰を下ろしたの。愛が大胆にさせていたのね。さあ、すると、そこに、仕留めた牛の真新しい血で口を血塗《ちまみ》れにした雌獅子が木の傍の泉の水で、渇いた喉を癒そうとやって来たのよ。バビュロン人のティスベは、遠くから月明かりでその雌獅子を目にすると、怯えた足取りで暗い洞窟の中に逃げ込んだわ。でも、逃げる途中、背から滑り落ちたヴェールをそのまま後に残していったの。たっぷり水を飲んで渇きを癒した獰猛な雌獅子は、森に戻っていこうとした時、偶々《たまたま》、持ち主のいないヴェールを見つけ、その薄衣《うすぎぬ》を血塗れの口でずたずたに引き裂いてしまったのよ。遅れて家を出たピュラモスは、厚い砂埃《すなぼこり》の上に付いた紛れもない猛獣の足跡《あしあと》を発見すると、その顔は一面真っ青になったわ。でも、血塗れになった薄衣《うすぎぬ》も見つけると、こう言ったの、『一夜が愛する二人の命を奪うことになるのだ、二人の内、彼女のほうは誰よりも長く生き永らえるに値する女《ひと》なのに。
僕が悪かった。可哀そうな女、お前の命を奪ったのは、この僕なのだ。
恐ろしさで一杯の場所に、しかも夜中に行くように言ったのは僕なのだから。
その僕が遅れてやって来るなんて。僕の身体を引き裂き、
罪深いこの腸《はらわた》を凶暴に嚙み砕き、食らい尽くすがいい、
ああ、お前たち、この崖下に棲む限りの獅子という獅子たちよ。
だが、死を唯《ただ》願うだけなら臆病者でもできる』。そう言うと、ティスベの
ヴェールを拾い上げ、それを手にして、約束した桑の木の下に行き、
馴染みの薄衣に涙を注ぎ、口づけをした後、こう言ったの、
『さあ、受け取れ、迸《ほとばし》るわが血潮にも染まるのだ』と。そう言うと、
腰に佩《は》いていた剣を自分の腹めがけて突き立て、命尽きようとしながら、
すぐさまその剣を熱い血潮の滾《たぎ》る傷口から引き抜いたの。
地面に仰向けに倒れ込むと、血飛沫《しぶき》がどっと高く噴き上がったわ。
丁度、鉛の水道管が破れて裂け目ができ、
細い孔からしゅうしゅう音を立てながら高々と
水が噴き出して大気を劈《つんざ》く、まさにそのように。
致命の傷から吹き上がる血飛沫を浴びて、桑の木の実はどす黒い色に
色を変え、血に濡れた根も

木に実る桑の実を赤紫色に染めたのよ。
　さあ、そこに、恐怖まだ冷めやらぬ様子で、恋人を落胆させてはいけないと、
彼女が戻ってきて、四方八方を見回し、必死に若者を探し求めたわ。自分が
どれほど大きな危険を逃れてきたか、是非とも聞いて貰いたいと思いながらね。
目にするその場所や木の佇《たたず》まいは見覚えがあったけれど、
木《き》の実の色に戸惑ったの。怪訝に思ったのよ、この木だったかしら、と。
そうして怪しんでいると、血溜まりになった地面の上で蠢《うごめ》く、何やら人の
手足のようなものが目に飛び込んできたわ。ティスベは思わず後ずさりし、
顔を黄楊《つげ》の木よりも蒼白にして、*ぶるぶると震える様子は、まるで水面に
颯《さっ》と吹きつける風で波立ち、打ち震える海原《うなばら》のよう。
でも、暫くしてそれが愛する人だと分かると、
辺りに響く音を立てながら、罪もない自分の腕を激しく打って、
髪の毛を引き毟《むし》り、愛する人の身体を搔き抱いて、
涙で傷口を満たすと、涙と血が混じり合うのです。
そうして、冷たい恋人の顔に口づけしながら、『ピュラモス』と
その名を呼び、こう叫ぶのでした、『どんな禍《わざわい》が私からあなたを奪ったの。
ピュラモス、返事をして。誰よりもあなたの愛するティスベがあなたを
呼んでいるのよ。聞こえてる？　項垂《うなだ》れたその頭を、どうか上げて頂戴』と。

ティスベの名を聞いて、ピュラモスは、迫り来る死で重たくなった目を
開いたけれど、彼女の姿を一目見ると、再び目を閉ざしたの。
ティスベは自分のヴェールと中身の剣のない象牙の鞘《さや》とを
見つけると、こう言ったわ、『可哀そうなあなた、あなたは、私を愛する余り、
自らの手で命を絶ってしまったのね。私にもそれと同じことをする雄々しい
手もあるし、愛もあるわ。その愛が自らを殺《あや》める力を与えてくれます。亡き
あなたの後を追いましょう。誰よりも哀れな私、私はあなたの死の因《もと》とも
道連れとも言われましょう。ああ、死だけが私から引き離せたあなたでは
ありましたが、最早その死さえ、あなたを私から引き離せないのです。
でも、ああ、とても可哀そうな方たち、私の両親とあの人の御両親、
どうか私たち二人の言葉を聞き届けて、願いを叶えて下さり、
固い愛が結び付け、最期の時が一つにした私たち二人を
同じお墓に葬って下さいますよう。
また、今は一人の可哀そうな亡骸《なきがら》をその枝で覆い、
やがては二人の亡骸を覆うことになるお前、桑の木よ、
私たち二人の死の印を留《とど》めて、これからは、いつも嘆きに相応《ふさわ》しい
黒い実を付けておくれ、私たち二人が流した血の形見として』。
ティスベはそう言うと、恋人の血潮でまだ生暖かい剣の切っ先を

胸に押し当て、胸深く刺さるよう剣に突っ伏したの。
でも、彼女の願いは神々の心を打ち、親たちの心を打ったわ。
というのも、桑の木の実は、熟した時、黒い色の実を付け、火葬の後に残った
二人の灰と骨は、一つの骨壺に納められて、安らかに眠っているのですもの」。
　彼女は語り終えた。暫しの間《ま》をおいて、今度はレウコノエが
語り始めた。残りの姉妹たちは押し黙った。
「愛は、陽《ひ》の光で万物を支配なさるあの太陽神*をも
虜《とりこ》にするのよ。その太陽神の話をすることにしましょう。*
ウェヌス様とマルス様の不倫を目にしたのはこの神が
最初だと思われているの。何でも最初に目にするのはこの太陽神なのよ。
この不貞を嘆かわしく思った太陽神は、ユノー様の御子である夫〔ウルカヌス〕に
婚姻の床《とこ》を穢す密通と密会の場所を発《あば》き立てたの。すると、ウルカヌス様は
動転して、思わず、巧みなその手に持っていた工作物も
落としてしまわれたわ。すぐさまウルカヌス様は、目には
それと分からないほど細い青銅を編んで、鎖と罠網《わなあみ》を
作りあげたの。その細さは、とても細い毛糸も、天井の梁《はり》から
垂れ下がる蜘蛛の糸も敵《かな》わないほど。神様は、軽くそれに
触れたり、ほんの少し動かしたりしただけでも敏感に反応するように仕上げて、

寝台の周りをぐるっと囲むようにその仕掛けを巧みに張り巡らせたわ。妻のウェヌス様と情夫のマルス様が一つ床《とこ》に入ると、二神は抱擁し合っている最中に、夫ウルカヌス様の巧みな技と斬新な工夫で仕掛けられたその鎖と罠網《わなあみ》で絡め取られて動けなくなってしまったの。レムノス縁《ゆかり》の神様〔ウルカヌス〕はすぐさま象牙の扉を開け放って、神々方を部屋の中に入らせたのよ。二神は、縛《いまし》められた無様《ぶざま》な姿で横たわっていたわ。快闊な神様方のある神は仰った、無様な姿でもいい、こんな目に遭いたいものだ、と。神様方は声を上げてお笑いになった。この出来事は、長い間、天上界で、誰もが知る、名うての話になったのよ。

　キュテラ縁《ゆかり》の女神様は密告のことを忘れず、その復讐を遂げられて、仕返しに、人目を忍ぶ愛を台無しにした神様を同じように愛で苦しめなさるの。ヒュペリオンの御子《みこ》の神様*〔太陽神〕、今、あなた様のその美しいお姿や、煌々と照る色、輝きを放つ陽の光が何の役に立ちましょう。確かに、大地という大地を遍《あまね》くその火で焦がし給う、そのあなた様ご自身が、経験したことのない火で焦がされていますもの。万物をみそなわすべき御方のあなた様が只管《ひたすら》レウコトエを見つめ、世界に注ぐべき眼差しを唯《ただ》一人の乙女に釘付けになさっています。いつもより早く東の空からお昇りになるかと思えば、いつもより遅く西の波間に沈まれる。また、ぐずぐずと乙女に見惚《みと》れて冬の日を長くされることもあれば、また、時には、食を生じ、御《お》心の病《やまい》を光に投影させて、暗くなったそのお姿で人間の心を怯えさせもなさいます。あなた様がお姿を晦《くら》まされるのは、大地により近く〔太陽の〕手前に来た月影《つきかげ》が邪魔をするからではありません。その暗い色は恋の所為《せい》。あなた様はこの乙女を愛されて、クリュメネ〔パエトンの母〕*もロドス〔島の名祖のニンフ〕もアイアイエに住むキルケの誰よりも美しい母親も、また、蔑《ないがし》ろにされながら、あなた様と褥《しとね》を共に、と望み続け、丁度その時も、心に深い傷を負ったままであったクリュティエ*も、あなた様の御《お》心を捉えることは叶わなかったのです。あなた様に数多《あまた》の女神やニンフのことを忘れさせたのはレウコトエ。香料を産する国〔ここではペルシア〕の、誰よりも美しいエウリュノメが産んだ娘御でした。尤《もっと》も、娘の彼女が成長すると、美しさですべての女性に勝《まさ》った母親ながら、娘はその母親にも勝《まさ》る美しさだったのです。父親はアカイメネス*縁《ゆかり》の〔ペルシアの〕諸都市を領する王オルカモスで、王は古《いにしえ》の始祖ベロスから数えて七代目に当たる人でした。

　西方《せいほう》の国の空の下《もと》に、太陽神《ソル》の馬たちが放たれる牧場《まきば》があるの。牧場にあるのは、草ではなくて、神食《アンブロシア》よ。その神食《アンブロシア》で、昼間の労役に疲れた馬たちの体を養い、新たな苦役に耐える体力を回復させるの。

馬たちがその牧場で神々の口にする糧《かて》である神食《アンブロシア》を食し、
『夜』が自分の番の役目を果たしている間に、太陽神は愛する乙女の閨《ねや》に、
母親エウリュノメに変身して入っていくと、十二人の
侍女たちに立ち交じって、レウコトエが、ランプの明かりの下《もと》、
紡錘《つむ》を回して滑らかな毛糸を紡ぎ出している姿が目に入ってきたわ。
で、母親のようにして、可愛い娘に接吻してから、神様はこう仰ったの、
『内密な話なの。侍女の皆《みんな》、この場を外して。娘に内密な話をしたいと
思っているのよ。母のその気持ちを無にしないで頂戴』と。
侍女たちは従ったわ。侍女たちが部屋の外に出ていき、見る者が誰もいなくなると、
『この私は』と神様は仰った、『〔大地を周回して〕一年の長さを測る神であり、
万物を見つめる神、〔その光で〕大地があらゆるものを見えるようにさせる神、
世界の目だ。その私の心に、よいか、お前は適《かな》ったのだ』と。彼女は怯え、
恐れで力の萎えた手から糸巻棒も紡錘も落としてしまったわ。
怯える姿さえ、彼女に優美さを添えたの。太陽神は、それ以上ぐずぐずせず、
本当のお姿と、いつもの輝きにお戻りになった。一方、
乙女のほうは、思いがけない光景に怯えたけれど、神様の光輝に
心打たれて、否む言葉も忘れ、神様の有無を言わせぬ求愛を受け入れたのよ。
クリュティエはそれを妬んで——彼女には太陽神《ソル》へのそれはそれは尋常でない

恋慕の心があったからよ――、恋敵への怒りに火が付き、道ならぬ
色恋を吹聴して回り、醜聞を広めた上で、娘の情事を父親に告げ口したの。
残忍で、野蛮な父親は情け容赦なく、懇願し、
太陽神《ソル》の光に向かって手を差し伸べながら、『あの御方が
嫌がる私に無体な振る舞いをなさったのです』と弁明する彼女を、
無惨にも、地中深くに生き埋めにし、重い土盛《ども》りを、ぶ厚くその上に被《かぶ》せたの。
ヒュペリオンの御子《み》〔太陽神〕はその土盛りを光芒で散らし、
埋もれた顔を地面に擡《もた》げる空洞を、ニンフのあなた、あなたにお与えになった。
でも、あなたは、土の重みで息絶えたその頭《こうべ》を最早
擡げることができず、血の気の失せた骸《むくろ》となって横たわっていました。
話では、天翔《あまか》ける馬たちの御し手の神は、これほど悲しい出来事を
目にしたことがなかったとか、炎で焼け死んだ、あのパエトンの不幸以来ね。
神様は冷たくなったその身体を光線の力で
もう一度、命の温もりに戻せないかと試されたわ。でも、それほど
力を尽くしてみても、立ちはだかる定めだけはどうすることもできなかった。
神様は亡骸《なきがら》に、それに地面にも、芳《かぐわ》しい神酒《ネクタル》を注ぎかけ、存分に嘆きの言葉を
口にした後、こう言葉をかけたの、『然《さ》はあれ、お前は昇るのだ、天にな』と。
忽《たちま》ち、神々の口にする神酒《ネクタル》に濡れたその骸は

溶け出して消え、辺り一面の大地を芳しい香りで満たしたかと思うと、
一本《ひともと》の乳香《にゅうこう》の木が、徐《おもむろ》に、地中に根を張り、梢で
土盛りを突き破って、生え出てきたのよ。
　ところで、クリュティエのほうだけど、苦しみは愛の所為《せい》、告げ口は
苦しみの所為、と言い訳できたとしても、陽《ひ》の神様はもう彼女には
近づこうとなさらず、彼女への愛にきっぱり区切りをつけられたわ。以来、
彼女は、太陽神への恋心を抱いたまま、狂おしさの余り衰弱していったの。
ニンフたちとの交わりを避け、大空の下《もと》、昼はひねもす夜は夜もすがら、
髪に櫛も入れず、飾りもつけず、むき出しの地面に座り込み、
九日九夜《ここのかここのよ》、水も飲まず、食べ物も口にせず、
飢えを癒すものと言っては、只の雨露と自らの涙だけで、
座り込んだ地面から動こうともしなかったの。唯々《ただただ》、自分の顔を、空行く
陽の神に向け、その顔《かんばせ》だけを眺め続けていたわ。
話では、やがて手足が地面にくっついたというの。そうして、彼女の
青ざめた色の一部は変じて、血の気のない〔薄緑〕色の草葉《くさば》になり、一部には
赤みが残っていて、彼女の顔だった辺りを覆う、菫《すみれ》にとてもよく似た
*花になったとか。それは、根の所為で動けなかったけれど、〔いつも〕愛する
太陽神の方を向き、花となった後も、なお愛の心をもち続けていたの」。

レウコノエは語り終えた。誰もが耳を欹《そばだ》て、その不思議な出来事を聞いていた。
そんなことはあり得ないと言う姉妹もいれば、真の神なら何でもできると言う
姉妹もいた。尤も、彼女たちの言う真の神には、バッコスは含まれていなかった。
　姉妹たちが口を噤《つぐ》むと、次にはアルキトエが話をするよう求められた。
アルキトエは前に立てられた機《はた》の経糸《たていと》に杼《ひ》で緯糸《よこいと》を通しながら
語り出した。「イダ山《さん》の牧人のよく知られた愛の物語はやめておきましょう。
ダプニス*のことだけど、あるニンフが恋敵への怒りから、石に
変えてしまったってお話よ。それほど恋の懊悩は愛する人たちを苦しめるって訳ね。
それに、自然の則《のり》を侵して、ある時は男、ある時は
女というように両性を具有していたシトン*の話もしないわ。今は
鋼鉄になっているけど、昔は幼いユピテルに誰よりも忠実だったケルミス*、
あなたの話も、また、篠《しの》つく雨から生まれたクレテス人たち*の話も、それに
〔恋人の〕スミラクス共々、小さな花〔サフラン〕に変わったクロコス*の話も
語らずにおいて、魅力的な新しさで皆《みんな》の心を擒《とりこ》にするような話をするわね。
　サルマキス*の悪名がどこから来たのか、そのサルマキスの池が、なぜ
水に浸かった男性の力を削ぎ、嫋《たお》やかにさせるのか、その訳を、まあ
お聞きなさい。原因は謎だけれど、その魔力は誰もが知るところなの。
メルクリウスとキュテラ縁《ゆかり》の女神〔ウェヌス=アプロディテ〕から生まれた

男の子を、水の妖精《ナイス》たちがイダの山の洞窟で養ったことがあるの。
その子の顔立ちは、母親と父親が誰か、判然とするほど神々しく、
美しいものだった。名前も両親の名を取って〔ヘルマプロディトスと〕付けられたの。
その子は十五の歳になると、すぐに祖国の山々や
養い親とも言うべきイダの山を後にして、見知らぬ土地を放浪し、
見知らぬ川を目にするのを喜びとして、未知のものを見聞したいという
情熱で苦労もものともせず、あちらこちらと遍歴して回ったの。
リュキアの市々《まちまち》や、リュキアの隣国カリアの人々の所にまで
足を延ばしたわ。そこで、底の土まで見える、澄んだ清水を湛《たた》えた
池を目にしたの。池には水辺を好む葦は生えておらず、
実を付けない萱《かや》も、先っぽの尖った藺草《いぐさ》も生えていなかった。
水は透き通るほど奇麗なの。でも、池の縁《へり》は瑞々《みずみず》しい芝草や
いつも緑を失わない草が取り巻いていました。
その池には一人のニンフが住んでいたの。ニンフとはいえ、狩は得意じゃない。
それに、弓を曲げたり、駆け競《くら》をしたりする習慣もなく、水の妖精《ナイス》たちの中で
唯一人、敏捷な〔狩の女神〕ディアナとは馴染みがなかったのよ。
姉妹たちは、何度も彼女にこう言ったというの、『ねえ、サルマキス、
投げ槍でも、彩り豊かな箙《えびら》でもいいから、手に取りなさい。あなたの

いつものののんびりした時間の合間に辛い狩でもしてみたらどう？』と。
でも、彼女は投げ槍も、彩り豊かな箙も手に取ることはなく、
いつものののんびりした時間の合間に辛い狩をすることもなく、
自分の池に美しい身体を浸けて水浴びするかと思えば、何度も何度も
キュトロス産の柘植《つげ》の櫛で髪を梳《す》き、どれが似合いか、
ああでもない、こうでもないと、水面《みなも》に自分の姿を映してみたりするばかり。
また、透けた薄衣《うすぎぬ》を身に纏って、柔らかな木《こ》の葉や
柔らかな草の上に身体を横たえていることもあれば、花を
摘んだりすることも屢々《しばしば》。そして、この時も花を摘んでいたのだけど、ある時、
一人の少年を見かけ、一目見て自分のものにしたいという欲望に燃えたわ。
　でも、駆け寄りたいのは山々ながら、すぐには近づこうとせず、
身嗜《みだしな》みを整えるのが先と、衣服を点検し、
顔を作り、見端《みば》がよくなるように骨折ったのよ。そうしてから、
こう語りかけたの、『ああ、誰よりも神と信じられるに相応《ふさわ》しい
お若い方、あなたが、もしも神様なら、クピドーででもいらっしゃるのかしら。
それとも、人間なら、あなたをお生みになった御両親は幸せな方たちだし、
御兄弟も幸せな方。また、誰か姉妹がいらっしゃるのなら、その方も、
それに、あなたに乳房を与えた乳母様も幸福な方だわね。

でも、その誰よりも幸せな、それもはるかに幸せな方、もしあなたに、結婚してもいいと思う、契りを交わした恋人が誰かいるのならね。そんな方がいるのなら、私の愛は人目を忍ぶ浮気相手のそれでも構わないことよ。でも、誰もいないのなら、私でどうかしら。私たち、結婚して、閨《ねや》を共にしましょう』。水の妖精《ナイス》はそこまで言うと口を噤《つぐ》んだの。少年の顔がさっと赤らんだわ。少年は、恋が何か、知らなかったのよ。でも、赤くなった顔が却《かえ》って華を添えたの。その顔色を喩《たと》えると、日当たりのいい木に垂れさがる林檎か、赤く染めた象牙か、或いは蝕を起こして、応援に鳴り響く青銅のシンバルの音《ね》*も空しく、白銀の輝きが赤らんでゆく月の、それかしら。せめて姉妹にするような口づけを、と執拗に強請《ねだ》り、少年の象牙のように白い項《うなじ》に今にも手を絡めて抱きつこうとするニンフに、少年は言ったわ、『やめてってば。でなきゃ僕は逃げるからね、君からも、この場所からも』と。サルマキスは心配になって、『この場所を、見知らぬあなた、あなたに預けるわ。自由に使って頂戴』、そう言うと、踵《きびす》を巡らし、そこから離れる風を装ったの。その時でも、何度も何度も振り返りながらだったわ。そうして、近くの茂みに姿を隠すと、膝を折ってしゃがみ込んだの。少年のほうは、誰もおらず、誰にも見られていないので――そう思ったのも当然よ――、池の周りの草の上をあちらこちらと歩き回ると、寄せるさざ波に戯れるように

足先で触れた後、踝《くるぶし》まで足を浸けたかと思うや、
間《ま》を置かず、愛撫する水の心地よい冷たさに夢中になって、
柔らかな肢体を覆う軽やかな服を脱ぎ捨てたのよ。すると、さあ、
本物になったわ、少年を恋うニンフの思いはね。一糸纏わぬその裸身に
恋い焦がれ、サルマキスは燃え上がったの。その眼も燃えていたわ。
その輝きは、丁度、一点の曇りもない、かんかん照りの太陽が、
反対に置かれた鏡に映って、ぎらぎら照り返す、まさにその日照《ひで》りの光のよう。
寸時も我慢できず、もうこれ以上喜びを先延ばしするのに耐えられず、
すぐにも抱きしめたいと思い、狂おしくも恋い焦がれる自分を抑えかねたわ。
少年のほうは、空《うつ》ろな手の平で身体をぱんと叩くと、素早く
水に飛び込み、抜き手を切って泳ぐその姿が
澄み切った水の中で透き通って見えるの。その様《さま》は、さながら
透き通る硝子の中に埋め込まれた彫像か、白百合のよう。
『私の勝ちよ。もうこっちのもの』、水の妖精《ナイス》はそう叫ぶと、服を
皆《みんな》脱いで遠くへ投げ捨てると、水の中に入っていき、
抵抗する少年を摑まえて、抗うのも構わず無理やり接吻したわ。
そうして、手を下におろして、嫌がる胸に触れ、あちらから、
またこちらからと少年の身体に纏わり、抱きつこうとするの。

抵抗して抱擁から抜け出そうとする少年に、とうとう絡みついて
逃げられなくさせたわ。喩《たと》えれば、恰《あたか》も、鳥の王者〔鷲〕に捕えられ、空高く
連れ去られた蛇のよう。蛇は、吊り上げられながらも、鷲の頭や脚に
巻きつき、広げた翼に尻尾で絡みつく、まさにそのよう。
或いは高い木に絡みつく習いの蔦《つた》か、
それとも海中深く、獲物の敵を捕えて、
八方から触手を絡めて取り込む蛸のよう。
でも、アトラスの曽孫《ひまご》*は執拗に抵抗して、ニンフの切望する喜びを
拒み続けたの。それでもニンフは摑んで離さず、全身をぴったり合わせた
その姿は、まるでくっついているかのよう。『つれない人ね。いくら抗っても、
逃がしはしないわよ。ああ、神様方、お願いいたします、この子が私から、
私がこの子から引き離される日が決して来ることのありませんように』、彼女は
そう祈ったわ。その願いは神様方に聞き届けられたの。二人の身体は
混じり合って合体し、二人ながら一つの顔形《かおかたち》になったからよ。
木の外皮に接《つ》ぎ枝を挿して挿し木すれば、
成長するにつれて合体し、一体となって大きくなるのが分かるけれど、丁度
そのように、二人の四肢はくっついて離れない抱擁で合体し、二人ではなく
一つの複合体とでも言うべきもの、女とも少年とも言えないもの、要するに、

見たところ、どちらでもない、と同時に、どちらでもあるものになったって訳。
そういう訳で、男としてその中に飛び込んだ水が、男の自分を半男半女《はんなんはんにょ》の
二形《ふたなり》に変えて、水の中で肢体が嫋《たお》やかになったのを目の当たりにした
ヘルマプロディトスは、両手を空に差し伸べつつ、最早男のそれではない声で
こう祈ったの、『お父さん、それにお母さん、お二人から取った名をもつ
あなたたちの息子の願いを、どうか聞き届けて下さい。
この池に入る男子が誰かいれば、出る時には、〔僕と同様〕半男半女となり、
この水に触れて、忽《たちま》ちその四肢が嫋やかになるようにして下さい』と。
両親の父神、母神共、その言葉に心動かされて、二形となった息子の
祈りを聞き届け、池の水を不浄*の魔力に染まった水にしたのよ」。
　アルキトエは語り終えた。それでも、まだミニュアスの娘たちは
仕事の手を休めず、神を蔑《ないがし》ろにして、祝祭の日を穢していた。
すると、突然、目には見えない小太鼓の耳を劈《つんざ》く音《おと》が
轟き渡り、曲がった角笛と甲高い
シンバルの音《ね》が鳴り響いた。ミルラ〔没薬〕とサフランの香りが漂い、
信じ難いことながら、機《はた》が緑色に変わり、
吊り下がる織物が木蔦《きづた》に姿を変えて葉を茂らせたのだ。
その一部は葡萄樹に変わり、先ほどまで糸だったものが

葡萄の若枝になり、経糸《たていと》からは葡萄の巻きひげが生じている。
紫の染料に染まる撚糸《よりいと》は色づく実に変わり、葡萄に〔相応《ふさわ》しい〕輝きを与えていた。
早《は》や既に一日が終わり、時刻は暗い夜とも
明るい昼とも言えず、夕闇迫りながら、残照に染まって
暮れなずむ夕間暮れとでも言うべき頃合いになろうとしていた。
その時、俄《にわ》かに館《やかた》が震撼するように思われ、油に浸《ひた》った灯火が
燃え上がり、部屋という部屋が火の粉を吹いて赤々と輝き、
凶暴な獣らの幻が咆哮《ほうこう》しているように見えた。
姉妹たちは早くも煙に包まれた館中《やかたじゅう》を逃げ惑い、
てんでんばらばらに炎や光を避けていたが、
暗闇を求めている内に、小さくなった手足中に薄膜が
広がり、腕が薄い翼に包まれた。
どのようにして以前の姿形が失われてしまったのか、
暗闇の所為《せい》で分からなかった。彼女たちを浮揚させたのは羽ではない。
透き通った翼で彼女たちは宙に浮き、人語を発しようと努めたものの
声は出ず、その代わりに、小さな身体に見合った極々微《かす》かな声を
発するのみで、いつまでもチッチッと、か細い鳴き声をあげるばかりだった。
蝙蝠《こうもり》となった彼女たちは、森ではなく、好んで人家の近辺を塒《ねぐら》にし、光を厭《いと》って

夜になると飛び回り、その名〔「日暮れの鳥《ウェスペルティリオー》」〕も「日暮れ《ウェスペル》」から得ているのだ。その時以来、バッコスの霊威はテバイ中で赫々として隠れもないものとなり、この新たな神の数々の偉大な神威を〔バッコスの〕母方の叔母〔イノー〕が至る所で話して回っていたが、大勢の姉妹の内、彼女だけが、〔悲運に見舞われた〕他の姉妹たちに覚えるそれ以外*、悲しみを一切免れていた。その彼女が子供たちのことや、アタマスとの結婚のこと、また自分が養った神〔バッコス〕のことで慢心しているのを見て取ると、ユノーは我慢がならず、こう独り言《ご》ちた、「情婦〔セメレ〕の子でさえリュディアの船乗りたちを海豚《いるか》に変えて海に飛び込ませたり、母親に息子の肉叢《ししむら》をずたずたに引き裂かせたり、ミニュアスの三人の娘たちの四肢を新奇な翼で覆ったりすることができたのに、このユノーには受けた苦しみに、仕返しもできず、涙することしかできないとでもいうの？　それで満足なの？　私の唯一の権能がそれ？　他でもない、あの子が教えてくれている――敵に教えを乞うのも道理のあること――何をすべきかをね。狂気がどれほどの力をもつものか、あの子がペンテウスの死で十分に、いや、十二分に示してくれている。イノーにも、狂気に駆り立てられて、姉妹たちの轍《てつ》を踏ませずして、何とする」。

　生い茂る不気味な一位《いちい》の木で冥々《めいめい》とした下り道があった。

しめやかな静寂《しじま》の中を通り、冥府へと通じる道である。生気なき
冥界から瘴気《しょうき》が噴き出てくる道で、しかるべく埋葬された*新たな亡者《もうじゃ》たちの
霊魂が、ここを通って黄泉《よみ》の国へと降《くだ》っていく。
蒼白と寒冷がどこまでもこの荒れ地を支配している。真新しい死霊たちが、
ステュクス流れる冥府に至る道がどこか、幽冥のディス〔冥界の王〕の
恐るべき王宮がどこにあるのか分からずに戸惑う道だ。
貪欲に死霊たちを迎え入れるこの冥府には無数の道が通じており、四方八方に
門が開かれている。海があらゆる陸地から流れ出た河水を受け入れるように、
ここも、あらゆる死霊たちを受け入れ、どれほど多くの住民にも
狭すぎるということはなく、どれほど大勢が押しかけてきても事ともしない。
肉体がなく、骨がない、血の気の失せた死霊たちが彷徨《さまよ》い、
広場に屯《たむろ》する死霊たちもいれば、底深く鎮座する冥王の*館に集《つど》う死霊たちや、
生前の生業をそのまま真似て業《わざ》に励んでいる死霊たちも
おり、また刑罰に服している死霊たちもいる。
　サトゥルヌスの娘御〔ユノー〕は敢えて天空の宮居を後にし、その冥府へと
出かけていった――それほど大きな憎しみと怒りに駆られていたのだ――。
冥府に入ると、その聖体の重みで冥府の入り口の
敷居は軋《きし》みを上げ、〔地獄の番犬〕ケルベロスが三ツ頭《がしら》を擡《もた》げて、

460

三重の吠え声を同時に立てた。ユノーは「夜」から生まれた
姉妹〔復讐の女神《エリニュス》〕たちを呼んだ。追及すること厳しく、仮借なき神霊たちだ。
復讐の女神《エリニュス》たちは地獄《タルタロス*》の、鋼鉄で閉ざされた扉の前に腰掛けて、
彼女らの髪の毛である、どす黒い蛇たちを梳《くしけず》っていた。
小暗《おぐら》い闇を通してユノーの姿を認めると、女神たちは立ち上がった。
ここは「罪人らの居場所」と呼ばれる黄泉の一画である*。ここでは、
〔巨人〕ティテュオスが、九ユゲルム*に亘って身を横たえ、自らの
肝臓を〔禿鷹に〕啄《ついば》まれるに任せ、タンタロスよ、汝が、水を掬《すく》おうとして
掬えず、頭上の〔林檎の〕木も〔手を伸ばせば〕逃げ去っていく。また、
シシュポスよ、汝も永遠に転げ落ちる岩を追いかけては押し上げ、
イクシオンがぐるぐる回りながら、自分を追いかけると同時に自分から逃げ、
躊躇《ためら》うことなく従兄弟《いとこ》たちに死を画策したベロス*の孫娘〔でダナオスの娘〕たちが
〔穴の開いた水瓶で〕汲んでは零《こぼ》れる水を絶え間なく汲み続けている。
　サトゥルヌスの娘御はその彼らを、誰よりも〔自分を犯そうとした〕イクシオンを、
険しい眼差しで見遣り、そのイクシオンから再び目を転じて、シシュポスを
見詰めながら言った、「兄弟の中でこの者だけが永劫の罰を受けていて、
〔兄弟の〕アタマスは傲然と豪邸にふんぞり返っているのは、どうしたこと、
妻〔イノー〕共々、いつも私を蔑ろにしてきた、あの

アタマスが」と。そう言って、ユノーは彼に対する憎しみと俄旅《にわかたび》の訳と
何が望みかを説いて聞かせた。望みは、カドモスの王家を
瓦解させ、アタマスを狂気に陥らせて罪を犯させることだという。
ユノーは命令と約束と嘆願を一緒くたにして語りかけ、
女神たちを嗾《けしか》けた。こうして、ユノーがその来訪の趣を述べ終えると、
ティシポネ〔復讐女神の一。「血の贖《あがな》い」の意〕は乱れるままの白髪を払い、
顔に被さる蛇たちを掻き上げると、こう言った、
「回りくどいお話など必要ありませんわ。お命じになっていることは、
皆、既に果たされたものと思召《おぼしめ》せ。早々《そうそう》に、人に愛されぬこの黄泉の国を
後にして、弥《いや》目でたき天界の霊気の中へとお戻りのほどを」。
ユノーは嬉々として戻っていったが、天界に入ろうとするその彼女を
タウマス*の娘の虹《イリス》の女神が迎えて、雫滴《しずくした》る水で清めた。
時を置かず、仮借なきティシポネは、血に浸けた松明《たいまつ》を
手に取り、血の滴る真っ赤な外衣《がいい》を
身に着けて、体をくねらせる蛇を腰に巻くと、
館を後にした。出かける彼女に、「悲嘆」と
「戦慄」と「恐怖」と、顔を引きつらせている「狂気」が扈従《こしょう》した。
彼女は目当ての王宮の入り口に立った。その時、アイオロスの末裔《すえ》アタマスの

王宮の門柱が震え、楓《かえで》の門扉が蒼白に染まったと言われ、
太陽もそこから逃げ出したという。王妃〔イノー〕は奇怪な現象に怯え、
アタマスも驚愕して館から逃げ出そうとした。だが、忌まわしい
復讐女神〔ティシポネ〕が立ちはだかり、行く手を阻んだ。そうして、蛇が
幾重にも縺《もつ》れ絡んだ両腕を広げながら、頭の天辺《てっぺん》に鶏冠《とさか》のように身を擡《もた》げる
蛇たちをゆすった。ゆすられた蛇たちはシュルシュルと音を立てた。
肩を這う蛇もいれば、滑り落ちて胸の周りに纏わりつき、シュルシュルと
音を立てながら、毒液を吐き、舌をペロペロ出しては引っ込めている蛇もいる。
すると、復讐女神は頭の真ん中の〔蛇の〕髪から二匹の蛇を毟《むし》り取り、
毟り取った蛇を、破滅をもたらす手で二人めがけて投げつけると、
二匹の蛇はイノーとアタマスの懐《ふところ》辺りを這い回り、
深傷《ふかで》を与える毒気をその胸内《むねうち》に吹き込んだ。尤も、肉体には一切
傷を与えなかった。毒気の恐ろしい痛手を受けたのは心であった。
ティシポネは更に怪異な毒汁をも携えてきていた。
〔地獄の番犬〕ケルベロスの口から噴き出る泡やエキドナ〔半女半蛇の怪物〕の毒液、
錯乱する「幻覚」や盲目の心の「忘却」、さらに
「罪」や「涙」や殺戮への「狂的な愛」を
一緒くたにして磨り潰し、磨り潰したものに真新しい

血を加えて、緑の毒人参で掻き混ぜながら、銅鍋で煮詰めたものだ。
ティシポネは、怯え慄《おのの》いている二人の胸に狂気を生む
この毒汁を注ぎ込み、心の奥底を攪乱させた。そうしてから、
同じ円を描きながら、手にした松明をぐるぐる振り回すと、
素早く動く炎に炎が連なり、一続きの輪になった。かくして、
ティシポネは勝ちを制し、ユノーの命《めい》をやり遂げて、偉大な
ディス〔冥界の王〕の虚無の国へと戻り、腰に巻いていた蛇を解《ほど》いた。
　忽《たちま》ちの内に、アイオロスの末裔《すえ》〔アタマス〕は王宮の広間の只中で狂気に陥って
叫んだ、「さあ、供の皆、この森に狩網を張り巡らせるのだ。
つい今しがた、仔を二匹連れた雌獅子を儂《わし》は見た」と。そう言うや、
狂気の中、まるで獣ででもあるかのように、妻〔イノー〕の跡を追いかけ、
自分に微笑みかけ、小さな腕を差し伸べているレアルコスを
母親の懐《ふところ》から引ったくると、幼子《おさなご》を二度三度と、
振り投石器のようにぶんぶん振り回して、無惨にも、その頭を
荒い岩に打《ぶ》ちつけた。この時、遂に母親も錯乱状態に陥った。
悲痛がそうさせたものか、それとも胸内に注がれた毒汁が原因か、
彼女は吠え声を発し、正気も失せて、髪を振り乱し、
メリケルテスよ、幼い汝をむき出しの腕で抱きかかえながら叫んだのだ、

「エウホイ、*バッコス」と。バッコスの名を呼ぶ声を聞いて、ユノーは嘲笑い、
言った、「お前の養い子〔バッコス〕がお前に叶えてくれる御利益がこれだ」と。
海に突き出た断崖があった。崖下《がけした》の部分は怒濤に穿《うが》たれて
空洞になっており、懸崖に覆われた海水は雨から守られている。
崖の頂は高く聳え、庇《ひさし》のごとく海に張り出していた。
イノーはこの頂に辿り着き——狂気が力を与えていたのだ——、
些《いささ》かも恐れることなく、手に抱えていた幼子《おさなご》諸共、海に
身を投げた。その衝撃に海は飛沫《しぶき》を上げて白く泡立った。
　だが、ウェヌスは、孫〔イノー〕の謂《いわ》れなき受難を憐れんで、
伯父神《おじがみ》に、気色《けしき》どる口調でこう語りかけた、「おお、海を支配なさる伯父神様、
その御稜威《みいつ》、大空〔の神ユピテル〕に次ぐネプトゥヌス様、
求めることは大なれど、ご覧になっている通り、広大なイオニア海で
波に弄ばれているわが末裔《すえ》を憐れと思《おぼ》し召し、何卒、あの者たちをあなた様の
海の神々に加えて頂きとうございます。海も私には些かの恩愛を抱いている筈。
如何にも、その往時《かみ》、私《わたくし》が海の只中で泡から生まれ、爾来《じらい》、私《わたくし》に付けられた
名〔「泡から生まれた女神《アプロ〔ス〕ディテ》」〕がギリシア語の、その『泡《アプロス》』に由来するものならば*」。
ネプトゥヌスはウェヌスの願いを聞き入れて、その母子《ははこ》から死すべき人間の
性質を取り去り、尊ぶべき厳かな神性を

賦与して、名前と同時に姿形をも新たにさせ、
母の女神をレウコトエと、子の神をパライモンと名付けた。
　シドン縁《ゆかり》のテバイの女たちは可能なかぎりイノーの足跡《あしあと》を
追い、断崖の縁《へり》に最後の跡が残っているのを目にした。イノーが
死んだのは疑いないと思った彼女たちは、髪の毛を引き毟《むし》り、衣を裂き、
手の平で胸を打って、カドモスの家の悲運を嘆きつつ、
正義に悖《もと》り、余りにも残酷だ、と言って、女神〔ユノー〕の仕打ちに
非を鳴らした。だが、ユノーはその非難を許さなかった。
ユノーは言った、「他でもない、そう言うお前たちを、わが残酷さの
最大の記念碑にしてやろう」。その言葉は現実のものとなった。
彼女たちの中で誰よりもイノーを敬愛していた女は「海に身を投げ、
王妃の後を追うわ」、そう言って、今しも飛び込もうとした矢先、
一歩も動けなくなり、岩に張り付いてしまった。
別の女は、習いのように嘆きの胸を打とうとしたものの、
打とうとした腕が硬く固まるのを感じた。また
ある女は、偶々《たまたま》海面に向かって手を差し伸べていたところ、岩と化し、
同じ水面に向かって手を差し伸べる、そのままの姿をとどめていた。
頭から髪の毛を引き毟っていたが、見れば、

髪の中に入れた指が俄《にわか》にそのまま固まってしまった女もいる。
女たちは皆、ユノーの瞋恚《しんい》に見舞われた時そのままの姿で固まり、岩と化した。
中には鳥になった女たちもおり、イスメノス流れるテバイの女たちが今では鳥と
化し、今尚同じ海の上、翼の先で水面《みなも》を掠《かす》めて飛び回っている。
　アゲノルの子〔カドモス〕には、娘〔イノー〕と幼い孫が海の神になったことを
知る由もなかった。悲しみと打ち続く災厄に、また
数知れず目にした亡兆《ぼうちょう》に打ち拉《ひし》がれて、カドモスは、
都テバイの創建者でありながら、自らの数奇な運命にではなく、恰《あたか》も創建の
土地の凶相に強いられてでもあるかのように、テバイに別れを告げ、
妻*を連れて、流離人《さすらいびと》として長い放浪の果てに、イッリュリアの地に辿り着いた。
今や二人は数々の不幸と衰齢に身も心も拉がれて、家のそもそもの初めの
悲運を顧み、自分たちが経てきた艱難の数々を回想しながら語らっていたが、
その時、カドモスは言った、「私の槍に貫かれたあの蛇は、神に捧げられた
聖なる蛇でもあったのか、シドンから旅立った後、
新奇な種《たね》の、その歯を私が大地に蒔いた時の、あの蛇は？
あの蛇の仇《あだ》を、神慮が、過たぬ怒りの矢で討とうとされているというのなら、
願わくは、他ならぬこの私も、長々と大地に腹這《はらば》う蛇とならんことを」と。
そう言い終わるや、忽ちの内に蛇に変身し、長々と地に這い蹲《つくば》ったが、

気が付くと、皮膚が硬くなり、その上に鱗が生じて、
黒い地肌が青い斑点で斑《まだら》模様になっていた。
頭は腹這う胸に落ちかかって俯《うつむ》きになり、両脚《あし》は一つに纏まって、
先に行くにつれて次第に丸く細くなり、遂には尖った尻尾に変わった。
腕はまだ残っていた。カドモスは、まだ残るその腕を差し伸べ、
まだ人間の名残をとどめる顔中を流れる涙で濡らしながら、こう言った、
「さあ、ここへ来るのだ、妻よ、ここへ。誰よりも可哀そうな妻よ。元の私の
何がしかのものがまだ残されている内に、私に触れてくれ。そうして、この手を
取ってほしい、まだ、これが手である間《あいだ》に、私が全身蛇に変わっていない内に」。
カドモスはもっと話したかった。だが、舌が突然
二股に裂け、言葉を発しようと思っても、言葉が
出てこなかった。せめて何かの嘆きの声でも出れば、と構えてみたが、
シュルシュルという音しか出てこない。自然が彼に残した声が、それであった。
妻は、開《はだ》けた胸を手で打ちながら叫んだ、
「カドモス様、待って。どうか奇怪なお姿を、お可哀そうな方、脱ぎ去って。
カドモス様、そのお姿はどうしたこと。足はどこに？　肩や手や
お顔の色やお顔はどこ？　こう話す間《ま》にも、何もかもが？　なぜ、天上の神様方、
私をも同じ蛇の姿にお変えにならないのでしょう」。

彼女はそう叫んだ。すると、カドモスは妻の顔を舐め、
愛しいその懐《ふところ》に、分かっているとばかりに、滑り込んで、
抱擁し、馴染みのその項《うなじ》を求めた。
居合わせた者は皆――供する者たちがいたのだ――驚愕した。だが妻は
肉冠頭に戴く蛇の滑らかな頸を撫でた。すると、忽ちの内に、
妻は変じて蛇となり、二匹の蛇は蜷局《とぐろ》を絡み合わせたまま這っていき、
やがて近くの森に入って姿が見えなくなった。二匹の蛇は、今でも
人を避けようとはせず、傷つけようともしない。蛇とはいえ、自分たちが
かつて何ものであったかを忘れてはいず、温和な性質を留めているからだ。
　だが、蛇に変身したとはいえ、二人に大きな慰みを
与えていたものがあった。孫だ。征服されたインディアが崇め、*
アカイア〔＝ギリシア〕が数多《あまた》の神殿を捧げて斎《いつ》き祀《まつ》る神バッコスである。
だが、アバスの息《そく》アクリシオスだけは別であった。同じ血筋に
生まれながら、*バッコスの信仰がアルゴスの都の城壁内に入るのを禁じ、
威力でバッコス神に抵抗していた。バッコスはユピテルの落胤などではないと
思っていたのだ。それも無理はない。自分の娘ダナエが黄金の雨で身籠って*
産んだペルセウスさえユピテルの子ではないと見なしていたのだ。
だが、やがて、そのアクリシオスも――真実の力はそれほどに大きい――

神を蔑《なみ》したことも、孫がユピテルの子と認めなかったことも
後悔する日を迎えることになる。一方は既に天界に座を与えられていた。片や
ペルセウスのほうは、討ち果たした蛇髪《じゃはつ》の怪女〔メドゥサ〕から奪った記念の品の
首級を提《さ》げ、羽搏《はばた》く翼の音を響かせながら、柔らかな大気の中を翔《かけ》っていたが、
勝利者としてリビュアの砂漠の上空を飛んでいた時、
提《さ》げていたゴルゴン〔=メドゥサ〕の首級の血の滴《しずく》がしたたり落ちた。
大地はそれを受け取って、命《いのち》を与え、種々の蛇を生み出した。
当地が蛇に満ち、蛇で危険な土地であるのはそのためである。
　そこから、ペルセウスは、相争う風に駆られるままに、
無辺の空を、雨雲さながらに、あちらへ、またこちらへと
運ばれ、高空《たかぞら》から、はるか彼方《かなた》に隔たる陸地を
眺めつつ、全世界の上空を飛び回っていた。
三度《みたび》、寒冷の熊座《アルクトス》〔=北方〕を眺め、三度、蟹《カンケル》の腕〔蟹座=南方〕を目にし、
数多度《あまたたび》、陽の沈む西方に吹き寄せられ、数多度《あまたたび》、陽の昇る東方に吹き流されて、
今、既に陽が沈もうとする頃合い、夜に身を委ねて飛行するのを恐れて、
アトラス*の領国《りょうごく》ヘスペリア〔西の果ての地〕に
降り立ち、明けの明星《ルキフェル》が曙《アウロラ》の女神の光を呼び出し、曙《アウロラ》の女神が
陽の神の車駕を呼び出すまでの間《あいだ》、暫しの休息を求めた。

640

ここには、イアペトスの子で、その巨軀をもってあらゆる人間を凌駕するアトラスがいた。西の最果ての大地と、また、疲労で喘ぐ太陽神の馬たちに水を与え、疲れた車駕を迎え入れる海とが彼の支配下にあった。彼には、草原を彷徨《さまよ》う千の羊の群れと、同じく千の牛の群れがいる。彼の領土に境を接する隣国は一国もなかった。その領地に、光り輝く黄金の葉が黄金の枝と黄金の実を覆っている木があった。

「異国の方よ」と、ペルセウスはそのアトラスに声をかけた、「偉大な血統の栄光《いさおし》があなたの心を動かすのなら、私の生みの親はユピテル。また、あなたが勲《いさお》を賛美する方なら、わが勲《いさお》はあなたにも賛美される筈。願わくば、その私に歓待と休息を与えては貰えぬか」と。だが、アトラスはその往時《かみ》下された神託を忘れてはいなかった。パルナソスなる女神テミスは、こう神託を下していたのだ、「アトラスよ、汝の木から黄金が奪われる時がやがて訪れよう。その戦利の栄誉を手にするのは、ユピテルの子だ」と。アトラスは、それを恐れて、自分の果樹園を強固な防壁で閉ざし、巨大な竜に果樹園を見張らせて、異国の者は誰であれ、一切自分の領地に近づけぬようにしていたのだ。この

ペルセウスにも、アトラスは言った、「遠く去れ。どうせ嘘八百の、お前の言う
勲も、お前のユピテルも、全く以《もっ》て形無《かたな》しにならぬよう気をつけるがいい」と。
アトラスは、威嚇の言葉のみならず、威力にも訴えて、躊躇《ためら》いながら、穏やかな
言葉に強い言葉を交えて懇望《こんもう》するペルセウスを力ずくで追い払おうとした。
ペルセウスは、力ではかなわなかったので――如何様、誰が臂力《ひりょく》でアトラスに
匹敵できたろう――こう言った、「いやはや、私との誼《よしみ》がかくも無下にされては
詮方《せんかた》ない。俺からの置き土産だ。受け取れ」。そう言って、自分は
後ろ向きになりながら、左手に持ったメドゥサの汚《けが》れた首級を差し出した。
忽ちの内に、アトラスは、巨軀そのままに、山となった。髭や髪は変じて
木々となり、肩や手は尾根《おね》に変わり、
それまで頭だった所は山の頂となり、
骨は岩石と化した。山は、それから、あらゆる方角に膨張し、
果てしもなく増大して（それが、神々よ、あなた方の定めた天命）以来、
無数の星々共々、全天が、その上に鎮座することになったのだ。*
既に、ヒッポテスの息子〔風神アイオロス〕がアエトナの檻に風たちを閉ざし、*
高空《たかぞら》でひときわ明るく輝いて、人々に一日《いちにち》の仕事の始まりを告げる
明けの明星《ルキフェル》が昇っていた。ペルセウスは翼あるサンダルを再び手に取って
両足に結び付け、剣先が鉤《かぎ》なりに曲がる剣《つるぎ》を腰に佩《は》くと、

サンダルの翼を羽搏かせ、澄んだ大気を切り裂いて飛び立った。
眼下、四方に散在する数知れぬ民族の上を翔《かけ》り去っていく内に、
アエティオピアの民と、ケペウスの治める田野が目に入ってきた。
ここでは、罪のないアンドロメダが、不当なアンモン神の命によって
母〔カッシオペ（イアア）〕の驕慢《きょうまん》な言葉*の罪の償いをさせられていたのだ。
そのアンドロメダが、両腕を縛られ、荒岩に括り付けられているのを、
アバスの末裔《すえ》ペルセウスは目にとめた。そよ風が髪を
靡《なび》かせ、生暖かい流れる涙で目が濡れていなければ、
大理石像と思っていたことだろう。ペルセウスは思わず恋心を覚えて、
我を忘れ、目にする嬋娟《せんけん》としたその麗容に見惚《みと》れて、
空中にいながら、翼を羽搏かせることも忘れてしまいそうになった。
地上に降り立つと、彼はこう声をかけた、「おお、そのような縛《いまし》めではなく、
相思の恋人同士が互いに結ばれ合う縁繋《えんつな》ぎの縄*こそ似つかわしい乙女よ、
尋ねる私に、あなたの名と、この地の名を告げて、何故《なにゆえ》鎖で
縛《いまし》められているのか、訳を教えてはくれぬか」と。乙女の彼女は、相手が
男でもあり、初めは何も言わず、語りかけるのを憚った。もしも
縛められていなかったなら、両手で純潔のその顔を覆っていたことだろう。
彼女は湧き出る涙を目に溢れさせたが、それだけが彼女にできるすべてだった。

しかし、自分の不始末を打ち明けたくないのだと思われるのも意に染まず、
彼女は、繰り返し執拗に尋ねるペルセウスに、土地の名と自分の名を告げ、
母親がどれほど慢心して自分の容姿を自慢していたかを教えて聞かせたが、
一部始終をまだ語り終えていない内に、波の騒ぐ音が
聞こえ、広大無辺の海から向かってくる怪獣が脅かすようにこちらのほうに
迫ってきた。巨大な怪獣は辺り一面の海を、その胸で覆い尽くしている。
乙女は悲鳴をあげた。父親と共に母親も悲しげな様子で駆けつけた。憐れな
二人だが、母親が憐れなのは、むしろ当然と言えば当然だ。駆け寄ったものの、
自分たちにはどうしてやることもできず、その時に相応《ふさわ》しい涙を流し、嘆きの
胸を打ちながら、二人は縛《いまし》められた娘の身体に、はたとしがみついた。その時、
通りすがりの異国人ペルセウスは語りかけた、「これから先、涙を流す長い時が
あなたたちを待ち受けているやもしれぬが、救いの手を差し伸べるべき時は寸時、
一刻の猶予もならぬ。この娘を私が妻にと求めれば——私はユピテルと、その
ユピテルが種孕む黄金の雨となって幽閉の身の所を身籠らせた母ダナエの子、
蛇髪のゴルゴン*〔＝メドゥサ〕を退治して勝利を収め、勇躍、翼を羽搏《はばた》かせて、
大空の大気の中を翔けてきた強者《つわもの》だ——その私が娘御を伴侶に、と乞えば、
婿として、誰よりも真っ先に選ばれる筈の者。これほどの結納の品に加えて、
今、更なる手柄を——神々の御加護があればの話だが——立てて進ぜよう。

娘御が私の武勇によって救われたなら、私が妻に貰う、そう約束を交わそう」。
両親はその条件を受け入れ――それを躊躇《ためら》う者が誰かいよう――、達《たっ》て、
と懇願し、その上、結納の品として王国も与える、と約束した。
　その時、見よ、船首の衝角《しょうかく》で海を割《さ》き、海面を波立たせながら、
櫂を漕ぐ若者らの汗だくの腕で快走する軍船さながら、怪獣が
突進するその胸で海を真っ二つに切り裂きながら向かってきた。
岩からの怪獣の距離が、バレアレス人の弩《いしゆみ》から放たれ、回転する
鉛玉《なまりだま》が空中を飛んで到達できる、それほどの距離になった。
その時、若者は両足で大地を蹴って、
雲間高く翔《かけ》り去っていった。怪獣は、海面に映る
勇者の影を目にすると、目にしたその影に向かって荒れ狂った。
その時、恰《あたか》もユピテルの聖鳥〔鷲〕が、開けた野で
青黒い背を陽《ひ》に曝している蛇を見つけ、
背後から襲いかかってこれを摑み、狂暴な牙のある口を後ろに向けられぬよう、
鱗のあるその頸に獰猛な爪を突き立てる、まさにそのように、イナコスの末裔《すえ》*は、
翼を羽搏かせると、真っ逆さまに虚空を矢のように翔り降りて、
怪獣の背中に襲いかかり、唸り声を発する怪獣の右肩めがけて、
剣を、鉤《かぎ》なりに曲がる剣の付け根まで通れとばかり、深々と突き立てた。

730

深手を負った怪獣は、海面の上、虚空高く身を擡《もた》げるかと思えば、
海中に潜り込み、またある時は、周りを取り巻き、吠えたてる
犬たちの群れに脅かされている狂暴な猪さながらに暴れ回る。一方、
ペルセウスは、獰猛に嚙みつこうとするその口を、翼を素早く羽搏かせて躱《かわ》し、
ある時は張り付いた空《うつ》ろな巻貝に覆われた背中を、また、ある時は
脇腹の肋骨を、ある時は尻尾《しっぽ》が最も細まって尾鰭《おびれ》に変わっている辺りを、と、
傷つけられる所を手当たり次第に、鉤なりに曲がった剣で切りつけた。
怪獣は真っ赤な血の混じる海水を
口から吐き出す。ペルセウスの翼はその飛沫《しぶき》に濡れて重くなった。
最早これ以上、ペルセウスは血の混じる海水を吸った翼あるサンダルに
頼ろうとはしなかった。ふと見れば、波静かな時は頂を海面に突き出し、
波騒げば海水に覆われる岩礁がペルセウスの目に入った。
ペルセウスはそれを足場にして立ち、左手で岩礁の縁《へり》を摑みながら、
三度四度と繰り返し止《とど》めの剣《つるぎ》を怪獣の腸《はらわた》に突き刺した。
　拍手とともに湧き上がる歓声が海岸一帯を満たし、天上の神々の
宮居にまで轟いた。父親ケペウスとカッシオペは歓喜し、
娘婿を祝福して、ペルセウスを、熟々《つくづく》、王家の救い主、
王家の守り手と認めた。悪戦苦闘の酬いにして

因《もと》となった乙女も、縛《いまし》めを解かれて、歩み寄る。
ペルセウス自らは海水を掬《すく》って勝利の手を洗い、
蛇髪の〔メドゥサの〕首級が硬い砂地で傷つかないよう
地面に葉を敷いて柔らかくし、海底で育つ海草の枝を
敷き詰めて、その上にポルキュスの娘メドゥサの首級を置いた。
髄に水を含んでまだ瑞々《みずみず》しく新鮮な海草の枝は
怪女〔メドゥサ〕の魔力を吸い取り、その首級に触れて硬化し、
枝や葉がそれまでもっていなかった硬さを帯びるようになった。
〔それを目の当たりにした〕海のニンフ*たちも、その不思議な現象を数多くの
海草で試してみて、同じ結果になるのを喜び、
硬化した枝から種《たね》を取って、至る所の海に頻繁にまき散らした。
今でも、同じ性質が珊瑚に残り、海の中では
しなやかな枝だったものも、海の外に取り出されて
大気に触れると、悉《ことごと》く硬さを帯び、石化するのだ。

　ペルセウスは三柱の神々に同じ数だけの祭壇を芝土で築いた。左の祭壇は
メルクリウスに、右のそれは、戦《いくさ》を司る処女神〔ミネルウァ〕よ、あなたに、
中央のそれはユピテルに捧げた。ミネルウァには雌牛が、翼ある
サンダル履く神には仔羊が、あなたには、至高の神よ、雄牛が屠《ほふ》られた。直ちに

ペルセウスは、あれほどの偉業の報酬であるアンドロメダを約束の結納の
品〔の王国〕は受け取らぬまま、慌《あわただ》しく花嫁に迎えた。婚礼を司る神《ヒュメナイオス》と愛の神《アモル》が
松明《たいまつ》を打ち振りながら婚礼の列を先導する。惜しみなく香が火にくべられ、
760 家々には花輪が懸けられ、至る所で、喜びの
心を表す証《あかし》の竪琴や笛や歌声が
響き渡る。扉が開かれ、王宮の黄金の
広間全体が開け放たれた。佳肴や金銀の什器が並ぶ華麗な祝宴に
ケペネスの民〔エチオピアの古民族〕の末裔《すえ》の王〔ケペウス〕の貴顕たちが連なった。
皆が食事を終え、惜しみなく与えるバッコスの賜物〔＝葡萄酒〕で
765 憂いを解いて寛《くつろ》いでいる時、当地の地理や地勢、
766 人々の風習や気質について、リュンケウス*の末裔〔ペルセウス〕は尋ねた。
767 王*はそれに答えると、間《ま》を置かずに言った、「ところで、勇猛果敢な強者《つわもの》
ペルセウスよ、どうか語って貰えまいか、あなたがどれほどの武勇を発揮し、
769 如何なる手練の技を用いて蛇髪のメドゥサの首級を奪ったのか、その話を」と。*
770 アゲノルの末裔〔ペルセウス〕はこう物語った、冷たいアトラスの山裾に
堅固な巨岩に囲われた安全な場所があった、
その入り口にポルキュスの娘で、一つの目を
二人で分け合う姉妹*〔「老女たち《グライアイ》」〕が住んでいた、

自分はその目を、姉妹がもう一人に手渡している時、手を下に差し入れ、
巧妙にこっそり盗み取った、その後《あと》、絶境の地や
人跡なき野、また荒々しい木々の覆う岩場を遥々《はるばる》辿っていく内に、
ゴルゴンたちのいる住処《すみか》に辿り着いたが、野や道の
至る所に、メドゥサを見たために元の身体からそのまま
石に変わった人間や獣の数知れぬ石像を目にした、
しかし、自分は恐ろしいメドゥサの姿を、
左手に持っていた青銅の盾に映して眺め、
メドゥサ自らも頭髪の蛇どもも深い眠りに落ちた所を見計らって、
首から断ち切り、頭を奪い取った、翼で天翔る俊足のペガソスと
その兄弟馬「クリュサオル」は母親メドゥサの血から生まれたのだ、と。
　ペルセウスは更に加えて、長い遍歴の旅の間に遭遇した危難の数々や、
高い空から眼下に眺めた海や陸地、また翼を羽搏かせて
翔り昇って辿り着いた星々のことを語って聞かせた。しかし、
聞きたいことがまだある内に、ペルセウスは黙ってしまった。それを受けて
貴顕の一人が、ゴルゴン三姉妹の中で、何故メドゥサだけが
毛に蛇の混じる頭髪をしているのか、その訳を尋ねた。
異国人ペルセウスは言った、「お尋ねのその話は語るに値するもの故、

聞かれるがよろしかろう。訳を言えば、こうなのです、彼女は令名高い
絶世の美女で、大勢の求婚者たちの羨望を交えた垂涎《すいぜん》の的でしたが、
彼女のあらゆる麗質の中でも、見事なその髪の美しさは
群を抜いておりました。彼女を見たという人物を、私は見つけたのです。
その彼女を、海の支配者〔ネプトゥヌス〕がミネルウァの社《やしろ》で凌辱したと
言います。ユピテルの娘御〔ミネルウァ〕は顔を背け、貞潔なその面《おも》を
アイギス盾*で覆って、この狼藉を罰せずには措くまいと、
ゴルゴン〔メドゥサ〕の髪の毛を醜い蛇に変えてしまったという訳です。
女神ミネルウァは、敵を戦慄させ、恐れさせるために、今でも、敵に向けた
胸〔に翳《かざ》したアイギス盾〕に自分が生み出したその蛇を付けているのです」。

訳注

一　ギリシア中部ボイオティア地方オルコメノスの王。その都の創建者と言われるオルコメノスの子。以下で語られる、最後に蝙蝠に変身するミニュアスの娘たちの話は、アントニヌス・リベラリス（一〇）によってもやや異なった話形で伝えられており、典拠はニカンドロスの『変身物語』（散逸）、およびギリシアの詩人コリンナ（作品名不詳）だという。

一二　第三巻三一七行注、第六巻一一四行注参照。

一三　第三巻三一四行注参照。

一九　エウリピデスの『バッカイ（バッコスに憑かれた女たち）』では、ディオニュソス（バッコス）は「雄

牛の角を生やす神（taurokeron theon）」（一〇〇）、「雄牛（tauros）のように〔…〕頭に角が生えている（kerata krati prospepykenai）」（九二一）と言われ、後代でも角を生やす雄牛の姿で想像されることも多い。ティブッルス『エレゲイア詩集』二・一・三、ホラティウス『カルミナ』二・一九・三〇など。

三 ディオニュソスは、インディアの山とされるニュサで生まれ育った（第三巻三一四行注参照）が、長じて再びインディアに遠征し、征服した、あるいは布教に出かけて教化した、という伝承は多くの著作家が記している。ストラボン一一・五・五、パウサニアス一〇・二九・四、ヒュギヌス一九一、プリニウス『博物誌』四・三九、セネカ『オエディプス』四二五以下など。

三 トラキア王。テバイのペンテウスと並んでディオニュソスとその信仰を迫害したことで知られる。第三巻五二〇行注参照。諸伝があるが、盲目となって狂気のうちに子を殺し、ついには惨めな死（自分の民人らに縛り上げられ、馬に踏み殺されたという）を遂げた。ホメロス『イリアス』六・一三〇―一四〇、アポッロドロス三・五・一など。

云 セイレノス（シレヌス）のこと。同じ山野の神霊であるサテュロスとの類比で、複数形で言われもし、しばしば同一視されもして、老サテュロスと見なされることもあるが、山羊姿のサテュロスたちに対して、セイレノスは馬の耳、馬の尻尾、時に下半身が馬脚の馬姿で、酒を好み、驢馬に乗ったり、驢馬を連れたりしている老人の神霊として描かれる。サテュロスたちやニンフたち、女信者たちとともに、バッコスを取り巻く「一団」（第一一巻八六。「一団」はギリシア語でthiasos（ティアソス）と呼ばれる）の仲間。人馬二形《ふたなり》のケンタウロスのケイロンに似て、知者、賢者としての一面をもっている。この点については、第一一巻九一行注参照。

哭 デルケティス（デルケトーとも言う）は、シュリアの女神。「バビュロンの」は誤りともされるが、パラエスティナは帝政初期にはシュリアの一部だったこと（ストラボン一六・二・一以下）、シュリアの東の境はエウプラテス川と捉えられていたことから（ストラボン同所）、オウィディウスの頃の地理感覚では問題のない形容。シュリアの女神デルケティス（デルケトー）については、ディオドロス・シケリオテス（二・四・二―三）がこう記している。アプロディテ（ウェヌス）の怒りを買った女神デルケトーは、アプロディテの計らいで信者の青年を愛し、これと交わって女の子（のちにセミラミスと名づけられる。次注参照）を産んだが、過ちを恥じて青年を殺し、赤子を山中に捨てた上で、自らは大きく深い水たまり（limen．おそらくエウプラテス河畔にできた沼あるいは湖）に身を投げ、女面の魚に変身、その後シュリアの人々は魚を神と崇めて、これを食するのを憚るようになった、と。また、魚になったデルケトーの話と重なるウェヌス（アプロディテ）の話については、第五巻三三〇参照。

四八 ニノス王（本巻八八行注参照）の妻としてその跡を継いだ、伝説的なアッシュリアの才色兼備の女王。前注の母デルケトーに捨てられたあと、鳩に育てられ（セミラミスという名は「鳩」を意味するシュリア人の言葉を少し変えた名）、のちにはニノス王家の家畜番に育てられて、成人後、美貌ゆえに総督オンネスと結婚するが、王ニノスの目にとまり、ニノスはむりやりオンネスから彼女を奪って妻にした。ニノスの死後、女王となってアッシュリアを支配し、バビュロンを創建、また世界七不思議の一である空中庭園を築造したとされる。晩年、息子の謀反を知るが、罰することなく息子に支配を託し、自らは姿を隠して鳩になったともいう（ディオドロス・シケリオテス二・二〇）。

五〇 この奇譚に言及した作品は他に知られていない。

五六 シェイクスピアが『真夏の夜の夢』で取り上げ、『ロミオとジュリエット』の原話として知られるピュラモスとティスベのこの物語を伝えるのは、古典古代ギリシア・ローマではオウィディウスのみ、という貴重な挿話。ヒュギヌス二四二、二四三、セルウィウス（『ウェルギリウス『牧歌』注解』六・二二）の言及は、ともにオウィディウスのこの挿話に基づくもの。さらに後代、オウィディウスとの先後関係は不明ながら、河神（ピュラモス）や泉（ティスベ）に変身するという、まったく異なる話形がノンノス（後四世紀）の『ディオニュソス譚』（一二・八四―八五）や、ヒメリウスやテミスティウス（いずれも後四世紀）などの修辞学者、文法家、あるいはモザイク画によって伝えられるが、オウィディウスの話形の独創性、文学性は際だっている（Cf. Knox 2006, pp. 321-323）。

八六　ニネヴェの建設者で、伝説的なアッシュリアの初代の王。セミラミス（本巻四八行注参照）の夫。

一三五　「黄楊のように蒼白」、「黄楊よりも蒼白」という表現は、オウィディウスが好んで用い（この箇所の他に、第一一巻四一七―四一八など）、以後、定型的表現（マルティアリス『エピグラム集』一二・三二・八など）になったらしい。葉は常緑であるから（第一〇巻九七参照）、灰白色もしくはごく淡い褐色（黄色）の樹皮の色、あるいは黄楊笛や書板として用いられた、淡黄色の、その木材の色を指して言うのであろうか。

一六九　本巻一九二行注参照。

一七〇　以下の太陽神が告げ口をしたウェヌスとマルスの情事（不倫）と夫ウルカヌスの返報のエピソードは、ホメロス『オデュッセイア』八・二六六以下に拠っている。

一九二　原文での「太陽神」の名称の使い分けについては、第一巻一〇行注参照。

二〇五　オケアノスの娘たち（オケアニデス）の一人のペルセ（イス）。太陽神（ヘリオス）との間に、魔術を操るキルケを産んだ。キルケはコルキス王アイエテスの姉妹なので、やはり魔術に長けたメデイアの叔母にあたる（メデイアの物語は第七巻七以下、またキルケにまつわる物語は第一四巻一以下で語られる）。アイアイエについては、第一三巻九六八行注参照。キルケの住まいについては、第一三巻九六八行注も参照。

二〇七　おそらくオケアノスとテテュスの娘たちオケアニデスの一人。ヘシオドス『神統記』三五二。

二一三　「アカイメネス縁《ゆかり》の諸都市」（アカイメネスはアケメネス朝ペルシアの始祖とされる）は漠然と東方世界を指しているが、その諸都市を支配するオルカモス、その遠祖のベロスの名に言及した典拠や史書はない。

二六九　その名「ヘリオ（helio-（太陽））＋トロープ（trop-（向く））」のとおり、太陽のほうに向かって花を咲かせると言われるが、実際にはそのような性質はない。

二七七　ダプニスの名は、テオクリトス（『エイデュッリア（小叙景詩）』第一歌）やウェルギリウス（『牧歌』第五歌）などで名高い牧人の典型として挙げられている。元来は、メルクリウス（ヘルメス）とニンフ（名はどの伝も伝えていない）の子で、シキリアの牧人。牧人の歌、いわゆる「牧歌」を創始したとされる。ニンフのエケナイス（パルテニオス『恋物語（*Narrationes Amatoriae*）』（*Erotika Pathemata*）二九）との愛の誓いを知らないうちに（酩酊させられて）破ったことで盲目にされたという。セルウィウス『ウェルギリウス『牧歌』注解』八・六八の注解によれば、ニンフの名はノミアと言い、他のニンフ（名はキマイラ）を愛したダプニスは仕返しを受けて「光を奪われ、その後、石に変えられた」とされている。同じく『牧歌』五・二〇の注解では、ダプニスの美しさに惹かれた王女と懇ろになったため、ディオドロス・シケリオテス四・八四、アイリアノス『ギリシア奇談集』一〇・一八、パルテニオス同所では、王女が酩酊させて愛を遂げたために盲目にされたという。

二八〇　このあとに語られるヘルマプロディトスと同じ二形《ふたなり》の話だが、他の典拠は不明。

二八一　サトゥルヌス（クロノス）の手から救い出された嬰児のユピテルを匿った、クレタにいたという精霊、あるいは古人ダクテュロイ（「指」の意）の一人。ダクテュロイは、異説もあるが、ケルミス（精錬者）、ダムナメネウス（金槌）、アクモン（金床）の三名で、その名のとおり、鉱物、特に鉄の精錬、工作の技術をもっていた。原文で「幼いユピテルに誰よりも忠実だった」と言われる、このケルミスとユピテルの関係は不明。この箇所を典拠に、Höferは、ケルミスは幼いゼウス（ユピテル）の「忠実な養育者であり友（ein treuer Pfleger und Freund）」（Roscher, Bd. 2, Abt. 1, S.1029-1030（「Kelmis」の項）参照）としているが、原文からそこまでは読み取れないし、他の典拠もない。Bömerの言うとおり、正確には知られていないとするほかないが、同じくBömerの指摘しているように、ダクテュロイはのちに、ユピテル（ゼウス）を養育したとされるクレテス人（次注参照）と同一視されることもあったことから、オウィディウスもそう考えたのかもしれない（Bömer 1969-86）。ケルミスが鋼鉄に変えられたことについては、Roscher の「Kelmis」の項では、ユピテルをクロノスの手から救った女神レアを「傲慢な瀆神行為で（hybrisas）」侮辱したため、女神がユピテルに命じて変えさせたとされるが、これはプリュギアのイダ山のケルミスの話で、ここに言うクレタのイダ山のケルミスについては「何らかの落ち度（ein Vergehen）」で変えられたという推定しか記されていない。

二八二　いくつかの伝承があるが、クレタに住んでいた古い住人（山野の聖霊とも言う）で、盾を打ち鳴らし、騒々しく踊ることで泣き声を消して赤子のユピテルを匿い、養育したという。彼らはまた、レトーがデロスでアポロとミネルウァ（ディアナ）の双生神を産んだ時（第六巻一八五―一九二、三三一―三三八参照）も同様にしてユノー（ヘラ）に見つからないようにしてやったとされる。「篠つく雨から生まれた」という明確な伝承は確認できない。雨となったユピテルが、あるいはユピテルの流した涙が大地に降り注いで生まれたことを示唆する伝がある（Bömer 1969-86 の当該行の注参照）。これと似た神話として、ユピテルが黄金の雨となってダナエと交わりペルセウスを産んだ例がある。本巻六一〇以下参照。

二八三　オウィディウスは、よく知られた話に含めているが、彼以前の典拠がない。プリニウスは、この smilax を取り上げて（『博物誌』一六・一五三以下）、蔓植物で、蔦《つた》に似ているために蔦と思い込んで、人々が葉冠にしたり、儀式に用いたりすることがあるが、「青年クロコスへの愛ゆえにこの草木（frutex）に変身した乙女（Smilax）にまつわる嘆きの名をもつ（lugbris nominis）」植物なので、用いるのは適切ではない、と語っている。また、五世紀の叙事詩作家ノンノス（『ディオニュソス譚』一二・八六）には「花環麗しいあの乙女スミラクスに恋したクロコスは愛の花となるであろう」とある。同時に名を挙げられるナルキッソスと同様（オウィディウス『祭暦』五・二二五―二二七）、悲恋の主人公と想像される。クロコスはクロッカス（花サフラン）に、スミラクスは蔓性のシオデ属もしくはサルトリイバラ属（smilax. 英名 sarsaparilla, 独名 Stechwinde）の植物に変身したと考えられるが、smilax を（セイヨウ）ヒルガオ（英名 bindweed, 独名 Zaunwinde）とする注釈書、訳書も見受けられる。

二八五　小アジア南西部のカリア地方ハリカルナッソスにある泉とそのニンフの名。この泉については、その水を飲んだ者は「女性化する（malakizousa）」という噂がある（ストラボン一四・二・一六）、あるいは、この泉の「水を飲めば柔弱（molles）になり、淫乱（impudicos）になる」という噂があるが真実ではない（ウィトルウィウス『建築書』二・八・一一―一二）、などという記述が残されている。

三三三　一部の迷信的な人々は、月蝕は魔女の呪文で引き下ろされそうになった月が苦しむ姿と考え、笛を吹いたりシンバルを鳴らしたりするなどして、魔女の呪文の声をかき消し、聞こえなくさせて応援しようとしたという。ユウェナリス『諷刺詩』六・四四二―四四三。

三六八　メルクリウスの母は、アトラスとプレイオネの娘たちプレイアデスの一人マイアで、したがってメルクリウスの子のヘルマプロディトスはアトラスの曾孫になる。

三八八　Anderson は二形《ふたなり》との関連で incerto（不確かな、どちらとも分からない）を採っているが、ストラボンやウィトルウィウスの記事（本巻二八五行注参照）と併せ考えれば、Tarrant の底本の incesto（不浄の）のほうが適正と思われる。第一五巻三一九（サルマキスの「不浄の水（obscenae undae）」）参照。

四一九　他の姉妹の、アウトノエは息子アクタイオンを失っており（第三巻一三八以下参照）、バッコスを産んだセメレはユピテルの雷電で焼け死に（第三巻二六〇以下参照）、アガウエは息子ペンテウスを狂乱のうちに八つ裂きにした（第三巻七〇八以下参照）。

四三四　「哀哭の礼を施されず、埋葬されていない（aklauston kai athapton）」（ホメロス『オデュッセイア』一一・五四）亡霊は、冥界の門の中には入れず、しかるべく埋葬されるまで門前で待機し続けなければならない、と信じられた。

四四五　Tarrant の底本では、この行のあとに脱落記号が、そして次行（四四六）に削除記号が付されているが、ここはAndersonの底本に従う。

四五三　タルタロスは、冥界の最下部にあり、罪人が罰を受ける、いわば地獄にあたるところ。

四五六　以下、文中で簡略に語られているような永劫の罰を受けている罪人が列挙される。巨人ティテュオスは双生神の母レトーを犯そうとした罪で、タンタロスは、よく知られている神話では、神々の知恵を試そうとして息子ペロプスを切り刻み、その肉を神々の宴に供した罪で（ペロプスは、のちに元の身体に戻されるが、娘プロセルピナが行方不明の心痛で心ここにあらずのケレスがうっかり肩の肉を食べてしまったために象牙で補われた次第が、第六巻四〇三以下で語られている）、シシュポスは狡猾この上ない人物で、さまざまに神々を欺いた罪で、イクシオンはユピテルの后ユノーを犯そうとした罪で、ベロス（本巻四六二行注参照）の孫娘で、ダナオスの五十人の娘たちは婚約者の五十人の従兄弟たちを初夜の床で一人を除いて（本巻七六七行注参照）殺してしまった罪で罰せられている。

四五七　「ユゲルム（iugerum）」は、ローマの面積の単位で、約四分の一ヘクタール。したがって、およそ二・二五ヘクタール。

四六二　ゼウスとイオーの子エパポス（第一巻七四八行注参照）の孫。その子にアイギュプトス（アイギュプティアの名祖）とダナオス（ダナオイ人＝ギリシア人の名祖）の二人の兄弟がおり、前者には五十人の息子が、後者には五十人の娘がいて婚約していたが、アイギュプトスとダナオスの間に争いが起こり、ダナオスは結婚を嫌った娘たちとともにペロポンネソスのアルゴスに逃れた。その地の王ペラスゴス（第一巻一六五行注参照）に保護を求めたが、アイギュプトスの息子たちが攻め寄せ（ペラスゴスはこの時、戦死したともいう）、結婚を迫り、ダナオスはやむなく受け入れたが、娘たちに初夜の床で夫を殺すよう命じ、娘たちは一人を除いて（本巻四五六行注参照）、それに従った。

四八〇　「驚異」を意味する「タウマ（thauma）」に由来する名。ポントスとガイアの子で、海神ネレウスの兄弟。

五三三　バッコスの信者らの叫び声の一。本巻一五以下参照。

五三八　アプロディテ（ウェヌス）は、サトゥルヌスが父親ウラノスの陽物を切り取った時、その陽物が海に落ちて泡を生じ、そこから生まれたという。ヘシオドス『神統記』一八八以下。

五六八　ハルモニア。第三巻一三三行注参照。

六〇五　本巻二一行注参照。

六〇八　イオーの息子エパポス（第一巻七四七以下参照）の娘リビュエとポセイドン（ネプトゥヌス）の間にベロスとアゲノルの二人の男子がいたが、ここから主にテバイとアルゴスの二つの家系が分かれていく。第一巻七四八行注、第五巻二三八行注、二四二行注参照。

六二〇　アルゴス王アクリシオスは、自分の娘ダナエの子供に殺されるという神託を得たため、娘を青銅の塔に幽閉していたが、ゼウスがダナエを見初め、黄金の雨となって部屋に忍び込んでこれと交わり、ダナエは一子ペルセウスを産んだ。ホメロス『イリアス』一四・三一九、ピンダロス『ピュティア祝勝歌』一二・一七、ソポクレス『アンティゴネ』九四四以下など。その後、アクリシオスは母子を箱に入れて海に投じた。その後の経緯については、第五巻二四二行注参照。

六二八　ティタンの一であるイアペトスの子で、プロメテウスの兄弟。次注参照。

六六二　もともとアトラスは「ティタン神族との戦い（ティタノマキア）」（第一巻一一三行注参照）でティタン側にあったため、その罰として世界の西の果ての縁《へり》で天空を支える役割を与えられていたとされる（ヘシオドス『神統記』五一七―五二〇、アイスキュロス『縛られたプロメテウス』三四七、四二七、ヒュギヌス一五〇）。神話の合理的解釈の結果、アフリカ北西部の山脈（アトラス山脈）を「天の柱（ho kion tou ouranou）」としてアトラスと関係づける説は、すでにヘロドトス（『歴史』四・一八四）の頃から始まっていた。オウィディウスがここで伝えている、巨軀の牧人アトラスのゴルゴンの首級による石化、山化の神話も、その頃に遡るのではないかという。

六六三　「ヒッポテスの子」、すなわち風神の王アイオロスと「アエトナの檻」については、第一巻二六二行注参照。

六七一　カッシオペイアが海の女神ネレイデス（海神ネレウスの娘たち）より自分のほうが（一伝では自分の娘のほうが）美しいと自慢したこと。ネレイデスはネプトゥヌスに懲らしめを願い、ネプトゥヌスは海の怪物をカッシオペイアの国（アエティオピア）に送り込んで国を荒らさせた。娘アンドロメダを人身御供に捧げれば難を逃れられるという神託があったため、王ケペウスとカッシオペイアは神託に従い、娘を海岸の岩場に括りつけて人身御供とした。

六七九　この「愛の鎖（catenae amoris）」については、ティブッルス『エレゲイア詩集』二・四・三、プロペルティウス『詩集』二・一五・二五参照。Bömer に拠れば、これは妻ウェヌス（アプロディテ）と情人マルス（アレス）を縛めるためにウルカヌス（ヘパイストス）が鍛造した「ほどけず、壊せない鎖（desmoi arrektoi alytoi）」に遡るという（Bömer 1969-86）。

六九九　海の怪物の父親あるいは長であるポルキュスとケトーの娘で、見る者を石に変える目をもつ蛇髪の怪女たち。ステンノー、エウリュアレ、メドゥサの三姉妹で、このうちメドゥサだけが死すべき存在。

七一七　ペルセウスのこと。イナコスはペルセウスあるいはアイギュプトス王家（次々注参照）の遠祖。

七四八　オウィディウスの叙述では時としてあるように、どのような経緯でそうなったのか、細部は不明。単純に、珊瑚の由来譚に戯れる海のニンフたちネレイデスを絡ませた、オウィディウスの想像上の情景と受け取るのがよいのであろう。

七六七　ペルセウスの高祖父。ダナオスの娘たちに殺されたアイギュプトスの息子たちの中で、ただ一人生き残った人物（本巻四五六行注参照）。妻ヒュペルムネストラとの間に一子アバス（曽祖父）をもうけ、アバスはまた一子アクリシオス（祖父）をもうけて、その娘がペルセウスの母ダナエ、ということになる。

七六九　答えた者が王か他の者かは不明。王として不都合はないので、「王」としておいた。

七七一　七六五行からこの行までの行の配列および行数は、Tarrant の底本に従う。

七七五　ゴルゴンたちの姉妹。二人（ヘシオドス『神統記』二七〇以下）とも三人（アポッロドロス二・四・二）とも言われ、一つの目、一つの歯を共用し、ゴルゴンたちの住み処の入り口で番人を務めていた。

八〇〇　アイギス盾については、第二巻七五四行注参照。

第五巻

10

　ダナエの子の英雄がケペネスの民の末裔《まつえい》の貴顕の一団に囲まれて
こうした数々の冒険を物語っている間に、王宮の広間が乱入者の一群の
騒然たる騒ぎに満たされた。婚礼の祝い歌の
響動《どよ》もしならぬ、殺気立つ戦《いくさ》を先触れする喧騒である。
宴《うたげ》は突然、騒乱の場と化した。その様《さま》を喩えれば、
今まで穏やかに凪《な》いでいた海が、一転、激しく荒れ狂う風に
波騒ぎ、狂瀾怒濤の海となる、まさにそのよう。
一群の先頭に立つのは、暴勇の、戦の首謀者ピネウスで、
青銅の穂先輝く 梣《とねりこ》 の投げ槍を振りかざしながら、「さあ見ろ」と言った、
「見ろ、俺様がこうしてやって来た、花嫁を横取りされた仇《かたき》を討つためにな。
貴様のその翼も、嘘っぱちの黄金の雨に変身したとかいう貴様のユピテルも
俺から貴様を救ってはくれぬぞ」と。ケペウスは投げ槍を放とうとする彼に
叫んだ、「どうしようというのだ。弟よ、何の心狂いに駆られて、血迷った
狼藉に及ぼうというのか。これがあれほどの功績への
返礼だというのか。救われた娘の命に酬いる引き出物が、これか。お前にも、
真相を知れば、分かる筈、娘をお前から奪ったのは、ペルセウスではなく、
ネレウスの娘たちの冷厳な神威であり、角《つの》生やすアンモン神*であり、血を分けた
わが娘《こ》の 腸《はらわた》 を喰らい尽くそうとやって来た、あの海の怪物だということが。

娘はあの時、既にお前から奪われていたのだ、横死の定めの贄《にえ》に捧げられた、
あの時に。尤《もっと》も、無情なお前だ、まさか、何が何でも、他ならぬわが娘《こ》の死が
見たいというのではあるまいな、私の嘆きで己《いまし》の憂さを晴らそうという腹で。
如何にも、あの娘《こ》が縛められていた時、お前は唯見ているだけで、叔父にして
許婚《いいなずけ》の身にも拘《かかわ》らず、些かも救いの手を差し伸べようとはしなかったが、
それでは足らず、剰《あまつさ》え、娘が誰かに救われたのを逆恨みして、命を救った
他人の冥利を奪ってやろうというのか。その冥利が大したものと思うのなら、
あの娘が縛められていたあの岩からお前が奪ってくればよかったのだ。されば、
娘を奪ってきて、儂《わし》が、子のない老年を送らずに済むようにしてくれた当の
人に、自らの功労で手にし、私も約束した褒賞を受け取って貰うのだ。よいか、
お前よりこの人を選んだ訳ではない。娘を屹度《きっと》死なせるよりは、との親心だ」。
　ピネウスはそれには一言も答えず、顔を振って、兄とペルセウスを交互に
睨みながら、兄を狙おうか、それともペルセウスを狙おうか、決めかねていた。
暫く躊躇《ためら》った後、振りかざした投げ槍を、
怒りに任せて、ペルセウスめがけて力一杯投げつけたが、投げ損じた。
投げ槍は寝椅子に突き立ったが、この時になって漸くペルセウスも椅子から
飛び起き、猛々《たけだけ》しく〔引き抜いた〕投げ槍を投げ返した。ピネウスが
祭壇の後ろに逃げ込まなかったなら、槍は敵の胸を

突き破っていただろう。祭壇が——あろうことか——悪人を庇《かば》ったのだ。
だが、槍は無駄にはならず、ロイトスの額《ひたい》に突き刺さった。
ロイトスはもんどりうって倒れたが、その頭蓋から穂先が引き抜かれると、
足をばたつかせ、飛び散る血飛沫《しぶき》で、並べられた食卓を朱《あけ》に染めた。
ここに至って、乱入した郎党らが見境のない怒りに燃え上がり、
てんでに槍を投げかけ、ケペウスも血祭りにあげて、婿〔ペルセウス〕の
道づれにしてやれ、と怒号する者たちもいた。だが、ケペウスは既に王宮の
門外に逃げ出し、「正義よ、信義よ、主客の礼を守る神々よ」と呼びかけながら、
誓って、自分の制止にも拘らず、この騒乱が起こってしまった、と叫んでいる。
　戦《いくさ》の女神パッラスが降臨し、〔ユピテルの子として〕弟に当たるペルセウスを
アイギス盾で守り、勇気づけていた。アティスというインディア人がいた。
ガンゲスの流れで生まれた〔ニンフ〕リムナエエが、澄んだ水の下で産んだ子と
信じられている。容姿、並外れて美麗で、その美麗な容姿を、贅を尽くした
衣装が更に際立たせていた。まだ十六歳という若盛りで、
テュロス産の緋*で染め、金の縁取りを施した外套に
身を包み、金の鎖が首を飾り、
弧を描く髪留めの帯金《おびがね》が、没薬《もつやく》で濡れた髪を飾っていた。
この若者は、どれほど遠くの的でも、投げ槍を放って命中させる

技に長《た》けていたが、むしろ弓を引き絞る技のほうが優れていた。この時もまた、しなやかな弓を手で引き絞っているその彼を、ペルセウスは、祭壇の真ん中で燻《くすぶ》っていた丸太で一撃し、顔面諸共《もろとも》頭蓋を粉々に打ち砕いた。その彼が、褒めそやされた顔《かんばせ》を血の海に埋《うず》めているのを目にするや、誰よりも彼と深い絆で結ばれた親友でもあり、かつまた少年への真実の愛*を公言していたアッシュリア人リュカバスは、瀕死の深手を負い、息を引き取ろうとしているアティスの悲運を哀傷し終えると、少年が引き絞っていた弓をさっと摑み取って、こう言った、「お前の相手はこの俺だ。少年を討ち取ったことを、お前にそう長く喜ばさせはしないぞ。愛する彼の死でお前が勝ち得たのは、誉《ほまれ》ならぬ、憎しみだ」と。リュカバスがそう言い終わらない内に、一閃《いっせん》、弦《つる》から鋭い矢が放たれたが、矢は、体《たい》を躱《かわ》したペルセウスの服の襞《ひだ》に当たって、引っかかった。アクリシオスの孫は、その彼に向けて、メドゥサ殺害で実証済みの、刃先が鉤《かぎ》なりに曲がる剣を向け、その胸めがけて突き刺した。すると、リュカバスは、迫り来る死の暗闇の中で目を泳がせながら、辺《あた》りを弄《まさぐ》りアティスを探し求めると、愛する友に身を寄せて斃《たお》れ伏し、死を共にしたという慰めを携えて、冥土へと旅立っていった。
　すると、見よ、メティオンの子で、シュエネ人のポルバスと
リビュア人のアンピメドンが、白刃《はくじん》を交えようと熱《いき》り立って迫ったが、
床一面に広がる生暖かい血だまりに足を滑らせ、
もんどりうって倒れた。二人が起き上がろうとするところを剣《つるぎ》が立ち開《はだ》かり、
その剣に、一人は肋骨を、もう一人のポルバスは喉を刺し貫かれた。
一方、幅広の両刃《もろは》の戦斧《せんぷ》を武器にする、アクトルの子エリュトスを、
ペルセウスは、鉤なりに曲がる剣《けん》では狙わず、高く浮き出す
飾り細工の施された、ずしりと重い
巨大な混酒器を両手で持ち上げ、
男めがけて投げつけた。エリュトスは真っ赤な血を吐き出し、
仰向けに倒れ込んで、瀕死の頭を床に打《ぶ》ちつけた。
それから、ペルセウスは、セミラミス*の血を引く末裔《まつえい》のポリュデグモン、
カウカソス生まれのアバリス、スペルケイオスの末裔《すえ》のリュケトス、
長髪のヘリケス、更にプレギュアスとクリュトスを斃《たお》して、
自ら築き上げた瀕死の者たちの肉塊の山を踏み越えていった。
　ピネウスのほうは、敢えて白兵戦を挑もうとはせず、
投げ槍を放ったが、槍は的を外してイダスに当たった。彼は

100

いずれの軍勢にも与《くみ》せず、戦闘に加わっていなかったが、それも空しかった。
イダスは険しい眼差しでピネウスを屹度《きっと》睨《ね》めつけ、こう言った、
「相争う一方に、やむなく引きずり込まれたからには、ピネウスよ、
お前が作り出した敵を受け止め、俺の受けた傷を、この傷で償うがいい」。
そう言って、己の身体から投げ槍を引き抜き、今しも投げ返そうとしたものの、
血潮も尽き果て、ぐったり萎えた四肢の上にどうと頽《くずお》れた。
更にその時、ケペネス人の中で王に次ぐ地位のホディテスが
クリュメノスの刃《やいば》で斃れ、ヒュプセウスがプロトエノルを切り殺し、
そのヒュプセウスをリュンキデスが討ち取った。相争う彼らの中に、高齢の
エマティオンがいた。正義を尊《とうと》び、神々を恐れ畏《かしこ》む人物であったが、
高齢故に武器を取って戦うことができなかったため、言葉で
戦い、臆せず進み出て、この罪深い戦に呪詛の言葉を投げかけた。
寄る年波に震える手で祭壇にしがみついている、その彼の頭を
クロミスが剣《けん》で刎《は》ねると、頭は忽《たちま》ち祭壇に転げ落ちたが、
そこでもまだ半死のその舌で呪いの言葉を
発し続けた挙げ句、遂には祭壇の火の只中で息を引き取った。
　次いで、二人の兄弟ブロテアスとアンモンがピネウスの手で斃れた。
拳闘では無敵を誇った二人であったが、無敵とはいえ、拳闘の籠手《こて》で

剣《つるぎ》を打ち負かせればの話であった。また、ケレス〔百穀の女神〕の神官で、
白い羊毛の鉢巻を頭に巻くアンピュコスと、
ランペティデスよ、汝もピネウスに討たれた。汝はこのような血腥《ちなまぐさ》い争いに
引っ張り出されるべき人ではなく、平和の業、つまり竪琴を奏で、歌を歌うのを
事とする人で、この時も、歌声で祝宴を祝い寿《ことほ》ぐよう命じられていたのだった。
騒ぎから離れて立ち、戦とは無縁の撥《ばち》を手にする、その彼を嘲笑いながら、
パイタロスが言った、「続きは、ステュクス流れる冥土の亡者たちに
聴かせてやれ」。そう言うや、伶人の左の蟀谷《こめかみ》を剣で突き刺した。
ランペティデスはもんどりうって倒れたが、瀕死の指で再び竪琴の弦を
爪弾こうとしたものの、倒れ際に響いたのは、哀れを誘う調べだった。
その死に返報せずには措くまいと、剽悍《ひょうかん》なリュコルマスが
右の門扉から頑丈な閂《かんぬき》を奪い取り、
パイタロスの首の真ん中の骨を打ち砕くと、パイタロスは
屠《ほふ》られた若い雄牛さながら、地面にどうと倒れ伏した。
キニュプス〔リビュアの川〕のペラテスが左の門扉の閂《かんぬき》も抜き取ろうとしたが、
マルマリカ人コリュトスの槍で右手を門扉に縫《ぬ》い留められ、動けなくなった。門扉に
張り付く彼の脇腹を、アバスが剣で刺し貫いた。ペラテスは地面に倒れ伏すことなく、
手を串刺しにされている門扉にぶら下がったまま息絶えた。

また、ペルセウスの側に立って戦っていたメラネウスや
誰よりも広大な田地を有するドリュラスが斃された。
この人ほど広い土地を所有し、この人ほど多量の香料を収穫する者は
他に誰もいないという、富裕な大地主のドリュラスである。
その彼の股座《またぐら》に、放たれた投げ槍が斜めに突き刺さった。
ここは命に係わる急所だ。その傷を与えた人物、バクトリア人の
ハルキュオネウスは、ドリュラスが息も絶え絶えに眼を泳がせているのを
見て取るや、言った、「あれほど数多《あまた》、広大な田地《でんち》を所有していたお前だが、
その中から、今、お前の横たわるそれだけの土地がお前のもの。それを携えて
冥土に行け」と。そう言い捨てて、血の気の失せた屍《しかばね》を後にした。
アバスの末裔《すえ》のペルセウスは、仇討《あだう》ちにと、その彼めがけて、まだ温かい
傷口から抜き取った投げ槍を放った。投げ槍は鼻のど真ん中に命中し、
首を貫いて、槍先と石突きが首の前後に突き出た。
運命の女神の加勢を得て、更にペルセウスは、同じ母から生まれた兄弟
クリュティウスとクラニスを異なる致命傷を与えて討ち取った。
クリュティウスは屈強の腕で放たれた梣《とねりこ》の投げ槍で両の太腿《ふともも》を
射抜かれ、クラニスは口に命中した投げ槍を嚙む羽目になったのだ。
また、メンデス人のケラドンが斃れ、パラエスティナ人の母と

誰かは不明の父との間に生まれたアストレウスが斃れ、
昔は未来を見通す術《すべ》に長けていたが、この時は
偽りの鳥の兆しに欺かれたアイティオン、王の甲冑《かっちゅう》持ちの
トアクテス、父親殺しで悪名を馳せるアギュルテスが斃れた。
だが、屠った数より更に多い敵勢が残っていた。誰もが、寄ってたかって
唯一人を斃そうと狙っていたからだ。四方八方から、共謀した敵勢が、
彼の功績も、彼への約束も踏み躙《にじ》る名分に与《くみ》して、戦を挑んで迫ってくる。
こちら側には、義には篤いが役には立たない義父と新妻、
それに義母が与して、広間を叫び声で満たしていたが、
叫び声は剣戟の音と倒れ伏す者たちの呻き声に掻き消される。
同時に、戦の女神《ベッローナ》が夥《おびただ》しい流血で館を汚《けが》し、
戦闘を再開させては、混乱を増幅させていた。
　ピネウスと、彼に従う夥しい数の郎党たちがペルセウス一人を
取り囲んでいた。冬の霰《あられ》よりも多い無数の投げ槍が
ペルセウスの両脇を掠《かす》め、眼や耳を掠めて飛び去っていく。
ペルセウスは両肩の後ろを大きな列柱の石に凭《もた》せかけ、
背後の安全を確保しながら、向かってくる敵勢を正面にして、
その攻撃を持ち堪《こた》えた。左手にはカオニア人の

モルペウスが、右手にはナバタエア人のエテモンが肉薄する。その時の
ペルセウスの様《さま》を喩えれば、さながら、異なる方向の谷間から聞こえてくる
二つの牛群《うしむれ》の鳴き声を耳にして、飢えに駆られるまま、どちらに
襲いかかればよいのか決めかね、どちらにも襲いかかりたいと逸《はや》る虎のよう。
まさにそのように、ペルセウスも、右に向かうか左に向かうか迷っていたが、
モルペウスの脚を貫き、負傷させて、これを撃退し、
甘んじて逃げ去るのを許した。エテモンが追撃の余裕を与えず、
ペルセウスに襲いかかり、喉首の致命傷を狙って剣を突き出したからだ。
だが、彼は、突き出した剣の力加減を誤って
列柱の縁《へり》に突き当てたため、剣は砕け散り、
破片になった剣の切っ先が跳ね返って、持ち主の喉に突き刺さった。
尤も、その傷は致命傷になるには至らなかった。
震えながら、武器を持たぬ腕を空しく差し伸ばしているその彼を
ペルセウスはキュッレネ生まれの神から授かった鉤なりの剣で貫いた。
　だが、武勇だけが味方では、衆寡《しゅうか》敵せずと見て取ったペルセウスは
叫んだ、「他ならぬお前たちがそうさせるのであってみれば、
已むを得ぬ。昔の敵に助けを求めることにしよう。顔を背けているのだ、
味方の者が誰かここにいれば」。そう叫ぶや、ゴルゴンの首級を高く掲げた。

「他に探せ、お前のその、おどろおどろしい魔法に怖気《おじけ》づくような誰かをな」、
テスケロスがそう叫んだ。そうして、手にした致命の槍を投げつけようとした、
その途端、そのままの姿勢で固まってしまい、大理石の石像と化した。
彼に続いたのはアンピュクスで、リュンケウスの末裔《すえ》ペルセウスの
剛毅漲《みなぎ》る胸めがけて剣で斬りかかった。だが、斬りかかった、その時、
右手は硬直し、前にも後ろにもびくとも動かなくなってしまった。
一方、自分は七つの河口もつニルスの子だと僭称し、剰《あまつさ》え、
盾にも一部は銀で、一部は金で七つの河口の
浮彫を施していたニレウスが叫んだ、
「さあ見ろ、ペルセウス、わが血統のそもそもの始祖を。
大いなる死の慰めを携えて、物言わぬ亡者たちのもとに行くがよい、これほどの
勇者の手で斃れたという慰めを携えてな」―と。だが、その声の最後の部分は
音が途中で途切れた。開《あ》いたその口を見れば、確かにまだ何か
言いたそうにしていると思えたが、最早それは言葉の通い路とはならなかった。
その彼らを叱りつけてエリュクスが言った、「貴様たちが攣蹇《てなえあしなえ》となっているのは、
勇気のなさのためだ、ゴルゴンの魔力の所為《せい》ではない。さあ、皆、俺と一緒に
奴に襲いかかり、魔法の武器を振り翳《かざ》すあの青二才を一敗地に塗《まみ》れさせてやれ」。
そう言うや、今しも襲いかかろうとした。だが、地面が足を捕えて離さず、

びくとも動かない石になったが、武装したその姿は生前そのままであった。
尤も、彼らがそうして報いを受けたのは自業自得だが、ペルセウスに
与《くみ》した兵士が一人いた。名をアコンテウスと言ったが、その彼が
ゴルゴンを見たために、石化した部分が現れ出し、やがて固まってしまった。
アステュアゲスはその彼をまだ生きていると勘違いして、長い
剣で斬りつけた。剣はカチンと鋭い金属音を立てた。
アステュアゲスが啞然としている内に、同じ性質が移って石になり、
大理石のその顔には驚いている表情がそのまま残っていた。
だが、逐一、並みの兵卒らの話をすれば
長くなる。話を端折れば、二百名が戦闘を生き延び、
二百名がゴルゴンを見たために石になったのだ。
　この時になって、やっとピネウスは正義に悖《もと》る戦を後悔した。
だが、どうすればよい。姿形の異なる数多の石像を、彼は目にし、
自分の配下の者たちだと認めて、一人ひとりその名を呼んで
助けを求めたが、自分の目が到底信じられず、すぐ傍の人像《ひとがた》に
触れてみた。紛れもなく大理石であった。ピネウスは顔を背け、嘆願者として、
敗北を認める印の手と腕を〔顔を背けたまま〕斜めに差し伸べながら言った、
「ペルセウスよ、あなたの勝ちだ。その怪物をどけてくれ。その、見るものを

石に変える、何ものかは知らぬが、メドゥサの首級をのけてくれ、どうか
のけてくれ。戦に訴えたのは、憎しみからでも、王権への欲望からでもない。
私が武器を取ったのは、わが〔将来の〕嫁のためを思ってのこと。功績では
あなたの名分のほうが勝《すぐ》れ、時期〔の早さ〕では私のそれのほうが勝《まさ》る。だが、
あなたに譲るに吝《やぶさ》かではない。誰よりも武勇優れた人よ、他《ほか》の赦しは一切
乞わぬ。唯、この命だけは容赦してくれ。あとはすべてあなたのもので構わぬ」。
そう命乞いし、声だけで乞うて、相手ペルセウスの顔を見返る勇気もない
その彼に、ペルセウスは言った、「臆病この上ない男のピネウスよ、
私がお前に与えられもし、臆病者には勿体ないものでもある贈り物を、
心配するな、与えてやろう。お前は、向後、剣で傷つけられることはあるまい。
いや、それどころか、永遠に永らえる記念の品さえくれてやろう。
お前は、わが義父の館で絶えず眺められ続け、かつての
許婚《いいなずけ》の姿を目にするわが妻の慰みとなるがよい」。そう言うや、
ペルセウスは、ピネウスが怯えた面持ちで身体を逸らしていたほうへと
ポルキュスの娘〔メドゥサの首級〕を持っていった。その時になっても
まだ目を背けようと足掻《あが》くピネウスの首が
固まり、目から零《こぼ》れる涙が硬くなって石に変わった。
だが、怯えた顔や哀願の表情、差し伸べた手や

卑屈な様子はそのまま大理石に残されていた。

勝利を収めたアバスの曽孫《ひまご》〔ペルセウス〕は妻〔アンドロメダ〕と共に祖国の城市に入り、その労を取るに値しない人物ながら、祖父の恨みを晴らす復讐者としてプロイトス*を攻めた。プロイトスは、彼の兄に当たる祖父アクリシオスを武力で放逐し、その城塞を占拠していたからだ。しかし、武力をもってしても、不当に奪い取った城塞をもってしても、蛇髪の怪物の剣呑《けんのん》な眼差しに打ち勝つことはできなかった。だが、おお、小島セリポスの支配者ポリュデクテス*よ、汝の心を、若者〔ペルセウス〕の、あれほど多くの艱難で実証済みの武勇も、また若者の災厄も、和らげることはなく、頑なな心で非情な憎しみを抱き続け、若者への汝の不当な怒りには際限がなかった。剰《あまつさ》え、ペルセウスの誉《ほまれ》を冷罵もし、メドゥサ殺害など作り事だ、と悪罵もしていた。その彼に、ペルセウスは言った、「お前に真実の証を見せてやろう。皆は目を瞑《つむ》っているのだ」。そう言って、ペルセウスは王の顔をメドゥサの顔で血の気の失せた石に変えた。

トリトニス湖縁《ゆかり》の女神は、この時まで、伴として、弟〔ペルセウス〕に付き添っていた。その後《あと》、女神は、空ろな雲に包まれて、セリポスを後にすると、右手にキュトノス〔島〕とギュアロス〔島〕をやり過ごし、

海の上、最短と思われる径路を辿って、テバイ〔＝ボイオティア〕なる
乙女の詩神《ムーサ》たちの住まうヘリコンを目指した。ヘリコンの山に辿り着いて
降り立つと、詩歌の技に秀でた姉妹たちにこう語りかけた、
「新しい泉〔ヒッポクレネ。「馬の泉」の意〕の噂が私の耳にも入ってきました。
メドゥサから生まれた天翔《あまか》ける馬の硬い蹄《ひづめ》で穿《うが》たれてできたという、その泉が
旅の理由なのです。その不思議な出来事をこの目で確かめたいと思いました。
天馬そのものは、母親〔の血〕から生まれるのを、私はこの目で見ています」。
それを受けて、ウラニエが答えた、「我らがこの住まいにお出ましの理由が
何であれ、女神様、あなた様は我らにとっては誰よりも嬉しいお方。
それはともかく、噂は本当です。ペガソスがこの泉のできた
元でございます」。そう言うと、女神を聖なる清水の泉へと案内した。
ミネルウァは、暫くの間《あいだ》、蹄でできた泉を嘆賞したあと、
辺りを見回し、木々の生い茂る太古からの聖林や
洞窟、とりどりの無数の花で彩られた草原《くさはら》を眺めて、
ムネモニデス〔「記憶《ムネモシュネ》の女神の娘たち」の意〕を、司る務《つと》めの点でも住む土地の点でも、
幸せな乙女たちと呼んだ。その女神に、姉妹の一人が語りかけた、
「おお、その武徳があなた様を猶更《なおさら》大事なお務めに向かわせていなければ、
我らの歌舞《うたまい》の群れにお加わり頂ける筈の、トリトニス湖縁《ゆかり》の女神様、

280

仰っていることに偽りはなく、我らの技や土地をお褒め頂くのも当然のことで、
我らが享《う》けている巡り合わせは有難いもの。但し、無事でいられればの話です。
でも、すべてが——今の世、それほど悪行は止め処《ど》がありません——怖いのです、
我らの乙女心には。恐ろしいあのピュレネウス*の姿が目に浮かび、
まだ何かしら怖くて、胸を撫で下ろす気になれません。
恐ろしいあの男はトラキアの兵を率いて、ダウリスや
ポキスの田野を占領し、無法にも、王国を築いて君臨しておりました。
我らがパルナソスの社《やしろ》を指して旅していた折のこと、あの男は旅する我らを
目にし、顔を繕い、我らの神威を崇める風を装って、こう声をかけてきました、
『ムネモニデスの女神たちよ——あの男は我らを知っていたのです——足を止めて、
どうか遠慮なく、わが家《や》で、この悪天候と雨とを
——雨が降っていました——凌いでくだされ。これより粗末な賤《しず》が屋に神々が
宿りされたことも屢々《しばしば》』と。その言葉と折悪しき天候に心動かされ、
我らは男の申し出を受けて、館の玄関に入りました。〔そうこうするうちに〕
雨はもう止んでいました。北風が南風を吹き散らし、空には再び
晴れ間が見えて、黒雲《くろくも》は退散しようとしていたのです。我らはどうしても
旅を続けたいと思いました。すると、ピュレネウスは館を閉ざし、我らに無体な
振る舞いをしようとしたのです。我らは翼*を使ってそれを逃れました。

すると、あの男は、後を追おうとでもするかのように、砦に登って高々と立ち、『お前たちがどの道を行こうとも』と叫びました、『俺様も同じ道を追っていく』。そう言うや、狂気の沙汰に及んで、高く聳《そび》える尖塔の天辺《てっぺん》から身を躍らせ、頭から真っ逆さまに落下して、顔面を地面に打ちつけ、顔の骨は砕けて、息を引き取りながら、罪に塗《まみ》れたその血で大地を朱《あけ》に染めたのです」。

　ムーサがそう語っている時だった。大気を通して羽を羽搏《はばた》かせる音がし、挨拶をしてくる者らの声が木の高い梢から聞こえてきた。女神は空を見上げ、これほどはっきりした言葉を語る声がどこから聞こえてくるのか探した。ユピテルの娘御は、てっきり人の声と思ったのだ。鳥であった。何でも真似て喋らずにはおかない鵲《かささぎ》が九羽、梢に止まって、自分たちの運命を嘆いていた。驚いている女神に、女神ムーサがこう語り出した、「あれは、最近のこと、歌競《うたくら》べに負けた所為《せい》で、鳥の仲間入りをした者たちです。元はペッラ縁《ゆかり》の広大な地〔マケドニアの一地方エマティア〕を領する裕福なピエロスが生んだ娘たちで、母親はパイオニア〔マケドニア北部地方〕出のエウイッペでした。彼女は、霊験《れいげん》あらたかなルキナ*に九度呼びかけ、加護を得て、出産すること九度に及びました。愚かなこの九人の姉妹の一団は、数の多さに傲り、ハイモニアやアカイア〔=ギリシア〕の数多の都市という都市を巡った末、当地にやってきて、こう言葉をかけて我らに歌競べを挑んできたのです。
『もうお止めなさいな、無知な俗衆を中身のない甘美さで
騙《だま》すのは。あなた方に自信があるのなら、私たちと、
テスピアイ縁《ゆかり》の女神様方、歌競べをしてみてはいかが。私たち、声でも技でも
引けを取らず、人数も同じで、負けてはいませんもの。あなた方が負ければ、
メドゥサ縁《ゆかり》の泉と、ヒュアンテス人縁《ゆかり》のアガニッペの泉を私たちにお譲りなさい。
もし私たちが負けたら、エマティアの野を、雪深いパイオニアに至るまで、
あなた方に譲りますわ。歌競べの判定はニンフたちにして貰いましょう』と。
こんな者たちとの歌競べなど恥でしたが、戦わずして降参するのは尚更恥と
思われました。ニンフたちが審判に選ばれて、〔冥界の〕河々にかけて誓いをし、
自然の岩でできた審判席に腰を下ろしました。それから、
籤で順番を決めることはせず、歌競べを申し出た姉妹の一人が先に始めて、
神々〔と巨人族〕の戦《いくさ》*を歌い、嘘を重ねて巨人族《ギガンテス》を不当に
褒め称え、偉大な神々の偉業を貶《おとし》めるのです。
大地の奥底から生まれ出たテュポエウスは
天なる神々を恐怖に陥れ、神々は挙《こぞ》って背を向けて
逃げ出し、遂には、疲労困憊したその神々をアイギュプトスの地と
河口七つに分かれるニルスが迎え入れたが、

大地から生まれたテュポエウスもそこまで追ってきたため、
神々は偽りの姿に変身して身を隠した、そう物語るのです。
曰く『ユピテルは群長《むれおさ》の雄羊になった。それ故にリビュア〔＝エジプト〕の
アンモン神は今も曲がった角*をしている。デロス〔島〕生まれの神〔アポロ〕は
烏《からす》に、セメレの御《み》子〔バッコス〕は山羊に、ポエブスの姉君〔ディアナ〕は
猫に、サトゥルヌスの娘御〔ユノー〕は雪白の雌牛に、ウェヌス様は魚*に、
キュッレネ縁《ゆかり》の神様〔メルクリウス〕は朱鷺《とき》に身を窶《やつ》して姿を晦《くり》ました』と。
彼女が竪琴の音《ね》に合わせて歌声を響かせたのは、ここまででした。今度は
アオニア縁《ゆかり》の我らの出番となりました――でも、女神様には、屹度《きっと》お暇はなく、
我らの歌に耳を傾けて頂ける時間など、さぞや、ないのでございましょうね――」。
「気兼ねしなくていいわよ。あなたたちの歌を私に、順に聴かせて頂戴な」。
パッラスはそう言って、仄暗《ほのぐら》い木立の木陰に腰を下ろした。
詩神《ムーサ》は続けて言った、「我らはこの歌競べをひとりに、一手に引き受けて
もらいました。乱れる髪を束ねて木蔦《きづた》で結《ゆ》わえたカッリオペが立ち上がり、
親指で試し弾《び》きして物悲しい調べを奏でると、
続けて、弦《げん》を爪弾きながら、このような歌を歌ったのです。

『曲がった鋤《すき》で初めて土塊《つちくれ》を切り裂き、耕し給うたは女神ケレス、

初めてケレスが世界に百穀の実りと滋味豊かな糧《かて》を与え給い、
法を与え給うた。なべてはケレスの賜物。
わが歌うべきは、かの女神。願わくは歌うこと能《あた》わんことを、
女神に相応《ふさわ》しき歌を。誠にケレスこそは、歌われるに値する御女神《おんめがみ》。

広大な島トリナクリア*〔＝シキリア〕が巨人族《ギガンテス》の四肢の上に乗り、
無謀にも上天《アエテル》なる神々の宮居を狙ったテュポエウス*を
下敷きにして、巨大な土塊《どかい》で押さえつけています。
巨人は抗い、再び立ち上がろうと幾度ももがくものの、
右手はアウソニア〔イタリアの雅称〕に向かうペロルス岬に、左手は、
パキュヌス岬よ、あなたに、両脚《あし》はリリュバエウム岬に抑え込まれて、
頭にはアエトナ〔山〕が重く圧《の》しかかっています。その下に
仰向けに横たわる狂暴な巨人は、口から粉塵を吐き出し、
火炎を噴き上げます。大地の重みを撥《は》ねのけようともがき、数多の
町や大山《たいざん》〔アエトナ〕を己の身体から転がし落とそうと身悶えすることも屢々。
その度《たび》に大地は震撼し、物言わぬ死霊たちの王〔ディス〕さえも、
大地が裂けて覆いを奪われ、冥界が露《あらわ》になって、
差し込む陽の光に死霊たちが震え、怯えはしまいかと恐れるのです。

そうした災厄を懸念した泉界の王は、闇に包まれた冥界を
抜け出て、漆黒の馬たちの曳く車駕に運ばれ、
シキリアの地盤が安泰か、用心深く調べて回りました。
十分に調べ終え、どの場所も崩壊の恐れがないと分かった後、懸念を払拭して
彷徨《さまよ》っていたところ、エリュクス〔山〕縁《ゆかり》の女神〔ウェヌス〕が、鎮座する
山から王を目にし、翼ある息子を抱擁しながら、こう語りかけました、
『わが武器にしてわが手、わが威光の源であるわが子、クピドーよ、
あなたが生きとし生けるものを屈服させる例の弓矢を手に取るのです。
そうして、あの神の胸に素早い矢を射かけなさい。
三つの王国の内、籤によって最後の王国〔＝冥界〕を引き当てた、あの神です。
天上の神々を、またユピテル様ご自身さえ負かして、屈服させ、海の神々を、
また海の神々を支配なさる神様さえ負かして、屈服させるのが、あなたです。
冥界だけが無事なのはどうしたこと。何故、母やあなたの神威の及ぶ領地を
広げようとはしないの？　世界の三分の一がどうなるのかが懸《かか》っているのですよ。
しかも、我らが久しく大目に見て容赦してきたのが図と出て、大上界で、
我らは軽んじられており、私共々、「愛《アモル》」の力も日増しに弱まってきています。
ご覧、パッラスや女狩人ディアナが、ずっと私にそっぽを向いてきたのが
あなたには分からない？　ケレス女神《じょしん》の娘も、我らが手を拱《こまぬ》いていれば、

処女のままでい続けることでしょう。二女神を真似たいと思っているからよ。
でも、あなたは、それが有り難いものと思うのなら、我らの共同の特権のために、
あの娘を叔父の神と結び付けてやるのです』。ウェヌス様はそう仰いました。
クピドーは箙《えびら》を開けて、母神《ははがみ》の意のままに、千の矢の中から
一筋の矢を選り分けました。一筋とは言え、これほど鋭いものはなく、
これほど必中のものはなく、これほど弓に呼応するものはないという矢です。
クピドーは膝を宛《あて》がって*しなやかな弓を引き絞ると、
鏃《やじり》に戻りのある矢でディスの胸を射抜きました。
ヘンナの町の城壁から程遠からぬ所に、深い水を湛《たた》える湖があり、
名をペルグスと言います。カユストロスが
川の流れに聴く白鳥の歌声の多さも、この湖のそれには比ぶべくもありません。
湖の周囲全体を森が取り囲み、木々の葉で、
まるで庇《ひさし》のように日差しを遮っていて、伸びた枝は
涼しさを与え、水に潤う大地には赤紫や色とりどりの花が咲き乱れています。
気候は常春《とこはる》。その森で、女神《めがみ》プロセルピナが戯れ、
菫《すみれ》や白百合を集め、乙女らしく夢中になって
花籠や自分の懐《ふところ》を花で一杯にしながら、集めた花数で
仲間の乙女たちを凌ごうと競い合っていた折しも、ディスが女神を目にし、

目にした途端に愛情を抱き、愛情を抱くとほぼ同時に勾引《かどわ》かしてしまったのです。
その愛はそれほど慌《あわ》ただしいものでした。女神は怯え、悲しげな声で母の名を、
仲間の乙女たちの名を――母の名を呼ぶ叫び声のほうが多かったのですが――
叫びました。プロセルピナが〔悲しみのあまり〕衣の上縁《うわべり》を引き裂いたために、
緩んだ衣の懐《ふところ》から、集めた花が零《こぼ》れ落ちましたが、
まだあどけなさの残る年頃、その無邪気さの余り、
こうして花を失くしたことも乙女心を悲しませるのでした。
略奪者の冥王は車駕を駆り、馬たちの一々の名を呼んで
叱咤激励し、頸や鬣《たてがみ》に
黒ずんだ錆色に染まる手綱を当てながら、
深い湖を渡り、大地の裂け目から蒸気を滾《たぎ》らせ、
硫黄の臭いを放つ、パリコス兄弟縁《ゆかり》*の地の沼を越えて、
二つの海に挟まれた〔地峡〕コリントスを発祥の地とする一族バッキアダイ*が
大小二つの港の間に都城を築いた地〔シュラクサエ〕に辿り着きました。
この都には、キュアネの泉と、ピサに源をもつアレトゥサ*の泉の間に、
狭隘な角《つの》〔＝岬〕で閉ざされて、海水が集まる内海があります。前者の泉には
キュアネというニンフがいました。泉の名はそのニンフの名に因みますが、
シキリアのニンフたちの中でも、誰より名を知られたニンフでした。

そのキュアネが泉の中ほどに上腹部辺りまで姿を現し、女神プロセルピナを
認めると、こう言いました、『これ以上、先には進ませないわ。ケレス様の
意に逆らって、婿殿になどなれる訳がないもの。頭を下げてお願いしなければ。
勾引《かどわ》かすなんてもっての外《ほか》。凡庸なものを偉大なものに擬《なぞら》えても許されるのなら、
この私もアナピス*様に愛されたことがあるの。でも、達《たっ》て、と乞われてのこと。
結婚もしましたが、この方のように、恐ろしい目に遭わされてではありません』。
そう言うと、両腕を大きく左右に広げて、行く手を
遮ったのです。サトゥルヌスの子〔ディス〕は、これ以上怒りを抑えかね、
恐ろしい馬たちを鼓舞しつつ、泉の底まで届くよう、
屈強の二の腕で振りかざして、王笏を深々と泉に投げ込みました。
王笏に撃たれた大地は冥界への道を開き、
真っ逆さまに降《くだ》る車駕を大地の裂け目に迎え入れたのです。
キュアネのほうは、女神が拉致され、自分の泉の権利が蹂躙されたのを
嘆き、癒しがたい傷を、物言わぬ
心に負ったまま、流す涙で全身、窶《やつ》れ果て、遂には、
先ごろまでその尊い女神と崇められた泉の水に
溶け込んでいきました。見る見るキュアネの身体は柔らかくなり、
骨は曲がるようになって、爪は固さを失《な》くしていく。

その内、全身の中で最も細い部分が最初に溶け出していきました、
紺青の髪の毛、次には指、次には脛《すね》、そして足と——と申しますのも、
身体の細い部分が冷たい水に変容するのは
容易だったからですが——その後《あと》、肩と背と脇腹と
胸が消えていき、か細い水流となって水に溶け込みました。
最後に、溶け始めた血管に、生きた血の代わりに
澄んだ水が流れると、最早、摑めるものは何一つ残されていなかったのです。
この間《かん》、恐れを抱く母神《ははがみ》ケレスは、甲斐なく〔行方知れずの〕お嬢様を探して
大地を隈《くま》なく歩き回り、海を遍《あまね》く訪ね回りました。
朝露に濡れる髪を靡《なび》かせて現れる曙《アウロラ》の女神も、宵の明星《ヘスペルス》も
ケレス様が捜索の手を休めている姿を見たことがありません。女神は
火を噴くアエトナで両手に持った松明《たいまつ》に火を点け、
それを翳《かざ》して、霜置く夜の闇の中も、休むことなく娘を探して回りました。
命を育む陽の光が再び星々の輝きを失わせると、
再び、日の沈む西から日の昇る東まで、津々浦々、お嬢様を探し続けたのです。
その内、労苦に疲れて、喉の渇きを覚えましたが、清水を口に含んで渇きを癒す
泉が見つかりません。その時、偶々《たまたま》、藁《わら》で葺《ふ》いた小屋が
目に入り、粗末なその扉を開けました。すると、中から

一人の老婆が出てきて、女神を見ると、清水を乞う女神に、
予め煎《い》った挽き割り大麦が浮かぶ甘い飲み物を与えたのです。
与えられた飲み物を女神が飲んでいる時、ふてぶてしく、恐れ知らずの少年が
女神の前に立ち、げらげら笑って、『意地汚い婆さんだ』と悪態を吐《つ》きました。
腹を立てた女神は、そう語りかける少年に、まだ飲みかけの
大麦混じりの飲み物を振りかけました。すると、
少年の顔は大麦を吸着して斑点が現れ、腕だった所が
脚に変わりました。変身したその身体には尾っぽが加わり、
危害を加える力が小さいようにと身体は小さく縮まって、
その体長は小さな蜥蜴《とかげ》よりももっと小さくなったのです。それは
驚き、泣きながら、この奇妙な生き物に触れようとする老婆の手を
すり抜け、物陰に逃げ込みました。この生き物は、その肌色に相応《ふさわ》*しい
名〔「ヤモリ（stellio《ステッリオー》）」〕をもち、体には斑点が星〔stella《ステッラ》〕のように散らばっています。
　ケレス女神が、お嬢様を探してどの土地を、またどの海を彷徨《さまよ》ったか、一々
語れば長くなります。要するに、最早、探す土地がなくなったのです。そこで、
女神はシカニア〔シキリアの古称〕に戻り、お嬢様を求めて方々《ほうぼう》歩き回る内に、
キュアネの泉にもやって来ました。ニンフのキュアネは、変身していなければ、
出来事の一部始終を語っていたことでしょう。しかし、語ろうとする彼女には

口も舌もなく、語る術を何ももっていませんでした。でも、
彼女は明らかにそれと分かる印を与えました。母の女神に見覚えのある
ペルセポネ〔プロセルピナのギリシア語名〕様の腰帯を水面《みなも》に浮かべて見せたのです。
その場所の聖なる泉にペルセポネが偶々落としていったものです。
女神は、それと認めるや、その時漸《ようや》くお嬢様が勾引《かどわ》かされたのを
知ったかのように、飾り気のない髪を掻き毟《むし》り、
その手で何度も何度も胸を打って悲しみました。お嬢様がどこにいるのかは、
まだ分かりませんでした。しかし、大地という大地を悉《ことごと》く咎《とが》め立てして、
恩知らずと呼び、穀物を恵み与える価値もないと詰《なじ》りました。
とりわけ、その追及は、娘を失った痕跡を見出したトリナクリアに
向けられました。それ故、ケレス様は無情なその手で、シキリア中の
土を耕す鋤や鍬を打ち砕き、怒りに任せて、農夫も
農作用の牛たちも等し並みに死に追いやり、田地には託された
作物の実りを裏切るよう命じて、種《たね》という種を不毛なものにしたのです。
当地シキリアは豊穣の地であるという、世界中に広まっていた評判は
地に堕《お》ち、偽りのものとなりました。穀物は青葉の内に枯れ、
ある時は度を超す日照りが、またある時は度を超す長雨が襲いかかり、
不順な星の巡りや激しい風が作物を害し、貪欲な鳥たちが

蒔かれた種を片っ端《ぱし》から啄《ついば》み、毒麦や浜菱《はまびし》や
厄介な雑草が小麦の実りを阻害したのです。
　折しも、河神アルペイオスの愛したアレトゥサが、源をエリスにもつ泉から
頭を擡《もた》げ、額《ひたい》にかかる、水滴《したた》る髪の毛を両の耳へと掻き分けて、女神ケレスに
こう語りかけました、『世界中を探して回られたお嬢様の母神にして、百穀の
親の女神様、果てしない労苦はお止めになって下さい。そうして、あなた様に
忠誠を尽くしたこの地への激しいお怒りも、もうおよしになって。この地に
罪はありません。お嬢様が拉致される時に口を開《あ》けたのは不承不承《ふしょうぶしょう》でのこと。
私《わたくし》のお願いも、故国のためというのではないのです。私は他郷から
当地にやって来た余所《よそ》者。ピサが私の故国で、出生の地はエリスです。
このシカニアに暮らしてはいますが、私は異国の者。でも、〔今では〕私には
当地ほど親愛な土地は他にありません。私アレトゥサには、ここが家居《いえい》、
ここが家郷でございます。弥《いや》慈悲深き女神様、どうか、この地をお守り下さい。
私が、なぜ住まいを移し、遥々《はるばる》潮路を越えて、この
オルテュギアに渡ってきたか、お話しするのに時宜を得た時は、すぐにも
訪れましょう、あなた様が、お心を痛めておいでの悩みから解放され、
もっと晴れやかなお顔にお戻りになる、その時に。要するに、大地が開けて、
私に道を与えてくれたのでございます。私は地下深くの洞《ほら》へと運ばれて、

この地でやっと地上に顔を現し、随分久しぶりに星々を眺めたという次第。
それで、大地深くのステュクスの河を運ばれていった時、
冥府にいるお嬢様のペルセポネ様をこの目で見たのでございます。
お嬢様は悲しげで、その表情にはまだ怯えの残るご様子ではありましたが、
女王様に、ええ、幽冥界の、誠に偉大な女王様に、ええ、ええ、
黄泉の国の王様の、畏《かしこ》くも恐れ多きお后《きさき》様になっていらっしゃるのです』。
母神ケレスは、その言葉を聞くと、啞然とし、まるで岩のように、長い間、
茫然自失の態で身動《みじろ》ぎもせずにいましたが、ひどい心の動揺に取って代わって、
深い心の悲しみに襲われると、車駕を駆り、シキリアを後にして、神々の住む
上天《アエテル》の国へと戻っていかれました。天上に戻ると、顔一面を曇らせ、髪を
振り乱し、憤懣遣《や》る方《かた》ない心でユピテル神の面前に佇《たたず》むと、言葉をかけました、
『ユピテル様、あなた様の許《もと》に、願いの儀あって、参りました。わが血を分け、
あなた様の血を引く娘のことでございます。あなた様に母の私への恩愛の情が
ないとしても、父親として娘を思う気持ちをおもちになって、何卒《なにとぞ》、私が産んだ
娘だからとて、娘を気遣うあなた様の愛情が冷めることなど努《ゆめ》ありませんよう。
さあ、ご覧ください、長い間探し求め続けた娘をやっとのこと見つけました。
尤も、取り戻すより失うほうが確実なことが見つけることと、或いは、所在が
唯《ただ》分かるだけが見つけることと言えるのならばでございます。奪われたことは、

耐えもします、奪った者が返してくれる限りは。でも、略奪者を夫にするなど、最早私の娘ではないにしても、あなた様の娘には不当なことでございましょう』。それを受けて、ユピテル神は仰いました、『あの娘《こ》は私とそなたとの愛の証《あかし》、共に責任を負うべき存在だ。だが、起こった出来事を示す本当の言葉を付け加えさえすれば、そなたにも分かる筈、これは罪深い不当な行為ならぬ、真実の愛の行動だ、とな。女神よ、そなたさえ肯《うべな》ってくれるなら、あれは、我らの婿として、決して恥じるに当たらぬ神だ。他に何もなくとも、ユピテルの兄であるという事実だけでも如何に偉大なことか。況《いわん》や、他にないものはなく、籤運以外、私に譲るところのない神なのだ。だが、どうしても二神を引き離したいというのがそなたの望みなら、プロセルピナは天界に戻すがよい、但し、プロセルピナが、あの冥界で如何なる食べ物も口にしていなければ、という動かせぬ条件付きでだ。運命の三女神《パルカエ*》の決めた、それが掟だからな*』と。

ユピテル神は言い終えました。女神は、何としても娘を取り戻す覚悟でした。が、定めが許さなかったのです。といいますのも、プロセルピナ様は、食断《しょくだ》ちの斎戒《さいかい》を破って、手入れされた冥界の庭園を無邪気に彷徨《さまよ》い歩いていた時、弓なりに曲がる木の枝から赤い柘榴《ざくろ》の実を捥《も》ぎ取り、黄色い皮の中から粒を七つ取って、口に含んで嚙みしめていたからです。それを目にした者は他にはおらず、

唯アスカラポスだけが見ていました。冥界のニンフたちの中で
誰よりも名を知られたオルプネが、かつて、愛する〔河神〕アケロンと
暗い森で交わって産んだ子です。そのアスカラポスが目撃し、無情にも
それを暴き立てて、乙女から〔天上への〕帰還の途《みち》を奪ったのです。
冥界の女王様〔プロセルピナ〕は悲憤し、告げ口をしたアスカラポスを不吉な
鳥に変え、その顔にプレゲトン〔火の流れる冥界の川〕の流れる火を振りかけて、
嘴《くちばし》と羽毛と大きな目を生じさせました。
元の姿を奪われた彼は、全身茶色い羽根に包まれ、
顔は大きく膨らみ、爪は鉤なりに長く伸びた鳥になりました。
不精な腕に生えた翼をめったに動かすことのない鳥です。
アスカラポスは、来たるべき不幸を告げる先触れの、忌まわしい鳥、
人間にとって凶兆の、物臭《ものぐさ》な梟《ふくろう》になったのです。*
　彼の場合は、密告と無駄口の報いを受けたのだと
思われるかもしれません。しかし、〔河神〕アケロオスの娘たちよ、あなたたちは
何故、乙女の顔をしていながら、鳥の羽、鳥の足をもっているのでしょう。
或いは、プロセルピナが春の花を摘んでいた折、歌に巧みな
シレン〔ギリシア語名セイレン〕たちよ、*あなたたちもその仲間になっていた故《ゆえ》か。
如何にも、その彼女を、あなたたちは、地上限なく探し回った挙げ句、

甲斐ないと分かると、すぐさま、気遣う乙女の捜索を海にも広げようと、
翼を櫂にして波の上を漂うことができるよう
祈願すると、願いを聞き届けて下さる神々はいらっしゃるもので、見れば、
身体中が生え出た金色の羽毛に覆われていたのでした。
ただ、耳に心地よく響く、天賦のあの歌声、
口と舌のあれほどの天与の資の用が失われることのないよう、
乙女の顔立ちと人間の声は残されたのです。
　ところで、ユピテル神は兄神〔ディス〕と悲しげな姉神〔ケレス〕の
間を取り持ち、巡る一年を等しく半々に分けました。それ故、
今では、女神〔プロセルピナ〕は、天上地下、二つの王国共通の神として、
半年を母神と共に、同じく半年を夫君〔ディス〕と共に過ごすのです*。
忽ち、ケレス女神の気持ちも顔の表情も変わりました。今しがたまで、悲しみの
様子がディスにもありありと見て取れた女神の表情が、嬉々とし、
晴れ晴れとしたものになったのです。その様《さま》は、恰《あたか》も、先ほどまで雨雲に
覆われていたものの、黒雲を退散させて顔を覗かせ、燦々《さんさん》と照る太陽のよう。
人養うケレス様は、娘を取り戻して安堵すると、アレトゥサよ、あなたに、何故
故郷を出奔したのか、如何なる訳で聖い泉になったのか、話すように求めました。
泉の水音は静まり、深い水底《みなそこ》からアレトゥサが

頭を擡《もた》げて姿を現し、濡れた緑の髪の毛の水を手で拭い去ると、
エリスにある河〔の神アルペイオス〕の、往時の愛の話を語って聞かせたのです。
彼女の話はこうです、『私《わたくし》はアカイア〔ペロポンネソス北西地方〕に住むニンフの
ひとりでした。私ほど熱心に森を徘徊するニンフは他に誰もおらず、
私ほど熱心に狩網を広げるニンフは他に誰もいませんでした。
でも、美貌の評判を自分で求めたことなど一度もなく、殿方顔負けに
振る舞っていた私ですのに、美しいという評判を得ておりました。尤も、
美麗さを褒める過度な言葉など嬉しくもなく、他の女の人なら喜ぶのが常の、
天与の容姿の美しさなどという言葉を聞けば、田舎者の私は恥ずかしさの余り
顔を赤らめたもので、殿方の気を引くなど罪悪とさえ思っていたのです。
忘れもしない、狩りに疲れ、ステュンパロスの森から戻ろうとしていた時のこと、
暑い日で、狩りのきつい労苦の所為《せい》で暑さは倍に感じられたものでした。
その時、渦も巻かず、音も立てずに流れ、水は透き通って
底まで見え、水底《みなそこ》深くにある小石が全部数えられるほどで、一目見ただけでは
流れているとはとても思えない川を、私は見つけたのでございます。
白い柳の並びと、水に潤されたポプラが
坂になった岸辺に、自然にできた木陰を与えていました。
私は近づいて、初めは足裏を、その後《あと》、脚を

膝辺りまで水に浸けました。でも、それでは飽き足らず、服を脱ぎ、
柔らかな衣を垂《しだ》れた柳の枝に懸けて、
裸姿で水の中に飛び込んだのでございます。あらゆる仕方で水を打ち、
水を掻いて進みながら、腕をばたばたさせ、水を撥《は》ねつつ泳いでいる*内に、
流れの中ほどから、何か知らない呟きのようなものが聞こえたように感じ、
怖くなって、私は近くの河岸《かわぎし》に上がりました。
『どこへ急ぐのだ、アレトゥサ』、自分の流れの中から河神のアルペイオスが
声をかけてきたのです。『どこへ急ぐのだ』、嗄《しわが》れた声でもう一度叫びました。
私は、裸でしたから、一糸纏わぬ裸姿のまま逃げ出しました——服は向こう岸に
あったのです——。それが一層河神の心を煽り立て、神は私に迫ってきました。
私が裸姿だったものですから、尚更格好の標的と思ったのでしょう。
こうして私は駆け出し、こうして河神は乱暴に私を追いかけてきたのです。
その様子は、常々、震える羽根を羽搏《はばた》かせて鳩が鷹から逃げ、
震えるその鳩を鷹が追い詰める、まさにそのよう。
私はオルコメノスやプソピスやキュッレネの山へ、
更にマイナロスの谷間や寒冷なエリュマントスの山やエリスまで、
耐えに耐えて走り続けました。あの神の脚は私より速くはなかったのです。
でも、体力ではかなわない私のほうは、それ以上長く

走り続けることができず、持久力では河神のほうが勝《まさ》っていました。
それでも、私は野を抜け、木々茂る山々を越え、
岩場も崖も、それに道なき道さえ辿って逃げ続けたのです。
陽《ひ》は私の背後にありました。長い影が私の足先を追い越して伸びるのが
見えました。尤も、それは恐れの所為で見えた幻だったのかもしれません。
しかし、確かに、足音が脅かすように迫り、激しく口から吐く息が
私の髪に巻いた髪紐にかかってきたのです。全力での疾走に精も根も
尽き果てて、私は叫びました、『お助け下さい。今にも摑まえられます。
ディアナ様、あなた様の武器を携える供の私を、何度も何度も、あなた様の
弓と、箙《えびら》に納めた矢とを運ぶようお渡しになったことのある、この私を』と。
女神は心を動かされ、分厚い雲の中から一片の雲を運んでくると、私の
頭上からそれを周りに投げかけて下さいました。黒雲に覆われたその私の
周りを河神は歩き回り、訳も分からず、空洞になった雲の周りを探し求め、
女神が私をお隠しになった所を、何も知らぬまま二度回ると、
『おーい、アレトゥサ。おーい、アレトゥサ』と二度叫びました。
その時の哀れな私の心持ちといったら、どんなものだったでしょう。高い囲いの
周りに響き渡る狼たちの吠え声を聞いている時の仔羊のそれか、
それともまた、茨の茂みに潜み、牙を剝く犬たちの口を

目の前にして、微動だにせずにいる時の兎のそれか。河神は、なおその場から離れようとはしませんでした。その先には足跡が全く見当たらなかったからです。雲とその場所をじっと見続けていました。いわば包囲された私の全身に、凍り付くような冷や汗が流れ、身体中から水色の汗の滴《しずく》がしたたり落ちてきます。足を動かすところ、どこも〔汗で〕水溜まりができるのです。髪の毛からも水が零《こぼ》れ落ちてきました。ところが、その後《あと》起きた事を今あなた様にお話しする言葉も追いつかぬ刹那の間《かん》に、私《わたくし》自身が水になっていたのです。それでも、その水が愛する私と分かると、河神は、それまで変身していた殿方の顔形を捨て、水の私と混じり交わろうと、本来の水の姿に戻ったのです。その時、デロス生まれの女神様が大地を裂いて下さり、私は漆黒の洞《ほら》に潜り込んで、〔地下を通り〕*このオルテュギアに辿り着いたのです。当地は私が崇める女神様と同じ名故に、私には親愛な地で、その地が最初に地上へと連れ出してくれたという次第』。

アレトゥサはそこまで言うと、口を噤《つぐ》みました。豊穣の女神〔ケレス〕は二匹の大蛇を車駕に繋ぎ、轡《くつわ》でその口を抑えながら、天地の中間の大気の中を運ばれていき、軽やかな車駕をトリトニス*湖縁《ゆかり》の女神〔アテナ〕の都〔アテナイ〕に乗り入れ、トリプトレモスの許《もと》を訪《おとな》うと〔車駕を託し〕、種《たね》を与えて、一部は未開の地に、一部は、長い放棄の後、改めて耕される地に蒔くよう命じました。
早や、若者はエウロパとアシアの大地の上方高く
運ばれていき、スキュティアの地へと車駕を向けました。その地の王は
名をリュンコス*と言います。トリプトレモスはその王宮に入りました。
どこを通ってきたのか、また、来訪の訳と名と生国を尋ねられると、
こう答えました、『私の故国は名も高いアテナイ。名は
トリプトレモスと言います。海路を船に乗ってきたのでも、陸路を歩いて
きたのでもありません。空が開《ひら》けて、私に道を与えてくれたのです。
ケレス様の賜物を携えてきました。女神の賜物のこの種を広い田地に
蒔くと、五穀の実りと滋味豊かな糧を与えてくれます』と。すると、蛮人の
王は妬み心を起こして、自分がこれほど素晴らしい賜物の送り主になりたいと思い、
快く迎え入れる風を装った上で、若者が深い眠りに落ちたところを見計らい、
剣で襲いかかったのです。若者の胸に今しも剣を突き立てようとする王を、
ケレス女神は山猫《リュンクス》に変え、モプソポス*〔アテナイの伝説的古王〕の末裔の若者に、
大蛇の曳く車駕の手綱を再び取るよう命じたのです』。

我らの長姉カッリオペが知識豊かな歌謡を歌い終えました。
すると、〔審判役の〕ニンフたちは、異口同音に、我らヘリコンに住まいする詩神《ムーサ》の

勝利を宣しました。しかし、負けていながら、姉妹らが、なお悪態を
吐《つ》くものですから、私は言ってやりました、『歌競《うたくら》べを挑んだだけでも
懲罰に値することなのに、罪過に加えて、悪態まで吐かれては、
我らの我慢にも限度があります。その悪態の報いを、屹度《きっと》
受けさせてあげますからね。我らの怒りのまま、気が済むまで』と。ところが、
エマティア生まれの姉妹たちはせせら笑い、私の威嚇の言葉など一顧だにせず、
何か言おうとしてわめき散らしながら、生意気にも、我らに
手をかけようとしてきたのです。ですが、自分たちのその手の指先一杯に羽根が
生え出し、腕が羽毛に覆われていくのを目の当たりにすることとなりました。
互いに見交わしている内に、気づけば、それぞれの口元には固い嘴《くちばし》が生じ、
新しい鳥となって、森を賑わす森の住人に加わろうとしていたのです。
嘆きの胸を打とうとすると、胸を打つ腕で身体が浮き上がり、空中に
浮かんでいました。姉妹たちは、口さがない森のお喋り屋、鵲《かささぎ》になったのです。
鳥になった今もなお、昔の口賢《くちさか》しさと
耳障りな饒舌と途方もないお喋り好きは残っているのです」。

訳注

一七　エジプトの「神々の主」アメン。曲がった角《つの》（アンモナイトの語源が「アンモン」で、その角が渦巻き

状のこの貝に似ていることから）をもつ雄羊の姿、あるいは頭が雄羊の姿に描かれる。しばしばユピテル（ゼウス）と同一視された。シワ（・オアシス）に、アレクサンドロス大王も訪れた有名な神託所があった。アンドロメダを人身御供に捧げよ、という神託を下したのが、この神（第四巻六七一行注参照）。

五一　いわゆる「貝紫」のこと。第六巻九行注参照。

六一　「友人」の愛（＝友情）ではなく「愛人」の愛の意。

八五　バビュロンの創建者として名高いアッシュリアの才色兼備の女王。第四巻四八行注参照。

二三八　ペルセウスの曽祖父アバスの子で双子の兄弟アクリシオス（ペルセウスの祖父）とプロイトスの争いについて、ここで記されている話形はオウィディウス以外にない。よく知られている伝承では、双子の兄弟は母親アグライアのお腹にある時から不和であったが、長じてアルゴスの王権をめぐって争い、敗れたプロイトスは小アジアのリュキアに逃れた。その地の王女ステネボイア（ホメロス『イリアス』六・一六〇では、アンテイア）と結婚し、義父のリュキア王（イオバテスもしくはアンピアナクス）の軍とともにギリシアに戻って戦をしたが、和解が成立し、アクリシオスはアルゴスを、プロイトスはティリュンスを治めることになったという。アポッロドロス二・二・一。

二四二　アクリシオスは、ダナエがペルセウスを産むとダナエの子に殺されることになるという神託を信じて、母子を箱に入れて海に捨てたが、箱はセリポス島に漂着し、善良な漁師ディクテュスに救われて、母子は、島の王でディクテュスの兄ポリュデクテスの保護を受けた。ペルセウスが成人した頃、王はダナエに思いを寄せて言い寄るが、拒まれたため、邪魔になるペルセウスを亡き者にしようとペルセウスにゴルゴンの首を取ってくるよう命じた。ペルセウスはミネルウァやメルクリウスの助けを得て、鉤なりに曲がった剣、メドゥサの首を入れる袋（キビシス）、姿を隠してくれる兜、翼あるサンダル（タラリア）などの武器や手段を手に入れ、首尾よく目的を果たして、母ダナエの待つセリポス島に戻った。

二七四　このトラキア王ピュレネウスがムーサたちを陵辱しようとしたという話は、オウィディウス以外に典拠がない。

二八八　ムーサたちに翼があるという伝承は他にない。

三〇四　出産の女神。ディアナあるいはユノーと同一視されることもある。

三一九　第一巻一五二行注、第三巻三〇三行注参照。

三二八　本巻一七行注参照。

三三〇　このテュポエウスが天空に襲いかかり（第三巻三〇三行注参照）、オリュンポスの神々がエジプトに逃れた時のエピソードをニカンドロス（『変身物語』（散逸））から引いたとして、アントニヌス・リベラリスも伝えているが（二八）、そこでは魚になったのはアレス（マルス）で、アプロディテ（ウェヌス）の名は見えない。オウィディウスは『祭暦』（二・四六一―四七四）でもこのエピソードにテュポエウスが迫ってきたものと恐れて、水のニンフたちや神々に救いを請い、クピドーを連れてエウプラテス川にやって来たが、激しい風音にディオネ（＝ウェヌス）はクピドーを抱いて川に飛び込むと、二匹の魚が子連れの女神を支えて運んでくれた、その魚はのちに魚座になった、としている。「ウェヌスが魚になった」とは明記されていないが、魚に変身して難を逃れたであろうことは容易に推測される。この挿話には、やはり魚になったデルケティスの物語が重なっているとも考えられる（第四巻四六行注参照）。

三四六　トリナクリアは、シキリアの古名。ペロルス、パキュヌス、リリュバエウムの三つの岬が作り出す「三角形からの名」（プリニウス『博物誌』三・八六）。シカニアもシキリアの古名。「シカニアはトゥキュディデスの呼び名」（同所）。

三四七　第三巻三〇三行注参照。

三八三　実際の射法ではなく、オウィディウスの想像（創造）した、クピドー独自のもの。

四〇六　ユピテルと、火山の神でもあるウルカヌスの娘タリア（タレイア）との、別伝ではアエトナ（エトナ）山がその名にちなんで名づけられたシキリアのニンフのアエトナ（アイトネ）とウルカヌスとの間に生まれた双生神。シキリア南東の内陸部パラゴニアにある火山性湖沼（おそらく現在のラゴ・ナフティアあるいはラゴ・デイ・パリチ）近くにあった社で祀られていた。

四〇七　シュラクサエの建設者は、コリントスの古い王族バッキアダイから出たアルキアスだとされる（トゥキュディデス『歴史』六・三・二）。

四〇九　キュアネの泉は小流キュアネ川（現在のチアネ川）の上流、八キロほど内陸に入ったところにあり、アレトゥサの泉はシュラクサエの湾に突き出た半島オルテュギア（島）に、海に面してある（海に面していながら真水であることで有名）。ピサはペロポンネソス半島西部エリス地方のアルペイオス川河畔の町。アレトゥサの泉が海を隔てた遠いそのピサに源をもつ理由は、このあと、本巻四八七以下で語られる。

四一七　ラウロ山に源を発し、シキリアの南東を流れて、シュラクサエの湾に注ぐ川（現在のアナポ川）およびその河神。河口付近で、ニンフのキュアネの神話にちなんで名づけられたチアネ（Ciane）川と合流している。

四六〇　Tarrant の底本は pudori（不面目に、恥に）であるが、Anderson や Bömer などの校訂 colori で訳す。

五三三　第二巻六五四行注参照。

五五〇　アスカラポスは、アケロンではなくステュクスの子とも言う（セルウィウス『ウェルギリウス『農耕詩』注解』一・三九、同『ウェルギリウス『アエネイス』注解』四・四六二）。また、梟に変えられたのではなく、重い岩を載せられ、のちにその岩をヘラクレスが取り除いたともされる（アポッロドロス一・五・三、二・五・一二）。

五五五　歌声で船乗りを魅了して難船させていた女面の怪鳥（原形は、ホメロス『オデュッセイア』一二・三九以下によって形作られた）。二名とも三名とも言う。ポルキュスの娘、ガイアの娘ともされるが、ここで述べられているように、ギリシア最大の川（その河神）アケロオスとムーサの一柱テルプシコレ、あるいはステロペ、あるいはメルポメネの娘とするのが一般的（アポッロニオス『アルゴナウティカ』四・八九一―八九六、アポッロドロス一・七・一〇、ヒュギヌス序など）。ホメロスの「花咲く牧場」（『オデュッセイア』一二・一五九）のある「島」（同書、一二・一六七）から、後代にはセイレン（シレン）たちの住む島には「アンテモエッサ（花咲く島）」の名が与えられた（アポッロニオス『アルゴナウティカ』四・八九二）。場所の正確な特定はできない。ホメロスではセイレンたちの島のあとに、渦潮カリュブディスやスキュッラの岩（礁）を通ることになっているので（『オデュッセイア』一二・五五以下）、そこから遠くないところ（ホメロスでは遠い場合、何日航海したかが示されるのが通例）と考えられている。最も有力なのがシキリア北東端で、メッシナ海峡に面するペロルス岬（現在のファーロ岬）あたり。他に、ナポリ湾のカプレアエ（現在のカプリ島）など。英語「サイレン（siren）」の原語。

五六七　『ホメロス風賛歌』では、一年が「三季」に分けられ、一季（冬）は冥界に、残る二季（春、夏）は天界の母神とともに、と決められたという（二〔「デメテル賛歌」〕・四四五―四四七）。

五九六　オウィディウスは、ニンフの泳ぎ方を、意図的に「あらゆる仕方で水を打ち、水を掻いて〔…〕腕をばたばたさせ、水を撥ねつつ（ferioque trahoque mille modis ... excussaque bracchia iacto ...）」と、ぎこちなく、いささか微笑ましい、あるいは滑稽な泳ぎ方に描写している。

六四〇　オルテュギアはデロス島の古名で、そこで生まれたディアナ（アルテミス）の異称として用いられる。名の由来は、ユピテルに愛されたが、逃れようとして海に身を投げ、鶉《うずら》（ortyx）に変身して、それがのちに島（オルテュギア（Ortygia））になったという女神アステリエにまつわる神話から（アポッロドロス一・四・一、ヒュギヌス五三など）。島は、ディアナの出産以後、デロスと呼ばれるようになったが、その意味は、浮き島の時は波間に隠れて見えなかったものをユピテル（ゼウス）が固定して、「明らかな、目に見える（delos）」島にしたからだという。シュラクサエの島オルテュギアの名の由来については、ディアナの生地とする説、あるいは、ここで語られている河神アルペイオスが追ってきたのがディアナで、のちにアレトゥサがディアナに取って代わったとする説（以上二説については、第四巻二八一行注に掲げたRoscher, Bd. 3, Abt. 1, S. 1223（「オルテュギア」の項の5）Das sikilische Ortygia）参照）、シュラクサエの創建者アルキアス（本巻四〇七行注参照）の二人の娘の名がオルテュギアとシュラクセだったとする説（偽）プルタルコス『恋物語（*Amatoriae narrationes*）』七七三b）がある。

六四六　一伝では、行方不明のプロセルピナ（ペルセポネ）を探すケレス（デメテル）に情報を与え、その報いとして麦の種とその栽培法を授けられ、ケレスの命で世界に広めて回ったという（アエリウス・アリスティデス『弁論集』一九「エレウシス人」四、クラウディアヌス『プロセルピナの略奪について』三・四八）。また、別伝では、娘の捜索中、アッティカのエレウシスにケレス（デメテル）がやって来た時、その地の王ケレウスに歓待され、その礼として瀕死の赤子トリプトレモスを助けた上で、養育を買って出、不死身にしてやろうと、夜中に竈の熾火に埋めているところを母親メタネイラが目にして驚愕し、不死身にはできなかったが、その代わりにトリプトレモスが「耕し、種を蒔き、耕された大地から見返りを受け取る最初の人間となるであろう」（オウィディウス『祭暦』四・五五九―五六〇）と言い残して去っていったという。

六五〇　あと（本巻六六〇）に出てくる「山猫（リュンクス）」からも分かるとおり、これも由来譚の一。オウィディウスは、この名に言及した最初の詩人と見なされる。ヒュギヌス二五九参照。ちなみに、ヒュギヌスの『天文譜』（二・一四）では、トラキアのゲタエ族の王カルナボンとされている。

六六〇　アッティカ（アテナイ）の建設者あるいは英雄か古王として存在したのではないかと推定されもする（ストラボン九・三九七、四四三参照）伝説的人物。しかし、「モプソプスの（Mopsopius）」という形容詞は、人物とは離れて、単に「アテナイの」、「アッティカの」くらいの意味かもしれない。アテナイ古王の系譜については、第六巻六七七行注参照。

第六巻

10

　トリトニス湖縁《ゆかり》の女神はこのような話に耳を傾けていたが、アオニアの
詩神《ムーサ》たちの歌謡を称え、その怒りを正当と見なした。それから、女神は
内心、思った、「称えるだけではつまらない。私自らも称えられなければ。
わが神威を蔑《ないがし》ろにされて、罰せずには措くものですか」と。女神は
マイオニアのアラクネを破滅に追いやることを考えていたのだ。アラクネが
機織《はたお》りの技で女神の自分に引けを取らない*と高言している、という噂を
耳にしていたからだ。アラクネが世に名高いのは、身分や生まれではなく、
その機織りの技によってであった。父親はコロポンの人イドモンで、
ポカイア産の悪鬼貝《あっきがい》*の染料で、色をよく吸う羊毛を染めるのを生業《なりわい》にしていた。
母親は既に亡くなっていたが、やはり平民出で、その点では夫と
同じ身分であった。それでも、アラクネは、小家《しょうか》に生まれ、寒村
ヒュパイパに暮らしてはいたものの、その機織りの仕事によって
リュディア中の市々《まちまち》で名を轟かせていた。
彼女の見事な仕事ぶりを一目見ようと、屡々《しばしば》、
トモロス山に住むニンフたちが葡萄園を後にし、
パクトロス川に住むニンフたちが住処《すみか》の水辺《みずべ》を後にした。ニンフたちには、
仕上がった織物を見るだけではなく、織物が仕上げられるアラクネの
仕事ぶりを眺めるのも愉しみだった。その技にはそれほどの優美さがあったのだ。

粗い羊毛を纏めて〔紡ぎ出すための〕初めの玉を作ったり、
その玉から指で羊毛を摘《つま》み出しては撚《よ》り、撚っては摘み出して、
綿雲のようにふわふわした毛房《けふさ》を長く柔らかな毛糸に紡ぎ出したり、
軽やかな指捌きで、滑らかな紡錘《つむ》を回して毛糸を巻き取ったり、
編み針で刺繍を施したりするのだ。パッラスの教えを受けたと知れよう。だが、
アラクネ自身はそれを否認し、これほど偉大な師の名さえ癪に障って、こう言った、
「私と技競《わざくら》べをしてはどう。私が負けたら、何なりと、お好きなように」と。
パッラスは老婆に身を窶《やつ》した。蟀谷《こめかみ》には偽りの白髪を乗せ、
手足は弱々しく見せかけて、杖で支えるようにした。そうしてから、
〔アラクネのもとを訪って〕こう語り始めた、「老いの身に、何も、悪いことばかりが
付いて回るというものでもない。老馬の智ということも、またあるのだよ。
だから、私の忠告を馬鹿にしてはいけない。糸を紡ぎ、機を織る、誰にも勝《まさ》る
名声を求めるのなら、死すべき人間の間に留《とど》めておきなさい。女神様には譲り、
無分別なお前さん、心からお願いして、お前さんの口幅《くちはば》ったい言い草の赦しを
乞うのです。女神様も、乞い、願う者には赦しを与えてくれましょう」。
アラクネは、そう語る老婆を屹度《きっと》睨《ね》めつけ、織りかけの糸を手放すと、
老婆に手をかけるのをやっとのことで堪《こら》えながら、怒りの形相を露《あらわ》にして、
姿を晦《くら》ましたパッラスにこういう言葉でやり返した、

「よくもまあ、のこのこやって来たわね、惚《ほう》けて、老い耄《ぼ》れたあなたが。
長生きし過ぎると碌《ろく》なことがないわ。そんな御託《ごたく》なんか、あなたの嫁か娘に
並べたらいい。あなたに誰か嫁か娘がいるならね。助言など、
あなたにして貰わなくったって、自分で十分できるの。お説教で役に立った
なんて思わないで頂戴ね。私の考えは元のままで変わりません。女神様
御本人が、何故お出ましにならないの。何故この技競べをお避けになるの」と。
すると、女神は、「もう来ています」と言うなり、老婆の姿をかなぐり捨て、
パッラスの正体を現した。ニンフたちやミュグドニア〔＝プリュギア〕の若妻たちは
女神を恐れ畏《かしこ》んだ。だが、一人、乙女のアラクネだけは恐れる風がなかった。
尤も、顔を赤らめはした。我知らず、その面《おも》に、忽ち、さっと朱を注いだが、
それも束の間、再び元の顔色に戻った。恰《あたか》も、曙《アウロラ》の女神が現れる初めは
茜《あかね》色に染まりはするものの、陽が昇ると、
忽ちの内に白《しら》むのが常の空のよう。
アラクネは頑《がん》として考えを変えず、勝利への愚かな欲望に駆られて、自らの
破滅へとまっしぐらに突き進んでいった。ユピテルの娘御も挑発を拒まず、
もうそれ以上警告はせず、最早、技競べを引き延ばしはしなかったからだ。
　すぐさま、両者は別々の場所に機《はた》を据え、
二つの機に細い経糸《たて》を張った。経糸を

千切《ちき》りに結び付け、その経糸を葦の細棒〔=綜絖《そうこう》〕が〔交互に上下に〕別《わ》け、指で素早く送り出される緯糸《よこ》が先の尖った杼《ひ》でその経糸の間に通される。そして、経糸の間に通された緯糸に筬《おさ》を打ち込み、その〔櫛状の〕歯で緯糸〔の織り目〕を密に固めるのだ。両者共、織るのを急いだ。〔邪魔になる裾長の〕衣を引き上げて胸の下辺りで括《くく》り、手練の腕を巧みに動かしたが、熱を入れる余り、疲れも忘れた。そこには、テュロスの銅釜で煮られた紫色の糸が織り込まれ、微《かす》かに異なる色合いで微妙な濃淡が織りなされている。その様《さま》は、恰も、雨に打たれた陽の光が織りなし、大きな弧を描いて長々と空を染める虹のよう。虹には異なる無数の色が輝いているが、色から色に移る移り際《ぎわ》は、見た目にはそれと分からない。色と色とが触れ合う際《きわ》は、それほどに違いがないのだ。だが、端と端とは〔大きく〕異なる。また、そこには、しなやかな金糸も織り込まれ、布地には古《いにしえ》の物語が織りなされている。

パッラスが描き出したのは、ケクロプス縁《ゆかり》*の丘〔アクロポリス〕にある軍神アレスの岩山《アレイオパゴス》*と、その地の名称を巡る古の争い*だ。中央には、ユピテルを真ん中にして、十二神が高御座《たかみくら》に

威風堂々、厳かに座している。それぞれの神には、その神独自の
姿形が示されていた。ユピテル像には神々の王らしい威厳がある。
海の神〔ネプトゥヌス〕は立ち姿で、長い三叉《みつまた》の鉾《ほこ》で荒岩を撃ち、
穿《うが》たれた岩の裂け目の只中から海水が噴き出して、
それを担保に、都〔アテナイ〕の権利を主張する様《さま》が描かれている。
一方、自分には丸盾と、鋭い穂先の投げ槍と、
頭を守る兜を与え、胸はアイギス盾*に守らせている。
図柄には、その槍の穂先で撃たれた大地が、実を付けた、微《かす》かに銀灰色《ぎんかいしょく》を
帯びて薄緑の橄欖樹の若木を生え出させている様と、神々が驚嘆している様が
描かれている。最後は〔アテナに栄冠を授ける〕勝利の女神《ウィクトーリア》の場面だ。
だが、誉れを求めて競争心を燃やすアラクネに前車の轍《てつ》の戒《いまし》めを与えて、
これほど狂気じみた衝動の報いがどのようなものになるのかを悟らせようと、
布地の四隅に、無謀な争いを神々に挑んだ四つの物語を、
それぞれの色彩で際立たせながら、細密な図柄に織り分けた。
一隅《いちぐう》には、トラキアのロドペとハイモス*が描かれている。
今は寒冷な山となっているが、かつては死すべき肉体をもつ人間であった。
その往時《かみ》、二人は最高神〔ユピテルとユノー〕の名を僭称したのだ。
第二の隅には、ピュグマイオイ人*の母親の哀れな運命の

100

図柄が描かれている。ユノーは彼女を争いで負かすと、否応なく
彼女に鶴となり、自分の故国の民人《たみびと》に戦を仕掛けるようにさせた。
また別の隅には、アンティゴネ*を描いた。かつて、偉大なユピテルの后
ユノーに、無謀にも〔美の〕争いを挑み、神々の女王ユノーが
鳥に変えた女である。祖国のイリオンも父親の
ラオメドンも助けとはならず、全身真っ白な羽根に覆われた鸛《こうのとり》となって、
嘴《くちばし》をカチカチ鳴らしながら、自らが自らを賛美し続けている。
残る一隅には、娘たちを奪われたキニュラス*がいる。
その彼が、元は娘たちの四肢であった神殿の階《きざはし》を
搔き抱き、階の石の上に俯《うつぶ》しながら、涙を注いでいる。
女神パッラスは、一番端の部分を平和の印の橄欖樹の縁取りで囲い
――これが枠組みだ――、自らの聖木《せいぼく》〔の図柄〕を織り込んで作品を仕上げた。
　マイオニアの乙女アラクネが描いたのは、偽装した雄牛に騙された
エウロパ*であった。本物の雄牛、本物の海と見紛うばかりの出来である。
エウロパ自身は、後にしてきた陸地を見返り、
大声で叫んで、伴の乙女たちの名を呼び、海水が撥ねかかるのを
怖がって、怯えたように足を引っ込めている様子が描かれている。
また、アステリエ*が襲い掛かる鷲に摑まえられている譚《はなし》や、

レデ*が白鳥の羽の下に身を横たえている譚、更に加えて、
ユピテルが正体を隠してサテュロスに姿を変え、美しいニュクテウスの娘*を
身籠らせて、双子を生ませた譚や、ユピテルが、ティリュンス縁《ゆかり》の后*よ、
汝を騙した時にはアンピトリュオンに、ダナエ*を欺いた時には
黄金の雨に、アソポスの娘*の時には火炎に、ムネモシュネ*の時には
牧人に、デオーの娘*の時には斑《まだら》の蛇に成りすました譚も描いていた。
アラクネは、ネプトゥヌス、あなたも描き、あなたが荒々しい雄牛に変身して、
乙女の、アイオロスの娘*に恋した経緯を、また、エニペウスに姿を変えて
アロイダイを生んだ経緯*や、雄羊に変身してビサルテスの娘*を欺いた経緯を描き、
更に、黄金《こがね》色の髪をした、百穀の産みの親の弥《いや》慈悲深き女神*〔ケレス〕が
馬に姿を変えたあなたを、翼ある天馬の蛇髪の母親*が鳥に姿を変えたあなたを、
メラントー*が海豚《いるか》に姿を変えたあなたを受け入れた譚も描いていた。
そうした物語の登場人物や場所は、すべてそれぞれに特徴的な姿形や景観が
再現されている。別の一画には、アポロが野人に身を窶《やつ》した譚*や、
アポロが、ある時は鷹*の翼を、ある時は獅子の皮を纏った譚、また、
牧人に姿を変え、マカレウスの娘イッセを誑《たぶら》かした譚が織りなされている。
図柄には、また、リベルが偽りの葡萄の房でエリゴネ*を欺いた物語や、
サトゥルヌスが馬に変身し、半人半馬のケイロン*を生んだ譚も描かれている。

織物の四囲は細い縁《へり》で囲まれていて、その縁は、
絡み合う木蔦と、その間に織り込まれた、とりどりの花で飾られていた。
　その作品の出来には、パッラスも「嫉妬」も難癖のつけようがなかった。
金髪の女丈夫《じょじょうふ》パッラスはアラクネの上々の出来映えに悲憤し、
神々の数々の罪を描いた図柄の、その織物を引き裂くと、
手にしていたキュトロス産の柘植《つげ》の杼《ひ》で
三度四度とイドモンの娘〔アラクネ〕の額《ひたい》を打った。
不幸なアラクネは堪《こら》えきれず、ひと思いに喉に縄をかけて、首を縊《くく》った。
憐れを催したパッラスは縄にぶら下がっている彼女をもち上げて、語りかけた、
「性悪のお前、生きることだけは許しましょう、但し、宙吊りのままで、です。
それで将来を安心してはなりませんよ、これからも、お前の一族には、
子々孫々に至るまで、末永く、懲罰の同じ定めが付き纏うのです」。
そう言った後、女神は、去り際に、ヘカテの魔草《まそう》の汁をアラクネに
振りかけた。すると、忽ちの内に、禍々しい薬草に触れて、
アラクネの髪の毛は抜け落ち、それと共に、鼻も耳も失せ、
頭は極々《ごくごく》小さなものになった。体全体も、ちっぽけなものになっている。
細い指が腹の脇にくっついて脚の役目を果たし、
後《あと》は、あるのは唯《ただ》腹ばかり。だが、その腹からアラクネは、相変わらず

糸を紡ぎ出し、蜘蛛*となった今も、昔の機織り仕事に余念がないのだ。

リュディア全土が騒ぎ立ち、プリュギアの町々を出来事の噂が駆け巡って、広く世界中がその話でもちきりになった。

ニオベは、結婚する前、彼女がまだ乙女で、マイオニアなるシピュロスの山裾に住んでいた頃に、その話を知った。

だが、彼女は、同郷のアラクネが受けた罰を他山の石として、神々には譲り、遜《へりくだ》った言葉遣いをしなければ、という戒めにすることはなかった。

その思い上がった心を焚きつけていたものは多い。現に、夫の竪琴の技量*や、夫婦二人の高貴な血筋、広大な領国の支配権がそれだ。しかし、そのどれも、彼女の喜びとはいえ、自分の子供たちに覚える喜びには比ぶべくもなかった。そして、ニオベは最も幸せな母親と呼ばれたであろう、自分自身がそうだと思い上がっていなかったならば。

それというのも、テイレシアスの娘で、予知の能力をもっていたマントーが、霊感に突き動かされて、あちこちの通り中を彷徨《さまよ》いながら、このような霊知を告げていたからだ、「イスメノス流るテバイの女たちよ、挙《こぞ》りて詣でるのです。そうして、ラトナ〔レトー〕と、ラトナの二柱《ふたはしら》の御子《みこ》に、敬虔な祈りと共に、香を捧げ奉り、月桂樹の葉冠《はかん》を頭に戴くのです。これは、私の口を通して告げられる、ラトナ様の仰せです」。その言葉に従って、

テバイの女たちは皆、命じられた月桂樹の葉冠で頭を飾り、
祭壇の聖なる火に香をくべて、祈りの言葉を唱えた。
すると、見よ、そこに、夥《おびただ》しい数の供回りを連れたニオベが、金糸を織り込んだ
プリュギア風の〔豪華な〕衣装に身を包み、ひと際目に立つ姿でやって来た。怒りの
表情を浮かべていながら、尚、その美貌には陰りが見られない。形のよい頭から
両肩の上へ、そして背後へと流れる髪の毛を靡《なび》かせながら、
立ち止まり、肩をそびやかして昂然と、尊大な目つきで辺りを睥睨すると、
「これは一体、何の狂気の沙汰？」と叫んだ、「目の前に見てきた神よりも
話に聴いただけの神のほうを大事にするなんて。ラトナが祭壇で崇められ、
私の神性は香もくべられずにいるのはどうしたこと。わが父はタンタロス*。
唯一人、神々の宴席に触れることを許された人です。
母はプレイアデスの姉妹*。並ぶ者なき巨人のアトラス*が
わが祖父。その双肩で天空を支えている、あのアトラスです。
もう一人の祖父はユピテル。私の自慢は、そのユピテルが舅御《しゅうとご》でもあること*。
プリュギアの諸民族が私を恐れ、カドモスを始祖とする〔テバイの〕王宮が
女王の私にひれ伏しています。わが夫の竪琴の音《ね》で築かれた城市は、
その民諸共《たみもろとも》、私と夫の支配するところ。
王宮のどの一画に視線を向けてみても、

有り余る富が目に入ってきます。加うるに、
女神にも相応《ふさわ》しいわが顔《かんばせ》。かてて加えて、私には、七人の娘たちと
同じく七人の息子たち、それに、やがて迎える筈の婿たちや嫁たちがいる。
さあ、尋ねて御覧、私が、何故こうも誇らしい心でいるのか、その訳を。
その上で、まだ恥知らずにも、私より、誰かは知らぬがコイオスとかいう
ティタンの娘ラトナのほうを大事にするのなら、すればいい。あれは、その昔、
今しも子を産もうという時、広大無辺の大地が僅かな土地すら拒んだ女神です。
お前たちの崇める女神は、天空にも、大地にも、海にも迎え入れられず、世界から
締め出された女神。流離《さすら》う彼女に憐れみを覚えたデロス〔島〕が、漸く、
『あなたは陸を流離う根なし草、私は海を流離う根なしの浮島《うきしま》』＊と声をかけ、
海に漂う土地を提供してやったという神なのです。女神は二児の
母親となりました。私がこのお腹《なか》で産んだ子の七分の一に過ぎない。
幸せな女——誰がそうでないなどと言えましょう——、これからも幸せでしょう
——これを疑う者もいる筈がない——。私を安全にしているのは有り余る潤沢さ。
私は人間を痛めつける力をもつ運命の女神《フォルトゥナ》の上を行く存在なの。運命の女神《フォルトゥナ》が、
たとえ多くを奪おうと、それ以上に多くが私には残されているでしょう。私の
幸《さち》は恐れを遠く彼方に置き去りにしてしまっているのです。わが子の数から
幾ばくか奪い去られるとしてみましょう。でも、子を奪われたからといって、

数が二人にまでなるなんてある筈もない。二人といえば、ラトナの
子の数。子が二人など、子なしと、どれほどの違いがあるというの。
さあ、皆《みんな》、祭儀は途中でやめて、急いでここから離れ*、頭に戴く月桂樹の
葉冠《はかん》を外すのです」。女たちは葉冠を外し、祭儀を中断して、その場を後にしたが、
心の中で敬いの言葉を呟いていた。こればかりは誰にも止めようがなかった。
　女神ラトナは怒り、キュントスの山頂に佇《たたず》みながら、
このような言葉で双生の子の二神に語りかけた、
「さあ、御覧なさい、あなたたちの母親で、あなたたちを産んだことを誇りに思い、
ユノー様を除けば、どの女神にも引けを取ることのないこの私、その私が、
神なのか、疑わしく思う者がおり、万古から世々斎《いつ》き祀《まつ》られてきた祭壇から、
おお、わが子たち、あなたたちが助けてくれなければ、追い払われようとしています。
わが悲しみ、わが憤りはこれにとどまりません。この酷《ひど》い仕打ちに加えて、
タンタロスの娘は私に悪態を吐《つ》き、鉄面皮にもあなたたちより自分の子らのほうが
立派だと自慢し、自分がそうなればいいものを、私を子なしなどと罵《ののし》るのです。
罪深いあの女の、あの口さがない悪口《あっこう》は父親譲りのものと分かります*」。
母神が、その後《あと》に「お願いだから」と言いかけた、その時、ポエブスが言った、
「もう、おやめ下さい。長いお嘆きは懲らしめを遅らせるだけ」と。
ポエベも同じことを口にした。そう言うと、二神は大空を素早く翔け降《くだ》り、

雲に身を隠して、カドモス縁《ゆかり》の王城に降《お》り立った。
　城壁の近くに、平坦で、広々と広がる野があった。
大地を打つ馬たちの足音が絶えない野で、土を踏み、十を蹴る、
数多の馬車の車輪や馬の硬い蹄《ひづめ》で土が柔らかくなっている所。
その野で、アンピオンの七人の息子の幾人かが
逞しい馬に乗り、馬の背の、テュロスの緋色で染めた
覆いの上に跨がり、黄金の飾りも重い手綱を操っていた。
その一人イスメノスは、母の胎内に最初に宿された
長子であったが、一定の円を描くように馬の
進路を曲げ、泡吹くその口を抑えていた、その時、
「あっ、やられた」とひと声叫びを上げたが、見れば、その胸のど真ん中に
矢が突き立っている。瀕死の力ない手から手綱が離れ、イスメノスは
馬の右肩から横ざまに、ゆっくりと、滑るように落ちていった。
彼に続いたのはシピュロスだ。大気の中で箙《えびら》がカラカラなる音を聞くと、
手綱を緩め、全速力で馬を馳せた。その様《さま》は、さながら、黒雲《くろくも》を見て、
嵐の来るのを予見し、嵐を避けて急ごうと、至る所に〔畳まれて〕吊られている
帆を下ろし〔て張り〕、僅かに吹く風さえ逃すまいと、慌てふためく船長《ふなおさ》のよう。
だが、手綱を緩めて全速力で駆けるその彼の後を、避けがたい矢は

追い、矢は首の後ろの付け根をひいふっと射貫き、ぶるぶる揺れながら
首を貫通して、むき出しの鏃《やじり》が喉から突き出た。シピュロスは、
前屈みになっていたが、その儘《まま》の格好で、疾走する馬の鬣《たてがみ》と前脚の上を超えて
もんどりうって転げ落ち、生暖かいその血で大地を朱《あけ》に染めた。
哀れなパイディモスと、祖父の名を継ぐ
タンタロスの二人は、いつもの〔乗馬の〕鍛錬を終えて、
香油で身体を光らせながら争う、若者らしい格闘技に移《よ》っていた。
その二人が、今しも、胸と胸とを合わせて、がっぷり四つに組み、
格闘していた、まさにその時、引き絞られた弓弦《ゆづる》から放たれた矢が、
組み合っている二人に、そのまま命中し、二人共を射貫いた。
二人は同時に呻き声を上げ、苦痛の余り、同時に身体を仰《の》け反《ぞ》らせて
土の上に倒れ込み、倒れ伏したまま、今わの際《きわ》の眼を同時に
ぎょろつかせながら、同時に命の息吹を吐き出し、事切れた。
それを見たアルペノルは、胸を掻き毟《むし》り、胸を打ちながら
慌てて駆け寄り、冷たくなった兄弟の骸《むくろ》を抱き上げようとした、その刹那、
兄弟愛の発露のその行為のさ中に斃《たお》れ伏した。デロス生まれの神が、
彼の胸の下、横隔膜の辺りを致命の矢で引き裂いたからだ。
彼はすぐさまその矢を引き抜いたが、鏃の逆鉤《かえり》に肺の一部も引っかかって

抉《えぐ》りだされ、アルペノルは、命の息吹共々、大量の血を大気の中に注ぎ出した。
一方、〔若者の印として〕髪を切らず、伸ばし放題のダマシクトンに神が与えた傷は
一つではなかった。先ず初めは、太腿《ふともも》が脛《すね》に変わり始める所、
靭帯によって結ばれた膝関節の〔裏側の〕柔らかな膕《ひかがみ》を射貫かれた。
その致命の矢を引き抜こうとしていたところ、
別の矢が喉を貫き、矢羽根《やばね》まで篦深《のぶか》に突き刺さった。
激しい血潮がその矢を押し出し、血潮はそのまま高々と噴き出して、
大気を劈《つんざ》きながら、遥か彼方まで迸《ほとばし》った。
最後はイリオネウスだ。彼は、懇願するために、甲斐もない両腕を
差し上げて、「神々よ、おお、斉《ひと》しく、なべての神々よ」と
叫び、祈りをすべての神々に向けるべきでないことも知らず、
「お赦しを」と続けた。弓持つ神も、さすがに心を動かされたが、時既に遅く、
放たれた矢は、最早、呼び戻す術《すべ》がなかった。尤も、彼の場合、最小の傷で
斃れた。矢は心臓を射当てたものの、深く貫くことはなかったのだ。
禍《わざわい》の噂と、人々の嘆きと、親しい者たちの涙が
これほど突然の痛ましい凶事を母親に知らしめた。
母のニオベは、そのような凶事が起こり得たことに驚くと共に、神々が敢えて
それほどの凶行に及んだこと、神々がそれほどの神威をもっていることを憤った。

それというのも、兄弟の父親アンピオンも、胸に剣を突き立て、
自死して、この世の日の光と共に、悲痛な思いにも別れを告げていたからだ。
ああ、その時のニオベとかつてのあのニオベと、どれほどの懸隔があったことか。
つい今しがたまで、ラトナの祭壇に近づくことを人々に禁じ、
都中を、肩をそびやかして昂然と闊歩し、親しい人々さえ羨む存在であった、
あのニオベが、今や、敵さえ憐れを覚えずにはいられない存在となったのだ。
ニオベは息子たちの冷たい骸《むくろ》に身を投げかけ、誰彼構わず、
一人一人に最後の口づけをして回った。その後《あと》、息子たちの亡骸《なきがら》から身を
転ずると、胸を打つ嘆きで青黒くなった腕を天に差し伸べながら、言った、
「残酷なラトナよ、食い物にするがいい、わが悲痛な思いを
食い物にするがいい。心ゆくまで堪能するがいい、私の嘆きを。
その残忍な心を満足させるがいい。七人の息子たちの野辺の送りは、*わが
野辺の送り。歓喜するがいい。憎むべき勝利者として勝利を祝うがいい。でも、
どうして勝利者？　拉《ひし》がれた哀れな私には、まだ多くが残されている、満悦する
あなたよりは。これほどの数の野辺の送りの後でも、まだ私が勝っている」。
ニオベがそう言い終えるや、引き絞った弓の弦《つる》が唸りを上げた。
唯《ただ》一人ニオベを除いて、すべての者が恐れ戦《おのの》いた。
彼女は不幸で自暴自棄になっていたのだ。黒い喪服に身を包み、

髪を振り乱して、姉妹たちが兄弟たちの棺台《ひつぎだい》の前に佇《たたず》んでいた。
その内の一人が、兄弟の腹部に刺さったままの矢を引き抜こうとした、その時、
瀕死の傷を負って、力なく亡骸《なきがら》の上に顔を埋《うず》めて斃れ伏した。
別の姉妹は哀れな母親を慰めようとしていたさ中、
突然押し黙り、目に見えない傷を受け、身を二つに折って蹲《うずくま》った。
［そうして、命の息吹を吐き出すまで、口を閉ざした。］
別の姉妹は逃げ惑っている内に頽《くずお》れ、別の姉妹は斃れ伏した姉妹の上に
斃れ伏した。見れば、隠れようとする姉妹も、ぶるぶる震えている姉妹もいる。
こうして、六人の姉妹が様々な傷を受けて命を奪われ、生き残ったのは
唯一人になった。その娘に、母親のニオベは全身で覆い被さり、ありったけの
自分の衣服で庇《かば》いながら、叫んだ、「一人だけ、一番小さいこの娘《こ》だけは残して。
お願いですから、大勢いた中で一番幼いこの娘一人だけはご容赦を」と。だが、
哀願のさ中、命乞いをする当の娘が斃れ伏した。天涯孤独となった彼女は
息子たちや娘たち、それに夫の亡骸の間に魂の抜けた抜け殻のように座り込んだが、
やがて数知れぬ不幸の所為《せい》で身体が硬直していった。吹く風にも髪は靡《なび》かず、
顔は血の気が失せて色を失い、悲しみの表情で見開いたままの眼《まなこ》はぴくりとも
動かなかった。人形《ひとがた》のその像には、生あるものは何一つ残されていなかった。
体内にある舌も、硬直した口蓋の下で

固まり、血管も鼓動を止《と》めている。
首を回すこともなく、腕を動かすこともなく、
足を前に出して歩むこともない。内臓さえ石に変じていた。だが、
涙だけは流していた。その彼女を、激しい旋毛風《つむじ》が巻き上げ、生まれ故郷へと
連れ去った。ニオベは、その故郷の山頂*で、身動《みじろ》ぎもせずに座し、
涙に暮れて、大理石になった今でも、涙の滴《しずく》をしたたらせている。
　実に、この時、明々白々の神の瞋恚《しんい》を目の当たりにして、
男と言わず、女と言わず、誰もが恐れおののき、皆が、以前にもまして
厳かに、双生の子の偉大な母神ラトナを斎《いつ》き祀《まつ》るに至った。ところで、
往々、人は、近い出来事を聞いて、類似の昔の出来事を話題に上《のぼ》すものだ。
そうした一人が口を開いた、「そう言えば、沃野《よくや》広がる豊かなリュキアにも、
その昔、女神を蔑ろにして神罰を受けた農夫たちがいたよ。
当事者が名もない者たちだったものだから、余り知られてはいない話だが、
驚くべき出来事なんだ。俺自身が、この不思議な出来事で知られる池も場所も、
実際にこの目で見た。というのも、もう年で、長旅に
耐えられなかった親父の言いつけで、俺がそのリュキアに赴き、そこから
選り抜きの牛たちを連れて帰ることになったのだ。親父は出かけていく俺に
その国の人間を道案内に付けてくれた。案内人と共に牧場《まきば》を巡り歩いていた時、

さあ、とある池の真ん中に、犠牲獣を焼いた灰で黒く煤《すす》けた
古寂《ふるさ》びた祭壇が、風にそよぐ葦に囲まれて立っていたんだ。
俺の案内人は立ち止まり、震える呟き声で『何卒、ご加護を』と唱えたので、
俺も同じように呟き声で『ご加護を』と唱えた。尤も、その祭壇が
水の妖精《ナイス》たちのものなのか、ファウヌス*のものなのか、それとも土地の
神のものなのか、分からず、尋ねると、異国の案内人はこう答えてくれた。
『この祭壇に祀られているのは、お若い方、山野の神ではないのだ。
これを、ご自分のものと仰っているのは、その昔、ユピテルの后で神々の女王が
世界から締め出した女神、海を流離《さすら》うデロスが、まだ軽い浮島として、海を
漂っていた頃、達《たっ》ての願いを聞き入れ、やっとのことで迎え入れた女神なのだ。
その島で、女神のラトナは、パッラスの聖木と棕櫚の木*に凭《もた》れかかって、
〔子たちには〕継母に当たる女神ユノーの憎しみを買いながら、双生の子を産んだ。
だが、言い伝えでは、女神は、子を産んだ許《ばか》りながら、ユノーの憎しみを逃れ、
わが子の二柱《ふたはしら》の神を抱いて、この島からも去ったという。早や、烈日が
野を焦がす頃、ラトナはキマイラ〔頭は獅子、胴は山羊、尾は蛇の怪獣〕を生んだ
リュキアの地に辿り着いたが、長い労苦に疲れ果て、
干《ひ》涸《から》びた身体にぎらぎら照り付ける日差しの所為で、喉の渇きは耐えがたく、
双生の幼い子らが乳を吸い尽くして、乳房はもはや乳が涸れていた。

そうした時、偶々《たまたま》、谷底に、それほど大きくはないが、水を湛えた
池を見つけたのだ。そこでは、農夫らが柳の細枝や
藺草《いぐさ》や水辺を好む菅《すげ》を刈り集めていた。
ティタンの娘御の女神は近くに行き、地面に膝をついて、
冷たい水を今しも飲もうとした、その時のこと、田舎の農夫らの
一団がそれを押しとどめたのだ。水を拒む彼らに、女神はこう語りかけた、
『何故あなたたちは水を拒むのです。水を享受するのは万人に共通の権利。
自然は日の光も空気も清らな水も、誰かの固有のものとはしていないのです。
私がやって来たのは、誰しもに共通のその賜物を求めてのこと。とはいえ、
その共同の賜物をお与え下さるよう、伏してお願い申します。何も、ここで、
この手足、わが疲れ果てた身体を洗おうというのではありません。唯、
喉の渇きを癒そうと思っただけのこと。こうして語る私の口には水気がなく、
喉はからからに渇いて、声を通わせるのもやっとという有様です。
一口の水は私には甘露となります。嘘偽りなく、水を頂ければ、同時に命も
授かったと申しましょう。如何にも、一掬《いっきく》の水で命をお恵み下さるのです。
どうか、この子たちにもお情けを、わが懐《ふところ》から小さな手を差し伸べている、
この子たちにも』と。その時、双生の子らは、偶々、手を差し伸べていたのだ。
女神の、その懇《ねんご》ろな言葉に心動かされない者など、誰かいただろうか。

だが、この農夫らは、相変わらず、嘆願する女神に水を拒み続け、
遠くへ立ち去らないのなら、と脅しをかけた上、罵りさえするのだ。
それでも飽き足らず、足や手で池の水を
かき混ぜたり、悪意に満ちた脚で、あちらに、またこちらに飛び跳ねて、
水底《みなそこ》から柔らかな泥を巻き上げたりする始末。
怒りが渇きをひと先ず措かせた。如何にも、コイオスの娘御ラトナは、
その価値もない者たちに最早嘆願はせず、女神として、これ以上、遜《へりくだ》った言葉で
語りかけるのに我慢ができず、空に向かって両の手を差し伸べながら
言った、『お前たちは、いついつまでも、その池の中で生き続けるがよい』と。
女神の願いは実現した。彼らは水の中にいるのを喜びとし、
体をすっかり池の水深くに沈めているかと思えば、
またある時は頭を水面に擡《もた》げ、またある時は水の中を泳ぎまわり、
屢々《しばしば》池の岸に座っているかと思えば、屢々
冷たい池に跳び込んだりもする。だが、今も、せっせと恥ずべき舌を
働かせて口論に余念がなく、恥をかなぐり捨てて、
水の中にいてさえ、水中で悪口雑言を試みているのだ。
今では声も嗄《しわが》れ、喉はふっくらと膨らみ、
他でもない、悪態を吐《つ》くことで、口は裂けて、大きく広がっている。

背は頭とくっつき、どうやら首は取り除かれたらしい。
背中は緑色、身体の大部分を占める腹は真っ白。彼らは、
泥の多い池や沼で飛び跳ねている新種の生き物、蛙となったのだ』」。
　このように、誰かは知らないが、ある男がリュキア人の農夫らの身の破滅を
物語ったところ、別の男も、あるサテュロスの話を思い出した、ラトナの子の
アポロがトリトニス湖縁《ゆかり》の女神の発案になる葦笛*で負かし、仕置きした
サテュロスの話だ。マルシュアスは言った、「どうして私から私を剝《は》がす。*
ああ、悔やまれる、ああ」と。そして叫んだ、「たかが葦笛でこんな酷《ひど》い目に」と。
そう叫ぶマルシュアスの四肢から皮が剝ぎ取られ、
身体全体が隙間なく一つの傷となった。至る所から血が滲《し》み出て、
筋肉が剝《む》き出しになり、皮膚を剝がれた血管がひくひくと
鼓動している。胸腹部には、小刻みに震える内臓や
他の臓器が透けて見え、一々数え上げることもできる。
農夫たちや山野の神霊たち、ファウヌスたちや兄弟の
サテュロスたち、また、その時もなお愛していた〔弟子の少年〕オリュンポスや
ニンフたち、更に、その界隈《かいわい》の山々で、毛深い羊の群れや
牛の群れを飼っていた羊飼いや牛飼いたちが彼を思って涙した。
肥沃な大地が涙に濡れ、濡れた大地は滴《したた》り落ちた

涙を受け取り、大地深くの水脈に貯えた。そうして、
その涙を水に変えると、再び地上の大気の中へと送り出した。水は、
送り出された源から、海を目指して、傾斜ある堤の間を滔々《とうとう》と流れ下り、
プリュギアで最も清らかな川となった。その名をマルシュアスと言う。
　こうしたことを語り合った後、人々は今の出来事に戻り、
子供たちと共に身まかったアンピオン*を悼んだ。
母親ニオベは人々の非難の的であった。しかし、その時でも、唯一人
〔兄弟〕ペロプス*だけは、肌脱ぎになって胸を開《はだ》けると、
左肩の象牙を露《あらわ》にしながら、姉妹の不幸に涙したと言われている。
この左肩は、生まれた時は、右肩と同じ色で、
肌色をしていた。しかし、その後《ご》、父親〔タンタロス〕の手で切り刻まれた四肢を
神々が元通りに繋ぎ合わせたと伝わるが、他の部分は残らず見つかったものの、
上腕の付け根から首にかけての〔肩の〕部分だけが
欠けていた。遂に見つからない*この部分の代用に
象牙が埋め込まれ、こうしてペロプスは全き身体を取り戻したのだ。
　近隣の王侯が参集し、近在の諸都市が
領主の王たちに弔慰に出かけるよう要請した。
アルゴスにスパルタ、ペロプス縁《ゆかり》*のミュケナイに

激しく怒るディアナの憎しみをまだ買っていなかったカリュドン*、
肥沃なオルコメノスに、青銅器で名も高いコリントス、
また武を誇るメッセネにパトライや谷間の窪地のクレオナイ、
またネレウス王*の治めるピュロスに、ピッテウス王*の治める以前のトロイゼン、
その他《ほか》、二つの海に挟まれたイストモスに閉ざされる諸都市や、二つの海に
挟まれたイストモスの彼方に位置し、遥かに望み見られる諸都市がそれだ。
だが、これを誰が信じられよう。アテナイよ、汝だけは加わっていなかった。
弔問の務めを妨げていたのは戦であった。海を運ばれてきた
蛮族の軍勢*がモプソポス*縁《ゆかり》の都城を脅かしていたのだ。
　トラキア王テレウスが援軍を率いてこの軍勢を
撃退し、その勝利によって赫々とした名声を得たのだった。
アテナイ王パンディオン*は、資力においても兵力においても威勢を誇り、
偉大なグラディウス〔軍神マルスの別称〕から勇猛な血を引くそのテレウスと
婚姻を通じて盟を結んだ。だが、〔婚礼には〕花嫁を導くユノー*も
婚礼を司る神《ヒュメナイオス》も居合わせず、新床《にいどこ》に優美の女神《グラティア》の姿もなかった。
復讐の女神たち《エウメニデス》*が、葬礼から奪ってきた松明《たいまつ》を〔婚礼の松明代わりに〕掲げもち、
復讐の女神たち《エウメニデス》が新床の褥《しとね》を敷き、不吉な梟が
館に降り立って、閨《ねや》の屋根の上に止まった。

プロクネとテレウスは、この〔不吉な〕鳥の兆しの下で結ばれ、この鳥の
兆しの下で親となった。勿論、トラキアは二人を祝福し、
彼ら自身も神々に感謝を捧げた。パンディオンの
娘プロクネが名高い王に嫁いだ日と
息子イテュスが生まれた日は、王命によって祝うべき晴れの日と称された。
かくまでに人には隠されているのだ、何が本当の福《さいわい》かは。既に時は、
ティタン〔太陽神〕が歳月を巡らせ、五度目の秋を迎えた頃のこと、
プロクネは夫に気《け》色《しき》どる口調で語りかけた、「あなたに些かなりと私《わたくし》への
恵愛の御《お》心がおありなら、妹に会うために、私を〔故郷に〕遣《や》って下さるか、
それとも妹をこちらに来させて下さいな。あなたは義父のわが父上には、
日を置かず妹は戻る、と請け合えば宜しかろう。妹を目にすることができれば、
大きな恩恵を私にお与え下さることになるのです」と。テレウスは船を
曳き降ろして海に浮かべ、帆を張り、櫂を漕いで、ケクロプス縁《ゆかり》の
港に入り、ペイライエウス〔アテナイの外港〕の浜辺に着岸した。
義父パンディオンの前に通されると、互いに右手を握り合い、
慶賀の祝詞を交わした後、話を始めた。
テレウスが来訪の訳である妻プロクネの頼みを
語り、連れ帰る妹の速やかな帰国を約束し終えた、まさにその時、

460

見よ、そこに、豪華な装束も華麗な、だが、容姿、尚更華麗なピロメラが
姿を現した。その容色は、さながら、話によく聞く、
森の中を歩む水の妖精《ナイス》や木の妖精《ドリュアス》のよう。
尤も、その妖精《ニンフ》たちに同じ〔豪華な〕身なり、同じ〔絢爛たる〕装束を与えればの話だ。
テレウスは、乙女を一目見るなり、忽ちの内に愛に燃えた。
ぱっと火が点くその様《さま》は、まさに、〔乾燥して〕白い麦穂に火を点ける時、
或いは干し草小屋に積まれた枯れ葉や枯れ草を焼く時のよう。ピロメラの
嬋娟《せんけん》たる容姿はそれに値した。だが、持ち前の情欲もテレウスを焚きつけたし、
あの地方の民族には愛欲に傾く性向もあった。テレウスが愛欲に
燃えたのは、個人の性癖の所為《せい》でもあり、民族の性癖の所為でもあったのだ。
テレウスは、世話をする傅《かしず》きたちや忠義を尽くす乳母を何とか手懐《てなず》けたい、
いや、当のピロメラの心を莫大な贈り物で靡《なび》かせたい、そのためには
王国のすべてを擲《なげう》っても惜しくはない、いや、ピロメラを強奪し、
強奪したピロメラを血腥《ちなまぐさ》い戦をしてでも守りたいという衝動に駆られた。
手綱の切れた愛欲が敢えてなさないことなど一つもないし、
燃え盛る愛の炎《ほむら》を胸に秘め、閉ざしておくことなどできはしない。
テレウスは、最早、一刻の猶予も我慢がならず、欲心露《あらわ》な口ぶりで、再び
プロクネの頼みの話に戻り、彼女の名の下《もと》、己の願望を弁じ立てるのであった。

愛欲が饒舌にしていた。パンディオンへの求めが些かでも当を得ぬものになる度《たび》に、プロクネがそう望んでいる、と言いなした。加えて、まるでそれもプロクネに頼まれたかのように、涙さえ流した、ああ、天なる神々よ、どれほどの深い暗闇が死すべき人間の心には潜んでいることであろう。テレウスは、他ならぬ罪深い企みを只管《ひたすら》成就させようとして、却って妻思いと信じられ、罪によって称賛を得たのだ。更に、どうしたことか、ピロメラも同じことを望み、父親の肩から両腕を回して項《うなじ》にしがみつきつつ、甘えるように、姉に会いに行かせてほしい、と頼み、自分の安気《あんき》を図る余り、自分の安寧を自ら危険に曝してしまったのだ。テレウスはその彼女を眺め、眺めることで、心中、早や彼女を愛撫していたが、ピロメラが父親に接吻し、項に腕を回すのを認めるや、見て取るもの何もかもが、テレウスの狂的な愛を焚きつける刺激となり、松明となり、糧《かて》となった。彼女が父親を抱擁する度に、テレウスは思った、自分が父親だったらと。無論、そうだった所で、その愛欲の非道さは変わらないのだ。父親は姉妹二人共の達《たっ》ての願いに負けた。ピロメラは喜び、父に感謝し、不幸にも、二人にとって嘆くべき結果を招くことが二人にとって都合よく運んだ、と思い込んだ。早や、ポエブスの労役も残り僅かとなり、車駕を牽く馬たちが天空の西方《せいほう》の下り軌道《みち》を蹄《ひづめ》で蹴っている頃合いになっていた。
王家に相応《ふさわ》しい豪華な食事と、金杯に注《つ》がれた葡萄酒が宴席に
並べられた。その後《あと》、皆は、飲食に膨れた身体を静謐な眠りに委ねた。だが、
唯一人、オドリュサイ族縁《ゆかり》の地〔トラキア〕の王だけは、一人きりになっても、
尚ピロメラへの愛に燃え、その見目形《みめかたち》、その一挙手一投足を思い起こしながら、
まだ見ぬものを思いの通りに想像しては、懊悩に
寝もやらず、自らが自らの炎《ほむら》を煽り立てていた。
朝が来た。パンディオンは、出発する婿の右の手を胸にひしと掻き抱《いだ》き、
湧き出る涙を堰《せ》き敢《あ》えず、娘ピロメラを伴としてテレウスに手渡して、言った、
「この娘を、わが愛する婿殿、娘二人の姉妹愛という理由に促されて、それに
姉妹二人共が――また、テレウスよ、あなたも――それを望んだ故に、
あなたに託そう。信義の掟と親族の絆にかけて、また、
天上の神々にかけて、屹度《きっと》お願いする、娘を父親のような愛情をもって見守り、
何につけても不安多いわが老年の甘美な慰めである娘を
できるだけ早く――些かの遅れも私には長かろう――送り返してくれるように、と。
お前も、ピロメラよ、できるだけ早く――一人が遠く離れているだけで十分だ――
親を思う心が些かでもあるのなら、私の許に戻るようにしてくれ」。
パンディオンはテレウスと娘にそう頼むと共に、娘に何度も口づけしたが、

願いを託す間《ま》も、娘を思いやる優しい涙が零れ落ちていた。
約束を違《たが》えず、信義を守る印に二人の右手を求め、差し出された右手を
互いに握り交わした後、その場にはいないもう一人の娘とその子〔イテュス〕に、
無事息災を祈っていると、自分に代わって、くれぐれも忘れず、口ずから
伝えてくれるよう頼んだ。だが、口を衝《つ》く嗚咽のために、やっとの思いで最後の
別れを告げはしたものの、虫の知らせの胸騒ぎに、不安な思いは拭えなかった。
　ピロメラが色鮮やかな船に乗り込み、
船が沖へと漕ぎ出して、陸が彼方《かなた》に遠ざかるや、
テレウスは叫んだ、「俺の勝ちだ。望みのものは俺と共に船で運ばれている」と。
〔そう言って、欣喜雀躍し、心の喜びを先送りはせず〕
野蛮な人間の彼は、視線をピロメラから片時たりとも離さなかった。
その様《さま》を喩えれば、恰《あたか》も、鉤爪の足で捕らえた獲物の兎を
高い巣に持ち帰った時の猛禽のユピテルの鳥〔鷲〕のよう。捕らわれの身の
兎には逃げる術《すべ》はなく、猛禽は己の獲物をじっと眺めている。
既に船旅も終わり、早くも、皆が長い航海に疲弊した船を降りて、
故国の浜辺に上陸した後、王はパンディオンの娘を、鬱蒼と茂る
太古からの木々で薄暗い、高く囲われた小屋に引きずっていった。
その小屋に、青ざめ、ぶるぶる震え、恐れを止《と》め処《ど》なく膨らませ、

既に涙を流しながら、姉はどこか、と尋ねるピロメラを
閉じ込めた上で、非道の劣情を暴露し、一人ぽっちの乙女の彼女を
力ずくで凌辱したのだ。ピロメラは、甲斐なく、何度も何度も父の名を叫び、
姉の名を、何より偉大な神々の名を、何度も何度も叫んだ。
彼女は恐れ戦《おのの》いた。その様を譬えれば、傷を負いながら、灰色の狼の顎《あぎと》から
放たれはしたものの、まだ、このまま無事だとは思っていない子羊か、
はたまた、己の血で羽根を濡らしながら、
尚も恐怖し、自分を捕らえた貪婪《どんらん》な猛禽の爪を恐れ続けている鳩のよう。
やがて、我に返った彼女は、解《ほど》けた髪の毛を掻き毟《むし》り、
[死者を哀悼する者のように、嘆きの腕を打って青痣《あおあざ》を作りながら]
両手を差し伸べて、言った、「おお、悍《おぞ》ましい所業に及んだ野蛮人、
おお、残忍な人。子を思う恩愛の涙と共に託した
父の願いにも、姉の愛情にも、
私の純潔にも、婚姻の掟にも、あなたの心は動かされなかったの？
[あなたは、そのすべてを踏み躙《にじ》ったのです。私は姉の恋仇となり、あなたは
二人の姉妹の夫となった。私は、今では仇の姉から罰を受けて当然の身。]
さあ、何故この命を奪わないの、不実な男のあなた。そうして、悪逆の限り、
罪の限りを尽くせばいい。叶うものなら、非道な交わりの前に、私の命を

絶ってくれていればよかった。なら、罪なき霊となってあの世に行けたものを。
でも、神々がこれをみそなわしておられるのなら、神威というものが些かでも
力をもつのなら、そして、私と共にまだすべてが滅びているのでなかったなら、
やがていつか、必ずや、あなたはこの報いを受けることになるのです。私自ら、
恥をかなぐり捨て、あなたの所業を告げましょう。機会が与えられるものなら、
人前に出ていきましょう。森の中に閉じ込められたままでいるのなら、森中を
わが声で満たし、岩に事情を告げ、情《じょう》なき岩にさえ憐れと思わせてみせます。
天も、そしてその天に何神かがいますなら、神もこの声をお聞きになる筈」。
そう語る言葉に、残虐な王は烈火の如く怒り狂い、同時に、その烈火の怒りに
劣らぬほどの極度の恐れを抱き、怒りと恐れ、両方の理由に突き動かされて、
腰に帯びていた剣を鞘から引き抜くと、
髪の毛を摑んでピロメラを羽交い絞めにし、後ろ手に腕を締めた上で、
無理やり縛り上げた。ピロメラは自ら喉首を差し出そうと構えた。
刃《やいば》を目にして、これで死ねるものと希望を抱いたのだ。だが、
テレウスは、非道を憤り、父の名をいつまでも呼び続け、言葉を発しようと
抗い続けるピロメラの舌を鉗子《かんし》で挟んで引っ張り出すと、残忍にも、
その舌を刃で切り取ったのだ。切り取られた舌の付け根は口中で痙攣し、
舌そのものは黒い土の上に落ちて、まだ何かを呟いているようであった。

切り取られると、ぴくぴく跳ねるのが常の蛇の尻尾さながら、その舌も
ひくひく動いて、命絶えようとしながら、元の持ち主の足元を探し求めた。
これほど残忍な所業の後も、テレウスは——耳を疑う話だが——、伝えでは、
己の欲望のままに、舌を切り取られたピロメラの肉体を何度も求めたという。
テレウスは、こうした罪業の後、鉄面皮にも、プロクネの許に戻っていった。
夫を見ると、プロクネは、妹はどこにいるのか、と尋ねたが、テレウスは、
偽りの嘆きの声を上げ、でっち上げた、妹ピロメラの死を告げた。
夫の空涙に欺かれて、プロクネはすっかり信じ込んだ。彼女は肩を開《はだ》け、
黄金の幅広の縁取りも眩《まばゆ》い衣装を脱ぎ捨てて、
黒い喪服を纏い、主《ぬし》なき塚を築くと、
虚妄の妹の霊に供物を捧げ、妹の
悲運を嘆いたが、その嘆きは違ったものでなければならなかったのだ。
　太陽神が六を二つ重ねる星座〔黄道十二宮〕を巡り、一年が過ぎた。
ピロメラはどうすればよい。見張りが脱出を阻み、
小屋を囲う堅固な石壁《いしかべ》が聳え、
声を出せない口では、出来事を知らせる術《すべ》もなかった。だが、苦悩には大きな
才覚が付き従い、逆境には妙智が訪れるもの。
彼女は、機転を利かせ、異国の機《はた》に経《たて》糸を張り、

　白地に紫の糸で図柄を織り込んだ。罪を証拠立てる
図柄である。彼女はそれを織り上げると、世話役の女に、その織布《おりぬの》を
王妃に届けてほしい旨、手ぶり身ぶりで頼んだ。世話役の女は、頼まれ物を
プロクネに届けたが、手渡した織布の中に何があるのか分からなかった。
残虐な暴君の后は、巻かれた織布を広げた。
そこに描かれた図柄から、妹の可哀そうな悲運が読み解けた。しかし、
——そうできたのが不思議だが——押し黙ったままだった。悲痛が口を塞いだのだ。
思う存分憤りを表せる言葉を探したものの、口に出せる言葉が
見つからなかった。泣いている余裕などない。王妃は善悪を顧みず、
怒りの駆り立てるままに突き進み、全身全霊、只管《ひたすら》復讐だけを思い詰めた。
　折しも、シトニオイ〔トラキアの部族〕縁《ゆかり》の地の女たちが二年ごとの*バッコスの
聖儀を祝う時期であった。聖儀を目にするのは夜で、
夜の闇の中、青銅の音も甲高いシンバルの響きがロドペの山に鳴り渡った。
王妃は、その夜、館を出ると、神の聖儀に相応《ふさわ》しい
身支度を整え、狂躁の秘儀に欠かせぬ衣装と持ち物を身に着けた。
頭を葡萄蔓の葉冠で覆い、左肩から鹿皮を
垂らし、右肩に軽い神杖《テュルソス》*を担いだ。
仲間の信女《しんにょ》たちの群れに伴われ、錯乱状態の中、恐ろしい形相で、

悲痛の思いの狂乱に駆られながら、プロクネは、バッコスよ、あなたの
聖儀の狂乱を装っていたのだ。遂に、森の奥深くに隠された小屋に到ると、
絶叫し、「エウホイ」と叫びながら、小屋の門を押し破り、
妹を奪い取り、奪い取った妹にバッコスの秘儀の装いを
身に着けさせると、頭を木蔦の葉で隠し、
妹が驚いているのも構わず、その手を引いて城内に連れ帰った。
　ピロメラは非道の〔王の支配する〕王宮に足を踏み入れたのを感じ取った途端、
可哀そうにも、恐れ戦《おのの》き、顔面蒼白となった。
プロクネは人目につかぬ所を見つけると、秘儀の印の装身具を取り去り、
哀れな妹の、恥を浮かべる顔の覆いを取ってやり、
抱擁しようとした。しかし、自分を姉の恋仇と思うピロメラは
姉に向かって真面《まとも》に目を上げかね、
顔を地面に向けて伏せたまま、自分は力ずくで辱めを受け、凌辱された、と
神々の名を証人に挙げ、神々に誓いたいという思いは切ながら、
言葉代わりになるのは手ぶり身ぶりしかなかった。プロクネのほうは怒りに燃え、
自分の怒りを抑えかねて、妹が涙を流すのを
窘《たしな》めながら、言った、「事を処するのに涙は要りません。
必要なのは剣《つるぎ》。いえ、剣に勝《まさ》るものが何かあれば、それこそが必要なのです。

私はね、妹よ、どんな罪深いことでもやってのける覚悟ができているの。
私はやってのけるわ、松明で王宮に火を点け、
張本人のテレウスを、燃え盛る炎の只中に投げ込んでやるか、それとも
あの男の舌や目や、あなたの純潔を奪った一物《いちもつ》を刃《やいば》で
抉《えぐ》り取ってやるか、それとも、罪深い命を、千の傷を与えて
奪ってやるか、ね。何であれ、とてつもなく恐ろしいことをする覚悟。それが
何になるかは、私にも分からない」。プロクネがそんなことを語っている間《あいだ》に、
イテュスが母の許にやって来た。何ができるか、その姿を目にして、
プロクネは閃《ひらめ》き、厳しい眼差しで見詰めながら、言った、「ああ、何と、
お前は父親似だこと」と。それ以上は言葉をかけず、
陰惨な所業を企みながら、黙ったまま怒りを滾《たぎ》らせていた。
だが、わが子が近寄り、母に挨拶し、
可愛い腕で母の項《うなじ》に纏《まつ》わりつき、
子供らしい甘えるような呟きを交えて母に口づけするや、
母親として、プロクネは心の動揺を覚え、怒りの激しさも挫《くじ》かれて、
これではいけないと分かりつつ、我知らず溢れる涙で目を濡らした。
だが、わが子への余計な愛情で心がぐらついていると悟るや、
子供から目を離して、再び妹の顔に向き直り、

640

二人を代わる代わる見詰めながら、言った「どうしてこの子は甘い言葉を囁《ささや》き、妹のほうは、舌を奪われて、口が利けないの？　この子が『母さん』と呼ぶこの私を、どうしてあの妹は『姉さん』と呼べないの？さあ、考えるの、パンディオンの娘の私、自分がどんな夫に嫁いだのかを。私はわが血筋の名折れ。夫テレウスへの義理立ての情愛など罪なのだ」。そう言うと、直ちに、イテュスを引きずっていった。その様《さま》は、ガンゲスの畔《ほとり》に棲む雌虎が母鹿の乳を欲しがる子鹿を攫《さら》って、暗い森を引きずっていくかのよう。高く聳える王宮の端《はずれ》の奥まった所までやって来ると、両手を差し伸べ、既に自分の運命を見て取って、「母さん、母さん」と叫びながら、母の項《うなじ》に纏わりつこうとするわが子イテュスの胸と脇腹の丁度間《あいだ》の辺《あた》りを、プロクネは、顔を背《そむ》けようともせずに剣で刺し貫いた。幼い子供を死に至らしめるには、その傷一つでも十分だったであろう。だが、ピロメラが剣でその喉を切り裂いた。その後《あと》、二人は、まだ生《せい》があり、僅かな命を留めている幼子《おさなご》の身体をずたずたに切り刻んだ。その一部は銅釜でぐつぐつ煮られ、一部は串に刺されてじゅうじゅう焼かれた。奥の間は血の海となった。

　何も知らない夫テレウスを、妻が招いた宴席の馳走がこれであった。プロクネは、それが代々伝わる仕来たりの聖餐で、連なることが許されるのは夫だけ、と偽って、供回りの者たちや召使たちを遠ざけた。
テレウスは自ら父祖伝来の玉座に高々と腰を掛け、
出された馳走を食し、〔いわば〕己の腸《はらわた》を己の腹に詰め込んでいったのだ。
その暗愚の心の闇は余りにも深かった。彼は言った。「イテュスをここへ」と。
プロクネは残酷な喜びを押し隠すことができず、
早や、己自身の不幸でもある禍の使者になりたくて堪《たま》らず、言った、
「お求めの子は、あなたの中にいるわ」と。テレウスは辺りを見回して、
「どこにいるのだ」と訊いた。子供を探し、再びその名を呼ぶテレウスの前に、
狂乱の殺害の血に塗《まみ》れた髪の毛を振り乱したままの姿で、
ピロメラが躍り出し、血濡れたイテュスの頭《こうべ》を父親の顔めがけて
放り投げた。この時ほど切に、口が利けたら、と思ったことはなかった、
勝ち誇る喜びを表す、相応しい言葉を浴びせてやれたら、と。
トラキアの王は激しく絶叫しながら卓をひっくり返し、蛇髪の
姉妹〔復讐女神〕たちに呼びかけて、ステュクス流れる谷から出《い》で来《き》たれ、と叫んだ。
テレウスは、できることなら、胸を切り裂き、そこから、悍《おぞ》ましい
馳走、喰らったわが子の肉を取り出したいと願うかと思えば、また、
泣き叫び、自分をわが子の哀れな墓場と呼びもする。やがて、
遂には、抜き身の剣を手に、パンディオンの娘たちの後を追った。逃げる

ケクロプスの末裔《すえ》の娘たちの身体が翼で宙に浮かんでいるようであった。二人は
実際、〔鳥となって〕翼で宙に浮かんでいたのだ。一羽〔夜鳴鶯《ナイチンゲール》〕は森へ飛び去り、
もう一羽〔燕〕は家の軒下に入っていった。今でも、その胸からは殺人の跡が
消えておらず、羽根は血の印の色〔前者は薄茶、後者は赤〕に染まっている。*
テレウスのほうも、悲しみと復讐の怨念に駆られて激しく追跡している内に、
鳥に変身した。頭の上に冠様《かんむりよう》の羽が〔広げると八本〕あり、
手にしていた長い剣《つるぎ》は変じて、長い嘴《くちばし》となった。
鳥の名は八《や》つ頭《がしら》と言う。その顔立ちは、さながら武装した戦士のようだ。
　娘を失ったこの悲しみは、長い老年の最後の時を縮め、
時ならずしてパンディオンを冥界の死者たちの許へと送った。その後《あと》、
王笏を握り、領地と国政を支配したのはエレクテウス*で、その威勢が
正義によるものか、勇武によるものか、いずれとも決しかねる傑物であった。
彼には四人の息子と、同じく四人の娘が生まれていたが、
四人の娘の内の二人の美しさは甲乙つけ難かった。アイオロスの孫
ケパロス*は、その内の一人、プロクリス、汝を妻に迎えて幸せを
謳歌していた。だが、もう一人の娘オレイテュイアを愛したボレアスは、彼女に
懇願で迫り、力ではなく嘆願で思いを叶えようとしていた間は、テレウスや
トラキア人と同郷ということで、とばっちりを受け、長い間、割を食っていた。

しかし、甘言では事が何も進まないと悟ると、
ボレアスの常で、余りにも身に沁みついた憤怒で荒々しく言った、
「それも当然だ。どうして俺に相応《ふさわ》しい武器を使わなかったのだ、
強暴さ、力、怒り、威嚇的な猛々しい気性だ。それを、
そんなものを使うのは俺の名折れの懇願などに頼ったりして。
力こそ俺に相応しい。その力で俺は陰鬱な黒雲を駆り立て、
その力で海原を波立たせ、節くれだった樫の木を根刮《ねこそ》ぎにし、
雪を凍らせ、大地を霰《あられ》で撃つのだ。
俺はまた、大空で兄弟の風たちと出会うと
――そこが俺の戦場だからだが――凄まじい力で格闘し、
ために、衝突する俺たちの間に挟まれた大気は雷鳴を轟かせ、
空《うつ》ろな雲間《くもま》から稲光が発せられて、た走《ばし》るのだ。
更にまた、俺は大地の下の窪んだ洞穴《ほらあな》に入り込み、その
洞穴の底深くにこの背を当て、荒々しく持ち上げて、
冥界の死霊たちや大地を遍《あまね》く激しい振動で揺さぶりもするのだ。この
力の援けを借りてこそ、結婚を求めるべきだった。俺はエレクテウスを、
懇願によってではなく、力ずくで舅《しゅうと》にしなければならなかったのだ」。
こういう言葉を、或いは、これに勝るとも劣らぬ激しい言葉を独り言《ご》ちると、

翼を羽搏《はばた》かせた。その羽搏きで、
遍《あまね》く大地が、吹きつける風に騒ぎ、広大な海原が激しく波立った。
ボレアスは、埃塗《ほこりまみ》れの外套*を靡《なび》かせながら、山々の頂を掠《かす》め飛び、
大地をさっとひと掃きすると、靄《もや》に身を包み、恐れで怯える
オレイテュイアを、愛おしみながら、黄金色の翼で抱擁した。
略奪者は、彼女を掻き抱いたまま空を飛び、翔るほどに、愛の炎は煽られて、
益々激しく燃え上がったが、キコネス族縁《ゆかり》の地〔トラキア〕の民の許《もと》、その都城に
着くまでは、天翔ける飛行の速度を緩めることはなかった。
その地で、アクテ〔アッティカ古名〕の乙女は、凍てつく風の王ボレアスの后となり、
双子の兄弟を産んで、母親となった。この双生の兄弟は、
他の点では母親似であったが、唯《ただ》一点、父親譲りの翼をもっていた。
尤も、その翼は生まれつき身体に生えていた訳ではなく、
金色の髪の下に、まだ髭が生えていなかった間、
少年の頃のカライスとゼテスには羽がなかった。
やがて、長ずるにつれ、頬に金色の髭が生え出すのと同時に、
羽毛が、鳥のように、二人の身体の両脇を覆っていったのだ。
かくして、少年期が青年期に譲ると、二人は
ミニュアスの後裔たちと共に、黄金色に輝く毛の金羊皮《きんようひ》を求めて、未知の

海原を経巡りつつ、〔人類〕最初の遠洋船の航海の冒険に乗り出した。

訳注

六　ミネルウァ（アテナ）は、技芸、特に機織りを司る女神。第四巻三七―三九参照。

九　正確にはアッキガイ（悪鬼貝）科の巻き貝であるシリアツブリガイ（学名 Bolinus brandaris ＝ Murex brandaris）で、その鰓下腺《さいかせん》（パープル腺）から得られる微量の分泌液を染料（高価、貴重な貝紫あるいは緋色。色としては紫から緋まで幅がある）とした。ポエニキア（フェニキア）のテュロスが、その産地として名高い。

七〇　第二巻五五五行注参照。

七一　「アレイオパゴス」と呼ばれる「アレス（マルス）の岩山（scopulum Mavortis）」は、「ケクロプス縁《ゆかり》の丘（Cecropia arx）」（＝アクロポリス）の西北面の中腹にある小高い岩山で、古くは長老たちの議会が開かれ、また裁判も行われたアテナイ政治の中心地的な場所であった。Anderson は、アクロポリスとアレイオパゴスは「まったく異なる（quite distinct）」と言って、オウィディウスの記述を「無頓着（casual）」としている（Miller 1977 も同様）。これは「ケクロプス縁の丘にある軍神アレスの岩山と、〔そこ＝岩山で行われた〕その地の名称を巡る古の争い」を描いたと解して地理の不正確さを指摘したものだが、オウィディウスの原文は「争い」が「そこ、つまり軍神アレスの岩山で行われた」とは言っておらず、単に「〔ケクロプス縁の丘にある〕軍神アレスの岩山と、その地の名を巡る古の争い」を描いたとしか言っていない。「ケクロプス縁の丘にある軍神アレスの岩山」は、「ケクロプス縁の丘と、その中にある軍神アレスの岩山」とも解せるであろう。右で述べたように、アレイオパゴスはアクロポリス西北面にあり、丘の一部なので、オウィディウスの in arce（丘の中にある）は、むしろ正確。原文の arx の問題の解法として、Bömer 1969-86 は「城塞」ではなく「都（Stadt）」（＝アテナイ）と解することを提案しているが、むしろウェルギリウスの「〔ローマの〕七丘（septem arces）」（『農耕詩』二・五三五）のように「丘」ととるべきであろう。arx のこの意味での用法は多い。

七二　以下、アテナイの支配権をめぐってポセイドン（ネプトゥヌス）とアテナ（ミネルウァ）が争ったとされる神話が語られる。アテナイにとって有益なものを与えてくれる神に軍配があげられるという取り決めで、結局、オリーブを送ったアテナが勝利し、名称もその名にちなんでアテナイとされた。ヘロドトス『歴史』八・五五、アポッロドロス三・一四・一。

七九　第二巻七五四行注参照。

八〇　ハイモスとロドペは兄妹であったが、愛し合い、不遜にも互いにゼウス（ユピテル）とヘラ（ユノー）と呼び合っていたため、トラキアの同名の山（脈）に変えられたという。偽プルタルコス『川について（*De fluuiis*）』（＝『川と山の名称と、そこで見出される事物について（*Peri potamon kai oron eponymias kai ton en autois heuriskomenon*）』）一一・三。

九〇　アエティオピアに住む小人族ピュグマイオイ人が鶴と戦っているという話は、ホメロス『イリアス』（三・三以下）で語られている。「ピュグマイオイ人の母親」の名は、オイノエ（アントニヌス・リベラリス一六）もしくはゲラナ（アテナイオス『食卓の賢人たち』九・三九三e―f）と言う。彼女が神々を崇めず、不敬であったため、ヘラ（ユノー）が鶴に変え、ピュグマイオイ人と戦うようにさせたという。この話の出典は、アントニヌス・リベラリスが引用したと述べているヘレニズム期の文法家ボイオ（ス）の著作で、オウィディウスの友人アエミリウス・マケルがラテン語訳したと言われる『鳥類の系譜（*Ornithogonia*）』（散逸）。

九三　この話も、おそらく前注に挙げたボイオ（ス）の『鳥類の系譜』が出典だと推測されるが、オウィディウス以外に典拠がない。邦訳書の一つ（田中・前田訳）は、「アンティゴネ」に注して「トロイア王ラオメドンの娘。ユノよりも髪の毛が美しいと誇ったために、髪の毛を蛇に変えられ、さらにこれを不憫におもった神々（または、ユノ自身）によって蛇を食うこうのとりに変えられた」としているが、これは、おそらくStoll (Roscher, Bd. 1, Abt. 1, S. 374（「Antigone」の項（Antigone 3）））を引いたものと思われる。しかし、Stollが挙げている典拠はオウィディウスのこの箇所と、セルウィウスの『ウェルギリウス『農耕詩』注解』二・三二〇、および『ウェルギリウス『アエネイス』注解』一・二七のみ。セルウィウスの注解はオウィディウスのこの箇所を念頭にしながらのものと考えられるが、その二つの注解からStollのような解釈あるいは読みはとうていできない。セルウィウスは『ウェルギリウス『アエネイス』注解』（一・二七）では「蔑ろにされた美」の例としてトロイアの「パリスの〔美の〕審判」を述べたあと、このアンティゴネに言い及んで、オウィディウスとほぼ同じこと、つまり「ラオメドンの娘アンティゴネが容姿の美を誇る高慢さのために（propter fomae adrogentiam）コウノトリに変えられたことは周知の事実」とだけ言い、一方、『ウェルギリウス『農耕詩』注解』（二・三二〇）では、ウェルギリウスの原文「蛇に嫌われる白い鳥（candida avis invisa colubris）」を注解するのにユウェナリスの「コウノトリ（ciconia）は蛇で雛たちを養う」（『諷刺詩』一四・七四）を引いているにすぎないのである。Stollの言う「長い美しい髪の毛を蛇に変えられ云々」は推測、というより想像の域を出ない。「イリオン」（トロイアの雅称）や「ラオメドン」などの言葉から考えてトロイアに関わる女性のようであるが、ここに語られていること以外は不明。

九八　この話を伝える作品などは他に知られていない。

一〇四　エウロパの話は、すでに第二巻八三三以下で語られていた。

一〇八　鶉《うずら》に変身し、のちに島（デロス）になったアステリエについては、第五巻六四〇行注参照。

一〇九　スパルタ王テュンダレウスの妻レデ（レダ）は、白鳥に変身したユピテルと交わり、トロイア戦争の因となったヘレネと、カストルとポリュデウケス（ポッルクス）の双子（のちに双子座となる）を産む。

一一〇　異伝はあるが、スパルトイ（第三巻一二九行注参照）の一人クトニオスの息子ニュクテウスの娘アンティオペ。ユピテルとの間に、テバイ王となるアンピオンとゼトスの双子の兄弟を産んだ。アンピオンは、竪琴の名手で、竪琴の調べでテバイの城壁を築いたという（本巻一七八参照）。ニオベ（その物語は本巻一四八以下で語られる）の夫。ホメロス『オデュッセイア』一一・二六〇—二六五参照。

二一　ティリュンス王アンピトリュオンの后アルクメネ。アルクメネを愛したユピテルは、夫が遠征で不在の折、夫になりすまし、遠征から帰国したように偽ってアルクメネと交わった。アルクメネは双子を産んだが、ユピテルからはヘラクレス（ヘルクレス）が生まれ、アンピトリュオンからはイピクレスが生まれた。ティリュンスは、ペロポンネソス半島のアルゴリス地方の古都で、ヘラクレスの生誕の地とも言い（ディオドロス・シケリオテス四・一〇・一—二、セルウィウス『ウェルギリウス『アエネイス』注解』七・六六二）。なお、テバイ生まれとする伝については、第九巻一一一行注参照）、「ティリュンスの英雄」（第七巻四一〇）とはヘラクレスのことであるが、ここではその形容が母アルクメネに用いられている。

二二　ダナエについては、第四巻六一〇行注、第五巻二四二行注参照。

二三　河神アソポスの娘アイギナ。ユピテルと交わってアイアコスを産んだ。アイアコスは、オイノピア（のちにアイアコスが母の名にちなんでアイギナと名を変えた）の王で、ペレウスやテラモンの父、したがってアキレウスや大アイアスの祖父にあたる。アイアコスに関しては、第七巻四七一以下で語られる。

二三　ムネモシュネ（「記憶」の意）は、ウラノスとガイアの娘で、ティタン神族の一。ユピテルと九夜交わり、人々の苦しみ、悲しみを忘れさせてくれる存在としての九柱の、音楽、学芸を司るムーサたちを産んだ（ヘシオドス『神統記』五三以下）。ユピテルが「火炎（ignis）」になったと伝える典拠は他にない。

二四　デオーは、ケレス（デメテル）の異称。その娘はプロセルピナ（ペルセポネ）で、蛇になったユピテルと交わり、ザグレウスを産んだ。ザグレウスはヘラ（ユノー）の憎しみを買い、ティタンたちによって八つ裂きにされて食べられてしまったが、心臓だけはアテナ（ミネルウァ）に救われて生き残り、これをユピテルが呑み込み、もしくはセメレに呑み込ませたあと、セメレと交わって生まれたのがディオニュソスだという。特にオルペウス教徒によって、ザグレウスの生まれ変わりがディオニュソスだと信じられた。ヒュギヌス一六七、ツェツェス『リュコプロン注解』三五五、ディオドロス・シケリオテス三・六四・一など参照。この点については、第三巻三一七行注も参照。

二六　以下、ネプトゥヌスの恋愛譚が語られる。アイオロスは、西の果ての浮き島アイオリアに住む風神（第一巻二六二行注参照）。その娘はカナケ。アイオロスには六人の息子、六人の娘がいたが、風神自らがそれぞれを夫婦にさせていたという伝もある（ホメロス『オデュッセイア』一〇・一以下。第九巻五〇七も参照）。別伝では、カナケはネプトゥヌスと交わり、巨人アロエウス（次注参照）など、五名の息子を産んだという（アポッロドロス一・七・四）。さらに別伝では、末の兄弟マカレウスが姉妹のカナケを愛し、子供まで孕ませたことを憤った父の風神がカナケに自殺を強いた（オウィディウス『名高き女たちの手紙』一一、ヒュギヌス二四三）、あるいは父の風神に殺された（ヒュギヌス二三八）とも言う。

二七　ここには二つの話が混在している。オウィディウスが意図的にアラクネに誤らせたか、オウィディウス自身に混乱があるか、いずれかだが、おそらく後者。ホメロス『オデュッセイア』一一・二三五―二五九には、河神エニペウスに思いを寄せる、アイオロスの息子クレテウスの妻テュローを見初めたネプトゥヌスがエニペウスに変身してテュローと交わり、息子ペリアスとネレウスを産んだとある一方、そのあとには（同書、一一・三〇五―三二〇）、アロエウスの妻イピメデイアがネプトゥヌスの種を宿し、二名の巨人オトスとエピアルテス（「アロイダイ」（アロエウスの子たち）と呼ばれる）を産み、彼らはオリュンポスの神々に戦を仕掛けて滅ぼされた（この戦の別伝については、第一巻一五二行注参照）と語られている。

二七　トラキア王ビサルテスの娘で、この上ない美貌の乙女テオパネ。彼女を愛していたネプトゥヌスは、彼女に言い寄る求婚者が大勢いるので、彼女をクルミッサという島に移した。しかし、求婚者たちも押し寄せてきたため、彼女を雌羊に変え、自分も雄羊に変身し、島の住民も家畜にしたが、求婚者たちが家畜を殺して食用にしたのを見て、彼らを狼に変えた。ネプトゥヌスは、その後テオパネと交わり、金羊皮をもつ雄羊が生まれる。プリクソスが、それに乗り、コルキスに渡ったというのが、この羊だとされる（ヒュギヌス一八八）。アルゴー船の乗組員を率いたイアソンは、コルキス王アイエテスがマルスの聖林の木にかけて竜に見張らせていたこの金羊皮を求めて遠征の旅に出て、メデイアと出会う。イアソンとメデイアの話は、第七巻一以下で詳述される。

一二八　ケレスが行方不明の娘プロセルピナを探している時、ネプトゥヌスが交わろうと迫ってきたので、雌馬に変身すると、ネプトゥヌスも雄馬に変身して思いを遂げたという。ケレスは娘（ケレスの信者以外には名が秘されている）とアレイオンという、のちにヘラクレスやテバイ攻めのアドラストスが乗ることになる馬を産んだとされる（パウサニアス八・二五・五）。

一二九　この話は他に伝承がない。「翼ある天馬」は、ペガソスとクリュサオル（第四巻七八五―七八六参照）。「蛇髪の母親」メドゥサについては、第四巻六九九行注参照。

一三〇　ツェツェスの『リュコプロン注解』二〇八に、メラントーをデウカリオン（第一巻三一三以下参照）の娘とし、「デルポイ〔アポロの神託所〕はポセイドン〔ネプトゥヌス〕とメラントーの子デルポスから名づけられたと言う人もいる」とある。ネプトゥヌスは、詩や図像あるいは宗教儀礼で、しばしば海豚とともにいる姿で描かれたり、海豚やアポロ・デルピニオス（「デルピニオス」はアポロにつけられる形容で、「海豚（delphis = delphin）」と関連づけられる）と結びつけられたりするが、ネプトゥヌス自身が海豚に変身したというのはオウィディウスの創造あるいは想像であろうとされる。

一三一　キュクロプスを殺した償いに、アドメトスのもとで奴隷奉公を命じられた時のことを言う。第二巻六七六以下、六四八行注、六八二行注参照。

一三三　以下、アポロの三つの変身譚が言及されるが、他に典拠がない。

一二五　アテナイ人イカリオスもしくはイカロスの父思いの娘。父がディオニュソスから教えられた葡萄栽培と葡萄酒造りを広めていたところ、葡萄酒を毒と思われて殺され、行方不明の父を探し回った挙げ句、忠犬マイラの導きで父の遺体を発見し、悲しみのあまり自殺するが、父親イカリオスは牛飼座に、エリゴネは乙女座に、イカリオスの屍を見つけた忠犬マイラはシリウス星に変えられたという。第一〇巻四五〇—四五一参照。

一二六　サトゥルヌス（クロノス）は、オケアノスの娘ピリュラ（のちに菩提樹に変身する）と交わり、半人半馬の賢者ケイロンを産んだ。サトゥルヌスがピリュラと交わっている最中に妻レアに見つかり、サトゥルヌスが慌てて馬に変身して逃げ出したため、生まれたケイロンは半人半馬になったという。アポッロニオス『アルゴナウティカ』二・一二三一—一二四一、ヒュギヌス一三八。

一四五　これも一種の由来譚で、アラクネはギリシア語で「蜘蛛（arachne（s））」を意味する。

一五三　本巻一一〇行注参照。

一七三　第四巻四五六行注参照。

一七四　ニオベの母は、ディオネ（ヒュギヌス九）ともエウリュアナッサ（ツェツェス『リュコプロン注解』五二）ともされる。後者は河神パクトロスの娘で、プレイアデスとは関係がない。プレイアデスは、アトラス（第四巻六二八行注、六六二行注参照）とオケアノスの娘プレイオネの七名の娘たちで、のちにプレイアデス星団（和名「昴《すばる》」）になったとされるが、その中にディオネは含まれない。やはりアトラスとプレイオネ（アイトラとも言われ、またプレイオネとアイトラは同一人物とも言われる）の娘たちに、のちにヒュアデス星団になったとされるヒュアデスがいる。その人数や名は伝によってまちまちだが、ペレキュデスの断片四六（＝*Scholia in Homeri Iliadem*, 18. 486）に挙げられた七名のヒュアデスの中にディオネの名が見える。オウィディウスがニオベの母として「プレイアデスの姉妹（Pleiadum soror）」と言っているのは、このディオネのこと。

一七四　アトラスについては、第四巻六二八行注、六六二行注参照。

一七六　ニオベの父タンタロスはユピテルの子で、ニオベの夫アンピオンもユピテルの子（本巻一一〇行注参照）。ユピテルは、ニオベの祖父でもあり、舅でもある。

一九〇　デロスは、元は浮き島で、このラトナのお産の時から固定された島になった。第五巻六四〇行注参照。

二〇一　この行の前半部は、底本の infectis propere ite sacris で読む。

二一三　父親タンタロスの「最も恥ずべき病である、口の放埒さ（akolaston glossan）」（エウリピデス『オレステス』一〇）は一種のトポス（常套句）のようになっていたという。娘もその例に漏れない（本巻一五一参照）。

二六三　この行は Tarrant の底本では削除記号が付されているが、Anderson の底本に従う。

三一一　シピュロス山。本巻一四九参照。

三二九　ローマの山野の神霊。第一巻一九三行注参照。

三三五　エウリピデスの悲劇『ヘカベ』（四五五―四六五）では「棕櫚〔パッラス・アテナの聖木〕と月桂樹」となっており、それは「女神〔のお産〕のために、この時初めて生え出た（protogonos）」と言われる。

三八四　ミネルウァ（アテナ）は、ギリシア語で「アウロス（aulos）」と呼ばれる、葦二本を合わせた縦笛（ヒュギヌスでは「角笛」、オウィディウス『祭暦』では「黄楊笛」となっている）を発案したが、頬を膨らませて吹く時の顔が醜くなるので捨てると、マルシュアスが拾い、練習して上手になると、勝ったほうが負けたほうをどうにでもできるという取り決めで、アポロに演奏の技競べを挑んだ。アポロは竪琴を逆さにして弾き、マルシュアスに同じように演奏するよう言ったが、マルシュアスはできず、アポロが勝利し、ここで言われているような罰を与えた（アポッロドロスでは、木に吊るして殺したという）。オウィディウス『祭暦』六・六九五―七一〇、ヒュギヌス一六五、アポッロドロス一・四・二。

三八五　マルシュアスは、プリュギアのサテュロス（山羊の脚と馬の尻尾をもつ好色、滑稽な半人半獣の山野の神霊）で、この言葉もその滑稽さを狙ったもの。

四〇三　ニオベの夫アンピオンについては、本巻一一〇行注参照。

四〇四　タンタロスの子ペロプスについては、第四巻四五六行注参照。

四一〇　神々の宴に供されたペロプス（第四巻四五六行注参照）の肩は、行方不明になった娘プロセルピナ（ペルセポネ）のせいで心痛のあまり、心ここにあらずのケレス（デメテル）がうっかり食べてしまった。まったき身体を回復したペロプスは、成人するとピサの王オイノマオスの娘ヒッポダメイアに求婚するが、戦車競走で王に勝利すれば結婚を許すという条件をつけられ、それに応じる。この時、王の御者ミュルティロスを莫大な報酬を約束して買収し、王の乗る戦車の車輪止めのピンが外れる細工をさせて勝利するが、約束した報酬を払わず、あまつさえ御者を海に突き落として殺害した。ミュルティロスは（一伝では、競走で転落死したオイノマオスが、とも言う）この時、ペロプスに呪いをかけ、この呪いがペロプスの一族にまとわりつき、一族はペロプスの子アトレウスとテュエステスの王権をめぐる凄惨な争い、王となったアトレウスの子アガメムノンの妻クリュタイムネストラの不倫と夫殺害、その子オレステスとエレクトラによる母親殺しの復讐という、打ち続く悲劇に見舞われていくことになる。ペロプスの男子の子には、アトレウス、テュエステスの他に、テセウスの祖父にあたるピッテウス、オイディプスの悲劇の因となったクリュシッポスなどがいる。

四一四　ペロポンネソスは「Pelopo-（ペロプスの）＋nesos（島）」の意。ペロプスは、アトレウスの父、アガメムノンの祖父として、スパルタ台頭以前、広くそのペロポンネソス半島を支配したミュケナイ王家の祖。

四一五　ディアナの怒りを買ってカリュドンが苦しめられた大猪退治の物語は、第八巻二七〇以下で語られる。

四一八　ネプトゥヌス（ポセイドン）とニンフのテュローの子。ネストルの父。十二人の息子がいたが、ネストル以外は皆、ヘラクレスに殺されてしまう。第一二巻五五二行注、五五六行注参照。

四一八　ペロプスの子で、テセウスの祖父。ペロプスの子については、本巻四一〇行注参照。

四二三　アポッロドロス（三・一四・八）では、パンディオンは、国境をめぐってテバイのラブダコスと争いになった時、アレスの子のトラキア王テレウスの援助を請うて戦に勝利すると、娘のプロクネを嫁に与えたという。オウィディウスの原文「海を運ばれてきた蛮族の軍勢」の意味は、それを伝える典拠が他になく不明。おそらくオウィディウスの創作か。アポッロドロスでは（ヒュギヌス四五もほぼ同様）、テレウスはプロクネとの結婚後、ピロメラに思いを寄せ、プロクネを山中に幽閉した上で、プロクネが死んだと偽って、ピロメラを後添いに求めてパンディオンに許され、結婚したという。その後の経緯は、オウィディウスとほぼ同様。同じ素材ながら、アントニヌス・リベラリス（一一）は、ボイオ（ス）の『鳥類の系譜』にある話として、かなり話形の異なる話を伝えている。

四二三　第五巻六六〇行注参照。

四二六　エリクトニオス（第二巻五五三行注参照）の子。妻ゼウクシッペとの間に双生のエレクテウスとブテスの二人の息子とプロクネとピロメラの二人の娘をもうけた。

四二八　ユノーは、婚姻を司る女神でもある。第三巻二六九行注参照。

四三〇　この名については、第一巻二四一行注参照。

五八七　原語は trieterica で、「三年（目）ごと」と誤解されがちだが、ローマでは祭儀のあった年を一年目とする数え年計算なので、「三年目」は翌々年になり、「二年ごと」、つまり「隔年に」と同義。第九巻六四一で言われている triennia（< triennis）も同様。

五九三　「神杖（テュルソス）」については、第三巻五四一行注参照。

六七〇　オウィディウスの記述では、どちらが夜鳴鶯（ナイチンゲール）になり、どちらが燕になったのかは分からない。ギリシアではプロクネが夜鳴鶯、ピロメラが燕（アポッロドロス三・一四・八）、ローマではその逆（オウィディウス『祭暦』二・八五三—八五六、ヒュギヌス四五）が普通。ちなみに、イテュスは、セルウィウス（『ウェルギリウス『牧歌』注解』六・七八）によれば、fassa になったというが、これはおそらく phassa ＜ phasianus ＝ ornis phasianos で、「パシス川縁《ゆかり》の鳥」＝「雉」（学名 Phasianus colchicus）であろうという（Roscher, Bd. 2, Abt. 1, S. 572 参照）。

六〇七　アテナイの伝説的な古王。エリクトニオス（第二巻五五三行注参照。エレクテウスは、このエリクトニオスと同一視されることもある）の子のパンディオン（本巻四二六行注参照）の子。妻プラクシテアとの間にもうけた息子、娘については、その数が伝によってまちまち。特に息子は、ケクロプス（Ⅱ）、アルコン、テスピオスなど、少なくとも八人の名が伝わる。娘については、メロペ、クレウサ、オレイテュイア、プロクリスの四人の名が伝わる（他に六人、あるいは三人の伝もある）。ヒュギヌス（四八）の記すアテナイ王の系譜を順に示せば、ケクロプス（Ⅰ）（本巻四二六行注参照）→エリクトニオス（第二巻五五三行注参照）→パンディオン（Ⅰ）（第二巻五五五行注参照）→エレクテウス→ケパロス（次注参照）→アイゲウス（ケクロプス（Ⅱ）の子パンディオン（Ⅱ）の子）→テセウス→デモポンとなる。別伝（アポッロドロス三・一五・五―六）では、エレクテウス以下は、ケクロプス（Ⅱ）→パンディオン（Ⅱ）→アイゲウスの順になっている（第八巻七行注参照）。

六八一　デウカリオンとピュッラ（第一巻三一八以下参照）の子ヘッレンとニンフのオルセイスの間に三人の息子がいたが、その一人アイオロスとエナレテの間の七人の息子の一人デイオン（デイオネウスとも言う）の子。デイオンはポキスの王だが、ケパロスは長じてアッティカに移住し、ここで言われているように、その地の王エレクテウスの娘プロクリスと結婚してアテナイ王となった（アポッロドロス一・七・二―三、一・九・四。ヒュギヌス（二七〇）では、ケパロスはアテナイ王パンディオンの子とされている）。やや異なる話素を含むケパロスとプロクリスの話が、アントニヌス・リベラリス（四一）にある。

七〇五　「大地をさっとひと掃き」（本巻七〇六）して砂塵を舞い上げる、その激しさの表れとでも言うべきか。

第七巻

10

既に、ミニュアスの後裔たち*はパガサで建造された船で海原を切り進んでいた。その途次、盲目の永遠の闇の中、寄る辺《べ》ない老年を送るピネウスの姿を目にし、アクイロー〔＝ボレアス〕の子の二人の若者が女面《にょめん》の怪鳥どもを哀れな老人の口もとから追い払ってやっていた*が、名だたる英雄麾下《きか》の一行〔アルゴー船乗組員〕は、数多《あまた》の艱難を経た後、遂に濁流渦巻く急流パシスの河口に辿り着いていた。

当地の王*と面会し、プリクソス縁《ゆかり》の金羊皮《きんようひ》の返還*を求めると、難行を課す恐ろしい条件を突き付けられた。そうこうする間《あいだ》にも、アイエテスの娘〔メデイア〕は〔イアソンへの〕激しい恋の炎を掻き立てられ、長い間、懊悩しつつ、狂おしい恋心を理性では抑えきれずにいたが、こう独り言《ご》ちた、「メデイアよ、逆らっても無駄。何神かは知らないけれど、神様がお前の邪魔をしているのよ。これが愛と呼ばれるものなの？　ええ、屹度《きっと》、それに似たものに違いない。でなければ、お父様のお指図が、私には余りにも過酷と思われるのは何故？　確《かた》かに、あれは過酷すぎるお指図。でも、つい先頃、お姿を目にしたにすぎない方なのに、その無事を憂えるのは何故？　これほど大きな恐れの理由は何？　ああ、不幸な私、乙女のこの胸に受けた恋の炎を追い払うのよ、できるのならね。それができさえすれば、もっと正気になれるわ。でも、私は初めて覚える

衝動に、思わず引きずられていく。心はそうしたいと願い、理性は
それはならぬと説きつける。好ましいほうは分かっていて、それがよいことと
思いつつ、好ましくないほうを、私は追い求めている。何故、うら若い王女の私が
異国の人に恋い焦がれ、異郷の人との結婚を夢見るの。あなたが
愛することのできる相手はこの地にもいる筈。あの方が生きるか死ぬかは
神々の御《お》心次第。でも、あの方には生きていてほしい。そう願うのは、愛の心が
なくとも許される。だって、イアソン様が、どんな悪事を働いたというの。
無慈悲な心の人以外、誰がイアソン様の若いお歳や、お家柄、勇ましい
御心に心動かされずにおれましょう。他《ほか》はさておいても、そのお顔立ちに
心惹かれない人がいましょうか。少なくとも私は心惹かれました。でも、私が
お助けしなければ、あの方は雄牛の口から噴き出る炎で身を焼かれます。
それに、自ら種を蒔き、大地から生まれる実りの戦士たちを敵として戦ったり、
或いは、獣のように、貪婪《どんらん》な竜の餌食となったりする羽目になりましょう。
そんなことを黙って見ていられるのなら、私は自分が雌虎から生まれた娘、
鉄の心、石の情を持った人間だと認めるわ。でも、何故なの、あの方が
死んでゆくのを黙って眺められないのは。黙って眺めて、この目が罪の汚れを
受けるわけでもないのに。どうして、あの人に向かっていくよう、雄牛や、
大地から生まれる荒くれの戦士たちや、不眠の竜を嗾《けしか》けようとはしないの？

ああ、神様方、そんなことなど決してありませんよう。いえ、そうならぬよう、
祈るのではなく、自らの手でしなければ。では、父の王国を裏切ろうというの。
そうして、見知らぬ異国の人間が私の助けで生き永らえ、
私に救われて、無事に帆を風に託して祖国に帰り着き、別の女の夫となり、
このメデイアのほうは、置いてきぼりにされて、罰を受けることになるというの。
そんな仕打ちができるのなら、そして、私より他《ほか》の誰かを大事に思えるのなら、
そんな恩知らずは滅びてしまうがいいのです。でも、あの方の、あのお顔立ち、
あの御心の気高さ、あのお姿の美しさから察するかぎり、
裏切りや、私の功労が忘れ去られる心配をしなくともよいように思える。
それに、何なら、予め約束して貰い、神々を、交わす契りの証人に
して貰えばいいわ。何の心配もないのに、何が怖いの。さあ、用意はいい？
尻込みは一切無用。イアソン様はいつまでもお前に恩義を抱き続けるでしょう。
あの方は厳かな婚儀でお前と結ばれ、お前はペラスゴイ人*の末裔《すえ》の都という都で、
大勢の母親たちから〔アルゴー船乗組員たちの〕救い主と称えられることになるのよ。
では、私は、風孕《はら》む帆に運ばれて出奔し、姉や弟や父を、
それに祖国の神々や、生まれ故郷の土地を捨てていくというの？　そうよ、
父は*過酷な人だし、ええ、そう、私の祖国は野蛮な地だし、弟はまだ幼い
子供。*姉の願いはいつも私の味方、しかも、私の中にはどの神よりも偉大な

〔「愛」という〕神様がいる。後に残していくのは大したものではない。でも、
後を追っていくのは大したもの。アカイア〔=ギリシア〕の若者らの救い主という誉《ほまれ》ある名、
祖国より、はるかに優れた文明の地、また、この地でも、その名、赫々と
聞こえている名高い市々《まちまち》や、各地の文物や学芸、それに、何より、その方と
引き換えなら全世界にある財物全てを擲《なげう》ってもよいと思う、アイソンの
御《お》子がそれ。私は、そのイアソン様を伴侶として、幸せな女、神々にも
愛《め》でられる女と、もて囃《はや》され、その幸せの絶頂は天にも届く者となりましょう。
では、どんなものかは知らないけれど、海の只中で撃ち合うと言われている
山なす巌《いわお》*〔撃ち合い岩《シュンプレガデス》〕や、船に仇《あだ》なし、海水を飲み込むかと思えば
吐き出しもするカリュブディス〔メッシナの大渦〕、また狂暴な犬どもを腰に巻き、
シキリアの海で吠え声を発しているという貪婪なスキュッラ*はどうするの。
構わないのよ、愛する方を摑まえて離さず、その懐《ふところ》にしがみついて、遥か遠い
潮路を越え、私は運ばれていくの。あの方を掻き抱いている限り、怖いものなど
何もない。恐れるものがあるとすれば、それは夫となったあの方の身の上だけ。
でも、メデイア、あなたはそれが結婚だと思うの？　自分の罪ある行いを
聞こえのいい名で呼ぼうとしているだけのことではない？　そう、よく考えるの、
どれほどの罪を犯そうとしているのか。そうして、できる間《あいだ》に、罪を避けるの」。
そう独り言つと、眼前に「正しいこと」や「敬愛の心《ピエタス》」や「恥の心」が

髣髴《ほうふつ》と立ち現れ、「愛《クピドー》」は敗れて、背を向け、逃げ出していった。
　メデイアは、木立が密に茂って影深い、人里離れた森にひっそりと佇《たたず》む、
ペルセスの娘ヘカテの社《やしろ》*に出かけていった。早や、
気持ちをしっかり持ち、恋の熱は追い払われて、既に去っていた。だが、折しも
彼女はアイソンの子の姿を目にとめ、消えていた炎が再び燃え上がった。
メデイアの頰が赤らみ、顔中が火照《ほて》った。さながら、
灰に覆われた僅かな埋火《うずみび》も、風に煽られると、勢いを得て、
次第に火勢を増し、煽られ、煽られする内に、
遂には、かつての勢いを取り戻す、
まさにそのように、最早弱まり、既に萎《しぼ》んでいるかに思われた恋の炎が、
イアソンの姿を目にするや、間近に見る若者の美貌に再び激しく燃え上がった。
しかも、その時、偶々《たまたま》、アイソンの子はいつにも増して
美しかった。恋心を掻き立てられるのも無理ないことと思えた。
メデイアはイアソンを眺め、まるでその時初めて目にしたかのように、
若者の顔を凝視していたが、逆上《のぼ》せ上がった彼女は、自分が目にしているのが
人間の顔とは到底思えず、身動《みじろ》ぎもせずにじっと若者に見入ったままであった。
しかし、異郷の客人が語りかけ始め、メデイアの右手を取って、
声を落として支援を乞い、

100

結婚を約束すると、メデイアは涙ながらに言った、
「私がどうするか、分かっています。私が道を誤るとすれば、それは
為すべきことの無知故ならぬ、愛故。あなたは私の力添えで無事でおれます。
首尾よく無事の暁には、約束を果たして下さいませ」。すると、イアソンは、
三つの姿取る女神の聖なる儀式と、何神であれ、その聖林にいます神と、
将来義父となるアイソンの、万物をみそなわす父親である神*〔太陽神〕と、
事の成就と、その際の大きな危難の数々にかけて、屹度《きっと》約束を守る、と誓った。
こうして信用を得たイアソンは、直ちに、魔法をかけた薬草を受け取り、
その使い方を教えられると、嬉々として宿舎へと戻っていった。
　翌朝、早や、曙《アウロラ》の女神が輝く星々を退散させていた。
人々はマルスの聖なる野に集まり、
小高い丘に佇《たたず》んでいた。群れ集《つど》う人々の中央には、王〔アイエテス〕自らが、
紫衣《しい》に身を包み、象牙の王笏も際立つ姿で席に就いていた。
その時、見よ、青銅の足もつ雄牛たちが鋼鉄の鼻から
火を噴き出し、火炎に焼かれた草が
炎を上げている。その様《さま》は、さながら、溶解した青銅の一杯に溢れる炉が
轟音を発するよう、或いは、土の竈《かまど》で焼かれて粉々になった石灰岩〔＝生《せい》石灰〕が、
水を振りかけられると、激しく発熱して沸騰するよう。

まさにそのように、火焔を内に閉ざして渦巻かせている雄牛たちの胸や、火焔に
焼かれた喉が轟々《ごうごう》と音を立てていた。だが、その雄牛たちに、アイソンの子は
怯まず立ち向かっていった。凶暴な雄牛たちは、詰め寄るイアソンの顔のほうに
恐ろしい顔と、先端を鉄で覆われた角《つの》を向け、
蹄《ひづめ》二つに分かれる足で土を蹴って土埃《つちぼこり》を上げ、
噴き出す火焔の混じる咆哮《ほうこう》を辺り一帯に響き渡らせた。ミニュアスの
後裔たちは恐怖で立ち竦《すく》んだ。だが、イアソンは、構わず近づいていったが、
吐き出される火焔にも平然としていた——魔草の効能はそれほど大きかった——。
そうして、恐れ知らずのその手で、喉に垂れ下がる喉袋を撫でると、
雄牛たちを軛《くびき》に繋いで、重い鋤《すき》を引かせ、
鋤を入れられたことのない野を鉄の刃で切り裂かせたのだ。
コルキス人たちは驚嘆し、ミニュアスの後裔たちは歓声を上げてイアソンの
士気を鼓舞、激励した。すると、イアソンは青銅の兜から
蛇の歯*を取り出し、雄牛が耕した野に、その歯を蒔いた。
大地は強力な毒に浸された種の歯を柔らかくした。
蒔かれた種の歯は成長し、そこから新しい体が出来上がっていく。
胎児が、母の胎内で、徐々に人間の姿形をとって、
母親のお腹の中で四肢を形成していき、

やがて成熟すると、万物に共通の大気の中に姿を現す、まさにそのように、
種の歯を孕んだ大地の胎内で、人間の姿形が出来上がると、
出来上がった戦士たちは、多産の大地の上に立ち上がり、
尚更驚きだが、姿を現すと同時に、携えていた武器を振りかざしたのだ。
大地から生まれたその戦士たちが穂先鋭い投げ槍をハイモニアの
若者の頭めがけて投げつけようと振りかざすのを目にするや、ペラスゴイ*の
末裔〔ギリシア人〕の乗組員らは顔を伏せ、心も萎えた。イアソンの身体を
傷つかないよう安全にしてやった、他ならぬメデイアさえ酷く恐れた。
若者一人が大勢の敵によって攻撃されようとしているのを目の当たりにして、
メデイアは青ざめ、血の気も失せて、背筋が凍り、矢庭に座り込むと、
自分の与えた薬草の効能を確かなものにしようと、補助的な
呪文を唱え、秘術の限りを尽くした。
すると、イアソンは大きな岩石を敵の只中に投げ込み、
戦闘を自分から逸らして、敵の戦士たち自らに転じさせたのだ。
大地から生まれた戦士たちは〔動転狼狽し〕互いに傷つけ合って斃《たお》れ、
同士討ちで滅びていった。アカイア〔＝ギリシア〕の乗組員たちは歓声を上げ、
勝利者の手を取り、頻《しき》りに歓喜の抱擁を求めた。
汝もまた、蛮族の乙女よ、勝利者を抱きしめたいと思った筈だ。

「恥じらいがそれを思いとどまらせた。だが、汝は抱きついていたことだろう。
しかし、外聞への懸念がそうするのを引きとめたのだ。」
だが、できることと言えば、愛情を胸に秘め、黙ったまま心の中で喜び、
呪文と、それを授け賜うた神々とに感謝することでしかなかった。
まだ難題が残されていた。不眠不休で見張る竜を薬草で眠らせるのだ。
肉冠と、三叉《みつまた》に裂けた舌も際立ち、鉤《かぎ》なりに曲がる牙も恐ろしい竜で、
これが黄金の木〔に吊るされた金羊皮〕を守っていた。
この竜に、イアソンが、忘却《レテ》の川の薬草の汁を振りかけた上で、
静かな眠りを引き起こし、荒海や
激流をも静める呪文を三度唱えると、
今まで知らなかった眠りが竜の目に訪れ、
こうして、アイソンの子の英雄は黄金の羊皮を手に入れ、この戦利品と、
その賜物の送り主、もう一つの戦利の品を誇らしげに携えて、揚々、
勝利者として、伴侶と共に〔故国〕イオルコスの港に凱旋したのだ。
　ハイモニアの母親たちや年老いた父親たちは、無事帰国した
息子たちを迎えた感謝の印に、供物を奉納し、堆《うずたか》く積んだ
香を祭壇の火にくべ、願掛けで誓った、角《つの》を黄金で覆った犠牲獣を
贄《にえ》に捧げた。只、喜びに沸く、この人々の中にアイソンの姿はなかった。

最早、老衰の身で、死期も近かったからだ。そこで
アイソンの子は言った、「私が無事であったのも、おお、妻よ、偏《ひとえ》に
そなたのお陰だと認めるし、また、そなたは私にあらゆるものを与えてくれて、
その大恩の数々は信じがたいほどだが、それでも尚、
叶うことなら――そなたの呪文にできぬことなどない筈だからだ――私の寿命から
幾ばくかを削り、それを父の寿命に加えては貰えまいか」。涙を抑えかねながら
彼がそう言うと、嘆願する夫の孝心にメデイアは心打たれ、自らのそれとは
似ても似つかぬ心に、捨ててきた父アイエテスの姿が髣髴《ほうふつ》とした。だが、
そのような感情は口に出さず、メデイアは言った、「イアソン様、あなたの口を
ついて出た言葉の何と罪深いこと。では、苟《いやしく》もこの私が、誰かには――誰とは
申しませんが――あなたの寿命を削って別の人に移すことができる、そんな女に
見えるとでも？　ヘカテ様もそんなことはお許しになりませんし、あなたの
お求めも正しいものではありません。それより、イアソン様、もっと良い
贈り物をして差し上げられるよう、やってみましょう。私の術《じゅつ》で舅様の寿命を、
あなたの寿命を縮めたりはせずに、長くしてみせます。三つの姿取る女神様が、
私をお助けになり、お出ましあって、大いなるわが試みにご加護を下さるなら」。
　月が角《つの》をすっかり合わせて満月となるまでには、
まだ三夜あった。だが、月が盈《み》ち、満月となって煌々《こうこう》と輝き、

虧《か》ける所のない真ん丸な姿で大地を見下ろす夜になるや、
メデイアは纏う衣服の帯を解き、裸足《はだし》のまま館を出ると、
飾り気のないざんばら髪を両肩から靡《なび》かせながら、
寂寞《せきばく》とした真夜中の静寂《しじま》の中、
供も連れずに彷徨《さまよ》い歩いた。深い安らぎが昼間の煩労から、人も
鳥も獣も解放している頃おい、生け垣には物音一つ聞こえず、
［眠り込んだように、生け垣には物音一つ聞こえず］
木の葉は微動だにせず静まり返り、露含む大気も深閑として、星々だけが
瞬いている頃あいであった。メデイアはその星々に向けて腕を差し伸べ、
ぐるぐる三度回ると、流れる川から掬《すく》った水を
三度髪の毛に振りかけ、口を開けて、三度吼《ほ》えるような叫び声をあげた後、
固い地面に跪《ひざまず》いて、こう祈った、
「秘儀に何よりも忠実な夜よ、また、昼の日の光の後を受けて、
月と共に金色《こんじき》に輝く星々よ、また、
御身《おんみ》、わが企てに与《あずか》り、魔術師らの呪文と魔術の
幇助者《ほうじょ》としてお出ましになる、三つの姿取る女神ヘカテよ、また、
魔術師らに強力な薬草を授ける『大地』よ、
大気のそよぎよ、風よ、山よ、川よ、湖よ、また、

森にいます、なべての神々よ、ありとある夜の神々よ、出《い》でませ。
あなたたちの助けを得て、私は、望めば、川岸が不思議がる中、
川の流れを源へと逆流させ、呪文によって、波騒ぐ海を静まらせ、
凪《な》いだ海原を波立たせ、疾風を遠ざけては、また呼び戻しもするのです。
黒雲を呼び寄せ、黒雲を追い払い、
また、呪《まじな》いを唱えて蛇の喉首を裂き、
岩根大地に食い込む大岩や樫の大木を根こそぎにし、
森を動かし、私の命によって、山が鳴動し、大地が唸り、墓から亡霊が
現れ出もするのです。また、私は、月の女神《ルナ》よ、あなたをも引き降ろします、
テメサ産の青銅のシンバルがあなたの苦役〔＝月食〕を和らげんとして、
幾ら打ち鳴らされようとも。*わが呪文で祖父*〔太陽神《ヘリオス》〕の車駕も
青ざめ、曙《アウロラ》の女神もわが毒薬で青ざめるのです。
私の願いに応えて、雄牛の吐く炎の威力を抑え、重荷を寄せ付けぬ
その頸に軛《くびき》を付けて、曲がった鋤を曳かせてくれたのはあなた方、また、
蛇の歯から生まれた戦士らを狂暴な同士討ちに陥れてくれたのもあなた方、
また、眠りを知らぬ見張りの竜を眠らせ、守護者の竜を欺いて、黄金の
戦利の品〔の金羊皮〕をギリシアの都へと送り返してくれたのもあなた方。
今は、老年を若返らせ、華やぐ年頃に戻り、若やぐ青春を

取り戻すことのできるような薬草の液汁が必要なのです。確かに、
お与え下さるのですね。だって、訳もなく星々があのように瞬く筈はないし、
無暗《むやみ》に、翼ある竜たちの頸に牽かれた車が、ほら、そこに
舞い降りて来る筈はないもの」。事実、天空から竜車が舞い降りてきたのだ。
　メデイアはその車駕に乗り込むや、手綱を付けた竜の頸を撫で、
両の手で手綱を軽やかに操ると、
空高く牽かれていき、眼下に横たわるテッサリアのテンペの渓《たに》を
見下ろしながら、竜たちの行く手を、心当たりのある地域へと向けた。
そうして、オッサの山や高きペリオンの山、またオトリュス山や
ピンドス山、更にピンドスよりも大山のオリュンポスに生える
草々を眺めて、意に適《かな》う薬草を、あるものは根こそぎ引き抜き、
あるものは青銅の曲がった鎌で刈り取った。更に、
アピダノスの河岸に生える多くの草も、アンプリュソスの
川辺の多くの草も意に適い、エニペウス川よ、汝も例外ではなかった。
更に、ペネイオス川も、スペルケイオス川も、また、
藺草《いぐさ》多いボイベ湖も何がしかの薬草を提供した。メデイアは、また、
エウボイア〔島〕に面するアンテドンからも長命を授ける薬草を摘み取ったが、
その薬草がグラウコス*の変身で世に知られるようになるのはこの後のことだ。

さて、メデイアが、翼ある竜の牽く車に乗り、薬草を求めて
ありとあらゆる野を経めぐること、既に早や九日九夜《ここのかここのよ》に及んだ。その後《あと》、
メデイアは家路についた。竜たちは、薬草の香りに触れたにすぎなかったが、
それでも、脱皮し、齢を重ねて古くなった皮を脱ぎ捨てて、若返ったのだ。
館に帰り着くと、メデイアは敷居と門扉の手前で立ち止まった。
頭上を覆うものと言っては空《そら》しかなかった。メデイアは男性との
接触を避け、芝土で二つの祭壇を築いた。
右側にはヘカテの、左側には「青春《ユウェンタ》」の祭壇である。
この二つの祭壇に、芳香を放つ小枝や雑木の小枝の輪飾りを付けると、
祭壇のすぐ近くに、土を掘り起こして二筋の溝を造った上で、
贄《にえ》の秘儀を執り行い、黒毛の羊の喉に小刀を
突き立てて、空《から》の溝に生き血を注ぎ入れた。その後《あと》、
その上に数杯の蜂蜜の液と、
もう数杯の温かい乳《ちち》を注ぎかけ、
同時に呪文を唱えて、地下の神霊たちを呼び寄せ、
亡者らの王〔ディス〕と、勾引《かどわ》かされたその妃〔ペルセポネ〕に祈願した、
アイソンの肢体から老いの命を性急に奪うことのないように、と。
祈りと長い呟きとで神霊たちを宥めると、メデイアは

アイソンの衰弱した身体を戸外の外気の中に運び出すよう命じた。
そうして、呪文を唱えてぐっすりと熟睡させ、まるで
死体のようなその身体を、敷き詰めた薬草の上に横たえさせた。
アイソンの子に、同様、召使たちにも、その場から遠く離れるように言い、
その秘儀から不浄の眼を遠ざけるよう戒《いまし》めた。
皆は言われた通りその場を離れた。メデイアは、バッコスの信女《しんにょ》さながら、
髪を振り乱し、赤々と燃える祭壇の周りを三《み》巡《めぐ》りすると、
先端が幾つにも裂けた松明《たいまつ》を溝の黒い血溜まりに
浸し、血に染まったその松明に二つの祭壇の火で火を点け、
老人の身体を三度その炎で、三度水で、三度硫黄で清めた。
そうする間《あいだ》にも、メデイアは据えた銅釜に強力な秘薬を入れて、
これを煮込むと、秘薬はぐつぐつと煮立ち、膨らむ泡で一面、真っ白になった。
更に、その銅釜にハイモニアの谷で切り取った薬草の根や
種、花や黒い液汁を入れて煮込んだ。
これに、東方《オリエンス》の最果ての地から探してきた石と、
大洋《オケアノス》の引き潮に洗われた砂を加えた。また、
夜通し輝く月明かりの下《もと》で集めた霜も加え、更に
生き血を吸うという木菟《みみずく》の肉共々、その忌まわしい翼、更に

獣の顔を人間の男の顔に変える習いの、二つの姿もつ
狼人間*の臓物も付け加えた。また、その中には
キニュプス〔リビュアの川〕に棲む水蛇の鱗に覆われた薄皮や
長命の鹿の肝臓も欠けてはいなかった。これらに更に足して、
〔人間の〕九世代を閲《けみ》した烏《からす》の嘴《くちばし》と頭も加えた。蛮族の女
メデイアは、こうしたものや、その他《ほか》、名も分からぬ無数のものを、
人間の業《わざ》を超えた大それた企ての手立てとして整えると、
旨《うま》き実を付ける橄欖樹の、既に枯れた枝で
一切合切をかき回し、上下を何度も混ぜ返した。
すると、見よ、熱い銅釜でかき回された橄欖樹の古枝が、
先ず緑色に変じ、程なく葉に
覆われ、見る間にたわわに実を付けたのだ。尤《もっと》も、
激しい火勢の所為《せい》で、空ろな銅釜から地面に泡が飛び散り、
煮立った滴《しずく》が飛び跳ねた所は、悉《ことごと》く
大地が春の装いを帯び、花々や草々が生え出てきたのだ。
それを目にするや、メデイアは鞘から刀を抜き、
老人の喉を切り裂いて、古い血が流れ出るに任せ、
血に代えて、秘薬の煮汁を血管に満たした。更に、アイソンがその煮汁を

口や傷口から摂り入れると、忽《たちま》ちの内に、髭や髪の毛が白さを失い、黒々とした色に変じた。痩せ衰えていた身体付きはどこかに消え、青白さや老醜も失せて、窪んだ皺はふっくらと付いた肉で埋められ、手足には活力が漲《みなぎ》っている。アイソンは驚き、かつて四十年前は、自分がこんな姿だったことを思い出した。

さて、この奇跡のような、これほどの怪異な出来事を、高空《たかぞら》からリベルが目にしたが、その出来事から、自分の乳母たちにも青春の年齢を取り戻せることを知り、コルキス出の乙女からその恩恵を授かったのだった。*

パシスに生まれ育った女は〔恩恵のみならず〕本領の姦策の出番もあるよう、夫と確執があると偽り、ペリアスの*家に保護を求めて逃げ込んだように装った。すると、ペリアス当人は老衰の身であったため、ペリアスの娘たちが彼女を受け入れた。狡猾なコルキス出の女メデイアは、偽りの厚誼を見せかけて、短時日の内に娘たちの心に取り入り、自分の手柄話を話して聞かせたが、中でも最大の功績は、アイソンの老耄を消し去り、若返らせたことだと言い、殊更その点に拘《こだわ》るのだった。そのため、ペリアスの娘たちの心に希望が湧いた、同様の術を施して貰えれば、自分たちの父親も若返らせることができるのではないか、と。

娘たちはメデイアに頼み込み、幾らでも払うと約束して、報酬を言うよう促すと、
メデイアは暫しの間黙り込んで、迷っている風を装い、事が
さも重大であるかに見せかけて、頼み込む娘たちの心をやきもきさせた。
ややあって、メデイアは実行を約束した後、こう言った、「私からの贈り物を
もっと信頼して頂くために、あなた方の飼っている羊の群れの中の
最も年老いた群長《むれおさ》の羊を薬草の力で小羊にしてみせましょう」と。
すぐさま、何歳かもわからぬほど齢を重ねて老衰し、
窪んだ蟀谷《こめかみ》の周りに輪を描く角の生えた羊が連れてこられた。
その衰弱した喉をハイモニアの剣でメデイアが
切り裂くと、刃が染まるか染まらないか程度の僅かな血しか流れ出なかった。
魔法を操るメデイアは、羊の身体と強力な薬草の液汁とを一緒に
空ろな銅釜の中に入れた。すると、老いた羊の四肢が縮まり、
角《つの》が焼失して、*角と共に年齢も減っていき、
遂には、銅釜の中で、メーメーという優しい小羊の鳴き声が聞こえた。
直後、鳴き声に驚いている娘たちの前に小羊が飛び出してきて、
戯れるように逃げ回るかと思えば、母羊の乳房を探し求めたりもする。
ペリアスの娘たちは仰天したが、約束が実際に
果たされたと分かると、以前にもまして執拗に父親への施術の実行を迫った。

ポエブスがヒベルス〔エブロ川〕流れる西方の海に沈み、馬たちの軛《くびき》を
外すこと三度に及び、星々が瞬く四日目の夜のこと、
欺《あざむ》きに長けたメデイアは、激しく燃える火に
〔鍋に入れた〕唯の真水と、何の効き目もない雑草とをかけた。
早や、死のような眠りが、身体をぐったりさせた王と、
王共々、王に仕える護衛の者たちを捕らえていた。この眠りは、
メデイアの呪文、舌〔=言葉〕の魔術の力が引き起こしていたものだ。
娘たちは、言われた通り、コルキス女メデイアと共に部屋に入り、
父親の寝台の周りを取り囲むと、メデイアは言った、「今になって、どうして
ぐずぐずしているの。さあ、剣を抜きなさい。そうして、古い血を注ぎ出すの。
空《から》になった血管に、私が再び若々しい血を満たしてあげられるようにね。
あなたたちのお父様の命《いのち》と若々しさはあなたたちに懸かっているの。あなたたちに親を
思う心が多少なりとあるのなら、空しく希望を抱いているだけではないのなら、
さあ、お父様への務めを果たし、刃《やいば》で老年を
抉《えぐ》り出し、剣《つるぎ》を突き立てて腐敗した血を流れ出させるのよ」。
そう促されて、親を思う心があればある娘ほど、我先にと非道の罪を求め、
孝養《きょうよう》の道に悖《もと》るまいとして、却って道に悖る罪を犯した。だが、誰もが
自分の一撃を見かね、眼を逸らして、顔を背けたまま、

残酷なその手で滅多矢鱈《めったやたら》に父親に切りかかり、父親を傷つけた。
父親は夥しい血を流しながらも、肘をついて身体を持ち上げ、
半ばずたずたに切り裂かれていながら、寝台から身を起こそうとし、
周りを取り囲む数多の剣の只中、血の気も失せて青ざめた腕を差し伸べながら
叫んだ、「何をしようというのだ、娘たちよ。父の命を狙って剣を振るう、
その狼藉は何の真似だ」と。娘たちの意気は萎《しぼ》み、手は萎《な》えた。
メデイアは、更に語ろうとする父親の喉を、言葉諸共《もろとも》、切り裂き、
ずたずたになったその身体を熱湯の中に放り込んだ。
　翼ある竜の牽く車に乗って大空に逃れていなかったなら、
メデイアは罰を免れなかったであろう。だが、彼女は空高く逃れて、
ピリュラの子ケイロン*の故地である樹影濃いペリオン山の上空を越え、
オトリュス山や、かつてケランボス*の身に起こった出来事で名高い地の上空も
越えていった。このケランボスは、重い大地が一面、海に覆われ、水没した時、
ニンフたちの助けで翼を得て、大空へと翔り昇り、
波に飲み込まれることなく、あのデウカリオンの大洪水を生き延びたのだ。
メデイアは、更に、左手に見えるアイオリスの〔港町〕ピタネや、
〔レスボス島の〕大きな蛇の石像*、また、
息子の盗んだ雄牛をリベル〔バッコス〕が

偽りの鹿の姿に変身させて隠したイダ山の森*や、
コリュトスの父親〔トロイア王子パリス〕が僅かな砂を積んだ塚に埋葬された地*、
更に、マイラ*が聞き慣れぬ吠え声を響き渡らせて怯えさせた田野や、
ヘラクレスの一行が去った折、土地の母親たちの頭に角が生えた*という、
エウリュピュロスの治めるコス〔島〕の都、また、
ポエブスの愛《め》でるロドスや、視線を投げかけただけですべてを毀損する
魔力をもつその眼差《まなざ》しを疎《うと》んだユピテルが、兄神〔ネプトゥヌス〕の支配する海に
没せしめた、イアリュソスなるテルキネス族*の地を後にした。その後、
メデイアは、古きケア〔＝ケオス島〕のカルタイアの城市も越えた。
ここは、父親アルキダマスが、〔変身した〕娘の身体から平和の鳥の
鳩が生まれ出た不思議*に驚愕した町だ。そこから転じて、ヒュリエの
湖と、俄に白鳥となったキュクノスが住処《すみか》とした*、キュクノス縁《ゆかり》の渓《たに》
テンペを目にした。キュクノスが白鳥となった経緯《いきさつ》はこうだ。ピュリオスが
少年キュクノスに指図され、〔人食い〕禿鷹と凶暴な獅子を手《て》懐《なず》けて
キュクノスに手渡したが、野牛も飼い馴らすよう言いつけられ、言われた通り
飼い馴らしたものの、余りにも度々少年に寄せる愛情を無下にされたのを憤り、
これが最後と言って、好意の印を望む少年に野牛を与えるのを拒むと、少年は
怒って、こう言った、「与えていればよかった、と思うだろう」と。そう言うや、

キュクノスは高い岩の上から飛び降りたのだ。誰もが地面に落ちたと思った。
だが、彼は白鳥に変身し、雪白の羽を羽搏《はばた》かせて宙に浮かんでいた。
しかし、母親のヒュリエは、息子が命を落とした訳ではないことも知らず、
涙に暮れて、遂には溶け出し、自らの名で呼ばれる湖となったのである。
これらに隣接してプレウロンがある。オピオスの娘コンベ*が、震える
翼を羽搏かせ、斬りかかる息子たちの刃を逃れたという町だ。そこから
ラトナの聖地カラウレイア〔アルゴリス地方沖の島〕の田野を眼下に眺めたが、
后共々、王が鳥に変身するのを目撃した地がここだ。*
右手にはキュッレネ山が見える。メネプロン*が、凶暴な獣のように
母親と同衾《どうきん》の罪を犯そうとした所である。
そこから遠く離れて、〔河神〕ケピソスが、アポロ*によって膨れた海豹《あざらし》に
変身させられた孫の悲運に涙しているのを目にし、
息子が〔鳥に変身して〕空中に浮いているのを嘆くエウメロス*の館も眺めた。
最後に、竜の翼に牽かれたメデイアは、ペイレネの泉で名高いエピュレに
辿り着いた。昔の人々の間に広まった言い伝えでは、人間の身体は、
原初の時代、ここで雨後に育つ茸《きのこ》から生まれたのだという。*
　それはさておき、新しい花嫁がコルキス女の毒薬で焼け爛《ただ》れて死に、
〔イストモス地峡を挟む〕二つの海が、王宮が炎上するのを目にした後、

メデイアは息子たちの血で非道の刃《やいば》を朱《あけ》に染め、
惨たらしい復讐を遂げると、イアソンの剣《つるぎ》を逃れて逐電した。* そこから
〔祖父〕ティタン〔太陽神ヘリオス〕の竜に運ばれて、パッラス〔アテナ〕の
城市〔アテナイ〕に入った。ここは、その昔、誰よりも義人の王妃ペネよ、汝と
老王ペリパスよ、汝が共に〔鷲（?）となって〕空を飛*ぶのを眺め、ポリュペモンの
孫娘が〔翡翠《かわせみ》に変じて〕新たに得た翼を羽搏かせるの*を目にした都だ。その
彼女を、アイゲウス*が迎え入れた。この行為一つでも断罪されねばならないが、
アイゲウスは、歓待だけでは満足せず、メデイアと偕老《かいろう》の契《ちぎ》りさえ交わした。*
既にテセウスもやって来ていたが、父アイゲウスには、まだ息子とは
知られていなかった。彼は、その武勇で二つの海に挟まれたイストモスに
平和を取り戻していた。* その彼を亡き者にしようと、メデイアは鳥兜を*〔杯に〕
混入した。これは、かつてスキュティアの地から彼女が携えてきたもので、
話では、エキドナ〔半女半蛇の怪物〕から生まれた犬〔地獄の番犬ケルベロス〕の歯から
生じたものという。実際、〔スキュティアに〕闇に包まれる、口を開けた洞《ほら》があり、
〔地獄への〕降《くだ》り道となっていて、ここを通ってティリュンスの英雄が
抵抗し、きらきら輝く陽の光を嫌がって
目を背けるケルベロスを鋼鉄製の鎖に繋いで地獄から無理やり
連れ去ってきたのだが、ケルベロスは怒りで猛り狂い、

三重の吠え声を辺り一帯の大気に同時に響き渡らせると、
口から白い泡を緑なす草原にまき散らしたのだ。
その泡が凝固すると、肥沃で豊穣の土壌から養分を得て〔草となり〕、
害する力を獲得したと信じられている。
生え出たこの草は、硬い巌《いわお》の上に生えて育つという理由から、里人《さとびと》らは
「アコニトン」〔「硬い石に咲く花＝鳥兜」＜「アコネ＝砥石」〕と呼ぶ。この鳥兜の毒を、
アイゲウス自らが、妻の姦策に嵌《はま》り、他所《よそ》者と思って、息子に手渡そうとした。
そうとも露知らず、差し出された杯《はい》をテセウスが右手に取った、その時である、
父親のアイゲウスは〔テセウスの〕剣の象牙の柄《つか》に刻まれた、一族の証の
紋章を認め、罪深い杯をテセウスの口から叩《はた》き落とした。メデイアは
殺される所を危うく逃れ、呪文で呼び出した黒雲に紛れて遁走した。*

　一方、父親は、息子が無事だったのを喜びはしたものの、
既《すんで》の事に途方もない非道の罪が犯される所であったことに
驚愕し、祭壇に灯明を点《とも》し、神々に
惜しみなく供物を捧げて、〔贄《にえ》の印の〕飾り紐を角《つの》に巻いた、
肉の盛り上がった雄牛たちの頸を斧で刎ねさせた。
エレクテウス〔アテナイの古王〕縁《ゆかり》の民らにとって、その日ほど晴れやかな日が
訪れたことはなかったと伝わる。貴顕も庶民も挙《こぞ》って

祝宴を催し、葡萄酒の酔いに促され、感興の赴くままに
歌い興じた。「誰よりも偉大な英傑、テセウスよ、あなたに、マラトンの
民らは賛嘆の眼差しを向ける、〔あなたに屠《ほふ》られた〕クレタの雄牛の血*故に。
農夫らが、猪を恐れず、安らかにクロミュオンの田地を耕せるのも、
あなたの勲《いさおし》の賜物。あなたの力によって、エピダウロスの地が、棍棒もつ
ウルカヌスの息子が斃れるのを目にし、ケピソスの
川辺が残忍なプロクルステスが斃れるのを目にし、
ケレスの聖地エレウシスがケルキュオンの死を目の当たりにした。
その怪力を残忍に用いたあのシニスが斃れたのもあなた故、大木を
撓《たわ》める力の持ち主で、二本の松の木の天辺《てっぺん》を地面まで撓《たわ》め、旅人の身体を
〔括りつけて跳ね返らせて〕引き裂いて、遠くまで飛散させていたあの凶悪のシニスが。
あなたによってスケイロンが征された今、レレゲス人縁*《ゆかり》の城市アルカトエに
到る道は安全に通れる街道となった。この盗賊の、ばらばらに砕かれた骨は、
大地も永遠《とわ》の安らぎの墓場を拒み、海も永遠の安らぎの墓場を否《いな》んだ。
かくて、その骨は長い間翻弄され、年古るにつれて固まっていき、伝えでは、
遂には崖となったという。その崖は、今もスケイロンの名で呼び習わされる。
あなたの勲《いさおし》の数と歳の数とを数え上げてみれば、
事績の数が歳を凌ぐだろう。あなたのために、この上ない勇者よ、我らは

神々に祈願成就を奉謝し、バッコスの賜物の杯を呷《あお》る」。
王宮には人々の賛美の歌声と祝福の祈りが響き渡り、
都中が華やぎ、沈鬱な陰りなどどこにも見当たらなかった。
　とはいえ――如何にも、一点の曇りもない喜びなどないのが常、
喜びの中には何かしらの不安が付き纏うもの――アイゲウスは
息子を迎えはしたものの、安閑と喜びに浸ってばかりはいられなかった。
ミノスが戦を仕掛けようとしていたのだ。ミノスは、兵力でも
艦隊でも強力だったが、何より父親としての怒りで鉄の意志を抱《いだ》き、
殺された息子アンドロゲオスの仇討ちという正当な復讐心に燃えていた。*
だが、開戦に当たって、まず友軍を募ろうと、ミノスは、
強力と見られていた源の、快速の艦隊を率いて海原を航海して回った。
一方では、アナペとアステュパライアの国を
――アナペは見返りの約束で、アステュパライアは戦の脅しで――味方につけ、
他方では、なだらかな海岸線もつミュコノスや、その野、白亜に富むキモロス、
立麝香草《たちじゃこうそう》の花咲くシュロス、平坦な島セリポス、
大理石に富むパロス、更には、不敬なアルネが裏切ったシプノスを
味方につけた。この欲深い女アルネは、求めていた金《きん》を受け取ると、
鳥に姿を変えられた。今でも金目のものに喜びを覚える、*

黒い脚に黒い翼をした黒丸鴉《こくまるがらす》がそれだ。
しかし、オリアロスやディデュメ、テノスやアンドロス、
また、ギュアロスや艶やかな橄欖樹の実に富むペパレトスは
クレタの艦船に援軍を送らなかった。そこからミノスは左に
舵を切って、アイアコス*の領国オイノピアを目指した。
昔の人たちはオイノピアと呼んだが、アイアコスその人が
母親の名を取ってアイギナと呼び名を変えた地である。ミノスがやって来ると、
その名、世に轟くクレタの王がどんな人物か一目見ようと、群衆が
押し寄せてきた。〔長男〕テラモン*と次男ペレウス、
それに三男のポコスがミノスを出迎えた。
アイアコス自らも、老体をおしてゆっくりした足取りで
迎えに出てくると、来訪の訳を尋ねた。
父親としての悲痛な思いを蘇らせて、溜息をつくと、百の都市の*支配者
ミノスはアイアコスにこう言葉を返した、「息子の仇討ちにと
手に取ったわが武器に援助を与え、子を思う親心故の戦《いくさ》の一翼を
担っては貰えまいか。亡き息子の墓への手向《たむ》けを、お願いしたいのだ」と。
その彼に、〔河神〕アソポスの孫〔アイアコス〕はこう言った、「それは無益《むやく》な求め。
わが国がそうする訳にはいかぬ。この国ほど、ケクロプス縁《ゆかり》の地〔アテナイ〕と強い

絆で結ばれている国はないからだ。アテナイはわが同盟国なのだ」と。ミノスは
悄然として立ち去ったが、去り際に「その同盟がお前には高くつくことに
なろう」と吐き捨てた。ここで戦をするより、威嚇で済まし、
大事の前に兵力を浪費しないのが得策と考えたのだ。
オイノピアの城壁からリュクトス〔=クレタ〕の艦隊が
まだ望見できた、丁度その時、帆を一杯に張って、全速力で
一艘のアテナイの艦船が近づき、友邦の港に入った。
祖国アテナイからの指令を携えたケパロス*を乗せた船であった。
アイアコスの若い息子たちがケパロスと会うのは
随分久しぶりだったが、ケパロスのことを忘れてはいず、右手を差し出すと、
父親の館へと案内した。威風堂々として、
昔の端正な容姿の名残を今も留めているアテナイの英雄は
館の中に入ったが、国の名産の橄欖樹の枝を手に提《さ》げ、
年長者として、左右に年若の二人の青年、
パッラス*の息子クリュトスとブテスを従えていた。
　初めに対面して、互いに挨拶を交わすと、
ケパロスはケクロプス*の孫〔アイゲウス〕の伝言を伝え、父祖代々の両国の
同盟関係と誓い交わした盟約とに言及した上で、援軍を要請すると共に、

ミノスが狙っているのは全ギリシアの覇権だ、と付け加えた。ケパロスが、弁舌の力も与《あずか》って、来訪の目的であるアテナイの意向の説得に奏功すると、アイアコスは王笏の握りに左手をかけて〔凭《もた》れかかりながら〕、こう言った、「援軍を、乞うなどと言わずに、アテナイよ、もっていかれるがよい。「この島が有する兵力は、躊躇うことなくあなた方の兵力と言って下され。また、何であれ、あらゆるもの、現状のわが国勢が*戦力に事欠いてはおらぬからな。わが兵員は有り余る。それに、今、時運には恵まれており——これも偏《ひとえ》に神々のお陰——、時を口実に支援を断る必要もない」。「いや、そうであってほしいもの」とケパロスは言った、「願わくは、お国が民人《たみびと》で弥栄《いや》えますよう。誠に、つい先ほどのこと、お国にまかり越して、私とほぼ同年輩の、実に麗しいお若い方々が私を出迎えてくれた時には、慶賀の念に堪えませんでした。只、私が以前お国に迎えられた折に目にした方々の内、姿を見かけぬ方が大勢いますが」。アイアコスは呻吟すると、悲し気に、こう語り出した。「涙なしには語れぬ初めの後に、漸く幸運が訪れたという次第。お話しするのは後者だけで、前者は語らずにいられればいいのだが。しかし、順を追い、初めからお話しするとして、多言を弄して手間取らせぬよう言えば、あなたが記憶を辿ってお尋ねの者たちは、骨灰《こっぱい》となって横たわっているのです。

［その彼らと共に、わが国の国力のどれほどの部分が失われたことか。＊］
　恐ろしい疫病が人々に襲いかかったのです、〔ユピテルの〕浮気相手〔アイギナ〕の名で
呼ばれるこの地を憎んだ女神ユノーの不当な怒りの所為《せい》です。
［この禍が人間に理由があると思われ、これほど酷《ひど》い災厄を引き起こした原因が
不明であった間は、我々は医術の力で対抗しました。しかし、破滅は人力を
超えたもので、人知は禍に屈し、手の施しようのない状態となったのです。＊］
初め、空が、地上を押さえつけるように、濃い靄《もや》を
垂れこめさせ、淀んだような熱気を雲間に閉じ込めていました。
月盈《み》ちて満月になること四度、
月虧《か》けて丸い姿を隠すこと四度に及んでも、
熱い南風《なんぷう》が、死を運ぶ、焼けつくような熱風を吹きつけ続けました。
誰の眼にも明らかだったのは、泉や池に病毒が及び、
放棄されて耕す者もいない田畑に何千という蛇が
這い回り、その毒で川水を冒したということです。
初め、突然襲いかかったこの悪疫の猛威が知れたのは、次々に
死に絶えていく犬や鳥や羊や牛、また獣らの様子からでした。
農夫は、不幸にも、逞しい雄牛が耕作の仕事の最中に
倒れ、畝《うね》の中に蹲《うずくま》るのに驚き、

病んで、力ない鳴き声を上げている羊の群れの毛が
ひとりでに抜け落ち、体は痩せ衰えて衰弱していきます。
かつて俊足を誇り、砂塵舞う馬場で大きな名声を博した駿馬《しゅんめ》も、
栄光の面影は失せ、昔日の誉《ほまれ》も忘れ果てて、
飼い葉桶の傍で呻きをあげながら、萎え衰え、唯々死を待つばかり。
猪は怒りを忘れ、鹿は俊足への信頼を忘れ、
熊は逞しい牛群《うしむれ》に襲い掛かるのを忘れていました。
衰弱がすべてのものを捕らえていたのです。森にも野にも道にも
醜い屍《しかばね》が累々と横たわり、大気には死臭が芬々《ふんぷん》と漂っておりました。
この話には驚かれるでしょうが、犬も貪欲な猛禽も白狼も、その
死肉には全く触れようとはしなかったのです。地に横たわる死体は溶け出し、
腐臭で大気を害し、病毒の汚染を広げるのでした。
　やがて、悪疫は、哀れにも、農夫たちに襲いかかり、更なる打撃を与えました。
それは都中で猛威を振るったのです。
先ず初めに、腸《はらわた》が焼け爛《ただ》れて煮えくり返るような苦痛があります。
身体の赤らみと、ハアハアという喘ぎは体内に潜む炎の証《あかし》。
病人の舌は高熱で膨れ上がって、ざらざらしており、渇いた口を熱風に向かって
開いて、重く淀んだ空気を喘ぎ喘ぎ吸い込もうとします。

寝台や、身体を覆うものは何であれ耐えがたく、
むき出しにした横腹を地面に横たえはするものの、熱《ほて》りは
土によっても冷たくはならず、却って土のほうが体の熱りで熱くなる始末。
禍を抑えられる者など一人もおらず、猖獗《しょうけつ》を極める災厄は、他ならぬ
治療に当たる医者にさえ牙をむき、医術は、その持ち主の命を脅かすのです。
病人に近づけば近づくほど、また甲斐甲斐しく看病すればするほど、
それだけ自らの死期を早めることになりました。人々は、無事息災の
望みも失せ、病の終わりは死しかないと見て取ると、
欲望の赴くままに振る舞い、何が有益なのか、気にも留めませんでした
——実際、有益なものなど何一つなかったのです——。誰もが、そこかしこ、
恥も外聞もなく、泉水や川や大きな井戸にしがみついていますが、
幾ら水を飲んでも、喉の渇きは死ぬまで収まらないのです。衰弱で
重い身体を支えられず、水辺から立ち上がれないまま、他ならぬ水の中に
突っ伏して息を引き取る者も大勢いましたが、そんな水さえ飲む者もいる惨状。
病人たちは、哀れにも、自分たちの横たわる忌まわしい寝台を酷《ひど》く厭《いと》い、
寝台から飛び出したり、立ち上がるだけの力がなければ、
寝返りを打って床に転げ落ちたりして、誰もが自分の家から
逃れ出ようとしました。自分の家が死神の家のように思われたからです。

［原因が分からない疫病ですから、自分のいる狭い場所が悪者にされるのです。*］
見れば、半死の状態で、立てる力がある限り、通りをうろつく者もいれば、
泣きながら地面に横たわり、病み衰えた
今際《いまわ》の眼《まなこ》を宙に彷徨《さまよ》わせる者もいます。
［死が襲いかかった所、どこもかしこも、息を引き取りながら、
重く垂れこめた空に向かって手を差し伸べる人々で溢れておりました。*］
　あの時の私の気持ちといったら、どんなものだったでしょう。生を厭い、自分も
疫病に斃れた民と同じ運命を辿りたいと思うのも当然ではなかったでしょうか。
視線をどこに向けても、そこには地に伏す無数の民草が
横たわっています。その様《さま》を喩えれば、枝が揺れると、ぼたぼた落ちる
熟れすぎて腐った果実か、或いは、風に煽られて、ぽとぽと落ちる団栗《どんぐり》のよう。
ほら、あそこに、長い階《きざはし》の続く、高い神殿がご覧になれるでしょう。
あの神殿にましますのはユピテル神です。あの祭壇に、甲斐なくとはいえ、
香を捧げなかった者などいるでしょうか。しかし、夫が妻のために、
父親が息子のために祈りの言葉を唱えている時、
祈りを終えない内に、途中で息絶え、
香の一部が、くべられずに、手に握られていたことも幾度《いくたび》。
神殿に連れられてきた雄牛が、神官が祈願の言葉を

唱え、生《き》の葡萄酒*を角《つの》の間に注いでいる間に、
斧の一撃を待つことなく、ひとりでに斃れ伏したのです。
他ならぬ私も、自分のため、祖国のため、三人の息子たちのために
供犠を執り行いましたが、その際、犠牲獣が恐ろしい鳴き声を
上げ、斧の一撃を受けることもなく、ひとりでに頽《くずお》れ、
喉元に立てられた短剣を濡らした血は僅かでした。
内臓も病み、真実や神々の警告を告げる状態とは
程遠いものです。凄惨な病魔は内臓まで侵していたのです。見れば、
神殿の聖なる門柱の前に死骸が打ち捨てられ、更に、その死を尚更悍《おぞ》ましく
することですが、祭壇の前にまで亡骸《なきがら》が野晒しにされて〔神殿を汚して〕いました。
首に縄をかけて命を絶ち、死の恐怖を
死で追い払い、やがてすぐにも訪れる死を自ら招き寄せる者もいます。
死へと追いやられた亡骸《なきがら》が、仕来り通りの葬儀を施されて、野辺に
送られることもなく――城門の狭さが夥《おびただ》しい数の葬送を許さなかったのです――
埋葬されずに地面に横たわっていたり、高く積んだ火葬堆《づみ》に副葬品もないまま
放り込まれたりしています。最早、他人《ひと》への敬意の念など欠片《かけら》もなく、火葬の
薪を巡って争うかと思えば、亡骸を他人の火葬堆の火で燃やしたりもする始末。
死者を悼んで涙を流す者などおらず、子供の霊も親の霊も、

若者の霊も老人の霊も、泣いてくれる者もいないまま彷徨《さまよ》い、
埋葬する墓の土地も、火葬にする薪も足らないのです。*

　これほどの惨状の嵐に驚愕し、私はこう叫びました、
『おお、ユピテルよ、あなたがアソポスの娘アイギナと抱擁を
交わしたという話が嘘偽りではないのなら、また、あなたが、偉大な父神、
私の父であることを恥とはお思いになっていないのなら、どうか、私に民草を
返して下さるか、それとも私も墓場へと送って下さるように』と。すると、
神は吉祥の稲光と雷鳴で合図を送ってくれました。私はこう言ったのです、
『受け取りました。願わくは、これが御神《みかみ》の御心《おこころ》を示す瑞相で
あらんことを。あなたのお与え下さった徴《しるし》を吉兆の証《あかし》と取らせて頂きます』と。
偶々《たまたま》、神殿に接して、類《たぐ》い稀なほど大きく枝を広げたユピテルの聖木の
樫の木がありました。ドドネ〔有名なユピテルの神託所〕に生える樫の木の実生《みしょう》です。
その木をふと見ると、穀粒を運ぶ蟻たちが長い行列を作って、
樹皮の割れ目にある自分たちのいつもの通り道を守りながら、
小さな口に大きな荷を銜《くわ》えて運んでいるのが目に留まりました。その数の
夥しさに驚きながら、私は叫びました、『同じ数の民草を、至善の父神よ、
私にお与え下さり、人気《ひとけ》のないわが城市を民草で満たして下さい』と。すると、
高い樫の木がゆらゆらと揺れ、風に吹かれた訳でもないのに枝を震わせて、

音を立てたのです。私は全身鳥肌が立ち、恐怖に
震えて、髪の毛は逆立ちました。それでも、私は大地と樫の木に
口づけをしました。尤も、自分では望みがあるとは思っていなかったのですが。
しかし、望みは捨てず、心中、願望を抱き続けてはいたのです。
夜になり、心労に疲れた身体を眠りが
包みました。すると、あの同じ樫の木が目の前に現れたように思われました。
見たところ、枝の数は同じ、その枝に載せている
生き物の数も同じで、同じように枝を震わせ、
列をなして穀粒を運ぶ蟻の群れを樹下の野にばら撒いているようでした。すると、
地面に落ちた蟻が俄かに大きくなり、益々大きくなるように思われました。
そうして、大地の上に起き上がり、体をまっすぐにして立つと、
体の細さや脚の数、黒い色付きを
捨て去り、人間らしい手足を具えて、人間の姿形をとったのです。
　眠りは覚めました。目覚めると、夢か、と忌々しく思い、神々などに
助けを求めても甲斐はないのだと嘆きました。しかし、館の中で大きな
騒《ざわ》めく声がしたのです。既に久しく聞いたことのない
人の声が聞こえるように思われました。これも夢なのかと訝《いぶか》っていると、
大慌てでテラモンが駆けつけてきて、扉を開けると、こう言ったのです、

『父上、信じ難く、望外の喜びをご覧になれますよ。出てきて下さい』と。私は外に出てみました。すると、夢で見たと思った、そのままの男たちが順序よく列を作っているのが目に入りました。夢に見た彼らだと分かりました。彼らは近づいてくると、王の私に挨拶するのです。私はユピテル神に祈願成就を報謝し、新たに生まれた臣民に、都の土地と、かつての耕作者たちがいなくなった田地を分配してやり、彼らを『蟻人間たち《ミュルミドネス》*』と名付けました。名は体を表すもので、彼らは出自を裏切りません。その身体つきはご覧になった通り。彼らは以前と変わらぬ習いを今ももち続けています。節倹を旨とし、労苦に耐え、物を得ることに熱心で、得たものを大事に守る一族なのです。年齢も勇気も相似た、その彼らが、あなたと共に従軍することになりましょう。無事あなたを当地に運んできてくれた東風が——確かに、あなたを運んできたのは東風でした——、その東風が、南風に変われば、すぐにでも』。

　こうした話や、その他の話をしている内に、長い一日が過ぎていった。一日の最後は宴会に充《あ》てられ、夜が来て、皆は眠りについた。翌朝、金色《こんじき》の太陽が曙光を放ちつつ顔を覗かせたが、相変わらず東風が吹いていていて、帰路の出帆を妨げていた。パッラスの息子たち〔クリュトスとブテス〕は年上のケパロスの所に行くと、

ケパロスはパッラスのその息子たちを連れて王の許に
赴いたが、王はまだ深い眠りの中にあった。
アイアコスの末子《ばっし》ポコスが戸口で彼らを迎えた。
長男テラモンと次兄〔ペレウス〕は従軍する兵たちを集めていたからだ。
ポコスは王宮の奥の間の美麗な部屋に
アテナイの一行を連れていき、自分も一緒に腰を下ろした。
アイオロスの末裔《すえ》〔ケパロス〕が、見知らぬ木でできた、
金《きん》の穂先のある投げ槍を手にしているのを目にとめたポコスは、
暫しの語らいの後、話の途中でこう言った、
「私は森を徘徊し、獣を仕留めることに熱中していますが、
あなたの手にしている槍が、さて、何の木からできたものか、と
先ほどから訝《いぶか》っているのです。もし梣《とねりこ》なら
黄褐色でしょうし、〔西洋〕山茱萸《さんしゅゆ》なら節が見える筈です。
何からできているのか、見当がつきませんが、これほど美しい投げ槍を
未だかつてこの目で見たことがありません」と。
アクテから来た兄弟の一人が答えた、「見端《みば》の美しさもさりながら、
それにも増して優れた、その実用性に驚かれることでしょう。
放たれた槍は運任せではなく、狙った獲物はどこまでも追い、しかも、

誰が投げ返した訳でもないのに、穂先を朱《あけ》に染めて戻ってくるのです」。
すると、〔海神〕ネレウスの孫*の若者〔ポコス〕は根掘り葉掘り尋ねた、
何故そんな性質があるのか、出所はどこか、それほどの逸品の送り主は誰か、と。
求めに応じ、彼は質問に答えたが、慚愧《ざんき》の念に駆られ、どれほどの代償を
払ったかを語るのは憚《はばか》った。言葉を失い、黙ったまま、亡*くした妻を悼み、
悲しみながら、溢れ出る涙を堪《こら》えつつ、漸《ようや》く彼は言った。
「神の御《お》子のポコスよ、この槍が――誰にも信じては貰えまいが――
私に涙させ、これからも、定めが私に長寿を授けてくれているのなら、永く涙を
流させ続けることでしょう。私共々、愛しい妻をも破滅に導いた元凶、それが
この槍なのです。こんな贈り物など、永遠になかったら、どれほどよかったか。
私の妻はプロクリスでした。あなたの耳には、むしろオレイテュイアのほうが
聞き覚えのある名でしたら、拉致された*、そのオレイテュイアの姉妹です。
尤も、二人の容姿と性格を比べれば、彼女プロクリスのほうこそ、拉致される*に
相応《ふさわ》しかったのですがね。彼女を私と娶《めあわ》せたのは彼女の父エレクテウスですが、
彼女を私と結び付けたのは愛です。私は幸せ者と呼ばれ、実際、幸せでした。
が、神々の御《み》心は違っていました。さもなくば、今も、恐らく私は
幸せだったでしょう。厳かな婚礼の後、ふた月目のこと、とある早朝、
私が、角《つの》のある鹿を狩ろうと、狩網を張り巡らしている時、

咲く花の年中絶えないヒュメットスの山頂から、夜の闇を払い、
黄金色に輝く曙《アウロラ》の女神が顔を覗かせ、狩りをしている私を目にすると、
無理やり私を攫《さら》っていったのです。女神のお許しを願って、事実をありの儘《まま》に
語らせて貰うことにします。幾ら女神が薔薇色の顔《かんばせ》の美しい御方であろうとも、
また、たとえ女神が夜と昼の境を支配なさる御方であろうとも、また、たとえ
女神が神酒《ネクタル》で養われる御方であろうとも、私が愛していたのはプロクリスです。
私の心にあるのはプロクリス、私の口の端《は》に上るのはプロクリスでした。私は
語り続けました、プロクリスとの婚礼の儀式のこと、初めての交わりと
新床《にいどこ》のこと、後にしてきた夫婦の床のそもそもの契《ちぎ》りのことを。女神は
気を悪くして、こう言いました、『恩知らずね。その嘆きをおやめ。では、
プロクリスを離さずにいなさい。わが心が予知できるのなら、あなたは思う筈、
彼女を妻にしなければよかった、と』。女神は怒って私を彼女の許に返しました。
私は、帰り際に、女神の言葉を反芻し、心配になり始めました、
妻が夫婦の契りをしっかりと守っていなかったのではないか、と。
容姿と年齢のことを考えると、不義への疑念が沸々として生じ、
気立てのよさを考えると、そんな邪推は以《もっ》ての外《ほか》と思われました。が、
私は暫く家を留守にして*いましたし、私がその許から戻ってきた女神という
不貞の実例がありますし、愛する人間は何かと不安に思うものです。私は

結局、自分が苦しむ種を自ら明るみに出す愚を犯し、贈り物で妻の貞節を試そうと決めたのです。曙の女神《アウロラ》も私のこの猜疑心に力を貸してくれ、私の姿を——変身するのが自分でも感じられるようでした——変えてくれたのです。私は、誰にも気付かれずに、パッラス縁《ゆかり》の都〔アテナイ〕に戻り、家に足を踏み入れました。家には罪の様子など全く感じられず、漂う気配は貞潔そのもので、拉致され、行方知れずの主人の安否を気遣っている風でした。あれやこれや、種々策を弄し、何とか妻に近づくことができました。しかし、一目見るや、私は息を呑み、貞節を試してやろうという目論んだ意気込みももう少しで失せる所でした。本当のことを打ち明けそうになるのを辛うじて堪《こら》え、妻には当然のことですが、接吻するのも、やっとのこと我慢しました。妻は悲しそうでした——悲しみを湛《たた》えた彼女ほど美しい女性は、恐らくいないでしょう——。彼女は、奪い去られた夫への思慕の念を抑えきれず、嘆き悲しんでいました。その彼女が、ポコスよ、想像してみて下さい、どれほど美しく見えたか、そうして嘆き悲しむその姿が、どれほど似つかわしかったか。言わずもがなですが、幾度《いくたび》、貞淑なその心映えが誘惑を撥ねつけたことか、幾度、彼女がこう語ったことか、『私が命永らえているのも唯一人のため。あの人がどこにいても、私は自分の喜びを唯一人のために取っておくの』と。正気の人間なら、それで十二分に貞節が試されたと思わないような者など、

どこにいるでしょう。しかし、私は満足せず、傷つくのは自分とも分からず、
暴いてやろうと躍起になって、一夜を共にしてくれれば全財産を与えると言い、
更に贈与するものを増やしていき、遂に彼女の心をぐらつかせたのです。己の
不幸とも知らず、私は勝ち誇ったように叫びました、『悪女め、目の前にいるのは*
偽りの密通者だ。俺はお前の本当の夫だ。背信女、この目で現場を押さえたぞ』。
妻は一言も口を利きませんでした。黙ったまま、唯々恥辱に圧《お》し拉《ひし》がれて、
欺瞞を弄して自分を騙した悪しき夫の家から逃げるように出ていきました。
私への憎しみから、男性と名の付くものはすべて厭い、
山野を彷徨《さまよ》い歩き、ディアナの好まれる業の狩に励んだのです。
その時、一人取り残された私に、骨の髄まで沁み渡る、一層激しい恋慕の情が
沸き起こりました。私は赦しを乞い、罪なことをしてしまった、
あれほど莫大な贈り物を積まれ、与えられたら、自分もまた
同じように罪を犯していただろう、と正直に告白したのです。
私がそう告白し、傷ついた羞恥心の遺恨を十分に晴らした後、
妻は家に戻り、夫婦仲睦まじく、再び幸せな日々を送ることとなりました。
そればかりか、妻は、自分だけでは贈り物が細《ささ》やかすぎるとでも思ったのか、
贈り物に一匹の犬をくれたのです。キュンティア〔＝ディアナ〕が彼女にその犬を
引き渡す時、言ったそうです、『その犬は、走ると、どの犬にも負けません』と。

妻はまた、一緒に、私が手にしているのをご覧のこの投げ槍もくれたのです。
この二つ目の贈り物に、どんな経緯《いきさつ》があるのか、お聞きになりたいのですね？
驚くべき話を、まあ、お聞き下さい。尋常ならざる話に驚かれることでしょう。
　ライオスの子が、それまで誰の知力をもってしても解けなかった
謎*を解き、例の謎歌女《なぞうため》〔スピンクス〕が、谷底に真っ逆さまに身投げして
転落死し、模糊とした己の謎歌も忘れ果てた後、
時を置かず、アオニア〔＝ボイオティア〕なる都テバイに、別の
〔当然、物慈しむ女神テミスはこれほどの事を罰せずに放置しなかった故〕
疫病神の獣が送り込まれ、多くの在所の者たちが、自分たちや家畜の無事を案じて、
その獣の狐*に怯えたのです。我々近隣の若者たちが
救援に駆けつけ、狩網で田野を広く囲い込みました。
しかし、あの敏捷な狐めは軽々と網を掻い潜り、
仕掛けた罠の一番上の網を飛び越えてしまうのです。
引き綱を外して猟犬らが放たれましたが、追跡するその猟犬らを、女狐《めぎつね》は
置き去りにし、鳥に勝るとも劣らない素早さで犬の群れを翻弄します。その時、
皆が、声を合わせて、他でもない、この私に助けを乞い、私の犬ライラプスを
――これが妻の贈り物の犬の名です――放つよう求めました。犬は、既に
自由になろうと引き綱に抗い、邪魔な綱を、早やその頸で引っ張っています。

完全に放たれるのを待ちきれずに駆け出したかと思うと、どこにいるのか、
もう分からなくなりました。足跡の残る土には温《ぬく》りがあるものの、
ライプスそのものは視界から消えていたのです。その速さには
投げ槍も、また、振り投げ投石器の革紐から放たれた鉛玉も、また、
ゴルテュン〔クレタの町＝クレタ〕の弓で射られた快速の征矢《そや》も及びません。
平原の真ん中に、下方に広がる野を見晴らすように隆起した丘の頂がありました。
私はそこに登り、世にも珍しい見物《みもの》の、その追跡劇をつぶさに眺めたのです。
見れば、女狐は摑まえられたかと思いきや、既《すんで》の所で犬の嚙み傷を
逃れるのです。狡猾な獣は、走路を真っ直ぐに採って、
遠く先へ先へと逃げるのではなく、追いかける犬の鼻面を欺き、
急旋回して元来た道へと再び駆け戻り、敵の持ち前の突進を許しません。
犬は肉薄し、相拮抗する敵を追い、捕えたかに思われながらも
捕えきれず、虚空を空しく嚙んでいます。
私は投げ槍の援けを借りることにしました。その投げ槍を右手で振りかざし、
〔投げ槍の〕革紐*に指をかけようとしている間《あいだ》に、
私は目を逸らしたのです。再び視線を元に戻しました。
すると——驚くべきことに——野原の真ん中に二つの大理石像が見えたのです。
一方は逃げ、もう一方は捕まえようとしているかと思ったことでしょう。

明らかに、二匹の傍に付き添う神がいらして、その神が、脚力比べの競争で、
どちらも負けさせたくない、とお望みになったものでもありましょうか」。
そこまで言うと、ケパロスは黙り込んだ。「投げ槍そのものにはどんな罪が？」
とポコスが尋ねた。すると、ケパロスは投げ槍の罪を、こう語って聞かせた。
「喜びが、ポコスよ、私の悲しみの始まりだったのです。
その喜びのほうを先にお話しすることにしましょう。幸福な日々を思い出すのは、
アイアコスの令息よ、何と楽しいこと。初めの年月《としつき》、当然のことながら、
私は妻ある故に幸福であり、妻は私ある故に幸福でした。
二人には互いに対する心遣いがあり、愛の絆が二人を結び合わせていました。
妻は私の愛より、たとえユピテルの愛であっても、選ぶことなどなく、
私の心を擒《とりこ》にする女性など、他ならぬウェヌスがおいでになろうと、
誰もいなかったのです。相思相愛の愛の炎が二人の心には燃えていたのです。
その頃のこと、陽《ひ》が払暁《ふつぎょう》の光で山々の頂を照らし出す早朝、
私は、若者らしく意気揚々と森へ狩りに出かける習いでしたが、
供も、馬も、嗅覚鋭い
犬も連れず、結節も見事な狩網も携えていかないのが常でした。
投げ槍さえ持っていれば、安心だったからです。さて、しかし、この右手が
満足するまで獣を仕留めた後は、涼しさと木陰と、それに

冷たい谷底から噴き上げてくるそよ風を、私は求めたものでした。
とりわけ、暑い日盛りの中、優しく吹き付けるそよ風が恋しくて、そよ風が
吹いてくれないかと待ち望んだもので、それが私にとって労苦の癒しでした。
『そよ風《アウラ》よ』――記憶が蘇ります――『おいで』、私はそう口遊《くちずさ》んだものです、
『私を喜ばせておくれ。私の懐《ふところ》に、何より愛しい君よ、飛び込み、どうか、
いつものように、私を焼き焦がす、この熱を和らげておくれ』と。
恐らく私は――それもわが定めのなせる業です――もっとたくさんの
甘い言葉を付け加え、そうして、常々『君は私の大きな喜び。君は私を
蘇らせてくれ、英気を養ってくれる。私が森や人気《ひとけ》ない寂しい場所を
愛するのも君の所為《せい》。その君の息吹が吹きかけられるのを、私の口は
いつも待ち望んでいるのだ』などと語りかけていたのでしょうか。
ともかく、二つの意味に取れる言葉を誰かが
耳にし、度々呼びかけられる『そよ風《アウラ》』という言葉をニンフの名と
思ったのでしょう。私がニンフを愛しているのだと信じ込んだのです。
でっち上げた罪の密告者は、軽率にも、
プロクリスの許に行き、ひそひそ声で耳にした言葉を告げ口したのです。
愛は信じやすいものです。聞いた話では、矢庭に、妻は、悲痛な思いの余り、
頽《くず》れて、倒れてしまったと言います。長い間《ま》を置いて、我に返ると、

自分は哀れな女、不幸な定めに生まれついた女、と言い、
夫の不実を嘆き、虚偽の罪に憤り、ありもしないものに
戦《おのの》き、実体のない名を恐れて、可哀そうにも、夫の愛人のことで、
まるで実在するかのように、悲嘆したのです。尤も、哀れ極まりない彼女は、
何度も、そんな筈はないと疑い、偽りであってほしいと思い、密告者の
言うことなど信じられない、と自らに言い聞かせ、自分の眼で確かめない限り、
夫の罪を本当だとして咎めるつもりはなかったのです。
翌日、朝の曙光が夜の闇を追い払った後、いつものように
私は家を出て、森を目指し、狩で勝利を収めると、草の上に寝そべって、
『そよ風《アウラ》よ、おいで』と声を上げました、『私の労苦を癒しておくれ』と。
すると、突然、私の言葉が終わらない内に、呻き声のようなものが聞こえたように
思われました。それでも尚私が『おいで、最愛の君よ』と言っている、
まさにその時、再び落ち葉が微かにカサカサと音を立てたので、
私はてっきり獣だと思い、投げ槍を放ったのです。
プロクリスでした。胸の真ん中に負った傷を押さえながら、
『ああ』と叫んでいます。その声が貞節な妻の声だと
分かると、私は声のするほうへ大慌てで、狂ったように走っていきました。
その場に着いてみると、瀕死の状態で、流れ出る血で衣を血塗《ちまみ》れにし、

傷口から自分の贈り物の――ああ、哀れな私――槍を引き抜いている妻の姿が
目に飛び込んできたのです。私は、自分のそれより大切な妻の身体を両腕で
そっと抱き上げ、胸の辺りから衣を切り裂いて、
酷《むご》い傷口を縛り、出血を止めようとしながら、どうか死なないでくれ、
私を妻殺しの罪人として後に残していってくれるな、と祈っておりました。
彼女は力も尽き、早や、今際《いまわ》の際《きわ》にありながら、力を振り絞って
僅かにこう言い残したのです、『心からのお願いです、私たちの婚姻の
契りにかけて、また、天上の神々と、私の崇める神々にかけて、また、私が
あなたに些かでも尽くしたことがあるのなら、その功にかけて、そして、
死にゆく今尚、変わらずに残り、私の死の因《もと》となった愛にかけて、どうか
許さないで、アウラがあなたに嫁ぎ、私たちの閨《ねや》に入るようなことは』。
妻が言い終わると、やっとその時、言葉を取り違えたのだと
気付き、妻にそう教えました。しかし、教えたところで、何になったでしょう。
妻は力なくうなだれ、流れ出る血潮と共に、残り僅かな力も尽きてゆく中、
何かを見つめられる限り、私をじっと見つめた後、私の口に、可哀そうにも、
今際《いまわ》の命の息吹を吹きかけると、私の手の中で息を引き取ったのです。しかし、
妻はいつにもまして穏やかな表情で、心安らかに命を終えたように見えました」。
涙と共に英雄が、やはり涙と共に耳を傾けているポコスらにそう語っていた、

その時、アイアコスが、二人の息子と、新たに集めた兵士らを従えて部屋に入ってきた。ケパロスは、堅固に武装した、その兵士らを受け取った。

訳注

一　ミニュアスは、テッサリアあるいはボイオティアの王。イアソンとともに金羊皮を求めてアルゴー船（船名は建造した船大工アルゴスにちなむ）に乗った者の多くは、このミニュアスの孫であったと言われる。他にヘラクレス（途中で一行から離れる）、アキレウスの父ペレウス、オルペウス、大アイアスの父テラモンなど、トロイア戦時の英雄たちの一世代前の英雄たちが乗り組んだ。

四　トラキアの王ピネウスは、アポロから授かった予言の能力を用いて、神を憚らず、聖なる意志を過たず予言していたため、ユピテル（ゼウス）によって果てしなく続く老年と盲目の闇を与えられた上に、食事をしようとすると絶えずハルピュイアたちにそれを奪い去られるという惨苦を味わっていた。ハルピュイアは、女性の上半身と顔をもち、鳥の翼と鉤爪の脚をもつ怪鳥。ピネウスは、カライスとゼテスの尽力でその苦難から救われ、代わりにアルゴー船乗組員の行くべき航路と先々の危難を教えて一行を送り出す。アポッロニオス『アルゴナウティカ』二・一七八以下。

七　太陽神ヘリオスの息子で、黒海東岸コルキスの王アイエテス。魔術を使うキルケの兄弟、したがってメデイアの父にあたる。

七　ギリシア中部ボイオティア地方のオルコメノス王アタマスの妻イノーは、前妻の子プリクソスとヘッレを憎み、奸策によって亡き者にしようとしたが、プリクソスが犠牲に捧げられようとした時、継子の実母ネペレが翼をもつ金羊皮の雄羊（この羊については、第六巻一一七行注参照）を送り、二人はこれに乗って危うく難を逃れた。その後、二人は黒海のほうへとやって来るが、現在のダーダネルス海峡の上を飛行中、ヘッレは目が眩み、墜死する。海はその名をとって、ヘッレスポントス（ヘッレの海）と名づけられた。その後、プリクソスは目的地のコルキスに到着し、その地の王アイエテスに歓待されて、王女カルキオペ（メデイアの姉）と結婚。乗ってきた雄羊を（雄羊自らの指図で）感謝の印にユピテル（ゼウス）に捧げ、王は羊の金羊皮を軍神マルス（アレス）の森の木に吊るして、竜に見張らせていた。一方、アタマスの兄弟にクレテウスというイオルコスの王がいたが、その跡を継いだ息子アイソンを異父兄弟ペリアスが力ずくで追放して、王権を奪っていた。アイソンの子イアソンは半人半馬の賢者ケイロンに預けられて成人し、ペリアスに王権の返還を求めるが、ペリアスはイアソンを亡き者にしようと一族縁《ゆかり》の金羊皮の捜索を命じ、イアソンはアルゴー船を建造、ギリシア中の英雄を糾合して、金羊皮を求めて船出する。

四九　有史以前にギリシアに住んでいた古代民族（第一巻一六五行注参照）。その「末裔」とは、ギリシア人の意。

五四　アプシュルトス。彼については伝が大きく二つに分かれる。一つは、ここで言われているように「幼い子供（infans）」で、弟とするもの。もう一つは（先妻アステロデイアの子として）成人で、年上の兄とするもの。前者では、メデイアが出奔時に同伴し、アイエテスの追跡を遅らせるために船上で殺され、ばらばらにされて遺骸が海に投げ込まれたとする（アポッロドロス一・九・二四）。エウリピデス（『メデイア』一三三四）では、アイエテスの王宮の「竈の傍で」メデイアに殺されたとあるが、この場合も前者であろう。後者では、アイエテスに命じられてイアソン一行を追跡するが、メデイアの計略でおびき寄せられ、イアソンによって殺害されたとする（アポッロニオス『アルゴナウティカ』四・三〇五以下。また、ヒュギヌス二三、二六も参照）。

五四　カルキオペ。本巻七行注参照。

六二　ボスポラス海峡の北端、黒海への出口付近にある海面に突き出た二つの大岩で、船が通ると撃ち合わさって難船させると言われた。

六五　イタリアとシキリアの間のメッシナ海峡で船や船乗りを苦しめる難所、難物（第五巻五五五行注参照）の一。海峡の難所の岩礁を擬人化したもので、ここで言われているように、犬を腰に巻いた怪女として描かれる。元はニンフの美しい娘であったが、魔女キルケの嫉妬と怒りを買って怪女に変身させられた次第が、第一三巻八九八以下、第一四巻一以下で語られている。

七五　ティタン神族のペルセス（太陽神ヘリオスの子）とアステリアの娘。魔術に長けた女神。「三つの姿をとる（triformis）」と言われ、ディアナ（アルテミス）、ルナ（セレネ＝月神）、プロセルピナ（ペルセポネ＝冥界の女王）になるとされ、よく三つ辻（三叉路）で祀られた。

九六　古い伝承では、メデイアの父、したがってイアソンの「将来の義父」アイエテスの父親は、太陽神ヘリオスとされた。ホメロス『オデュッセイア』一〇・一三六以下、ヘシオドス『神統記』九五六以下。第四巻二〇五行注も参照。

一一三　カドモスが退治した大蛇の歯（第三巻二六以下参照）。アテナが大蛇から抜き取り、カドモスに半分を与え、残りの半分をコルキスのアイエテスに与えたという（アポッロニオス『アルゴナウティカ』三・一一七七―一一八四）。

一三三　本巻四九行注参照。

二〇八　月食とシンバルの音については、第四巻三三三行注参照。

二〇八　第四巻二〇五行注参照。

二三三　アンテドンの漁師。不思議な草原の草を口にして海の神に変身する。ニンフの美しい娘スキュッラ（のちにキルケによって海の怪女（本巻六五行注参照）に変身させられる）に恋して拒まれる次第が第一三巻八九八以下で、キルケに助けを求めたが、かえってキルケに愛され、その愛を拒む次第が第一四巻一以下で語られている。

二七一　狼人間とその伝説については、第一巻一六五行注参照。

二九六　ヒュギヌス（一八二）は、オケアニデスあるいは水の妖精（ナイス）たちの名を挙げ、彼女たちがニュサの山でディオニュソスを養育し、ディオニュソスがメデイアに「願って（rogaverat）」若さを取り戻させ、のちに星となってヒュアデスと呼ばれた、という話を伝えているが、この二つの典拠以外、同種の伝承はない。リベル（ディオニュソス）の生誕地とされるインディアの伝説的な山ニュサについては、第三巻三一四行注参照。

二九八　本巻七行注参照。

三一八　薬草の「化学的熱」で焼けて、と Anderson は注している。

三五三　第二巻六三〇行注、第六巻一二六行注参照。

三五三　オトリュス山の牧人ケランボスを洪水神話に関係づける伝は、オウィディウスのこの箇所以外にない。アントニヌス・リベラリス（二二）にケランボスの話が記されているが、それによれば、ケランボスは冬は大雪になるから麓へ下れというパン神の忠告を傲慢さから無視したために、羊は雪に埋もれて死んでしまい、自らはニンフたちによってカブト虫（ケランビュクス）に変えられたという。

三五八　八つ裂きにされたオルペウスの頭がレスボス島に漂着した時、蛇が襲いかかるのを見たアポロが蛇を石に変えた。この話は、第一一巻五五以下で再び語られる。

三六〇　他に典拠、伝承がない。

三六一　伝承がない。トロイアの王子と粗末な砂の墓の対照に示される儚さを言ったものか。コリュトスは、パリス（アレクサンドロス）とヘレネの子、もしくはイダ山のニンフであるオイノネの子の両説があるという（パルテニオス『恋物語』三四参照）。

三六二　マイラと犬といえば、葡萄栽培と葡萄酒を広めて殺されたイカリオス（第六巻一二五行注参照）の愛犬マイラ（のちにシリウス星になった）が思い浮かぶが、犬に変身したマイラ（マエラ）の伝承は他にない。

三六三　ヘラクレスがトロイアを攻めた（第一一巻二一二以下参照）あと、コス島を経由してギリシアに帰国したという伝承（アポッロドロス二・七・一参照）はあるが、島の母親たちが頭に角のある牛になったという伝承は他にない。

三六七　さまざまな伝承が断片的に伝わるが、鉄や銅などの鉱物の精錬と工作の技術をもち、ポセイドン（ネプトゥヌス）の三つ叉の鉾やクロノス（サトゥルヌス）の鎌などを制作したと言われる。クレタのダクテュロイやクレテス（第四巻二八一行注、二八二行注参照）と同一視されたりもする一方、悪霊あるいは魔術師で、硫黄を混ぜた冥界の河ステュクスの水をふりかけて作物や家畜などを滅ぼす悪しき存在ともされた（ストラボン一四・二・七）。他にゼウス（ユピテル）の雷電で、あるいはポセイドンの三つ叉の鉾で滅ぼされたという伝承があるが、海で溺れさせられて滅ぼされたというのはオウィディウスのみが伝える。

三七〇　ニカンドロスの失われた『変身物語』に語られている話として伝えるアントニヌス・リベラリス（一）によれば、ケオス島のアルキダマスの娘クテシュラはヘルモカレスと婚約したが、父親は婚約を忘れて娘を別の男と結婚させようとした。しかし、彼女はアルテミスの計らいで元の婚約者とめでたく結婚できたものの、父親の婚約反故の罪のせいで出産後、死んでしまい、鳩に変身、のちにアプロディテ・クテシュラとして祀られたという。

三七一　やはり、失われたニカンドロスの『変身物語』などで伝えられる話として、アントニヌス・リベラリスが伝えている（一二）。ただし、キュクノスの母の名はテュリエで、息子の死後、涙に暮れて湖になるのではなく、母も自殺したあと白鳥に変身したという。湖もコノペ（どこかは不明）と呼ばれる湖で、のちにキュクネイエ（白鳥の湖）と称されたとしている。

三八二　他に典拠、伝承がない。

三八五　他に典拠、伝承がない。

三六六　ヒュギヌス（二五三）が、オイディプスなどと並んで近親相姦を犯した者たちの中に、「娘キュッレネと〔…〕母親と同衾した」人物として名を挙げている。

三八九　他に典拠、伝承がない。

三九〇　失われたボイオ（ス）の『鳥類の系譜』第二巻にある話としてアントニヌス・リベラリス（一八）が伝えるところでは、アポロに犠牲として捧げようとしていた羊を殺して、その脳味噌を食べてしまった息子ボトレスを父親エウメロスが殺そうとするが、ボトレスはアポロが憐れんでハチクイドリに変えたという。

三九三　ラクタンティウス『神的教理』（七・四・三）に「彼ら〔ストア派の人々〕は人間があらゆる土地や田野で茸のように（tamquam fungos）産み出されると考えている」という記述が見られるが、人間が茸から生まれるという伝承を伝える典拠は他にない。

三九七　オウィディウスの叙述では、エウリピデスの悲劇『メデイア』に描かれて名高い物語の要素だけが列挙され、かなり端折られている。ペリアスを殺害したあと、イアソンとメデイアはコリントスに亡命するが、イアソンがその地の王女クレウサと結婚しようとしているのを知ったメデイアは、すべてを抛って尽くしながら捨てられた苦悩と怒りから復讐を企て、王クレオンと王女を結婚の贈り物と称して毒を塗った衣で殺し、あまつさえイアソンとの間にできた二人の男の子を殺害したあと、祖父の太陽神が送った竜車に乗って逐電、保護を求めてアテナイ王アイゲウスのもとに赴く。

四〇〇　アテナイ古王とされているケクロプスよりも前にその地を治めていた敬虔で義人の（オウィディウスでは、妻ペネが「誰よりも義人（iustissima）」と言われている）ペリパスがゼウスそっちのけで人々に崇め祀られるのに怒ったゼウスが雷電で彼の家を焼き滅ぼそうとしたところ、ペリパスが篤く崇めていたアポロが救いの手を差し伸べ、ペリパスを鷲に、妻（オウィディウスでは、名がペネ（Phene）となっているが、これは「ヒゲワシ」あるいは「ヒゲハゲタカ」を意味する）を鷹に変えたという（アントニヌス・リベラリス六参照）。

四〇一　ポリュペモンは、追い剝ぎスケイロン（本巻四三四行注参照）の父親。そのスケイロンの娘アルキュオネは不品行であったため、父親スケイロンに崖から突き落とされたが、翡翠《かわせみ》になったという。

四〇二　アテナイ王でテセウスの父。アテナイ王の系譜を示した第六巻六七七行注参照。

四〇三　アテナイのアイゲウスに保護を求めたメデイアは、アイゲウスと結婚、一子メドス（メデイオスとも言う）をもうけたとされる。以下に言われているように、メドスの地位を守ろうとしてアイゲウスと先妻アイトラの子テセウスを毒殺しようとしたが失敗し、またまた逐電する。その後については、本巻四二四行注参照。

四〇六　アイゲウス（一伝ではポセイドン。この点については、第九巻一行注参照）とアイトラの子テセウスは、母の父親ピッテウスの治めるトロイゼンで育った。父アイゲウスはアイトラに、子が成人したあと、岩の下に隠しておいた剣とサンダルを印にしてアテナイに来させるように言い渡していた。テセウスは成人すると、その剣を携え、サンダルを履いてアテナイの父のもとに出かけるが、安全な海路は採らず、陸路をたどり、その途次、このあと語られているように、シニスをはじめとする多くの悪党、悪漢（本巻四三四行注参照）を退治するという勲《いさお》を立てる。

四二四　メデイアのその後については、以前はアリオイ（アーリア人）と呼ばれていたカスピ海南方のメドイ人（アッシュリア人、ペルシア人、パルティア人などを含む）の国メディアに逃れ、その名祖となったともいう（ヘロドトス『歴史』七・六二参照）。また、コルキスに戻り、メドス（メデイオスとも言う）が祖父アイエテスを王位から追放していた叔父ペルセスを殺して、祖父を復位させたともいう（ヒュギヌス二七、二四四）。

四三四　以下、英雄テセウスの功業が列挙される。「クレタの雄牛」は、ポセイドンが送った雄牛（第八巻一三三行注参照）と同一とされる。したがって、ミノタウロスの親。ヘラクレスが手なずけてアルゴスに連れ戻り、放してやったところ、コリントス地峡を渡ってマラトンに来て、田野を荒らしていた（この牛については、第九巻一八六参照）。「ウルカヌスの息子」は、「棍棒をふるう男（コリュネテス）」とも言われる追い剝ぎのペリペテス。「プロクルステス」は、「屈服させる男（ダマステス）」とも「ひどく苦しめる男（ポリュペモン）」とも言われ、旅人を寝台（長短二つあると言われる）に寝かせて、寝台をはみ出せば、はみ出した部分を切り取り、寝台より短ければ、合うまで身体を引き延ばしていた。「ケルキュオン」は、旅人に格闘技を挑み、負かしては殺していた。「シニス」は、「松曲げ男（ピテュオカンプテス）」とも呼ばれ、旅人を地面までたわめた二本の松に結びつけ、松を跳ね上げさせては八つ裂きにしていた。「スケイロン」は、海岸の岩場に陣取り、旅人を襲っては持ち物を奪い、崖下に突き落として海亀の餌にしていた。テセウスの功業については、プルタルコス『英雄伝』「テセウス」八―一一、ディオドロス・シケリオテス四・五九なども参照。

四四三　ペラスゴイ人と同様、有史以前にギリシア、小アジアにいたとされる古代民族。メガラと結びついた伝承では、パウサニアス（一・三九・六。一・四四・三も参照）によれば、メガラ人の話として、エジプトからレレクスがメガラにやって来て、王となり、その民がレレゲス人と呼ばれるようになったという。アルカトエという名称については、第八巻八行注参照。

四五六　クレタ王ミノスの息子アンドロゲオスがアテナイに出かけて命を落としたため、怒った父ミノスは戦を仕掛けて勝利し、罰としてアテナイにミノタウロスの食事用として人身御供を送る義務を課した。アンドロゲオスが命を落とした理由は伝によってまちまちで、多くはアンドロゲオスが優れた運動家であったと伝え、彼がアテナイに赴いた折、（おそらくパンアテナイア祭での）運動競技で無敵を誇ったため、妬んだ者たち（負けた競技者たち、あるいは単にアテナイ人と近隣のメガラ人）に殺されてしまったという（セルウィウス『ウェルギリウス『アエネイス』注解』六・一四、アポッロドロス三・一五・七など）。別伝では、競技で無敵の彼をアテナイ王アイゲウスがマラトンの雄牛（この牛については、本巻四三四行注参照）退治に送り込み、それで命を落とした（アポッロドロス同所）、アテナイとの戦で斃れた（ヒュギヌス四一）などとも言われる。戦勝したミノスが課した義務については、毎年（セルウィウス同所。他に、七年ごとなども、オウィディウスが第八巻一七一で語るように九年目ごととも言われる）男女七名ずつの若者をミノタウロスの食用に送るというのが一般的な伝。三度目に送った時、犠牲者に志願して紛れ込んだ王子テセウスが、ミノスの娘アリアドネの助けを借りて（糸玉で迷宮を脱出）ミノタウロスを退治し、帰還する（ミノタウロス、アリアドネ、迷宮などについては、第八巻一五二以下で短く語られている）。帰還の途中、テセウスは立ち寄った島でアリアドネと別れ、その悲しみから、あるいはうっかり（この点については、第八巻一七六行注参照）、首尾よく帰還した時は喪の印の黒帆に代えて白帆を掲げるという父との約束を忘れて黒帆を掲げたまま帰還したため、船を認めたアイゲウスは息子が死んだものと思い込んでスニオン岬から投身自殺、以来その海は「アイゲウスの海（エーゲ海）」と呼ばれるようになったという（ヒュギヌス四三）。

四六七　アルネについては他に典拠がない。アルネが変身したとされる「（ニシ）コクマルガラス」（学名 Corvus monedula, 英名 jackdaw）は、鳴き声がやかましく、卵など、光るものを盗む癖があるという。

四七三　アイアコスについては、第六巻一一三行注参照。

四七六　アイアコスの息子の長男テラモン、次男ペレウス、三男ポコスについては、本巻六五三行注参照。

四八〇　「百の都市の（populorum centum）」は、ホメロスで繁栄と威勢を示すクレタにつけられるエピテトン（定型的形容詞）である「ヘカトンポリス（hecatonpolis）」を与したもの。

四九三　第六巻六八一行注参照。また、同六七七行注も参照。

五〇〇　パンディオン（Ⅱ）の子で、次注に言うアイゲウスと兄弟。第六巻六七七行注参照。また、第八巻七行注も参照。

五〇二　同名の初代王ケクロプス（Ⅰ）の末裔で、エレクテウスの子、アイゲウスの祖父。第六巻六七七行注、第八巻七行注参照。

五〇八－五〇九　削除記号は Anderson の底本にはないが、Tarrant の底本に従う。

五二一　同上。

五二五－五二七　同上。

五七六　同上。

五七九－五八〇　同上。

五九四　ギリシア・ローマでは、葡萄酒を飲む時は混酒器で水（場合によって蜂蜜など）を混ぜ、水で割って飲むことが多かったが、犠牲獣にふりかけるなど、聖儀では「純粋」という宗教的観念から「生《き》」の葡萄酒が用いられた。

六一三　「哀哭の礼を施されず、埋葬されていない」霊については、第四巻四三四行注参照。

六五三　「蟻人間たち（ミュルミドネス）」とは、もちろん、この話に言われているとおり「蟻（ギリシア語で myrmex）が変じて人間になった者たち」を意味する。「ミュルミドネス」は、トロイア戦争でアキレウスが率いた戦士たちとして有名（ホメロス『イリアス』一・一八〇など）だが、その経緯はこうだと言われる。アイアコスには、妻エンデイスとの間の二人の息子ペレウスとテラモン（第六巻一一三行注参照）と、ニンフのプサマテとの間の息子ポコスがいたが（本巻六六八以下に三名が登場する場面がある）、ペレウスとテラモンは運動能力に優れたポコスに（別伝ではアイアコスがポコスのほうを溺愛したのに）嫉妬し、相謀ってポコスを殺したが発覚、父アイアコスに追放されて、ペレウスはテッサリアに逃れ、テラモンはサラミス島に逃れた。ペレウスがアイギナを去る際、この話で言われているミュルミドネスの一部が彼に同行し、ペレウスの子アキレウスがトロイアに率いていったのが、そのミュルミドネスだという（アポッロドロス三・一二・六―一三・一、ストラボン九・五・九、ツェツェス『リュコプロン注解』一七六、ヘシオドス断片二〇五（Merkelbach-West）＝*Scholia vetera in Pindari Nemea*, 3.2）。ちなみに、ストラボン（八・六・一六）に、アイギナ人が「蟻人間たち」と呼ばれる理由の合理的解釈が記されている。ペレウスがアイギナを去ったあとの後日譚（女神テティスとの結婚、女神プサマテによる復讐、アカストスによる殺人の清めなど）が、第一一巻二二一七以下にある。

六六五　ポコスの母親プサマテは、海神ネレウスの娘。

六六九　六八七行からこの行まで、Tarrant の底本では削除記号が付され、行の追加などが行われているが、Anderson の底本に従う。

六九五　第六巻六八一以下参照。

六九七　第六巻六七七行注参照。

七一九　曙の女神（アウロラ）にはティタン神族の一であるアストライオス（「星、星瞬く者」の意）という夫がいる。

七四一　この行、Tarrant の底本に従う。

七六〇　ギリシア悲劇の傑作とされるソポクレスの『オイディプス王』で名高いオイディプスは、知らずにテバイ王の父ライオスを殺したあと、女神ヘラがテバイに送って謎を語らせ、解けない通りすがりの人間を食い殺していたスピンクス（女面で獅子の身体の怪物）の謎を解いて退治した功績で、これもまた知らずに母イオカステと結婚し、テバイの王になった（スピンクスが送られたのは、ライオスがペロプスのもとに亡命していた時、その息子の美少年クリュシッポスに恋心を抱いて誘拐し、これを犯したため――ライオスはギリシアで最初の同性愛者と言われる（この点については、第一〇巻八五行注参照）――、恥じたクリュシッポスが自殺するという出来事があり、婚姻を司る女神であるヘラが婚姻の掟を破ったそのライオスを罰するためとされる）。謎は、最も簡略なものは「一つの声をもち、四本足、二本足、三本足のものは何」（アポッロドロス三・五・八）、あるいは「同じ一つのもので、二本足、三本足、四本足のものは何」（ディオドロス・シケリオテス四・六四・三）。答えは「人間」。

七五　テバイの人々がディオニュソスの怒りを買ったために送られた「テウメッソスの雌狐」と呼ばれる狐（パウサニアス九・一九・一）。テバイの人々は市民の子供を毎月一人差し出さねばならなかったという（アポッロドロス二・四・七）。テウメッソスは、テバイの北東八キロメートルの小高い丘。アントニヌス・リベラリス四一も参照。

七六　槍に巻きつけて、投げる力を増すと同時に、回転を与えてまっすぐに飛ばすための細い革紐。

第八巻

10

明けの明星《ルキフェル》が夜の闇を払い、輝く夜明けを告げていた頃、
早や既に東風《とうふう》は止み、〔南風の運ぶ〕湿潤な雲が
沸き立っていた。穏やかな南風を受け、アイアコスの与えた兵たちとケパロスは
帰路に就いていた。一行は、その南風に駆られて順風満帆の船路を辿り、
思いのほか早く、目指す港〔アテナイの外港ペイライエウス〕に帰り着いた。
その間《かん》に、ミノスはレレゲス人縁《ゆかり》の地〔メガラ〕の海岸を荒廃させ、
自分の戦力を、ニソス*の支配する
アルカトオス*の都〔メガラ〕を攻めて試していた。このニソスの頭頂には、
敬うべき白髪《はくはつ》の間《あいだ》に、ひと房《ふさ》の緋色に輝く毛*が
生えており、偉大な王国の存続を保証する守りとなっていた。
　昇る新月の尖った角《つの》が姿を現すこと六度に及んだが、
武運は相譲らず、両軍伯仲し、永い間、勝利の女神《ウイクトリア》は、優劣決めかねる
翼を羽搏《はばた》かせ、両陣営の間を行きつ戻りつしていた。メガラには、
妙《たえ》なる調べを響かせる城壁に付随して、王宮の一画をなす尖塔があった。
言い伝えでは、その城壁にラトナの子〔アポロ〕が黄金の竪琴を置いたという。
妙なる調べは、竪琴の音《ね》が、その時に城壁の石にしみついたものだ。
この尖塔に、常々、ニソスの娘〔スキュッラ〕が登ってきて、
小石を当てては、城壁の石が響きを返す〔竪琴の〕音《ね》を楽しんでいた。*

ただ、それは平時のこと。だが、戦時になっても、彼女は屢々《しばしば》
その尖塔から、干戈《かんか》を交える苛烈な戦《いくさ》を眺めたもので、
長引く戦の所《せ》為《い》で、今では、戦をする主だった敵将たちの名も武具も
馬も装束もキュドニア〔クレタ〕の箙《えびら》も見覚えていた。だが、他の誰よりも
彼女が見覚えていたのは、軍を率いる、エウロパの子だった。しかし、それは
唯見覚えて満足するだけの生易しい見覚え方ではなかった。彼女の目には、
ミノスは、羽毛飾りの頭立《あたまだ》てのある兜で頭を隠していれば、
その兜姿が美しかったし、青銅輝く盾を
手に取れば、盾持つ姿が似つかわしかった。ミノスが
腕を後ろに真っ直ぐに伸ばし、筋《きん》をぴんと張って強靭な投げ槍を投げると、
乙女は、その力強さ共々、技の巧みさも褒めそやし、
ミノスが矢を番《つが》えて長弓を引き絞ると、乙女は、
ポエブス〔アポロ〕が矢を手にして佇《たたず》む姿は屹度《きっと》こうに違いないと断言した。
だが、ミノスが青銅の兜を脱いで、素顔を現し、
紫衣《しい》に身を包んで、目にも鮮やかな彩《いろどり》の敷物を載せた
白馬の背に跨《またが》り、泡吹くその口を手綱で捌《さば》く時、最早、
ニソスの娘の乙女は自分を律しかね、正気を保ちかね、
ミノスが手にした投げ槍を幸せな槍と言い、

ミノスが手で触れた手綱を幸せな手綱と羨んだ。
それが叶うものなら、乙女の脚で敵軍の隊伍に混じって
歩きたいという衝動に駆られ、尖塔の頂から身を躍らせて
クレタの陣営に飛び込みたい、あるいは、青銅で鎧《よろ》う城門を
敵軍のために開け放ちたい、あるいは、他《ほか》にミノスが望むことなら
何でもしたいという衝動に駆られた。腰を下ろして、
ディクテ聳《そび》えるクレタの王の真っ白な天幕を眺めながら、彼女はこう
独り言《ご》ちたものだ、「涙多い戦《いくさ》*が行われているのを、喜ぶべきか、
嘆くべきか、心は揺れる。ミノス様が、愛する私の敵方の人なのが恨めしい。
でも、戦がなければ、私がミノス様を知ることもなかったのです。
しかし、私を人質に取れば、あの方《かた》も矛を収めることができる筈。私を傅《かしず》きの
供に、和平の質にすればいい。王の中で誰よりも、お美しいミノス様、
あなたをお産みになったお母様が*、あなたご自身のような方であったのなら、
そのお母様に神様が愛の炎を燃やされたのも当然のこと。
ああ、私は二倍にも三倍にも幸せな女、もし、翼で空を翔《かけ》り、
クレタ王の、そのミノス様の陣営に降り立ち、わが素性と、わが心の内に燃える
愛の炎《ほむら》を打ち明けて、何を持参財にすれば、あの方を購《あがな》える*のか、
尋ねることができたなら。尤も、お求めになるにしても、お父様のお城だけは別。

裏切りで手に入れるくらいなら、幾ら望みとはいえ、結婚など
しないほうがまだしも。でも、敗北が敗者に利になることだって屡々ある、
勝利する人が温厚で慈悲深い人であればね。多くの人が経験することよ。
確かに、あの方が戦っている戦は、奪われた子息のための正当な戦。
大義の点でも、その大義を守る兵力の点でも、あの方に分がある。思うに、
私たちは負けるのよ。それがこの都を待ち受ける行く末なら、どうしてあの方が
ご自分のために態々《わざわざ》自らの軍勢を使ってこの城門を開ける必要がありましょう。
何故私の愛が開けてはいけないの。殺戮もなく、戦を長引かせることもなく、
血の代償を伴わずに勝利できるのなら、それに越したことはない筈。
そうなれば、確かに、誰かが、ミノス様、あなたを知らずに傷つけはしまいかと
恐れる要もなくなるのです。如何にも、あなたと知りつつ、そのあなたに向かって
無謀にも、容赦ない投げ槍を向けるほど乱暴な人間が誰かいるでしょうか。
そうだ、この策がいいわ。この考えに決めた、私に添えて、
結納の品として祖国を手渡し、戦を終わらせるのよ。でも、
願望するだけではちっとも意味がない。城門の進入路は番兵が見張っているし、
城門の錠は父が手にしている。その父だけが、不幸にも私の唯一の懸念、
その父だけが、私の望みを妨げる唯一の障害。望むらくは、神々の計らいで、
父がいないまま、今の私があればいいのに。でも、屹度、自分にとって、

人それぞれが神。運命の女神《フォルトゥナ》も優柔不断の願望など見向きもしてくれないわ。
これほど激しい愛の炎に煽られた女《ひと》が、他《ほか》に誰かいれば、その女は、愛の
妨げとなるものを、何だって喜んで踏み躙《にじ》り、踏み越えていくことでしょう。
他《ほか》の女が私より雄々しい心になれて、私がなれないなんて、どういうこと？
火の中、剣《つるぎ》の間を、躊躇《ためら》わず、私も抜けていかなくては。でも、
私の場合、火も剣も必要ない。私に必要なのはお父様の髪の房。
あれこそ私にとって黄金《おうごん》よりも価値のあるもの、あの緋色の髪の房こそ
私を幸福にしてくれ、私に望みを叶えさせてくれるもの」。
　彼女がこんなことを独り言《ご》ちている内に、悩みを育《はぐく》む最大の養い手の
夜が訪れると、夜の闇でスキュッラの大胆さは尚更膨らんだ。
皆が床に就いて初めの安らぎが訪れ、昼間の心労に疲れた心を
眠りが捕らえる頃おい、スキュッラは黙ったまま父の寝室に
忍び入《い》り、娘が実の父親から——ああ、なんと罪深い犯行——命に係わる
髪の房を奪い取って、非道な獲物を手に入れると、
その戦利の品を携えて、急ぎ足で城門を出、
敵勢の只中を進んで——己の功への信頼はそれほど大きかった——、
王の許に辿り着いたのだ。驚いているその王に、スキュッラはこう語りかけた、
「この罪深い行いに駆り立てたのは愛です。ニソスの娘のこの私《わたくし》、王女

100

スキュッラがあなた様に祖国とわが家《いえ》の守《まも》り神をお渡しいたします。何の
酬いも求めません、あなた様以外は。お受け取り下さい、愛の証《あかし》のこの緋色の
髪の房を。どうか信じて頂きとうございますが、私がお渡しするのは、唯の
髪の房ではなく、父の命そのもの」。そう言って、彼女は右手に握った
罪深い贈り物を差し出した。ミノスは差し出されたその贈り物を屹度《きっと》辞《いな》み、
前代未聞の所業の為体《ていたらく》に当惑しながら答えた、
「神々がお前を、おお、今の世の恥辱よ、この世から放り出してくれれば
よいものを。大地も海も、お前のような奴には拒まれればよいのだ。
少なくとも私は、お前のような化生《けしょう》の者に、ユピテル神の揺籃の地、*
わが領土の、このクレタだけには触れさせはせぬ」。
そう言い捨て、誰よりも正義を尊ぶ立法者ミノス*は征服した
敵方に法を布くと、船の艫綱《ともづな》を解き、
櫂《かい》を漕ぎ、青銅を張った船を進めるよう命じた。
スキュッラは〔海に〕曳き降ろされた艦船が海上を去りゆくのを眺め、
敵将のミノスが自分の罪深い行いに酬いを与えようとしないと悟ると、
あらん限りの嘆願、祈願を口にした後、心は激しい怒りに変わり、
両手を差し伸べながら、髪を振り乱し、狂乱の態《てい》で叫んだ、
「どこへ逃げるの、功ある恩人の、この私《わたし》を置き去りにして、

ああ、私が祖国よりも愛しいと、父よりも愛しいと思った人なのに。
どこに逃げるの、情け知らずのあなた。あなたの勝利は私の罪でもあり
私の功でもあるのではなかった？　あなたに差し上げた私の贈り物にも、
私の愛にも、私が望みのすべてをあなた一人にかけていたことにも、あなたは
心を動かされなかったの？　ええ、そう、どこへ私は向かえばいいというの。
祖国に？　一敗地に塗《まみ》れて瓦解してしまっています。仮令《たとえ》残っているとしても、
私の裏切りで私には閉ざされている。お父様の面前に？　あなたに贈り物として
差し上げた、そのお父様の許に？　国人《くにびと》は、当然、私を憎んでいます。隣国の
人々は〔私のしでかした〕前例を恐れている。ありとあらゆる土地から私は
追い出されて、私に希望が残されている地といっては、クレタがあるばかり。
そのクレタからも、あなたが、忘恩の人、私を締め出し、私を捨て去るのなら、
あなたを産んだ母親はエウロパではなく、人を寄せ付けぬシュルティス*か、
アルメニアの雌虎か、南風に逆巻くカリュブディス*よ。あなたがユピテルの子
というのも嘘。母親が雄牛の姿に身を窶《やつ》した神に心惹かれたというのは嘘だわ。
あなたの生まれに纏《まつ》わる話は嘘っぱちの作り話。あなたを産んだのは、本当の
［獣的で、どんな雌牛であろうと、その愛の擒《とりこ》になどなりはしない］
雄牛だったのです。どうか、罰をお与えになって、
お父様。私に裏切られて間もない城市よ、さあ、私の不幸を喜ぶがいいわ。

私自身認めますもの、自業自得だと。私は死に値する女。
でも、私の命を奪うのは、非道にも私が傷つけた人たちの誰かで
あるべきです。私の罪深い行いで勝利を収めたあなたが、どうして私の罪を
咎め立てなければならないの。私の行いは、祖国や父には罪であっても、
あなたには忠義立ての筈。あの女《ひと》*は如何にもあなたを連れにするに相応しい女、
木の絡繰《からくり》で欺き、荒々しい雄牛と密かに情を通じて、
人牛二形《じんぎゅうふたなり》の子〔ミノタウロス〕をお腹《なか》に孕んだあの女は。*少しでも、あなたの耳に
私の声が届いている？　それとも、風が私の声を空しく吹き散らしてしまうの？
風に吹かれて逃げていく、無情なあなた、あなたの、その船のように。
今となっては、今となっては、驚くことではないわ、パシパエが、あなたより
雄牛のほうを選んだのも。雄牛よりあなたのほうがもっと冷酷な獣だったからよ。
ああ、哀れな私。あの人は急ぐよう命じている。海原が櫂に切り裂かれて
波音を立てている。私からも、また、この地からも離れて、遠ざかってゆく。
でも、無駄よ。私の恩を、ああ、あなた、忘れたと言っても、甲斐ないこと。
あなたが嫌でも、私は追いかけていき、曲がった艫《とも》にしがみついて、船路を
曳かれていきましょう、どこまでも」。そう言い終えたか終えない内に、
彼女は波間に飛び込むと、思慕の情の与える力の限り船を追い、
クレタの船には歓迎されぬ伴として、船に取りついた。

その彼女を父親が見つけると――というのも、ニソスは茶色の翼持つ
鶚《みさご》に変身して間もないが、今や空中を浮遊していたからだ――
飛んでいき、船にしがみついている娘を鉤《かぎ》なりの嘴《くちばし》で引き裂こうとした。
彼女は恐ろしさの余り艫《とも》を握っている手を離した。すると、落ちていく彼女を、
軽やかな微風が、海に落ちてしまわないよう、支えたと思われた。
羽毛があった。彼女は羽毛によって鳥に変身し、「キリス」*と
呼ばれたが、これは、彼女が〔父親の〕髪の房を「切り取った」ことから得た名だ。

　ミノスは、船を降り、クレタの地を踏みしめた後、
願掛けで誓った百頭の雄牛を屠《ほふ》って、報謝の贄《にえ》として
ユピテルに捧げ、鹵獲《ろかく》の品の数々を据えて王宮を飾り立てた。だが、既に
一族の不名誉〔の噂〕は大きくなり、人牛二形《じんぎゅうふたなり》の前代未聞の怪物によって、
その怪物の母親の悍《おぞ》ましい〔獣との〕情交が明るみに出ようとしていた。
ミノスは、そこで、この汚辱を夫婦の閨《ねや》から取り除こうと企て、
部屋が入り組んだ迷路に閉ざされた館に怪物を閉じ込めることにした。
建築術の才では並ぶ者なく名を馳せていたダイダロスが
建造物を構想して建築したが、通路の目印を攪乱し、様々な迷路を複雑に
巡らせて、眼を錯覚させ、曲がり角を誤らせるような構造に造り上げたのだ。
これを喩えれば、プリュギアの野で、流れ澄むマイアンドロス*が

遊び戯れ、流路定まらぬまま、流れ下っては、また元の方向に逆戻りし、
やがて自分に向かってくる川波を幾度も眺めながら、
ある時は源へ流れを向け、またある時は大海原へ流れを向けて、不規則な
流れのままに蛇行を繰り返す、まさにそのよう。同じように、ダイダロスも
館中に、入り組む無数の迷路を張り巡らし、他ならぬダイダロスさえ入り口に
戻れなかった。人を欺く館の迷路の複雑さは、実にそれほどだったのだ。
　この迷宮に人牛二形の姿の怪物を閉じ込め、
アクテ〔＝アテナイ〕から送られてきた〔若者らの〕血で二度怪物を養った後、*
九年目毎に繰り返される三度目の籤を引いた若者が怪物を退治し、
乙女〔アリアドネ〕の援けで、それまでの犠牲者の誰一人辿り着いたことのない
困難な入り口に、〔伸ばした糸玉の〕糸を再び辿って帰り着くと、
すぐさまアイゲウスの子〔テセウス〕はミノスの娘〔アリアドネ〕を連れ去り、
ディア〔ナクソス島の古名〕を目指して出帆したが、無情にも、伴ってきた娘を
島の海岸に置き去りにした。* 置き去りにされ、嘆き深い乙女に、
リベル〔バッコス〕が抱擁を与えて、助けの手を差し伸べ、永遠《とわ》に輝く
星にしてやろうと、その額から冠を外すと、
天空に送った。冠は薄い大気の中を翔っていき、
翔っていく内に、冠の宝石はきらきら輝く火となり、

冠の形をとどめたまま、天空の一画に座を占めたのだ。この星座〔冠座〕は
「膝をつく者*〔ヘルクレス座〕」と「蛇遣い〔座〕」の中間にある。
　そうこうする内、ダイダロスはクレタと長い亡命生活とに
嫌気がさし*、生まれ故郷*への憧憬が募ってきたが、如何せん、
海に隔てられていた。「陸と」と彼は独り言《ご》ちた、「海を閉ざすのなら、
閉ざすがいい。少なくとも、空だけは自由に開かれている。空を通っていこう。
ミノスが幾ら全てを我がものとしているからとて、空まで己の自由にはできぬ」。
そう言うや、早や心を未知の技に向け、自然の
摂理を覆そうと企てた。実際、彼は、羽を一番小さいものから始めて順に置き、
〔長いものの後には短いものが続くように並べて〕
見ると、傾斜をなして段々に幅広になっているようであった。喩えれば、
長さの異なる葦の茎を徐々に高くなるよう〔階段状〕に繋ぎ合わせた、昔の
田舎の葦笛のよう。それからダイダロスは中央部と根元の所を亜麻紐と蠟とで
繋ぎ合わせ、作り上げたものを曲げて、僅かに湾曲をもたせ、
本物の鳥の翼そっくりに仕上げた。少年イカロスが父と一緒に傍にいて、
自らに危険をもたらすものを触っているとは知らぬまま、
顔を輝かせて、あちらに、またこちらにと気紛れに吹く風に飛ばされた
羽を捕まえようとしたり、また、黄色い蠟を指で

これて柔らかくしたりして、遊び戯れながら、父の不思議な工作の
邪魔をしていた。名工ダイダロスは、工作物に最後の手を
加えると、双の翼に身を委ねて、
平衡を取ると、翼で大気を撃って、空中に浮かんだ。
息子にも飛び方を教えて、言った、「イカロスよ、よいか、忠告しておくが、
中ほどの進路を翔るのだ。翔るのが低すぎて、波に濡れて
翼が重くなってもならぬし、高すぎて、〔太陽の〕火に焼かれてもならぬ。
その中間を飛ぶのだ。牛飼い座や小熊座、あるいは
オリオンの抜き身の剣を眺めて飛んだりしてはならぬ。私の後について
進路を辿るのだぞ」。ダイダロスは、そう言うと、同様に翼の使い方の注意を
伝えると、見たことも聞いたこともない翼をイカロスの両肩に付けてやった。
翼を付ける作業や忠告の言葉の間《あいだ》にも、ダイダロスの老いた頰は涙に濡れ、
父のその手は震えていた。最早二度と再び与えることのない最後の口づけを
息子にすると、翼を羽搏《はばた》かせて宙に浮かび、
息子を先導するようにして空を翔ったが、脇を飛ぶ息子を気遣った、恰《あたか》も、高い
巣から、巣立ちのひ弱な雛を空中へと飛び出させようとする親鳥のように。
父は息子に付いてくるよう励まし、致命の飛翔の技を教えてやった。
〔自らも自分の翼を羽搏かせながら、振り向いては息子の翼を眺める〕

この二人を、震える釣り竿で魚を釣っている漁師の一人が、
あるいは杖にもたれながら牧夫が、あるいは鋤《すき》の柄に寄りかかりながら農夫が
眺めて、仰天し、空を飛べるのだから、あれは
神に違いないと思った。そうこうする内、ユノー女神縁《ゆかり》のサモス*〔島〕を
左手に——既にデロスとパロスは後にしてきた——、
レビントスと、蜂蜜を豊かに産するカリュムネを右手に眺めている折しも、
少年が大胆な飛行に喜びを覚え始め、
先導する父から離れて、天空に到る空域への憧れから、
高く高く進路を翔《かけ》り上がっていった。激しく燃える太陽に近づくにつれて、
翼を繋ぎとめる蠟が匂いを放ちながら柔らかくなり始め、遂には
溶けてしまった。イカロスは翼を奪われた剝き出しの腕をバタバタさせたが、
如何せん、翼がなくては空気を捉えることができず、叫び声をあげ、
何度も何度も父の名を口にしながら墜落した。その彼を紺青の
海が受け止めたが、その海は彼の名から名付けられ〔「イカロスの海」と呼ばれ〕た。
一方、憐れな父親は、最早父親ではなかったのだが、「イカロス、イカロス」と
再び三度《みたび》その名を呼び、「どこにいるのだ。どこを探せばよい」と呼びかけた。
ダイダロスは「イカロス、イカロス」と息子の名を何度も叫んでいたが、
波間に翼を認めると、己の技を呪い、息子の遺体を〔探し出して〕墓に納めた。

その地は、埋葬された息子の名で〔「イカリア〔「イカロスの地」〕」と〕呼ばれた。
　息子の亡骸《なきがら》を墓に納めている、そのダイダロスを、
お喋りの鷓鴣《しゃこ》が泥の溜まった掘割から眺めていて、
翼を羽搏《はばた》かせて喝采し、喜びを嬉し気な囀《さえず》りで表した。
当時、この鳥はたった一羽だけで、それ以前は誰も目にしたことがなかった。
これは最近生まれた鳥で、ダイダロスよ、汝の罪を末永く留める名残なのだ。
というのも、ダイダロスの姉妹が、待ち受ける定めも知らず、彼の許に、
誕生日を十二回迎えた息子*〔ペルディクス〕を教育してもらおうと送っていた。
その子は、教えられたことの理解が早い賢才の少年だった。
理解が早いだけではなく、魚の背の真ん中を走る背骨を観察し、
それを手本にして、薄い板状の鉄に
連続して切り込みを入れて歯の列を作り、鋸《のこぎり》として使用する術を発明したし、
また、一箇所の結節で腕となる細い鉄棒二本を繋ぎ合わせ〔て支点とし〕、二つの
腕の〔先端の〕間隔を一定に保ったまま、一方の腕〔の先端〕を固定し、もう一方の
腕〔の先端〕をぐるっと回して〔真〕円を描くことを最初に始めたのもこの子だ。
ダイダロスはその子の才知に嫉妬し、ミネルウァの聖山〔アクロポリス〕の頂から
真っ逆さまに少年を突き落とし、足を滑らせて落ちたと嘘を吐《つ》いた。しかし、
その才知を愛でていたパッラス〔＝ミネルウァ〕が、落下するその子を受け止めて、

鳥にしてやろうと、空中に浮かんでいるところを羽毛で覆ってやったのだ。
鳥になったとはいえ、かつての煥発な才気は翼や脚に
そのまま残った。名前も、以前と同じ名（「ペルディクス（鷓鴣《しゃこ》）」）が残った。
しかし、この鳥は高く舞い上がろうとはしないし、
高い木の枝や梢に巣を作ることもしない。
地面近くを飛び跳ね、低い生垣に巣を作って卵を産む。
昔体験した落下を今も忘れてはおらず、高いところを恐れるからだ。
　今や疲れ果てたダイダロス*を、アエトナ聳える地（「シキリア」）が迎え入れていた。
王のコカロスは、ダイダロスの嘆願を容れて、武器を取り、
情に厚い人間と見なされていた。*一方、アテナイは、テセウスの偉業によって、
既に、嘆かわしい貢《みつ》ぎ物《もの》献上の義務から解放されていた。
神殿は花輪で飾られ、人々は女戦士ミネルウァを始めとして、
ユピテルやその他の神々の名を唱えつつ、祈願成就の犠牲獣を屠《ほふ》って血を注ぎ、
供物を捧げ、香箱に入れた香をくべて、斎《いつ》き祀《まつ》った。
　駆け巡る噂はテセウスの令名をギリシア中の市々《まちまち》に
広め、豊かに富むアカイア（＝ギリシア）に暮らす人々は、
大きな危難に臨むと、その*援けを乞い求めたもので、
カリュドンも、メレアグロスという英雄がいたものの、その援けを

280

不安の内に嘆願し、懇願した。懇願の理由は猪であった。敵意を抱くディアナの下働きとして、女神の復讐を遂げるために送られたものだ。

それというのも、話では、収穫豊かな一年の幸に恵まれた時、ケレスには五穀の初穂を、リュアイオス〔バッコス〕にはその恵みの葡萄酒を、金髪のミネルウァには女神自身の恵みのオリーブ油を捧げたという。

こうして、田野に住まう神々から始めて、どの神々にも漏れなく神々の望まれる供物が奉納されたが、ラトナの娘御〔ディアナ〕の祭壇だけは、香をくべられることもないまま、蔑ろにされ、放置されたという。

怒りもまた神々の心を突き動かす。「だが、罰せずには措くものか。女神として侮られておきながら、剰《あまつさ》え、罰も与えなかったなどとは言わせませんからね」。

そう言うと、侮られたディアナはオイネウスの領地〔カリュドン〕の野に復讐者の猪を送ったのだ。牧場《まきば》多いエペイロスにもこれほど大きな雄牛はおらず、シキリアにいる雄牛もこれよりは小さいという巨大な猪である。

眼は血走って炎でぎらぎら燃え、頸は剛毛が毛羽立っている。

〔剛毛は固い投げ槍の柄のように逆立っており、
まるで逆茂木《さかもぎ》か、投げ槍の柄のよう。〕

嗄《しわが》れた唸り声と共に、幅広のその両肩一杯に、滾《たぎ》るような熱い泡を滴《したた》らせ、その牙はインディアの象の牙にも匹敵する。

口からは雷火にも似た炎を吐き出し、吐く息で木の葉は燃え上がった。猪は、生育途中の麦をまだ青葉の内に踏みしだくかと思えば、また、生育し、穂にケレスの恵みの実を付けた麦を根こそぎ刈り取り、願い叶った実りの喪失を農夫に嘆かせもする。約束の収穫を今か今かと待ち望む脱穀場や穀物蔵の期待も露と消えた。

重く垂れた葡萄の実は、長く伸びる蔓共々、踏み倒され、橄欖樹の実も、常に葉を付けている枝諸共《もろとも》、踏み倒された。

猪は家畜にも猛威を振るった。番犬をもってしても、牧夫は家畜を守れず、猛々しい雄牛もまた牛群《うしむれ》を守ることができなかった。

人々は逃げ出し、都の城壁で守られない限り、安全とは思わなかった。しかし、遂に、メレアグロスと、その彼と共に、誉《ほまれ》を得たいという欲求に駆られた数多の若い精鋭*が集《つど》った。

一人〔ポリュデウケス〕は拳闘で、一人〔カストル〕は馬術で他の追随を許さぬ、テュンダレウスの双生の子たち*や、最初の〔遠洋航海用〕大型船の建造者イアソン、ペイリトオス*共々、彼と心を一《いっ》にして刎頸《ふんけい》の交わりを享受するテセウス、更にテスティオスの二人の息*〔プレクシッポスとトクセウス〕に、アパレウスの二人の息リュンケウスと俊足のイダス、また、最早女子ではなかったカイネウス*、更に猛々しいレウキッポスに、投げ槍の名手アカストス*、またヒッポトオスに

ドリュアスにアミュントルの子のポイニクス、また、アクトルの双生の
子たち〔エウリュトスとクテアトス〕、それにエリスから送られたピュレウスの面々だ。
また、テラモンや、偉大なアキレウスの父〔ペレウス〕も欠けてはおらず、更に
ペレスの子〔アドメトス〕やヒュアンテス人〔＝ボイオティア人〕のイオラオス、
精励のエウリュティオン、走力では誰にも引けを取らぬエキオン、
ナリュクスのレレクス、またパノペウスにヒュレウス、勇猛の
ヒッパソス、その時はまだ青年の盛りであったネストル、
更に父ヒッポコオンが古都アミュクライから送った兄弟たちや、
ペネロペ〔イア〕の義父ラエルテスにパッラシア〔アルカディア〕のアンカイオス、
アンピュコスの予知に長けた息〔モプソス〕、まだ妻に裏切られずに無事だった
オイクレウスの息〔アンピアラオス〕、またリュカイオスの森の誉《ほまれ》の、テゲアの
乙女〔アタランテ〕もいた。磨かれた留め金一つが衣服の上端を留めているが、
髪は至って素朴で、纏めて一箇所で結び、
左肩に掛けている象牙の箙《えびら》がカラカラと
矢音を立て、右手には弓も携えていた。
出立《いでた》ちはそうであったが、その顔立ちは、間違いなく少年のような乙女、或いは
乙女のような少年と言えるようなものであった。
その彼女を一目見るなり、カリュドンの英雄〔メレアグロス〕は、

神の同意を得られぬままに、恋い焦がれ、恋の炎《ほのお》を煽られて、その炎は密かに心で燃え上がった。「ああ、幸せな男だ、彼女が夫にしてもよいと思う男が誰かいれば」、彼はそう独り言《ご》ちた。だが、時期と羞恥心がそれ以上語るのを許さなかった。激しい闘いを伴う大仕事が差し迫っていたからだ。

　どの時代にも斧を入れられたことがない、木々の鬱蒼と茂る森があった。平地から始まる森で、緩やかに降っていく田野を見晴るかしている。勇者たちは、そこにやって来ると、一隊は狩網を張り、一隊は猟犬の綱を解き、一隊は地面に残る足跡を追い、各々、我こそは危険な敵を見つけんものと心逸《はや》った。その森には窪んだ谷間があり、常々、雨水が幾つもの流れとなってその谷間へと流れ下っていった。窪地の底には、しなやかな柳や、茎軽い菅《すげ》、沼地を好む藺草《いぐさ》、それに行李柳《こりやなぎ》や、長く茎をのばす葦、その下には短い茎の葦が生い茂っていた。猪は、その窪地から追い立てられると、猛烈な勢いで敵の勇者らのど真中へ突進した。喩えれば、さながら雲と雲が衝突し、圧縮して発せられる雷火のよう。その突進で、灌木は薙ぎ倒され、木々は押し倒されてバキバキと音を立てた。若者らは雄《お》叫《たけ》びを上げ、屈強の右手に幅広の穂先煌《きら》めく槍を前向きに構えて握りしめた。

猪は突進し、荒れ狂う猪の行く手を阻もうと、各々構える犬たちを
蹴散らし、吠えたてる犬たちを斜めから牙で突き刺して、散り散りにさせた。
最初の槍を、エキオンが腕を振りかざして投げつけたが、
当て損じ、楓《かえで》の幹をかすって軽く傷つけただけだった。
二番槍は、力を入れすぎていなかったなら、狙った
獲物の背中に当たるものと見えた。だが、槍は
獲物を越えて飛んでいった。投げたのはパガサのイアソンだ。
アンピュコスの息〔モプソス〕が言った、「ポエブス、私があなたを、これまでも、
また今も斎《いつ》き参らしているなら、この槍を、狙う獲物に過《あやま》たず当てさせ給え」と。
神は、できる限り祈りに応えた。槍は投げられた。
しかし、猪は無傷のままだった。ディアナが、飛んでいく槍から
鉄の穂先を奪ったからだ。当たったのは、鋒《きっさき》の欠けた柄だけだった。
だが、獣の怒りが掻き立てられ、雷火に勝《まさ》るとも劣らぬ激しさで燃え上がった。
眼からはメラメラと炎を放ち、胸からも、息と共に炎を吐き出した。
その様《さま》は、さながら〔投石器《カタパルト》の〕引き絞られた革紐から発射された岩石が
或いは城壁めがけ、或いは兵士の犇《ひし》めく櫓《やぐら》めがけて飛んでいくよう。
まさにそのように、致命の傷を与える猪は若い勇者らめがけ、狙い定めて猪突
猛進し、右翼を守っていたヒッパルモスとペラゴンの二人を

突き倒した。仲間が駆け寄り、横たわる二人を救い出した。
だが、ヒッポコオンの子エナイシモスは致命の牙の一撃を
免れることができなかった。震えながら、背を向けて逃げ出そうとするところ、
膕《ひかがみ》を突き裂かれ、靭帯をやられて動けなくなったのだ。
恐らく、ピュロスの英雄〔ネストル〕も、トロイアでの戦の時を待たずして
命を落としていたかもしれない。しかし、彼は立てかけた槍を踏み台にして、
間近に立っていた木の枝に飛び上がり、
敵から危うく逃れて、安全な場所から眺めたのだ。
狂暴な猪は、樫の木の幹にこすりつけて牙を磨くと、
殺戮を狙って脅かすように迫り、研ぎ上げたばかりの武器を恃《たの》んで、
エウリュトスの子の勇者〔ヒッパソス〕の太腿を曲がった牙で突き刺した。
だが、その時はまだ天空に輝く星座になっていなかった双子の兄弟が、
両者共に皆の中でその威風は際立っていたが、両者共に雪よりも白い馬に
乗り、両者共に投げ槍をかざして、鋒《きっさき》をブルブル震わせながら
槍を投げかけ、投げられた槍は空《くう》を飛んでいった。その槍は
傷を負わせていただろう、剛毛の獣が、槍も通らず、馬も足を踏み入れられぬ、
薄暗い森の、鬱蒼と茂る灌木の間に潜り込み、姿を隠してしまわなかったなら。
テラモンがその猪の後を追ったが、逸る余り不用意に駆けたため、

木の根っこに足を取られ、つんのめって転倒してしまった。その彼を
ペレウスが助け起こしている間《あいだ》に、テゲアの乙女〔アタランテ〕が石火の矢を
弦《つる》に番《つが》え、弓を引き絞って猪めがけて射かけた。
矢は獣の背を掠《かす》って耳の下に刺さり、
滲み出る血で僅かに剛毛を朱《あけ》に染めた。
それでも彼女は自分の上々の射的を喜んだが、彼女にもまして
喜んだのはメレアグロスだった。猪の血を最初に目にしたのも、
自分が見た血のことを仲間たちに最初に示したのも彼で、どうやら彼は
こう言ったらしい、「乙女よ、あなたの武勇の当然の誉《ほまれ》を受けるがよい」と。
勇者たちは恥辱で赤面し、互いに鼓舞し合いながら、雄叫《おたけ》びを上げて
勇を奮い起こすと、滅多《めった》矢鱈《やたら》に獣めがけて槍を投げかけた。
数の多さが却って放たれた槍の仇《あだ》となり、狙った通りの射撃を妨げた。すると、
両刃《もろは》の戦斧《せんぷ》持つアルカディア人〔アンカイオス〕が熱《いき》り立ち、己の定めを無にする
言葉を発して、言った、「さあ、強者《つわもの》らよ、とくと見ているがいい。男の武器が
女の武器よりどれだけ勝《まさ》っているかを。俺に任せておけ。
たとえ獣をラトナの娘御〔ディアナ〕自らが自分の武器で守っていようと、
この右手がそいつの息の根を止めてくれよう、ディアナが嫌がろうともな」と。
慢心した彼は、大言壮語のその口でそう豪語し、

両手で握った戦斧を頭上に翳《かざ》し、爪先立った
不安定な姿勢で、一撃を加えようと、前のめりに戦斧を振り下ろそうとした。
だが、野猪《やちょ》は無謀な彼の機先を制して、死に至る最短の近道がある
股座《またぐら》の真上に二本の牙を突き刺した。
アンカイオスは斃《たお》れ伏し、夥《おびただ》しい血飛沫《しぶき》と共に腸《はらわた》が塊になって
飛び出し、だらりと垂れ下がった。一帯の地面は血の海となった。
イクシオンの子〔ペイリトオス〕が、屈強の右手に投げ槍を握って、
向かってくる敵めがけて駆け出そうとした。その彼に向かって、
アイゲウスの子〔テセウス〕が叫んだ、「離れているんだ、おお、私にとって
わが身よりも大切な友、わが魂の片割れの友よ、立ち止まれ。離れて闘うことも
勇者には許される。無謀な暴勇がアンカイオスの仇《あだ》となったではないか」。
そう言うと、テセウスは青銅の鋒《きっさき》もつ〔西洋〕山茱萸《さんしゅゆ》の重い槍を投げかけた。
的確に狙い定めた槍は、「当たれ」という無言の心願を成就する筈であったが、
樫の木から伸びた、葉の密生する枝に阻まれた。
アイソンの子〔イアソン〕も手槍を投げた。しかし、槍は猪を逸れて、
偶然、猪の近くにいた、吠え声を上げている何の罪もない犬を死に追いやった。
犬は、手前の脇腹から向こうの脇腹を貫かれた上に、地面に串刺しにされた。
だが、オイネウスの子〔メレアグロス〕の手の首尾は異なった。二本投げた槍の

最初の一本は地面に刺さったが、もう一本は獣の背中のど真ん中に突き刺さった。
間髪を入れず、獣が荒れ狂い、体を捩《よじ》ってぐるぐるのたうち回り、
鮮血と共にシュッシュッと音立てながら泡を吐き出している間に、
傷を与えた当人メレアグロスは間近に詰め寄り、敵の怒りを煽り立てると、
鋒《きっさき》煌《きら》めく手槍を突き刺し、獣の両肩をぐさりと貫いた。
仲間たちは快哉の叫び声を上げて喜びを表し、
握手を交わそうと勝利者メレアグロスの右手を求めると、
広々と地面一杯に横たわる巨大な獣を
驚嘆しながら眺めたが、まだ安心して触《さわ》れないと
思い、各々が手にする槍を突き刺し、穂先を血塗《まみ》れにした。
　メレアグロス自身は、致命の傷を与える獣の頭を足で踏みつけながら
言った、「ノナクリスの乙女よ、私に権利がある戦利品を、
あなたが受け取るといい。私の誉《ほまれ》を、あなたと分かち合いたいのだ」と。
そう言うや、すぐさま獣から剝いだ剛毛けば立つ皮と
二本の大きな牙も際立つ頭を乙女に与えた。
彼女には、贈り物もさることながら、その贈り主も喜びだった。
他の者たちは妬んだ。一団全体にざわめきが広がった。
中にいた、テスティオスの二人の息子が、腕を突き出しながら、大音声に

呼ばわった、「さあ、女よ、それを置くのだ。我らの栄誉を横取りしてはならぬ。美貌に自惚れ、その慢心が仇《あだ》とならぬよう気を付けろ。そのお前にぞっこん惚れ込んだ贈り主とて、助けに来てはくれぬからな」と。そう言って、彼女からは贈り物を、彼からは贈り物の権利を奪おうとした。マルスの血を引く英雄*は我慢できず、膨れ上がる怒りに歯ぎしりしながら言った、「思い知れ、他人の誉《ほまれ》の強奪者らめ、行動が虚仮威《こけおど》しとどれほどの違いがあるのかをな」。そう言うと、そんなことになるとは露ほども予期していなかったプレクシッポス*の胸を非道の鋒《きっさき》で貫き、どうすべきか躊躇《ためら》い、兄弟の仇を討ちたいと思うと同時に、兄弟と同じ運命を辿るのを恐れているトクセウスに、いつまでも躊躇うのを許さず、前の殺害でまだ生温かい手槍を道連れの兄弟の血で再び生温かくした。

アルタイアは息子*〔メレアグロス〕の勝利への報謝の供物を神々の社に捧げていた。その折しも、二人の兄弟の亡骸が運ばれてくるのを目にすると、哀悼の胸を打ち、悲しみの叫び声で都を満たし、金糸を縫い込んだ衣装を黒い喪服に着替えた。だが、同時に、殺害の張本人が誰かを聞き知ると、嘆くのを一切止《や》め、涙を流す嘆きは復讐への意欲に一変した。

460

一本の太い棒があった。テスティオスの娘〔アルタイア〕が産後の床に
就いていた時、運命の女神の三姉妹が*、親指を押し当てて、定めの寿命の糸を
紡ぎながら火の中に投げ入れた棒で、その時、姉妹たちはこう言ったのだ、
「おお、今生まれたばかりの赤子よ、我らがあなたに与える寿命は、
この棒と同じにすることにしましょう」と。予言の言葉をそう語った後、
女神たちが去っていくと、母親は慌てて燃えている棒を
火の中から救い出すと、水をかけて火を消した。
その棒は、長い間、屋敷の最も奥まった場所に仕舞い込まれ、
若者〔メレアグロス〕よ、汝の寿命を恙《つつが》なく守り続けていたのだ。
その棒を母親は取り出し、よく燃える薪《まき》と榾《ほだ》を積み上げるよう
〔召使に〕命じ、それらが積み上げられると、破滅を呼ぶ火を点けた。
それから、四度、棒を炎に投げ入れようとして、
四度、投げ入れるのを思いとどまった。母親の自分と姉妹の自分とが相争った。
二つの名が一つの心をあちらへ向かわせては、またこちらへ向かわせたのだ。
何度も、やがて犯す筈の罪への恐れで、顔は青ざめ、
何度も、煮え滾《たぎ》る怒りで、眼は真っ赤に血走った。怒りが与える特有の色だ。
何か知らない残忍なことを密かに企んでいる風の顔付きをしているかと思えば、
また、息子を可哀そうに思っているに違いないと思えるような素振りも見せる。

心に燃える荒々しい怒りが涙を乾かしても、
やはり涙が零《こぼ》れるのが見られた。その様《さま》を喩えれば、烈風と、その
烈風と逆向きの怒濤に翻弄され、拮抗する二つの力を感じながら、どちらに
身を委ねるべきか分からぬまま、相争う風波のなすがままに任せている船のよう。
まさにそのように、テスティオスの娘はいずれとも決しかねる感情の随意《まにま》に彷徨《さまよ》い、
交々《こもごも》、怒りを鎮めては、鎮まった怒りに再び火を点けていた。
しかし、母親としての自分より姉妹としての自分が優位に立ち、
血を分けた兄弟の霊を〔わが子の〕血で鎮めようとした。人倫に悖《もと》る行為で
人倫に適《かな》おうとする行為と言う他ないものだ。実際、破滅をもたらす火が
燃え盛ると、彼女は言った、「これが火葬堆《づみ》。これに我が子を葬らせるのです」。
そう言って、非情な手で運命の棒を摑むと、
不幸な母親は、生贄の祭壇代わりの弔いの火の前に佇み、言った、
「三柱《みはしら》の〔復讐の〕女神たち、エウメニデス*よ、
狂乱の供犠《きょうぎ》を、何卒ご照覧あれ。これは
亡き霊のための復讐。私は非道の罪を犯すのです。死は死で償われねばならず、
罪には罪が、死には死が加えられねばなりません。不敬に汚れた
この家《いえ》は、うち続く嘆きの内に滅びるがよいのです。オイネウスのほうは、
幸せにも、息子〔メレアグロス〕が勝利者となった喜びを享受し、

〔わが父〕テスティオスは子なしとなる？　いえ、二人共に悲嘆するほうがまだしも。
あなたたち、亡き兄弟の死霊《しりょう》たちよ、新御霊《あらみたま》たちよ、
あなたたちへ果たす、わが務めを感じ取り、大いなる犠牲を払って用意した
この贄《にえ》、わが腹を痛めた、悍《おぞ》ましいわが子を受け取りなさい。ああ、
この私。どこへ向かおうという。兄弟たち、私を赦して、母ですもの。事を
実行しようとするこの手が萎える。私も認めます、あの子が死に値することを
したことは。でも、自ら手を下してあの子を死なせることなど私にはできない。
では、あの子は報いも受けないまま生き永らえもし、勝利者として、他ならぬ
己の手柄に思い上がって、カリュドンの王国を支配し続け、一方で、あなたたちは
一握りの僅かな灰となり、冷たい死霊となって横たわっているというの？
そんなことは私が許さない。あの子は罪を犯した人間。死なねばなりません。
父親の希望も王国も滅びようとする祖国も諸共に携えてゆかねばならぬのです。
でも、待って、母としての親心はどこに行ったの。子に尽くす親の義務はどこへ？
私が耐えた、あの十月《とつき》のお産の苦しみはどこに？　ああ、
あの子が赤子の時に最初の火で焼かれていればよかったものを。私も
それを黙って見ていればよかった。あなたが今まで生きてこられたのは私の恩。
今、あなたが身罷《みまか》ろうとしているのは自業自得。自分が行ったことの報いを
受けなさい。最初はお産で、そのあとすぐに棒を火から救い出したことで

二度あなたに授けた命を返すか、兄弟たちの眠る墓に私も葬るかするのです。
望みもし、できもしない。どうすればよい？ 兄弟たちの受けた傷が、
あれほど惨い殺害の有様が、ありありと目に浮かぶ。かと思えば、また
子を愛する思い、母という名に決心を打ち砕かれる。ああ、哀れな私。
あなたたちの勝利は不幸を呼ぶ勝利。でも、あなたたちが勝利するのがよいのです、
これからあなたたちに捧げるものが、あなたたちを慰める手向《たむ》けとなり、私自らも
あなたたちの後を追えるかぎりは」。アルタイアはそう言うと、目を背けたまま、
震える手で、燃えさしの弔いの棒を火の中に投げ入れた。
棒は呻きを上げた、あるいは上げたように思われた、
まるで、炎が嫌がったにもかかわらず、火が付き、燃え上がったかのように。
そうとも知らず、メレアグロスは、故国遠く離れていながら、母の燃やす火に
焼かれて、目に見えぬ密かな火で身の内を焦がされるのを感じながら、
激しい苦痛に雄々しく耐えていた。だが、
何の働きもなく、血も流さぬ死で命を落とすことを
嘆き、傷ついて斃れたアンカイオスを幸せ者と言い、
呻きを上げながら、今際《いまわ》の声で、老いた父や兄弟たちの名を、
兄弟思いの姉妹たちや婚姻の床を共にする妻の名を、そして
恐らく母の名も呼んだ。身の内の火の勢いも苦痛も嵩じていき、

再び鎮まっていった。そして、火も苦痛も消え去ると同時に、
炭となって赤く燃える棒を、白い灰が徐々に覆っていくにつれて、
メレアグロスの命の息吹もまた徐々に軽い大気の中へと消えていった。
丘高く聳えるカリュドンが潰《つい》え、地に伏した。老いも若きも、
庶民も貴顕も慨嘆し、エウエノスの畔《ほとり》に住まうカリュドンの母親たちは
髪を掻き毟り、開《はだ》けた胸を打って悲嘆した。
父親〔オイネウス〕は、地に伏して、白髪と顔を
塵埃に塗《まみ》れさせて、己の長寿を呪った。
それというのも、己の犯した罪を自覚する母親〔アルタイア〕が、
自らに罰を下し、自らの手で腹に剣を突き立て、自死していたからだ。
神が私に、朗々と響く千の口と千の舌を、また
強記の才知とヘリコンの与え得る詩才のすべてを授けてくれていたとしても、
彼〔メレアグロス〕の哀れな姉妹たちの願《がん》*を十分には伝えられないであろう。
彼女たちは、人目も憚らず、嘆きの胸を打っては青痣《あおあざ》を作り、
兄弟の亡骸がまだ家にある間は、亡骸を愛《いと》おし気《げ》に撫でては、また撫で、
他ならぬその亡骸に接吻し、置かれた棺台にさえ口づけをするのであった。
亡骸が灰となった後は、遺灰を集めて、胸に押し当て、
墓に突っ伏し、墓石《はかいし》に刻まれた

名を掻き抱き、その名に涙を注いだ。
ラトナの娘御は、やっとパルタオン〔オイネウスの父〕縁《ゆかり》の家の不幸に
満足すると、ゴルゲと、高貴なアルクメネの
嫁〔ヘラクレスの妻デイアネイラ〕を除いて、*その姉妹たちの身体に羽毛を生えさせ、
腕一杯に伸びる長い翼を与えて宙に浮かばせ、口を嘴《くちばし》に変えて、
鳥〔ホロホロ鳥《ちょう》。学名Numida meleagris〕に変身させると、大空に送った。
　こうした事があった間《あいだ》にも、テセウスは、仲間との大業の一翼を担った後、
エレクテウス*の故地、トリトニス湖縁《ゆかり》の女神の城塞〔アテナイ〕に向かっていた。
しかし、雨で増水していたアケロオス〔川でもあり河神でもある〕が道を閉ざし、
行く手を阻んでいた。河神は言った、「名高き英雄、ケクロプスの末裔《すえ》よ、
激しい流れに身を委ねる危険は冒さず、わが館《やかた》に逗留されては如何《いかが》か。
あの流れは〔増水すると〕轟音を立てて固い大木を流し去り、岩石をあちらに、
またこちらに転がしながら押し流していくのが常。川岸に接する高い家畜小屋が
家畜諸共流されていくのを目にしたことがあります。あの川の流れでは、
屈強の牛も、俊足の馬もなす術がないのです。
この川は、山から雪解け水が流れ出して奔流となった時、
多くの若者を渦に巻いて溺れさせもしました。
川が、いつもの流れとなって流れ、川床を行く流れが、水嵩も減って、

緩やかになるまでの間《あいだ》、休んでいかれるほうが安全でしょう」。
アイゲウスの子〔テセウス〕は諾《うべな》い、「アケロオスよ、あなたの勧めに従い、
お館に逗留させて頂こう」、そう答え、勧めに応じて、館に逗留することにした。
一行は、孔《あな》の多い軽石とごつごつした凝灰岩で造られた館の中に入っていった。
床は一面に生える柔らかな苔で湿っており、天上は紫貽《むらさきい》貝《がい》を張った羽目と
悪鬼貝《あっきがい》*を張った羽目が交互する格子模様になっている。
既に、太陽神《ヒュペリオン》が昼の三分の二の行程を終えていた頃合いで、
テセウス始め、大業の仲間たちが〔夕餉の〕寝椅子に横たわっていた。
こちらにはイクシオンの子〔ペイリトオス〕、あちらにはトロイゼンから来た、
蟀谷《こめかみ》に既に白髪がまばらに混じる英雄レレクス、その他《ほか》、
アカルナニアを流れる河神がテセウスと同等の栄誉に値すると見なした者たちが
席に就いていた。これほどの客人を迎えて、河神は大満悦であった。
直ちに裸足《はだし》のニンフたちが、設《しつら》えられた卓に
食事を並べ、〔食事をしたあと〕馳走が下げられると、宝石鏤《ちりば》めた
杯《はい》に生《き》の葡萄酒を注いでいった。その後《あと》、誰にも勝《まさ》る英雄〔テセウス〕は
眼下に広がる海を眺めやりながら、「あれは」と
指さしながら言った、「どういう土地でしょう。あの島が何という名の
島か、教えて頂けませんか。尤《もっと》も、一つの島のようにも見えませんがね」と。

その問いに、河神は答えた、「あなたが目にされている地は一つではありません。
あそこには五つの島があるのです。距離が遠いために見分けがつきませんがね。
こう言えば、蔑ろにされたディアナの所業*にもさほど驚かれないでしょうが、
あれは、元、水の妖精《ナイス》たちだったのです。かつて彼女たちが十頭の若い雄牛を
屠り、田野の神々を祭儀に招いた折、
私のことをすっかり忘れて、祝いの舞いを舞ったことがあるのです。
私の怒りは膨れ上がりました。私は、今までこれほど水嵩を増して
流れたことがないという水量で流れ、心も狂暴、流れも狂暴になって、
森から森を、田畑から田畑を引き裂き、
水の妖精《ナイス》たちも、その時になって漸く私のことを思い出したのですがね、土地諸共、
海へと押し流してやったのです。私の川波と海の波とに撃たれて、
一続きだった土地は分断され、小さく分割されたのですが、その数というのが、
海の只中にあなたがご覧になっている、あのエキナデスの島々の数なのです。
ですが、御覧になれるでしょう、遠く、ほら、遥か遠く先に一つ離れた島が
あるのが。私にとっては愛しい島なのです。船乗りはペリメレと呼んでいます。
私はそのペリメレを愛し、彼女から処女の名を奪ったのです。
それに憤った父親ヒッポダマスは、命を奪おうと、彼女を
崖から海に突き落としました。

私はその彼女を受け止め、漂う彼女を支えながら、叫びました、『おお、世界の
第二の領国、波漂う海の王国を籤で引き当てられた神、三叉《みつまた》の鉾もつ神よ、
「海こそ、我ら、数多ある聖なる川が流れ流れて、行き着く所。いざ、
ネプトゥヌスよ、出《い》でましありて、穏やかにわが祈願の声を聞こし召し給え。
わが運ぶこの乙女はわが仇《あだ》なせし者。御神《みかみ》の、慈悲深く、公正でましますなら、
600 父親ヒッポダマスが、あるいは不敬であるのなら、
600a 娘の彼女を憐れむべきであったのなら、我らに赦しを与え給え。
600b その乙女には、父親の狼藉によって大地が閉ざされています故*」
希《こいねが》わくは、神助を垂れ給い、父親の狼藉によって海に沈められた娘に、
ネプトゥヌスよ、土地を与えるか、さなくば、自らが土地となるのを許し給え』
「『〔土地となった〕その彼女をも、我、抱擁せん』。海神は頷かれ、
一面の海原を、その頷きで撃って波立たされました。
ニンフは怯えましたが、尚、水に浮かぼうと手足を動かしていました。私自身、
小刻みに震えて鼓動する、漂うニンフの胸に触れていました。
私がその胸に触れている内に、彼女の全身が固く固まっていき、
身に纏わりついた土にその胸が埋もれていくのを感じたのです。*」
そう言う間《ま》にも、新たな土が漂う彼女の四肢を包み込み、
610 その四肢は重く、大きくなり、遂には島に変身したのです」。

河神はそう言うと、黙った。驚くべきその出来事に誰もが
心を動かされた。しかし、イクシオンの子は、神々を軽んじる人間で、猛々しい
心の持ち主として当然のことながら、話を信じた者たちを冷笑し、こう言った、
「アケロオスよ、貴殿の話は作り話だ。神々の力を余りにも大きなものと
考えすぎている、神々が姿形を〔意のままに〕与え、奪えるというのならな」。
皆は驚き黙り込んだが、そのような言葉に同調する者など一人もいなかった。
誰より精神も年齢も円熟したレレクスは
こう言った、「神々の権能は限りなく大きく、際限というものが
ない。神々が望みたもうたことは、どんなことでも実現するものなのだ。
疑いをもたれぬために言えば、プリュギアのとある丘に、
約《つま》やかな壁に囲われて、寄り添って立つ、一本《ひともと》の菩提樹と一本《ひともと》の樫の木がある。
私自身その場所を見たことがあるのだ。というのも、ピッテウス*王に派遣され、
私は王の父君ペロプスが治めていたその地に行ったことがあったからな。
その丘から程遠からぬ所に沼がある。その昔は人の住む所だったが、
今は、沼地を好む鳰《にお》〔＝カイツブリ〕や大鷭《おおばん》の群れ集う沼となっている。
ある時、当地へ、ユピテルとその父神と共に、サンダルから翼を外し、
伝令杖《カドゥケウス*》持つ、アトラスの孫〔メルクリウス〕がやって来た。
二神は、宿りと休息を求めて、数えきれないほどの家の戸を叩いたが、悉《ことごと》くの

家が閂《かんぬき》を掛けて戸を閉ざした。だが、二神を迎え入れた家が一軒だけあった。
藁《わら》と沼に生える葦《あし》で葺《ふ》いた、小さな苫屋《とまや》ではあったが、
敬虔な老女バウキスと、同じような齢《よわい》のピレモンが暮らしていた。
二人は、若い頃に結ばれて、その粗末な陋屋《ろうおく》に住み、その粗末な
陋屋《ろうおく》で共に齢《よわい》を重ねてきたが、貧しさを自認し、不平不満のない心で
我慢することで、その貧しさを耐え易いものにしてきたのだ。
その家では、主人は誰、召使は誰、などと尋ねても意味がない。
一家にいるのは二人きり。命じるのも従うのも同じ人間なのだ。
　さて、天空に住《す》まいする二神は、慎ましいその苫屋の前に来ると、
頭を下げて低いその戸口の中に入った。
老人が椅子を置いて、手足を休めるよう言うと、
バウキスは甲斐甲斐しく粗い織り目の敷物をその上に掛けた後、
竈《かまど》の生暖かい灰を搔き出して、前日の残り火を
熾《お》こすと、木の葉や乾燥した樹皮をくべて
火を焚きつけ、老いの息を吹きかけて炎を煽った。そうして、
天井から、老女は〔丸太を〕幾つにも割った薪《まき》と乾燥した榾《ほだ》を
取り降ろし、それを折って更に小さくしてから、銅製の小鍋の下にくべると、
夫が水やりの行き届いた畑から集めてきた

キャベツの外側の葉を剝《む》き取った。夫ピレモンのほうは二股《ふたまた》の熊手で、
黒く煤《すす》けた梁《はり》に吊るされていた、色のくすんだ豚の背の燻製肉を降ろし、
長い間、大事に取っておいた背肉の燻製から一部を少し切り取り、
切り取った肉を、熱湯の中に入れて柔らかくなるよう煮たてた。
その間、二人は、出来上がるまでの徒然《つれづれ》を四方山《よもやま》話をして慰め、
遅いと感じさせないよう努めた。部屋には椈《ぶな》の木桶があり、
頑丈な取っ手で木釘に吊るされていた。
二人はその桶を温かい湯で満たした。足を湯につけて疲れを
癒して貰おうというのだ。更に、二人は柔らかな菅《すげ》の台ぶとんを、
部屋の中ほどに置かれていた、枠と脚が柳の木でできた寝椅子の上に敷き、
［川辺に生える菅でできた台ぶとんを叩いて均《なら》した。
その菅は枠と脚が柳でできた寝椅子の上に敷かれていた。］
その上を敷物で覆った。これは、常々、祝い事のある日以外は用いない、
取って置きの敷物だった。尤も、そうとはいえ、安価で、古びた
敷物で、柳の寝椅子にも不満のない、如何にも似合いのものだった。
二神は身を横たえた。老女は、裾をからげ、覚束なく震える手で
卓を据えたが、卓の三番目の脚は他の脚より短く不揃いだった。
老女は陶片を下に置いて高さを同じにした。下に置いた陶片で傾きを

なくすと、平らになった卓を緑の薄荷《はっか》の葉で拭き、その卓の上に、
純潔の〔処女神〕ミネルウァの賜物の〔緑と黒〕二色の橄欖樹の実と、
葡萄搾りの澱《おり》を使った酢に浸けた西洋山茱萸《さんしゅゆ》の実、更に
菊苣《きくぢしゃ》や二十日《はつか》大根や乾酪《チーズ》、また
それほど熱くはない灰に載せて回しながら焼いた卵を、
皆、陶製の皿に盛りつけて置いた。そうした馳走の後に、他の器と同様
彫り細工のある銀製の、と言いたい所だが、やはり〔粗末な〕陶製の混酒器と、
穴の開いた箇所に黄色い蠟を塗り込んで補修した、橅《ぶな》の木の杯《はい》が置かれた。
暫くの間《ま》があった後、竈から送られてきた熱々《あつあつ》の料理が出され、
長年寝かせたものではない同じ葡萄酒がまた運ばれてきたが、
程なく、脇に寄せられて、〔主料理の後の〕水菓子のための僅かな空間が作られた。
こちらには胡桃《くるみ》が、あちらには皺々《しわしわ》の棗椰子《なつめやし》に混じる乾無花果《ほしいちじく》や
李《すもも》、更に広い籠に入った甘い香りの林檎*や
葡萄の木から集めてきた紫色に熟した葡萄、そして
卓の真ん中には白く輝く蜜蜂の巣が置かれた。だが、何より、そこには
善良な顔と、甲斐甲斐しく、貧しいながらの善意が添えられていた。
　その間、老夫婦は、何度も何度も注《つ》いだ混酒器がまた自ずと
一杯に満たされ、葡萄酒が勝手に嵩《かさ》を増すのを目にした。

初めて目にする光景に驚いた二人は怯え、両の手の平を空に向けて差し上げて、
バウキスと、怯えたピレモンは祈りを唱え、
粗末な馳走と、何のもてなしもできなかった無礼を詫びた。
一羽の鵞鳥がいた。実にちっぽけなこの田舎家の番に飼われていたものだ。
その鵞鳥を、客人のもてなしの為にと、家の主《あるじ》の老夫婦は絞めて殺そうとした。
鵞鳥は翼をばたつかせて素早く逃げ回り、寄る年波で動きの鈍い老夫婦を
疲れさせ、暫くの間《あいだ》、その手をすり抜け続けて、とうとう他ならぬ
二神の許に助けを求めて逃げ込んだように見えた。二神は殺すのを禁《とど》め、
こう言った、『我らは神だ。近在の者たちの不敬は当然の報いを
690 受けることになろう。お前たちには、その禍を
免《まぬが》れることを許そう。さあ、この家を後にして、
我々の歩く後についてきて、山の高い所に
693 一緒に登ってゆくのだ』。二人は言われた通り、杖で老体を支えながら、
693a [『一緒に登ってゆくのだ』。二人は言われた通り、先導する二神に随《つ》いて、
693b 老体を杖で支えながら、寄る年波の所為《せい》でのろのろと]
長い坂道を一歩一歩苦労して登っていった。やがて
695 一行は、放たれた矢が一度に届くほどの、まだ山頂から距離がある所に
辿り着いた。老夫婦が目を後ろに転じて眺めやると、他《ほか》の家々が

悉く沼に覆い尽くされ、自分たちの家だけが残されているのが目に入った。
二人がその光景に驚き、村人たちの悲しい定めに涙している間に、
主《あるじ》が二人でも小さすぎる、例の古ぼけた苫屋《とまや》が、見る見る
神殿に変わっていった。木の支柱に取って代わって大理石が家を支えている。
見れば、苫葺《とまぶ》きだった屋根は金色《こんじき》に輝く黄金の屋根に変わり、
門には彫り物細工が施され、地面は一面大理石で覆われているようであった。
その時、サトゥルヌスの子〔ユピテル〕は、穏やかな口調で、こう言葉をかけた、
『義を尊ぶ翁《おきな》よ、また義に厚いその夫に相応《ふさわ》しい媼《おうな》よ、お前たちの望みのものが
何かあるか』と。ピレモンは、バウキスと短く言葉を交わした後、
二人で決めた共通の願いを二神に打ち明けて、言った、
『お願いでございます、何卒、私たちを神殿守りにして、あなた様方のあの神殿を
守り続けさせて下さいませ。そうして、二人、心を一《いつ》にして齢《よわい》を重ねてきた
今まで同様、二人して同時に命を終え、決して私が妻の遺灰を目にすることも、
私が妻の手で埋葬されねばならぬこともないようにして頂きとうございます』。
神は祈りに応え、願いを叶えてやった。二人は、命ある限り、神殿守りとなって
暮らした。それから年を経て、年波に身体も衰え、天寿を全うしようという時、
偶々《たまたま》二人は、神殿の階《きざはし》の前に佇《たたず》み、当地の様々な出来事、来し方を
語らっていた所、バウキスは、ふと見ると、ピレモンの体に生える葉に気づき、

年長のピレモンも、見れば、バウキスの体に葉が生えているのに気づいた。
早や、二人の頭上に梢が伸びていこうとしていたが、老夫婦は、できる間《あいだ》に、
互いにこう声を交わした、『おお、妻よ、さようなら』、『おお、夫よ、
さようなら』と。二人同時にそう言うや、同時に二人の口を樹皮が覆って、
閉ざした。今でも、かの地ビテュニア（＝プリュギア）の住人は、寄り添って立つ
二本《ふたもと》の木を指し示して、二人の体が変身した木だと言っている。
こうした話を、戯言《たわごと》を語っているとは思えない――嘘を吐《つ》く理由がないからな――
土地の老人たちが私に語ってくれた。私自身、枝に吊り下げられた花輪を
見たが、私も新しい花輪を捧げながら、内心こう独り言ちたのだ、『神々に
愛される者は神となり、敬意を払った者は敬意を払われますように』とね」。
　レレクスは言い終えた。その話にも、話し手にも、誰もが心を打たれたが、
とりわけテセウスがそうだった。その彼が神々の不思議な話を尚
聴きたいと思っている内に、カリュドンを流れる河神が、頬杖をつきながら、
こう言葉をかけた、「おお、誰にも勝る勇者よ、
姿を一旦変えられると、その新たな姿でい続ける者もいれば、
多くの姿に変身する特殊な力をもつ者もいる。
丁度、大地を取り巻く海に住《す》まいする神、プロテウス*、あなたがそうだ。
如何にも、あなたは若者の姿を取ったかと思えば、獅子の姿を取り、

ある時は狂暴な猪に、ある時は人が触れるのを恐れる
蛇に、またある時は角《つの》を生やして雄牛になりもした。あなたは、
姿を変えて、屢々、石に見えたり、屢々、木に見えたりもする力がある。
また、あなたは、時には、流れる水の姿を真似て
川となり、時には、水と相容れぬ火ともなったのだ。
　エリュシクトンの娘で、アウトリュコスの妻*「メストラ」もそれに劣らぬ
特殊な力をもっていた。彼女の父親は神々の神威を
蔑ろにし、祭壇に一切香をくべることもしない人間だった。
聞くところでは、彼奴《きゃっ》はケレスの聖林に斧を入れて冒瀆し、古木の並ぶ
木立を刃《やいば》で切り倒す瀆聖《とくせい》の罪を犯したという。その木立の中に、
千載《せんざい》を閲《けみ》した幹回りの、一本《いっぽん》の、その一本が森とも言うべき
樫の巨木があった。幹の周りには羊毛紐*が掛けられ、願《がん》を記した木札《きふだ》や、
願が叶えられた人々のいる証《あかし》の花輪が供えられていた。
この木の下で、木の妖精《ドリュアス》たちが祝いの舞を舞うことも頻繁で、
互いに手を取り合って、一列になり、幹の周りを回って
舞い踊ることも屢々だった。幹回りは優に十五尋《ひろ》*はあり、
高々と聳えて、他《ほか》の木々を遥か下に見下ろす、その様《さま》を喩えれば、
さながら他の木々が悉くの下生えを遥か下に見下ろしている、まさにそのよう。

760

それにも拘《かかわ》らず、トリオパス〔テッサリアの王〕の息〔エリュシクトン〕は、その木に
斧を入れるのを憚らず、聖なる木を切り倒すよう召使たちに命じたが、
命じられた召使たちが二の足を踏んでいるのを見て取るや、この悪党めは
一人から鉞《まさかり》を奪い取り、こうほざいたのだ、
『たとえその木が女神に愛される木であるだけではなく、他ならぬ
女神そのものだとしても、すぐにも天辺《てっぺん》を揺らしながら地に転《まろ》ばせてやろう』。
そう言うや、鉞を振りかざして横ざまに木に一撃を加えようとした、その時、
デオー〔ケレスのギリシア語名デメテルの別形〕の樫の木は震撼し、呻きを上げ、
葉も団栗《どんぐり》の実も同時に青ざめ、
八方に長く伸びた枝も青白くなり始めた。そして、
非道の手が、その樫の木の幹に鉞を入れて傷つけるや、
一撃された幹の樹皮から血が流れ出た。その様《さま》は、まるで
祭壇の前で、犠牲獣の巨体の雄牛が屠られて
倒れた時、頭を切り離された頸から血がどっと迸《ほとばし》るよう。
それを眺めていた誰もが茫然としたが、そのうちの一人が勇を振るって
非道の罪を諫《いさ》め、凶悪な両刃《もろは》の鉞の瀆神行為を押し禁《とど》めようとした。すると、
テッサリア王の悪党めはその人物を睨《ね》めつけ、言った、『信心深い心の褒美を、
さあ受け取れ』と。そう言うや、鉞を木からその人物に向け返し、

頭を刎ねたのだ。何度も何度も鉞を入れられた木はとうとう倒れてしまった。
その時、幹の中ほどから、こういう声がした、
『私はこの木に住まうニンフ、ケレス様の慈しみを誰よりも受ける者。
その私が、今わの際《きわ》に、あなたに予言しておきます、あなたの
所業には当然の罰が下ると。わが滅びの、それがせめてもの慰め』と。
それでも、彼奴《きゃっ》めは、罪深い瀆神行為をやめようとせず、遂に樫の木は、
数えきれないほど鉞に撃たれてグラグラと揺れ、綱で引き倒され、
倒れる重みで数多の木々を巻き添えにして薙ぎ倒してしまった。
聖林の痛手でもあり、自分たちの痛手でもある、その出来事に驚愕した
姉妹の木の妖精《ドリュアス》たちは皆、喪服に身を包み、亡き姉妹を哀悼しながら、
ケレスの許に出かけていき、エリュシクトンに罰を与えてくれるよう懇請した。
麗しいことこの上ない女神ケレスは願いに応え、頭《かぶり》を振って
重い実りで穂の垂れた穀物畑をうち震わせると、
哀れとも言うべき罰を画策した。尤も、彼奴の場合、
犯した所業が所業なだけに、誰からも哀れと同情されるべくもないのだが。
ケレスは王を、遂には滅びに至る『飢餓』で苛《さいな》もうというのだ。しかし、
女神自らが『飢餓』の許《もと》を訪《おとな》うことはできなかったので――〔豊穣の女神〕ケレスと
『飢餓』とは交われない定めだからだ――山に住まう神霊のひとりで、

野を好む山の妖精《オレアス》に、こう言葉をかけて助力を請うた、
『凍てつくスキュティアの最果ての地に、
蕭条《しょうじょう》とした不毛の土地で、穀物も木も育たない地があります。
そこには、懶惰《らんだ》な「寒冷」と「蒼白」と「震え」と
ひもじい「飢餓」が住んでいます。その「飢餓」に、私が命じていると、
こう伝えなさい、瀆神の王の罪深い腹に忍び込んで、物資の豊かさに決して
屈することなく、私の与える豊穣の力と競って、これを打ち負かすように、と。
道程の遠さに怖気《おじけ》づかないよう、車と竜を授けますから、
手綱でその竜を御し、空高く翔り行くがよい』。
そう言うと、車と竜を授けた。山の妖精《オレアス》は授けられた車に乗って大空を翔り、
スキュティアに辿り着いた。凍てついた山
――カウカソスと人は呼ぶ――の頂で竜たちの頸枷《くびかせ》を外し、
『飢餓』を探すと、石ころだらけの野で
爪と歯を使ってまばらに生えた草を毟《むし》り取って〔食べて〕いる姿が目に入った。
髪はぼさぼさ、眼は窪み、顔は蒼白、
唇は使わないために白く、喉は瘡蓋《かさぶた》ができてざらざらしており、
皮膚は硬く、その皮膚を通して内臓が透けて見える。
曲がった腰の下に〔肉がなく、潤いのない〕干《ひ》涸《から》びた骨が突き出しており、腹は、

ある筈の腸《はらわた》のない空間にすぎなかった。胸は宙ぶらりんにぶら下がった格好で、
背骨の籠（＝胸郭）で辛うじて支えられているにすぎないと思えただろう。
痩せ細っている所為《せい》で関節が大きく見え、膝小僧は
盛り上がり、踝《くるぶし》は異様に飛び出ていた。
　山の妖精《オレアス》はその『飢餓』を遠くに認めると――近づく勇気がなかったのだ――
女神の言伝《ことづて》を伝え、暫し、その場にじっとしていたが、
遠く離れているにもかかわらず、また、今来たばかりにもかかわらず、
飢えを覚えたように思えたため、竜車に乗ると、手綱を返し、
竜を御して高空を翔り、ハイモニア（＝テッサリア）へと戻っていった。
『飢餓』は、自分の仕事がケレスのそれと永遠に
正反対のものではあったが、ケレスの命を実行に移し、風に運ばれて
空を渡り、命じられた館に辿り着くや、すぐさま瀆神の王の
閨《ねや》に入ると、王は深い眠りに――時刻は夜だったからだ――身を委ねていた。
『飢餓』は両腕でその王を抱きかかえると、
瀆神男の身体の中に自ら（＝飢餓）を吹き込み、喉にも胸にも口にも
吹き付けて、空ろな血管に飢えを蔓延させた。
女神の命を果たし終えると、『飢餓』は豊穣の世界を後にして、
欠乏の支配する自分の家の、慣れ親しんだ洞窟*へと帰っていった。

　安らかな『眠り』が穏やかな翼でまだエリュシクトンを
愛撫していた。眠っている彼は、夢の中で、料理を求め、
空っぽの口を動かして、歯で歯を噛んでは顎を疲れさせ、
実体のない幻の食べ物で欺きながら喉をせっせと動かし、
ご馳走ならぬ、空気を空しくごくりごくりと飲み込んでいた。しかし、
安らぎの眠りから覚めた途端、食べ物を口にしたいという欲望が荒れ狂い、
喉や腹を支配して、食べ物に貪欲に飢《かつ》えさせ、食べ物への渇望の火を点けた。
時を置かず、王は、海の幸、地の幸、空の幸を求めたが、
卓に馳走が並べられても、空腹は治まらずに不満を言い、
料理に次ぐ料理を際限なく求め続けた。
一国民を満足させられた食料が、たった一人のこの男には足らず、
腹に食べ物を入れれば入れるほど、もっと欲しくなった。
それを喩えれば、さながら、あらゆる大地から流れ込む河水を受け入れても、
水が溢れることがなく、見知らぬ地の川の流れを悉く飲み干す大海原のよう。
或いは、さながら、燃料になるものなら何でも拒まず、
数限りない木を燃やし、与えられる木の量が多くなればなるほど、更に
木を求め続け、木の量の多さがむしろ火勢の貪欲さを強める猛火のよう。
まさにそのように、瀆神者エリュシクトンの口は、ありとあらゆる料理を

850

受け入れ、同時に、更に料理を求め続ける。彼にあっては、悉くの食べ物が食べ物を求める因となり、絶えず食べることで腹が空《から》になるのだ。

濆神の王は飢餓と、悉く飲み込んでやまぬ底知れぬ胃袋の所為で父祖伝来の家産をすり減らしてしまっていたが、その時になっても凄まじい飢餓は衰えることなく続き、食い物を求める喉の炎は収まる気配を見せることなく益々燃え盛っていた。遂には、家産をすべて腹に使い果たしてしまって、残されていたのは、この父親には似つかわしくない娘一人だけであった。

貧窮に駆られ、濆神の王はその一人娘さえ売り渡したのだ。高貴な気性の娘は主人に仕える隷属を拒み、近くの海の上方に手の平を差し上げながら、祈った、『私を主人の手から、何卒、お救い下さい、私を奪い、私の純潔という果報を手にされた神様』と。ネプトゥヌスはその祈りを聞き届けた。

海神は、祈りを蔑ろにはせず、たった今追いかけてくる主人に見つけられたばかりだったが、娘を新たな姿に変えて、男の顔立ちと釣漁《すなどり》らしい衣装と持ち物を与えた。

その彼女を見ながら、主人はこう声をかけた、『釣り針を小さな餌に包んで隠し、竿を操っている御方よ、お祈りしますが、海がこうして凪ぎ、海中にいる魚がこうしてあんたの思いの通り騙されやすく、釣られるまでは、針のことなど些《いささ》かも勘づくことのありませぬようにな。

で、つい今しがた、みすぼらしい身形《みなり》で、髪を振り乱し、この浜辺に
佇《たたず》んでいた娘が――浜辺に佇んでいるのを儂《わし》は見たのです――どこに行ったか、
教えてくれませんかな。この先には足跡が皆目見当たらないのでね』と。
彼女は神の賜物が功を奏しているのを感じ取り、自分のことが自分に
尋ねられているのに内心ほくそ笑みながら、こう言葉を返した、
『あなたがどなたであるにせよ、どうかご容赦を。私はこの海をじっと見続けて、
どこにも目を逸らさず、夢中になって仕事をしていたものですから。
疑われてもいけませんので、私の技を神様がお助け下さるよう、私が願うのと
同じ誠心誠意をもって申しますが、もう長い間、この浜辺には誰も、
私の他《ほか》には、いませんでしたし、女の方など一人もいませんでしたよ』。
すると、主人はその言葉を信じ、踵《きびす》を返すと、砂浜を踏みしめながら、
騙されて去っていった。彼女は元の姿に戻された。
だが、自分の娘が変身できる身体をもっていることに気付くと、
父親はトリオパスの孫娘〔で自分の娘〕を頻繁に奴隷として売り渡したが、娘は
或る時は馬や鳥に、またある時は牛や鹿になって主人の許から逃げ出し、
食べ物に飢える父親に不正な糧を貢ぎ続けたのだ。だが、
飢餓という、その禍《わざわい》の猛威があらゆるものを食い尽くしても足らず、
業病を満たす新たな食べ物なしではどうにもいられなくなると、

瀆神の王は己の四肢を嚙みちぎって貪《むさぼ》り始め、
哀れにも、わが身を削って己を養ったのだ——しかし、
どうして他《ほか》の者たちの話を、私は長々と語っているのだろう。如何にも、私にも、
お若い方々、数には限りがあるが、様々に変身する能力があるのだ。
御覧の通りの〔河神の〕姿に見せることもあれば、ある時は蛇にも姿を変えるし、
またある時は牛群《うしむれ》の群長《むれおさ》の雄牛となって、二本の角《つの》に力を漲《みなぎ》らせることもある。
二本の角というのは、その力があった間のことでね。今は、額《ひたい》の武器の片方が、
御覧の通り、欠けているのだが」。そう言った後、河神は溜息を吐《つ》いた。

訳注

七　アテナイ王エレクテウスの子ケクロプス（Ⅱ）の子パンディオン（Ⅱ）は、叔父メティオンの子（したがって従兄弟）たちによって追放された時、メガラに亡命し、王女ピュリアと結婚して王位も継ぎ、アイゲウス、パッラス、ニソス、リュコスの四人の子をもうけた。父パンディオン（Ⅱ）の死後、子たちはアテナイを攻めてメティオン一族を追放、領地を四分割し、アイゲウスが宗主権を得たが、ニソスはメガラのあるメガリス地方を得て、王となった（アポッロドロス三・一五・五―六）。

八　ペロプスとヒッポダメイア（この両者については、第六巻四一〇行注参照）の子。キタイロンの獅子を退治して、メガラの王女エウアイクメを、のちには王位をも手に入れ、破壊されていたメガラの城壁を再建した。この時、アポロが手助けして、竪琴を置いた城壁は小石をあてると竪琴の音を響かせたという。その名にちなんで、メガラはまたアルカトエとも呼ばれる。パウサニアス一・四一・三、一・四二・二。

九　アイスキュロスの『コエーポロイ（供養するものたち）』（六一九）では「不死の髪の毛（athanatos thrix）」と言われ、アポッロドロス（三・一五・八）では「抜かれると死ぬという神託が下されていた緋色〔紫〕の髪の毛」と言われている。いずれも「髪の毛（thrix）」と単数形で言われているが、アポッロドロスとほぼ同様の話を伝えるパウサニアス（一・一九・四）では「緋色の〔何本かの〕髪の毛（trichas）」と複数形で言われている。ギリシア語の「髪の毛（thrix）」（対応するラテン語はcoma）は単数形でも、集合名詞として頭髪全体あるいは複数の髪の毛を示すことがある。本文（原文）のラテン語の「髪の毛（crinis）」は、あくまで「髪の房」。

一八　本巻八行注参照。

四四　「涙多い（lacrimabilis）」は、ホメロスの叙事詩で「戦」につけられるエピテトン（定型的形容詞）dakryoeis, polydakrys（涙を流させる、涙多い）を写したもの。

四九　エウロパのこと。第二巻八四四行注参照。

五三　「購える（emi）」は、俗な表現では「買える」。Anderson は注して、ここでのスキュッラは自分自身の marriage broker（仲人業者）になったような言葉遣いをしていると言う。

九九　第四巻二八一行注、二八二行注参照。

一〇一　ミノスは、この上ない正義の人ゆえに、死後、死者たちを裁く「三判官《ほうがん》」（他の二人はミノスの兄弟ラダマントスと、ユピテルとアイギナの子でアキレウスや大アイアスの祖父アイアコス（第六巻一一三行注参照））の一人になる。この三人がユピテルの寵児であることについては、第九巻四二八―四三八のユピテルの言葉を参照。

一三〇　アフリカ北岸カルタゴ沖にあった、海の難所の大小二つの浅瀬（砂州）。

一三一　船や船乗りに襲いかかる海の難所としての、メッシナ海峡の渦潮。第五巻五五五行注参照。

一三二　このあと（一三六行以下）で名が挙げられているパシパエを指す。

一三三　ユピテルとエウロパの子（第二巻八四四行注参照）ミノスは、王位に就いたあと、統治をめぐって兄弟と争いが生じた時、ネプトゥヌス（ポセイドン）に、自分の正統性を認める印である雪白の美しい雄牛を送ってほしい、それが送られれば、その雄牛をネプトゥヌスに犠牲獣として捧げる、と祈った。神は祈りに応えて雄牛を送ったが、その美しさに魅了されて惜しくなったミノスが誓いを破って別の雄牛を捧げたのに怒った神は、ミノスの妻パシパエがその雄牛を愛するように仕向けた。パシパエは思いを遂げるために名工ダイダロスの助けを借り、精巧な雌牛の木の模型を造らせて、それに隠れて雄牛と交わり、半人半牛の怪物ミノタウロスを産んだ。その怪物を隠して人目につかぬようにするために、ダイダロスに命じて、いわゆる「迷宮（ラビュリントス）」を建造させた次第は、このあと一五二以下で語られる。ディオドロス・シケリオテス四・七七・二以下、ツェツェス『キリアデス』一・四七三以下など。

一五〇　この行の冒頭部「羽毛があった。彼女は羽毛によって」の部分については、Tarrant の底本では、写本の pluma fuit plumis に疑問符がつけられ、「vix sanum（とても健全とは言えない）」と注されている。そのまま採用し、fuit のあとにコロンをつけている Anderson の底本で読んだが、plumis の読み方（「手段」あるいは「原因」の奪格。これ以外には読めない）は、やはり、ややぎこちない気がする。「キリス（Ciris）」（ギリシア語形は Keiris）はギリシア語の keiro（切る）に通じるが、何の鳥かは不明。鳥のキリスに変身したスキュッラのこの悲恋を歌った、偽ウェルギリウスの詩『キリス』（『ウェルギリウス補遺集』所収）がある。

一六二　蛇行を頻繁に繰り返すことで名高い、小アジアのプリュギアを流れる川。ラテン語形 Maeander が英語 meander に、ほぼそのままの形、そのままの意（蛇行）で残っている。

一七〇　この行以下の記述については、第七巻四五八行注参照。

一七六　テセウスがアリアドネをナクソス（ディア）島に置いて帰国した訳については、伝が「まったく一致していない」とプルタルコス（『英雄伝』「テセウス」二〇・一）が記すように、さまざまな伝が伝わる。

このうち、オウィディウスは「無情にも〔…〕置き去りにした」として、意図的に捨てたという伝に従っている（オウィディウスは『名高き女たちの手紙』一〇（「アリアドネからテセウスへ」）や『愛の技術』一・五二七以下でも同様の伝に従っており、カトゥッルス『カルミナ』六四・一二四以下、ヒュギヌス四三など、ラテン詩人ではこの伝が多い）。他に、ディオニュソス（バッコス）が掠って自分の妻にした、他の女性（アイグレ）に愛を移した等々、種々の伝が伝わる（プルタルコス『英雄伝』「テセウス」二〇・一以下、ディオドロス・シケリオテス四・六一・五以下、セルウィウス『ウェルギリウス『農耕詩』注解』一・二二二など）。

一八三　ギリシア・ローマでヘルクレス座に言及した最初の作家はアラトスで、彼によれば、人々は何の労苦のために膝をついているのかは分からぬまま、単純に「〔両〕膝をつく者（Engonasin）」と呼んでいる」（『パイノメナ（星辰譜）』六九。六六九も参照）という。名称は、ラテン語では「片膝をつく者（Nixus genu）」、ギリシア語では「両膝をつく者（Engonasin）」となっている。膝をついているのは、ヘスペリデスの黄金の林檎を守っている竜を退治しようとしている姿だという（ヒュギヌス『天文譜』二・六・一）。

一八四　ダイダロスがクレタから去った理由の別伝については、本巻二六〇行注参照。

一八四　このあと（二二三六—二二五九）で語られるように、ダイダロスは甥ペルディクスを転落死させた罪でクレタに逃れてきた。その舞台が「ミネルウァの聖山」（二二五〇）、すなわちアクロポリスと言われているように、アテナイが彼の生まれ故郷で、父親の名は伝説的なアテナイの古王エレクテウスの子エウパラモス（アポッロドロス三・一五・八、ヒュギヌス三九）、あるいはエレクテウスの孫エウパラモスの子メティオン（ディオドロス・シケリオテス四・七六）などと言われるが、いずれにしてもアテナイ王家の出ということになる。

二三〇　青銅器時代のヘライオン（ヘラ（＝ユノー）神殿）跡が残り、のち（前八世紀）に建てられたヘラ神殿は歴史時代の最初期の神殿の一つとされる。ヘラ信仰の中心地の一つ。

二四二　アポッロドロス（三・一五・八）では、ダイダロスが転落死させた甥の名はタロス（Talos）で、その母親（ダイダロスの姉妹）の名がペルディクス（Perdix）となっている。ヒュギヌス（三九）もオウィディウスと同じ伝を伝えるが、これは、おそらくスーダ辞典やポーティオスの『図書総覧（*Bibliotheca*）』（*Myriobiblos*）などによって知られる、ソポクレスの失われた悲劇（もしくはサテュロス劇）の『カミコスの人々（*Kamikoi*）』（次注参照）が出典。

二六〇　ダイダロスは、一伝では、パシパエの道ならぬ愛を手助けしたこと（本巻一三二行注参照）でミノスの怒りと処罰を恐れて亡命先のクレタからも逃れ（パシパエが船を提供して、とも、本文にあるように精巧な鳥の翼を造って、とも言う）、シキリアにたどりつき、その名声と技術ゆえにシカノイ（シキリア人）の王コカロスの庇護を受けた。王のためにカミコスに王城を造ったりしていたが、ダイダロスの逃亡先を知ったミノスはコカロスの王城のあるカミコスを攻め、ダイダロスの引き渡しを求めた（前注のソポクレスの失われた劇『カミコスの人々』はこの戦を扱ったもの）が、コカロスの策略にはまり、風呂場で殺害されてしまったという（ディオドロス・シケリオテス四・七七―七九）。

二六三　この「情に厚い人間と見なされていた」の一文は、脈絡上の意義（あるいは意味）が読み取れない。換言すれば、脈絡から浮いており、真正なものか疑問視もされるが、前注のエピソードを念頭にすれば、オウィディウスの意図するところはおおよそ察せられる。

二七〇　ギリシア西部アイトリア地方の都カリュドンの王オイネウスとアルタイア（本巻四四五以下に、自ら息子の命を絶つ悲劇的な話が語られる）の息子。アルゴー船（第七巻一以下参照）に乗り組んだ英雄の一人。

三〇〇　以下、「精鋭」が列挙されるが、トロイア戦時の英雄たちの一世代前の英雄たちで、多くはアルゴー船に乗り組んだ英雄たちと重なる。

三〇二　ユピテル（ゼウス）とレダ（レデ）の子の双子の兄弟で、「ディオスクロイ（ゼウスの子たち）」と呼ばれる。第六巻一〇九行注参照。

三〇三　テッサリアのラピタイ族（半人半牛のケンタウロイと戦った。第一二巻二一〇以下参照）の王イクシオン（第四巻四五六行注参照）の子。このペイリトオスとテセウスは、アキレウスとパトロクロス、オレステスとピュラデス、ダモンとピンティアス（太宰治の『走れメロス』では、メロスとセリヌンティウスと名が変わっている）と並んで、刎頸の交わりの典型としてよく言及される。本巻四〇五―四〇七参照。

三〇四「テスティオス〔アイトリア南部プレウロンの王〕の二人の息」とは、このあと（四四〇、四四二）名が挙げられているように、プレクシッポスとトクセウス（テスティオスの息子たちの名は伝によって異なる）。この二人はメレアグロスに殺されることになるが、実はメレアグロスの叔父で、メレアグロスの母アルタイアの兄弟であり、その関係が、このあとのメレアグロスの悲劇に繋がっていく。

三〇五　ラピタイ族の王エラトスの娘カイニスとして生まれたが、ポセイドン（ネプトゥヌス）に陵辱され、願って男に変えてもらい、不死身の身体になった（この話は、第一二巻一八九以下参照）。最後は鳥に変身する（この話は、同巻四五九以下参照）。

三〇六　ペレウスを殺人の汚れから清めてやったイオルコスの王。第七巻六五三行注、第一一巻四〇九参照。

三〇九　テラモンとペレウスについては、第六巻一一三行注、第七巻六五三行注参照。

三一二　ギリシアのロクリス地方ナリュクスから来た英雄。このカリュドンの猪退治のあと、テセウスらとともに河神アケロオスのもとを訪ね、敬虔な老夫婦「ピレモンとバウキス」の印象的な話を物語るが、オウィディウスがここで伝える以外の伝はない。本巻六一八以下参照。

三一三「弁舌爽やかで〔…〕声量豊かな演説家〔…〕その舌からは蜜よりも甘い言葉が流れ出る〔…〕人間の早や二世代を見送って、今三代目の人々を支配している」（ホメロス『イリアス』一・二四七―二五二）と言われるピュロス王の賢将。第二巻六八九行注も参照。このあと、第一二巻一六九以下に、アキレウスらに女から男に変わったカイネウスの話を語って聞かせるエピソードがある。

三四　ヒッポコオンは、スパルタ王。アポッロドロス（三・一〇・五）は、その子十二名の名を挙げている。オウィディウスは、あと（三六二）でその一人エナイシモス（Enaisimos）に言及しているが、「兄弟たち」の残りが誰かは不明。なお、エナイシモスは、別伝ではエナロポロス（Enarophoros）（アポッロドロス同所）、エナルスポロス（Enarsphoros）（プルタルコス『英雄伝』「テセウス」三一）、エナライポロス（Enaraiphoros）（パウサニアス三・一五・一）となっている。

三五　トロイアに遠征したオデュッセウスの父親。ペネロペ（ペネロペイア）は、故郷イタケ島で言い寄る求婚者たちを機織りの計略で欺き、夫の帰りを待ち続けた、オデュッセウスの貞淑な妻。

三六　ラピタイ族の一人。このカリュドンの猪退治の他に、アルゴー船の乗組員の一人でもあった。ヒュギヌス一四、一二八。父親アンピュクス（Ampyx）は、アンピュコス（Ampykos）とも言う。

三七　アルゴスの予知の能力のある勇将で、テバイを攻めた七将の一人。黄金の首飾りで買収された妻エリピュレに欺かれ、生きては帰れぬと分かっていながら、やむなく、オイディプス亡きあと、王権をめぐる二人の兄弟の争いに巻き込まれ、テバイ攻めに参加した（アポッロドロス三・六・二、ディオドロス・シケリオテス四・六五・五以下、ヒュギヌス七三）。なお、第九巻四〇三以下、四〇六行注、四〇七行注参照。

三八　アタランテ（アタランタ）という名の名高い女性には、このカリュドンの猪退治の女狩人アタランテと、第一〇巻（五六〇以下）に出てくる俊足の走者アタランテがいる。この二人について、Anderson や Miller 1977 のように、女狩人アタランテは「テゲアの乙女」（本巻三一七）、「ノナクリスの乙女」（本巻四二六）と言われていることから、アルカディアのイアソス（もしくはイアシオン）の娘とし、俊足の走者アタランテのほうはボイオティア王「スコイネウスの娘」（第一〇巻六〇九）として、別人と見なす解説もあるが、Waser によれば「厳密な区別は不可能」と言う（Roscher, Bd. 4, S. 562-563（「Schoineus」

の項）参照）。実際、別人と見る見方では、スコイネウスは「ボイオティア王」だからとしているが、アポッロドロス（一・八・二）は、猪退治に参加したアタランテを「スコイネウスの娘で、アルカディアから来た」としている。

四三七　「マルスの血を引く英雄」と訳した原語はMavortius. これは「マルスの子」の意で、メレアグロスはオイネウスとアルタイアの子という伝承の他に、マルス（アレス）とアルタイアの子という伝承も古くから存在した（アポッロドロス一・八・二、ヒュギヌス一四参照）。このMavortiusという呼称は、その伝を踏まえてのものとされる。もっとも、オウィディウスは本巻四一四でメレアグロスのことを「オイネウスの子（Oineides）」と言っているにもかかわらず、ここで「マルスの子」と言い換えるのは奇異と思われるかもしれない。ヒュギヌスの別伝（一七一）に、「あるひと夜のうちに、オイネウスとマルスがテスティオスの娘アルタエアと褥《しとね》をともにした。そこから〔「その彼らから（ex quibus）」が直訳〕メレアグロスが生まれた」云々という変わった話形が記されているが、オウィディウスがそのような伝を念頭にしていた可能性は考えられる（次に言うテセウスの場合も同様の伝が伝わる。アポッロドロス三・一五・七）。通説では、これを解く鍵として、一点は、他にも例があるということが挙げられる。オウィディウスはテセウスのことも「アイゲウスの子（Aegides）」と呼ぶ一方で（本巻一七四、四〇五）、「ネプトゥヌスの子（Neptunius）」とも呼んでいるのである（第九巻一。この点については、同所注参照）。この場合もそうだが、メレアグロスの場合も、一方の父親は婚姻上の、もう一方の父親は実の父親という位置づけと捉えることができる。この箇所のメレアグロスの場合には、表現上の、より深く本質的な意味が付随する点が、もう一点ある。ホメロスで、アレス（マルス）には、アレスのもつ破壊性、暴力性を示すptoliporthos（都市を毀《こぼ》つ、破壊する）というエピテトン（定型的形容詞）がつけられるが、メレアグロスがその「アレスの血を引く」と言うことで、メレアグロスの直後の行動の激しさ、衝動の破壊性、暴力性のよってきたるところを説明しているという意味があると言われる。ただし、拙訳で「マルスの血を引く子」とせず、「マルスの血を引く英雄」としたのにはいくつかの理由があり、一つは、こう訳しても間違いではないこと、もう一つは、この訳のほうが読者に与える奇異さが減じるであろうと考えたこと、そしてもう一点は、オウィディウスが別伝を念頭にしていた可能性が皆無ではないのではないかと考えられることである。その伝とは、メレアグロスのこのエピソードをホロホロ鳥に変身する母親アルタイアの姉妹たちに焦点をあてて伝えているアントニヌス・リベラリス（二）にある伝で、「オイネウスはアレスの子であるポルテウスの息子」とあり、これによれば、メレアグロスはマルス（アレス）の曽孫ということになる。Mavortius がこの伝を踏まえてのものという可能性は必ずしも排除できないのではないかと考えた。

四四〇　自分は加勢に来てやった人間、という思いと、まして自分は叔父だから、という思いがあるゆえ。

四四五　テスティオスの娘で、メレアグロスが殺したプレクシッポスとトクセウスの姉妹。本巻三〇四行注参照。

四五三　第二巻六五四行注参照。

四八一　この名については、第一巻二四一行注参照。

五三五　この「願」については、fata（定め）、facta（行動、行為）、dicta（言葉）の写本もあるが、vota を採る底本に従う。

五四四　ゴルゲとアルクメネの嫁（デイアネイラ）の二人は、ディオニュソスの「恵み」によって、またディアナ（アルテミス）がそれに同意して、変身しなかったという。アントニヌス・リベラリス二参照。

五四八　アテナイの伝説的王。第六巻九行注参照。

五六四　第六巻六七七行注参照。

五七九　本巻二七一以下で語られた「カリュドンの大猪」のこと。

六〇〇b　五九七行からこの行までは重要写本には欠けており、しかも重複や矛盾、文意の乱れがある。おそらく後世の挿入と見られ、削除される。

六〇八　Heinsius に倣い、六〇五—六〇八、六〇九、六一〇行を削除する校訂もあるが、六〇三行からこの行までに、前注と同様の理由から削除記号を付す底本に従う。

六二三　ペロプス（第四巻四五六行注、第六巻四一〇行注参照）の子。ピッテウスの娘アイトラを母とするテセウスの祖父にあたる。

六二七　メルクリウスの翼あるサンダルと伝令杖（カドゥケウス）については、第一巻六七二行注参照。

六七六　「紫色（に熟した）（purpureis）」は、文法上「葡萄の木（vitibus）」にかかっているが、実際は「葡萄（の房）（uvae）」を形容する。いわゆる enallage（転用語法）と呼ばれる修辞技法。

七三一　ホメロスでは、ありとあらゆることを知っているが、その教えを乞うには、むりやりつかまえなければならず、しかも獅子や大蛇、豹や大猪、流れる水や巨木、時には火にまで変幻自在に姿を変えて逃げようとする「アイギュプトスの神」、「ポセイドンに仕える海の老人」（ホメロス『オデュッセイア』四・三八五—三八六）と言われている。トロイア戦後、帰国の苦難の理由と、帰国の方法を聞き出そうとしたメネラオスの話（同書、四・三五一以下）、失った蜜蜂の回復法を尋ねようとしたアリスタエウスの話（ウエルギリウス『農耕詩』四・三一五以下）が名高い。

七三八　エリュシクトンは、テッサリア王トリオパスの息子。彼がケレス（デメテル）の聖林に斧を入れる瀆神行為を犯し、その罰として飢餓を与えられた話は、カッリマコスの『賛歌』六（「デメテル賛歌」）を下敷きにしていると考えられるが、カッリマコスではエリュシクトンは若者で、娘への言及はまったくない。アウトリュコスは、ヘルメス（メルクリウス）の息子で、オデュッセウスの母方の祖父にあたる。父親同様（第一一巻六七六行注参照）、奸策や術策に長けた人物で、「盗みは誰よりも長けている」（ホメロス『オデュッセイア』一九・三九四—三九六）と言われ、本篇でも、このあと第一一巻（三一三）に言及がある。エリュシクトンの娘については、ツェツェス『リュコプロン注解』一三九三（＝ヘシオドス断片四三b（Merkelbach-West）では「ありとあらゆる姿に変身するエリュシクトンの娘メストラ〔…〕。このメストラは、ありとあらゆる生き物の姿に変身する魔術使い（pharmakis）」で、デメテルの怒りで飢餓に苦しむ父親は彼女を日ごと売っては糧を得、彼女はそのたびに変身して父親のもとに戻ってきたとある。アントニヌス・リベラリス（一七）には「ヒュペルメーストラーはしばしば女性として身を売り金銭を得る一方、また男性となって父アイトーンに生活の糧を運んだ」（安村典子訳）とある（アイトーンはエリュシクトンの別名）。摘要の形でしか残っていないが、神話の合理的解釈を記したパライパトスの『信じ難い話』（二三）では、メストラの求婚者たちは金銭ではなく馬や牛や羊などを彼女に貢《みつ》いでいたが、父親がそれを生活の資にしているのを見て、テッサリア人が彼エリュシクトンには「馬も牛も他のものもメストラから生まれる（egeneto ek Mestras）」と噂し合い、それが曲解されてできあがった神話だという。

七四四　vitta. 羊毛の紐で、聖なるものの印として神官が頭に巻いたり、犠牲獣の頭に巻かれたりする。一種の標縄《しめなわ》。

七四八　長さを表す ulna は両腕を広げた長さで、日本語の尋《ひろ》に当たる。

八三三　Tarrant は arva（田野）であるが、Anderson の採る antra で読む。

文献一覧

テクスト

Anderson, William S., *Publius Ovidius Naso: Metamorphoses*, edidit William S. Anderson, Berlin: Walter de Gruyter (Bibliotheca Scriptorum Graecorum et Romanorum Teubneriana), 2008.

Tarrant, R. J., *P. Ovidi Nasonis Metamorphoses*, recognovit brevique adnotatione critica instruxit R. J. Tarrant, Oxford: Oxford University Press (Oxford Classical Texts), 2004.

注　釈

Anderson, William S. 1972, *Ovid's Metamorphoses Books 6-10*, edited with introduction and commentary by William S. Anderson, Norman: University of Oklahoma Press, 1972.

—— 1997, *Ovid's Metamorphoses Books 1-5*, edited with introduction and commentary by William S. Anderson, Norman: University of Oklahoma Press, 1997.

Bömer, Franz 1969-86, *P. Ovidius Naso: Metamorphosen*, 7 Bde., Kommentar von Franz Bömer, Heidelberg: Carl Winter, 1969-86.

—— 2006, *P. Ovidius Naso: Metamorphosen. Addenda, Corrigenda, Indices*, Teil 1: Addenda und Corrigenda, Aufgrund der Vorarbeiten von Franz Bömer, zusammengestellt durch Ulrich Scmitzer, Heidelberg: Carl Winter, 2006.

Haupt, Moritz, *Die Metamorphosen des P. Ovidius Naso*, Bd. 1: Buch 1-7, erklärt von Moritz Haupt, nach den bearbeitungen von O. Korn und H. J. Müller, 9. Aufl., herausgegeben von R. Ehwald, Berlin: Weidmannsche Buchhandlung, 1915.

Henderson, A. A. R., *Ovid: Metamorphoses III*, with introduction, notes and vocabulary by A. A. R. Henderson, Bristol: Bristol Classical Press, 1979 (repr. 1999).

Hollis, A. S., *Ovid: Metamorphoses, Book VIII*, edited with an introduction and commentary by A. S. Hollis, Oxford: Clarendon Press, 1970 (repr. 2008).

Korn, Otto, *Die Metemorphosen des P. Ovidius Naso*, Bd. 2: Buch 8-15, in Anschluß an Moriz Haupts Bearbeitung der Bücher i-vii, erklärt von Otto Korn, 4. Auflage neu bearbeitet von R. Ehwald, Berlin: Weidmannsche Buchhandlung, 1916.

Lee, A. G., *Ovid: Metemorphoses I*, edited with introduction and notes by A. G. Lee, London: Bristol Classical Press, 1992.

Murphy, G. M. H., *Ovid: Metamorphoses XI*, ed. with introduction and commenntary by G. M. H. Murphy, Bristol: Bristol Classical Press, 1972 (repr. 1994).

Simmons, Charles, *The Metamorphoses of Ovid*, Book XIII and XIV, edited with introduction, analysis and notes by Charles Simmons, 2nd ed., London: Macmillan, 1899.

翻　訳（邦訳は『変身物語』のみにとどめる）

Albrecht, Michael von, *P. Ovidius Naso: Metamorphsen. Lateinisch / Deutsch*, übersetzt und herausgegeben von Michael von Albrecht, Stuttgart: Reclam (Universal-Bibliothek), 2019.

Breitenbach, Hermann, *P. Ovidius Naso: Metamorphosen. Epos in 15 Büchern*, herausgegeben und übersetzt von Hermann Breitenbach, Zürich: Artemis, 1958 (2. Aufl., 1968).

Holzberg, Niklas, *Ovid: Metamorphosen*, herausgegeben und übersetzt von Niklas Holzberg, Berlin: Walter de Gruyter, 2017.

Humphries, Rolfe, *Ovid: Metamorphoses*, new annotated edition, translated by Rolfe Humphries, annotated by J. D. Reed, Bloomington: Indiana University Press, 2018.

Innes, Mary M., *The Metamorphoses of Ovid*, translated and with an introduction by Mary M. Innes, Harmondsworth: Penguin (Penguin Classics), 1955 (repr. 1978).

Lafaye, Georges, *Ovide: Les métamorphoses*, texte établi et traduit par Georges Lafaye, 3 vol., 5e tirage, Paris: Les Belles Lettres, 1969-72.

Melville A. D., *Ovid: Metamorphoses*, translated by A. D. Melville, with an introduction and notes by E. J. Kenney, Oxford: Oxford University Press, 1996.

Miller, Frank Justus 1977, *Ovid: Metamorphoses. Books I-VIII*, with an English translation by Frank Justus Miller, 3rd ed., revised by G. P. Goold, Cambridge, Mass.: Harvard University Press (Loeb Classical Library), 1977.

—— 1984, *Ovid: Metamorphoses. Books IX-XV*, with an English translation by Frank Justus Miller, 2nd ed., revised by G. P. Goold, Cambridge, Mass.: Harvard University Press (Loeb Classical Library), 1984.

Ovid's Metamorphoses in Fifteen Books, translated by the most eminent hands, adorn'd with sculptures, London: Printed for Jacob Tonson, 1717. ＊「Eighteenth Century Collections Online」で閲覧可能：http://name.umdl.umich.edu/004871123.0001.000

田中秀央・前田敬作訳、オウィディウス『転身物語』人文書院、一九六六年。

松本克己訳、オウィディウス『転身譜』、『世界文学全集』第二巻「ギリシア神話」筑摩書房、一九六九年。

中村善也訳、オウィディウス『変身物語』（全二冊）、岩波書店（岩波文庫）、一九八一―八四年。

高橋宏幸訳、オウィディウス『変身物語』（全二巻）、京都大学学術出版会（西洋古典叢書）、二〇一九―二〇年。

その他

Albrecht, Michael von 2003, *Ovid: eine Einführung*, Stuttgart: Reclam (Universal-Bibliothek), 2003.

—— 2014, *Ovids Metamorphosen: Texte, Themen, Illustrationen*, Heidelberg: Winter, 2014.

Albrecht, Michael von und Hans-Joachim Glücklich, *Interpretationen und Unterrichtsvorschläge zu Ovids »Metamorphosen«*, 3., neu bearbeitete Auflage, Göttingen:

Vandenhoeck & Ruprecht, 2002.

Brown, Sarah Annes, *The Metamorphosis of Ovid: From Chaucer to Ted Hughes*, London: Duckworth, 1999

Fantham, Elaine, *Ovid's Metamorphoses*, Oxford: Oxford University Press, 2004.

Fränkel, Hermann, *Ovid: A Poet between Two Worlds*, Berkley: University of California Press, 1945.

Frothingham, A. L., "Babylonian Origin of Hermes the Snake-God, and of the Caduceus", American Journal of Archaeology, Vol. 20, No. 2, April-June, 1916, pp. 175-211.

Hardie, Philip (ed.), *The Cambridge Companion to Ovid*, Cambridge: Cambridge University Press, 2002.

Harich-Schwarzbauer, Henriette und Alexander Honold (hrsg.), *Carmen perpetuum: Ovids Metamorphosen in der Weltliteratur*, Basel: Schwabe, 2013.

Hartman, Jacobus Johannes, "De Ovidio poeta commentatio", *Mnemosyne*, Vo. 32, 1904, pp. 371-419.

Holzberg, Niklas, *Ovid: Dichter und Werk*, München: C. H. Beck, 1997.

Knox, Peter E. 2006, "Pyramus and Thisbe in Cyprus", in *Oxford Readings in Classical Studies: Ovid*, edited by Peter E. Knox, Oxford: Oxford University Press, 2006.

—— (ed.) 2013, *A Companion to Ovid*, Chichester: Wiley-Blackwell, 2013 (Hardcover 2009).

Leutsch, E. L. von et F. G. Schneidewin (eds.), *Paroemiographi Graeci: Zenobius,*

Diogenianus, Plutarchus, Gregorius Cyprius, cum appendice proverbiorum, Göttingen: Vandenhoeck et Ruprecht, 1839.

Liveley, Genevieve, *Ovid's "Metamorphoses": A Reader's Guide*, New York: Continuum, 2011.

Martindale, Charles (ed.), *Ovid Renewed: Ovidian Influences on Literature and Art from the Middle Ages to the Twentieth Century*, Cambridge: Cambridge Universiry Press, 1988.

Morgan, Llewelyn, *Ovid: A Very Short Introduction*, Oxford: Oxford University Press, 2020.

Oxford Classical Dictionary, 4th ed., general editors: Simon Hornblower and Antony Spawforth, assistant editor: Esther Eidinow, Oxford: Oxford University Press, 2012.

Roscher, Wilhelm Heinrich, *Ausführliches Lexikon der griechischen und römischen Mythologie*, 6 Bände in 9 Bücher, herausgegeben von Wilhelm Heinrich Roscher, Nachträge unter Redaktion von K. Ziegler, Leipzig: B. G. Teubner, 1884-1937.

Shackleton Bailey, D. R., "Notes on Ovid's *Metamorphoses*", *Phoenix*, Vol. 35, No. 4, Winter 1981, pp. 332-337.

Siebelis, Johannes, *Wörterbuch zu Ovids Metamorphosen*, bearbeitet von Johannes Siebelis, 5. Aufl., besorgt von Friedlich Polle, Leipzig: B. G. Teubner, 1893 (Nachdruck, Norderstedt: Hansebooks, 2016).

Thibault, John C., *The Mystery of Ovid's Exile*, Berkeley: University of California Press, 1964.

Traube, Ludwig, *Einleitung in die lateinische Philologie des Mittelalters*, herausgegeben von Paul Lehmann, München: C. H. Beck, 1911.

Warner, Marina, *Fantastic Metamorphoses, Other Worlds: Ways of Telling the Self*, Oxford: Oxford University Press, 2002.
Wilkinson, L. P., *Ovid Recalled*, Cambridge: University Press, 1955.
岡道男『ホメロスにおける伝統の継承と創造』創文社、一九八八年。

＊以下、読者が比較的入手しやすいギリシア・ローマの神話関係の参考書物を掲げる。

アポロドーロス『ギリシア神話』（改版）、高津春繁訳、岩波書店（岩波文庫）、一九七八年。

アントーニーヌス・リーベラーリス『メタモルフォーシス――ギリシア変身物語集』安村典子訳、講談社（講談社文芸文庫）、二〇〇六年。

トマス・ブルフィンチ『完訳 ギリシア・ローマ神話』（増補改訂版）（全二冊）、大久保博訳、角川書店（角川文庫）、二〇〇四年。

パウサニアス『ギリシア案内記』（全二冊）、馬場恵二訳、岩波書店（岩波文庫）、一九九一―九二年。　＊第一巻・二巻及び第十巻のみの部分訳
ヒュギーヌス『ギリシャ神話集』松田治・青山照男訳、講談社（講談社学術文庫）、二〇〇五年。

ヘシオドス『神統記』廣川洋一訳、岩波書店（岩波文庫）、一九八四年。

ヘロドトス『歴史』（改版）（全三冊）、松平千秋訳、岩波書店（岩波文庫）、二〇〇七年。

ホメロス『イリアス』（全二冊）、松平千秋訳、岩波書店（岩波文庫）一九九二年。

ホメロス『オデュッセイア』（全二冊）、松平千秋訳、岩波書店（岩波文庫）、一九九四年。

呉茂一『ギリシア神話』（新装版）、新潮社、一九九四年。

高津春繁『ギリシア神話』岩波書店（岩波新書）、一九六五年。

西村賀子『ギリシア神話――神々と英雄に出会う』中央公論新社（中公新書）、二〇〇五年。

岸の地方。アフリカあるいはエジプトの提喩。2.237／4.617／5.75, 327

リュカイオス　ペロポンネソス半島中央部アルカディア地方の山。ユピテルとパンの聖山。1.217, 698／8.317

リュキア　小アジア南西部の山岳地帯から地中海沿岸にかけての地方。その北西にカリア地方がある。4.296／6.317, 322, 340, 382（リュキア人）

リュクトス　クレタの町。クレタの提喩。7.490

リュケイオン　アリストテレスが学園（逍遥学派）を開いたアテナイの森。2.710

リュコルマス　ギリシア西部アイトリア地方を流れる川。のちにエウエノスと呼ばれた。エウエノス川の旧名。2.245

リュディア　小アジア西部の地方。4.423／6.13, 146

リュルケイオン　ペロポンネソス半島東部のアルゴリス地方と中央部のアルカディア地方の境の山。1.598

リリュバエウム（リリュバイオン）シキリア（シシリー）島西部の岬。5.351

レスボス　エーゲ海北東部の小アジアに面する島。2.591

レテ　冥界にある川の一つで、その水を飲むといっさいを忘れるという「忘却の川」。7.152

レヌス　ライン（川）。2.258

レビントス　エーゲ海北西部のスポラデス諸島の島。8.222

レムノス　エーゲ海北東の島。ユピテル（ゼウス）が天界からウルカヌス（ヘパイストス）を突き落とした時、この島に落ち、以来ウルカヌスの聖地とされた。2.756／4.185

レルナ　ペロポンネソス半島東部アルゴリス地方の沼沢地。ヘラクレスが退治した蛟（みずち）ヒュドラが棲んでいたという。1.598

レレゲス人　有史以前にギリシア、小アジアに住んでいたとされる古代民族。エジプトから来たレレクス王を祖とするという。7.443／8.6

ロダヌス　ローヌ（川）。2.258

ロドス　小アジア南岸沖の島。7.365

ロドペ　トラキアの山脈。2.222／6.87, 589

ローマ　1.201

カ地方東海岸の町。ペルシア戦役の古戦場として名高い。7.433
マルシュアス　小アジア中央部プリュギア地方を流れる川。アポロに葦笛の技競べで負けて生皮を剝がれた同名のサテュロスに同情した友人たちの涙がこの川になったという。6.385, 387, 400
マルマリカ　アフリカ北部のアイギュプトスとキュレナイカの間の地方。5.124
ミマス　小アジア西海岸のイオニア地方の山。2.222
ミュカレ　サモス島対岸のイオニア地方の岬、その山。2.223
ミュグドニア　ミュグドネス族の一部が移住した小アジア中央部プリュギア地方。6.44
ミュグドネス族　のちに一部が小アジアのプリュギア地方などに移住したトラキアの部族。トラキアの提喩。2.246
ミュケナイ　ペロポンネソス半島東部アルゴリス地方の主都。トロイア戦時のギリシア方総大将アガメムノンの居城の所在地。6.414
ミュコノス　エーゲ海南部のキュクラデス諸島の島。7.463
ミュシア　小アジア北西部の国。2.243
ムニュキア　アテナイの外港の一。2.709
メガラ　ギリシア中部アッティカ地方の西部地域メガリスの主都。別称アルカトエ。8.6（レレゲス人縁（ゆかり）の地），8（アルカトオスの都），13
メッセニア　ペロポンネソス半島南西部の地方。2.679
メッセネ　ペロポンネソス半島南西部メッセニア地方の主都。6.417
メラス　トラキアの川。2.247
メンデス　アイギュプトスのナイル川河口の町。5.144
モロッソイ人　ギリシア北西部エペイロス地方の部族。1.226

ラ　行

ラコニア　スパルタを主都とするペロポンネソス半島南東部の地方。2.247
ラティウム　ローマが位置するイタリア半島中部の地方。1.560
ラドン　ペロポンネソス半島中央部アルカディア地方の川。アルペイオス川の支流。1.702
ラムヌス　ギリシア中部アッティカ地方北部の町。傲慢を罰する女神ネメシスの神殿があり、その神像で名高い。3.406
ラリッサ　ギリシア北部テッサリア地方の町。2.542
リグリア　ガリア・キサルピナ（アルプス以南のガリア）の一地域。2.370
リビュア（リビュエ）　アフリカ北

アから見てヒスパニア（スペイン）以西の国を指す。2.142（西方の国），325（西方の国）／4.628
ペッラ　ピリッポス二世の頃のマケドニアの王都で、アレクサンドロス大王の生誕の地。5.301
ペネイオス　ギリシア北部テッサリア地方の川、およびその河神（ダプネとキュレネの父）。1.452, 472, 488, 504, 525, 544a, 570／2.243／7.230
ペパレトス　エウボイア島北方の島。7.470
ヘブロス（ヘブルス）　トラキアの川。2.257
ペリオン　ギリシア北部テッサリア地方東部の高山。1.155／7.224, 352
ヘリコン　ギリシア中部ボイオティア地方の山。アポロとムーサたちの聖山。2.219／5.254, 663／8.534
ペリメレ　エキナデス諸島の島の一。元はニンフ。8.591, 592
ペルグス　シキリア（シシリー）島中央部の町ヘンナ近郊の湖。5.386
ペルシア　ペルシャ。1.62／4.209（香料を産する国）
ペロルス（ペロロス）　シキリア（シシリー）島北東部の岬。5.350
ヘンナ　シキリア（シシリー）島中央部の町。プロセルピナ（ペルセポネ）がディス（ハデス）に連れ去られた地とされる。5.385
ボイオティア　ギリシア中部アッティカ地方北方のテバイを主都とする地方。2.239／3.13, 339
ポイニケ（ポエニケ）　シュリア（シリア）南部の沿岸地方。フェニキア。3.46
ボイベ　ギリシア北部テッサリア地方の湖。7.231
ポカイア　小アジア西部イオニア地方の港町。シリアツブリガイ、それからとれる貝紫（緋色）の染料の産地としての言及は本作のみ。6.9
ポキス　ギリシア中部ボイオティア地方と西部アイトリア地方の間の地方。アポロの神託所デルポイのあるギリシア最高峰パルナソス山がある。1.313／2.569／5.277

マ　行

マイアンドロス　小アジア中央部プリュギアを流れる川。蛇行を繰り返す川として名高い。2.246／8.162
マイオニア　小アジア西部リュディア地方東部の地域。リュディアの提喩。2.252／3.583／6.5, 103, 148
マイナロス　ペロポンネソス半島中央部アルカディア地方の山（脈）。1.216／2.415, 441／5.608
マラトン　ギリシア中部アッティ

カの間にあるバレアレス諸島の住民。弩（いしゆみ）の名手として名高い。2.727／4.709

パロス　エーゲ海南部のキュクラデス諸島の島。白大理石で名高い。3.419／7.465／8.221

ピサ　ペロポンネソス半島西部エリス地方のアルペイオス川河畔の町。近郊にはユピテル（ゼウス）神殿で名高いオリュンピアがある。5.409

ヒステル　ダニューブ川下流域の名。2.249

ピタネ　小アジア西岸アイオリス地方の港町。7.357

ヒッポクレネ　ムーサたちの聖山ヘリコンにある、天馬ペガソスの蹄の一撃でできた泉。5.256（新しい泉）

ビテュニア　小アジア北西部の黒海沿岸地方。プリュギアの一部とも見なされる。8.719

ヒベルス　ヒスパニア（スペイン）の川。エブロ川。7.324

ヒュアンテス人　ボイオティア人の古名。3.146／5.312／8.310

ピュグマイオイ人　アエティオピアの小人族。常に鶴と戦っているとされた。6.90

ヒュパイパ　小アジア西部リュディア地方の寒村。6.12

ヒュメットス　アテナイ近郊の山。蜂蜜と大理石で名高い。7.702

ヒュリエ　キュクノスの母（ヒュリエ）が変身した、ギリシア西部アイトリア地方の湖、およびその畔の町。7.370, 380

ピュロス　ペロポンネソス半島西部には同名の町が複数あるが、ネストル王の王城があったとされる、半島南西部メッセニア地方の海岸沿いの町。2.684／6.418／8.365

ピンドス　ギリシア北部テッサリア地方と北西部エペイロス地方の境の高山。ムーサたちの聖山の一。1.569／2.225／7.225

プソピス　ペロポンネソス半島中央部アルカディア地方の町。5.607

プリュギア　小アジア中央部の地方。6.146, 166, 177, 400／8.162, 620

プレウロン　ギリシア西部アイトリア地方南部の町。7.382

プレゲトン　冥界の川の一。火が流れるとされる。5.544

ペイライエウス　アテナイの外港。6.446

ペイレネ　コリントスの泉。天馬ペガソスの蹄の一撃でできたという。ムーサたちの聖泉。2.240／7.391

ヘスペリア　「ヘスペルス（宵の明星）の国」、すなわち「西方の国」の意。漠然と、ギリシアから見てイタリア以西、イタリ

アルカディア地方の山、および
その麓の町。1.690／2.409／
8.426

ハ 行

パイオニア　マケドニアの北部地
方。5.303, 313

ハイモス　トラキア北部の高山あ
るいは山脈。バルカン山脈。
2.219／6.87

ハイモニア　ギリシア北部テッサ
リア地方の雅称。1.568／2.81,
542／5.306／7.131, 159, 264, 314
／8.813

パガサ（イ）　ギリシア北部テッ
サリア地方の港町。アルゴー船
の建造地。7.1／8.349

パキュヌス（パキュノス）　シキリ
ア（シシリー）島南東部の岬。
5.351

バクトリア　中央アジア、ヒンド
ゥークシュ山脈とアム（オクソ
ス）川の間の地域。前3世紀に
ギリシア人がバクトリア王国を
建設。5.132

パクトロス　小アジア西部リュデ
ィア地方の川。砂金で名高い。
6.16

パシス　黒海東岸の国コルキス
（メディアの故国）を流れる川。
コルキスの提喩。2.249／7.6,
297

パタラ　小アジア南西部リュキア
地方の港町。アポロの神託所で

名高い。1.516

パッラシア　ペロポンネソス半島
中央部アルカディア地方の一地
域、およびそこにある町。アル
カディアの提喩。2.460／8.315

パドゥス　イタリア半島北部の
川。ポー（川）。2.258

パトライ　ペロポンネソス半島北
西部アカイア地方の町。6.417

パノペ　ギリシア中部ポキス地方
の町。3.19

バビュロン　メソポタミア南部の
王国バビュロニアの王都。バビ
ロン。2.248／4.46, 58（城郭を巡
らしたという都）, 99（バビュロン
人）

パラエスティナ　シュリア（シリ
ア）南部の海岸地方。パレステ
ィナ。4.45／5.144

パラティウム　ローマ七丘の一。
共和政期には多くの有力貴族の
邸宅が、帝政期には帝居があっ
た主要な丘。1.176

パルテノン　アテナイのアクロポ
リスにあるパッラス・アテナの
神殿。2.712（パッラスの社）

パルナソス（パルナッソス）　ギリ
シア中部ポキス地方にあるギリ
シアの最高峰。その南側の中腹
にアポロの神託所デルポイがあ
る。ムーサたちの聖地でもあ
る。1.317, 467／2.221／4.643／
5.278

バレアレス人　スペインとアフリ

峰）の南側の中腹にあったアポ
ロの神託所。1.515／2.543, 676

テルモドン　黒海南岸のポントス
地方を流れる川。その近辺に女
族アマゾネスが住んだとされ
る。2.249

デロス　エーゲ海南部のキュクラ
デス諸島のほぼ中央に位置する
島。元は浮き島であったが、ラ
トナ（レトー）がここでアポロ
とディアナの双生神を産んで以
後、固定されたという。古名オ
ルテュギア。1.454／3.597／
5.638／6.189, 250, 333／8.221

テンペ　ギリシア北部テッサリア
地方のオリュンポスとオッサ両
山の間にある景勝地の渓谷で、
ペネイオス川が流れる。1.569
／7.222, 372

ドドネ　ギリシア北西部エペイロ
ス地方の町。ユピテル（ゼウ
ス）の神託所で名高い。7.623

トモロス　小アジア西部リュディ
ア地方の高山。2.217／6.15

トラキア　マケドニアの東の広大
な地域。2.246／5.276／6.87,
424, 434, 490（オドリュサイ族縁
（ゆかり）の地）, 587（シトニオイ
縁の地）, 661, 684（トラキア人）,
709（キコネス族縁の地）

トリトニス　アフリカ北岸リビュ
ア（リビュエ）の湖。ミネルウ
ァ（アテネ）が父ユピテル（ゼ
ウス）の頭から飛び出して生ま

れた地とされ、ミネルウァは
「トリトニス湖縁（ゆかり）の女
神」と呼ばれる。2.783, 794／
3.127／5.250, 270, 645／6.1, 384
／8.548

トリナクリア　シキリア（シシリ
ー）島の古名。形が三つの先端
（＝岬）をもつ「三叉の鉾（トリ
ナクス）」に似ていることから。
5.346, 476

トロイア　小アジア北西部トロア
ス地方の主都。トロイア戦争の
舞台。イリオンの名でも呼ばれ
る。8.365

トロイゼン　ペロポンネソス半島
東部アルゴリス地方の町。
6.418／8.567

ナ　行

ナクソス　エーゲ海南部のキュク
ラデス諸島中の最大の島。
3.636, 640, 649, 690

ナバタエア　北部アラビア。アラ
ビアの提喩。1.61／5.163

ナリュクス（ナリュクム）　ギリシ
ア中部ロクリス地方の町。
8.312

ニュサ　ディオニュソスが生まれ
たとされる。インディア（イン
ド）の伝説的な山、およびその
麓の町。3.314／4.13

ニルス　ナイル（川）。1.422, 728,
729／2.254／5.187, 324

ノナクリス　ペロポンネソス半島

方の町。5.276

タウロス　小アジア南東部のキリキアの高山。2.217

タグス　ルシタニア（現在のポルトガル）の川。テホ（川）。砂金で名高い。2.251

タナイス　ドン（川）。2.242

タルタロス　冥界の最深部。罪人が罰を受ける、いわば地獄にあたる。冥府の提喩。2.260／4.453

ディア　ナクソス島の古名。8.175

ディクテ　クレタ島の山。その洞窟で嬰児のユピテル（ゼウス）が養育されたという。クレタの提喩。3.2／8.43

ディデュメ　エーゲ海南部のキュクラデス諸島のシュロス島近くの二つの小島。7.469

ティリュンス　ペロポンネソス半島東部アルゴリス地方の古都。ヘラクレスの生地、あるいは縁（ゆかり）の地。6.111／7.410

ディルケ　ギリシア中部ボイオティア地方の主都テバイ近郊の泉、およびそこに住まうニンフ。2.239

ディンデュマ　小アジア中央部プリュギア地方の山。2.222

テゲア　ペロポンネソス半島中央部アルカディア地方の町。8.317, 380

テスピアイ　ギリシア中部ボイオティア地方の、ムーサたちの聖山ヘリコン山東麓の町。5.310

テッサリア　ギリシア北部の地方。2.599／7.222／8.767

テネドス　エーゲ海東北端、小アジアのトロアス地方沖の小島。1.516

テノス　エーゲ海南部のキュクラデス諸島の島。7.469

テバイ　ギリシア中部アッティカ地方の北方にあるボイオティア地方の主都。ボイオティアの提喩。3.131, 548, 553, 561, 732／4.31, 416, 561, 566, 567／5.253／6.159, 163／7.762

テメサ（テメセ）　イタリア半島南端ブルッティイ地方の町。銅山で名高い。7.207

テュッレニア　移住したエトルリア人の故地とされた小アジア西部リュディア（地方）。3.576, 696／4.23（テュッレニア人）

テュブリス　ティベリス（テベレ）川の雅称。2.259

テュロス　ポエニキア（フェニキア）南部の港町。貝紫（緋色）の染料の産地として名高い。テバイ王家の故地。2.845／3.35, 258, 539／5.51／6.61, 222

テルキネス　ロドス島の原住民で、精錬技術をもっていたという伝説的部族。7.367

デルポイ　ギリシア中部ポキス地方のパルナソス山（アポロとムーサたちの聖山で、ギリシア最高

タ　行

／7.49（ペラスゴイ人の末裔）, 133（ペラスゴイの末裔）, 214, 504／8.267

クサントス　トロイア近郊を流れる川。別名スカマンドロス。2.245

クラロス　小アジア西岸のイオニア地方の町。アポロの神殿と神託所で名高い。1.516

クレオナイ　ペロポンネソス半島東部アルゴリス地方の町。6.417

クレタ　エーゲ海南部の島。3.2, 208（クレタ犬）, 223（クレタ犬）／7.434, 471, 475／8.40, 43, 52, 100, 118, 119, 144, 152, 183

クレテス人　クレタ島の古い住民あるいは山野の霊。嬰児のユピテルを匿い、養育したとされ、その末裔が代々クレタでユピテルの神官を務めるという。4.282

クロミュオン　ペロポンネソス半島北東部コリントス近くの村。7.435

ケア（ケオス）　エーゲ海南部のキュクラデス諸島の島。アッティカ地方スニオン岬の南方20キロにある。7.368

ケピソス　ギリシア中部のポキス地方とボイオティア地方を流れる川、およびその河神（ナルキッソスの父）。1.369／3.19, 343, 351／7.388, 437

ケペネス　アエティオピアの伝説的民族。アエティオピア人の換喩。4.764／5.1, 97

コス　エーゲ海南東、小アジアのカリア地方沖の島。7.364

コリュキオン　デルポイの神託所があるパルナソス山の洞窟。1.320

コリントス　ペロポンネソス半島北東部コリントス地峡に臨む町。5.407／6.416

コルキス　黒海東岸の国。アルゴー船物語の舞台で、メデイアの故国。7.120（コルキス人）, 296, 331, 394

ゴルテュン　クレタ島中部の町。クレタの提喩。7.778

コロポン　小アジア西部イオニア地方の町。6.8

サ　行

サモス　エーゲ海東部、小アジアのイオニア地方沖の島。ユノー（ヘラ）の聖地の一。8.220

サルマキス　小アジア南西部カリア地方のハリカルナッソスの泉、およびそのニンフ。4.285

シカニア　シキリア（シシリー）島の古称。5.464, 495

シキュオン　ペロポンネソス半島北東部の町。3.216（シキュオン犬）

シキリア　シシリー（島）。5.361, 412, 477, 481, 511／7.65／8.260

レスが自ら焼身し、昇天した。1.313／2.217
オイノピア　アイギナ島の古名。7.472, 473, 490
オケアノス　大地を取り巻いているとされた大洋、およびその神。2.510／7.267
オッサ　ギリシア北部テッサリア地方の高山。1.155／2.225／7.224
オドリュサイ族　トラキアのヘブロス川河畔の部族。6.490
オトリュス　ギリシア北部テッサリア地方南部の高山。2.221／7.224, 353
オリアロス　エーゲ海南部のキュクラデス諸島の島。7.469
オリュンポス　マケドニアとギリシア北部テッサリア地方の境の高山。ゼウスをはじめ、オリュンポス十二神がその頂に住むとされた。1.154, 212／2.60, 225／7.225
オルコメノス　(1)ペロポンネソス半島アルカディア地方の町。5.607　(2)ギリシア中部ボイオティア地方の町。6.416
オルテュギア　(1)シキリア（シシリー）島のシュラクサエ港口にある島。アレトゥサの泉がある。5.499, 640　(2)デロス島の古名。1.694
オレノス　ギリシア西部アイトリア地方の町。アイトリアの提喩。3.594
オロンテス　シュリア（シリア）の川。2.248

カ　行

カイコス　小アジア北西部ミュシア地方の川。2.243
カウカソス（カウカスス）　黒海とカスピ海の間の山脈。コーカサス山脈。2.224／5.86／8.798
カオニア　ギリシア北西部エペイロス地方北部に住んだ部族カオネス人の地。5.162
カスタリア　アポロの神託所デルポイのあるパルナソス山にある名高い泉。「カスタリアの洞」は「デルポイの神託所」の意の一種の換喩。3.14
カピトリウム　ローマ七丘の一。ユピテル神殿やユノー神殿などがあった最も重要な丘。1.561／2.538
カユストロス　小アジア西部リュディア地方の川。白鳥で名高い。2.253／5.386
カラウレイア　ペロポンネソス半島東部、アルゴリス地方沖の島。7.384
カリア　小アジア南西部の海岸地方。その南東にリュキア地方がある。4.296
ガリア　ライン川以西の、特に現在のフランス、ベルギーなどを含む地域。1.533

ゴスの泉。2.240

アルカディア　ペロポンネソス半島中央部の丘陵地帯。1.218, 689／2.406／3.210（アルカディア犬）／8.391（アルカディア人）

アルカトエ　ギリシア中部アッティカ地方西部メガリス地域の町メガラの別称で、創建者アルカトオスの名にちなむ。7.443

アルゴス　ペロポンネソス半島東部アルゴリス地方の主都。ギリシアの提喩。1.601／2.240, 524（アルゴス女）／3.560／4.608／6.414

アルペイオス　ペロポンネソス半島のアルカディア地方とエリス地方を貫流する半島最大の川、およびその河神。2.250／5.487, 576（エリスにある河）, 599

アルペス　アルプス（山脈）。2.226

アルメニア　黒海とカスピ海の間の地方。8.121

アレイオパゴス　アテナイのアクロポリス西北面にある岩山。6.71（軍神アレスの岩山）

アレトゥサ　シキリア（シシリー）島東岸の港町シュラクサエの港の入り口の島オルテュギアにある泉、およびそこに住まうニンフ。海の直近にありながら真水の泉として名高い。5.409, 487, 496, 572, 599, 625, 642

アンテドン　ギリシア中部ボイオティア地方東部のエウボイア島に面する港町。7.232

アンドロス　エーゲ海南部のキュクラデス諸島最北の島。7.469

アンプリュソス　テッサリアの川、およびその河神。近辺でアポロがアドメトスの家畜の番をした。1.580／7.228

イアリュソス　ロドス島の町。7.367

イオニア海　ギリシア西部とイタリア半島南部の間の海。4.534

イオルコス　アルゴー船が出港したテッサリアの港町。7.158

イカリア　エーゲ海南東部のサモス島西方の島。墜死したイカロスの埋葬地。「イカロスの海」（（ペラゴス・）イカリオンあるいはポントス・イカリオス）は、そのイカリア島、サモス島の南方に広がる海。8.235（その地は、埋葬された息子の名で呼ばれた）

イカロスの海　→イカリア

イストモス　特にギリシア本土とペロポンネソス半島を繋ぐ地峡。コリントス地峡。6.419, 420／7.405

イスマロス　トラキアの南部地域。トラキアの提喩。2.257

イスメノス　ギリシアのボイオティア地方テバイの近くを流れる川、およびその河神。2.244／3.169, 732／4.561／6.159

イダ（イデ）(1)プリュギア地方のトロイア近くの山。2.218／4.289, 293／7.360　(2)クレタの最高峰。

地名・民族名索引（上）

・本文に登場する地名および民族名を以下に掲げる。
・出現する箇所は、巻数と行数で示した。例）2.554＝第二巻五五四行
・巻の区切りは「／」で示している。
・各地名・民族名には簡便な説明を付し、読者の便宜を図った。
・本索引が対象とするのは、上巻所収の第一巻から第八巻である。第九巻から第一五巻については、下巻に同様の索引を収録する。

ア 行

ラ 行

ヤ　行

マ　行

ハ　行

ナ　行

タ 行

サ　行

カ　行

人名・神名索引（上）

・本文に登場する人名および神名を以下に掲げる。
・出現する箇所は、巻数と行数で示した。例）2.28＝第二巻二八行
・巻の区切りは「／」で示している。
・本索引が対象とするのは、上巻所収の第一巻から第八巻である。第九巻から第一五巻については、下巻に同様の索引を収録する。

ア 行

KODANSHA

*本書は、講談社学術文庫のための新訳です。

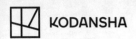

オウィディウス（Publius Ovidius Naso）

前43-後17/18年。古代ローマの「黄金時代」後期を代表する詩人。代表作は本書のほか，『悲しみの歌』，『祭暦』など。

大西英文（おおにし　ひでふみ）

1948年生まれ。京都大学大学院文学研究科博士課程修了。専門は，西洋古典学。訳書に，キケロー『老年について　友情について』（講談社学術文庫）ほか多数。

講談社学術文庫

定価はカバーに表示してあります。

変身物語《へんしんものがたり》（上）

オウィディウス

大西英文《おおにしひでふみ》 訳

2023年9月7日　第1刷発行

発行者　髙橋明男
発行所　株式会社講談社
東京都文京区音羽 2-12-21 〒112-8001
電話　編集（03）5395-3512
販売（03）5395-5817
業務（03）5395-3615
装　幀　蟹江征治
印　刷　株式会社ＫＰＳプロダクツ
製　本　株式会社国宝社
本文データ制作　講談社デジタル製作

ISBN978-4-06-533285-6

「講談社学術文庫」の刊行に当たって

これは、学術をポケットに入れることをモットーとして生まれた文庫である。学術は少年の心を養い、成年の心を満たす。その学術がポケットにはいる形で、万人のものになることは、生涯教育をうたう現代の理想である。

こうした考え方は、学術を巨大な城のように見る世間の常識に反するかもしれない。また、一部の人たちからは、学術の権威をおとすものと非難されるかもしれない。しかし、それはいずれも学術の新しい在り方を解しないものといわざるをえない。

学術は、まず魔術への挑戦から始まった。やがて、いわゆる常識をつぎつぎに改めていった。学術の権威は、幾百年、幾千年にわたる、苦しい戦いの成果である。こうしてきずきあげられた城が、一見して近づきがたいものにうつるのは、そのためである。しかし、学術の権威を、その形の上だけで判断してはならない。その生成のあとをかえりみれば、その根は常に人々の生活の中にあった。学術が大きな力たりうるのはそのためであって、生活をはなれた学術は、どこにもない。

開かれた社会といわれる現代にとって、これはまったく自明である。生活と学術との間に、もし距離があるとすれば、何をおいてもこれを埋めねばならない。もしこの距離が形の上の迷信からきているとすれば、その迷信をうち破らねばならぬ。

学術文庫は、内外の迷信を打破し、学術のために新しい天地をひらく意図をもって生まれた。文庫という小さい形と、学術という壮大な城とが、完全に両立するためには、なおいくらかの時を必要とするであろう。しかし、学術をポケットにした社会が、人間の生活にとってより豊かな社会であることは、たしかである。そうした社会の実現のために、文庫の世界に新しいジャンルを加えることができれば幸いである。

一九七六年六月

野間省一

西洋の古典

2090
国家と革命
レーニン著／角田安正訳（解説・白井　聡）

世界を震撼させたロシア十月革命の指導者による革命権力マニフェスト。代議制の欺瞞を暴き立て、直接民主主義の徹底を訴えてあらゆる妥協論を弾劾する。原則を忘れたい我々をおびやかす、歴史的挑発の書。

2091
権力と支配
マックス・ウェーバー著／濱嶋　朗訳（解説・橋本　努）

希望はカリスマを生む。だがそれは日常化する――。支配する側よりも、服従する側の動機、正当性のタイプから「支配」の本質に迫るスリリングな論考。官僚制化の必然を感じ取らせる、社会科学の必読入門書。

2098
生命の劇場
J・v・ユクスキュル著／入江重吉・寺井俊正訳

ダーウィニズムと機械論的自然観に覆われていた二〇世紀初頭、人間中心の世界観を退けて、著者が提唱した「環世界」とは何か。その後の動物行動学や哲学、生命論に影響を及ぼした、今も新鮮な生物学の古典。電P

2100
雇用、利子、お金の一般理論
ジョン・メイナード・ケインズ著／山形浩生訳

なぜ市場は機能しなくなることがあるのか。この問いに正面から挑み、ついにマクロ経済学を誕生させた、この社会科学史上の偉業を正確かつ明快な訳文で。クルーグマンの序文とヒックスの関連重要論文も収録。電

2161
カント「視霊者の夢」
金森誠也訳（解説・三浦雅士）

霊界は空想家がでっち上げた楽園である――。同時代の神秘思想家スヴェーデンボリの「視霊現象」を徹底検証し、哲学者として人間の「霊魂」に対する見解を示す。『純粋理性批判』へのステップとなった重要著作。電P

2176
道徳感情論
アダム・スミス著／高　哲男訳

『国富論』に並ぶスミスの必読書が、読みやすい訳文で登場！「共感」をもベースに、個人の心に「義務」「道徳」が確立される、新しい社会と人間のあり方を探り、「調和ある社会の原動力」を解明した必読書！電P

《講談社学術文庫　既刊より》

西洋の古典

2196
ウィトゲンシュタインの講義 ケンブリッジ1932―1935年
アリス・アンブローズ編／野矢茂樹訳

規則はいかにしてゲームの中に入り込むのか。言語、意味、規則といった主要なテーマを行きつ戻りつ考察。「言語ゲーム」論が熟していく中期から後期に到る、ウィトゲンシュタインの生々しい哲学の現場を読む。

2206
役人の生理学
バルザック著／鹿島 茂訳・解説

「役人は生きるために俸給が必要で、職場を離れる自由もなく、書類作り以外能力なし」。観察眼が冴え渡る抱腹絶倒のスーパー・エッセイ。バルザック他、フロベール、モーパッサンの「役人文学」三篇も収録する。 電P

2242
神曲 地獄篇
ダンテ・アリギエリ著／原 基晶訳

ウェルギリウスに導かれて巡る九層構造の地獄。地獄では生前に悪をなした教皇、聖職者、作者の政敵が、神による過酷な制裁を受けていた。原典に忠実で読みやすい新訳に、最新研究に基づく丁寧な解説を付す。 電P

2243
神曲 煉獄篇
ダンテ・アリギエリ著／原 基晶訳

知の麗人ベアトリーチェと出会い、地上での罪の贖いの場＝煉獄へ。ダンテはここで身を浄め、自らを高めていく。ベアトリーチェに従い、ダンテは天国に昇る。古典の最高峰を端整な新訳、卓越した解説付きで読む。 電P

2244
神曲 天国篇
ダンテ・アリギエリ著／原 基晶訳

天国では、ベアトリーチェに代わる聖ベルナールの案内により、ダンテはついに神を見て、合一を果たし、三位一体の神秘を直観する。そしてついに、三界をめぐる旅は終わる。古典文学の最高峰を熟読玩味する。 電P

2245
お金の改革論
ジョン・メイナード・ケインズ著／山形浩生訳

インフレは貯蓄のマイナスをもたらし、デフレは労働と事業の貧窮を意味する――。経済学の巨人は第一次世界大戦がもたらした「邪悪な現実」といかに格闘したか。『一般理論』と並ぶ代表作を明快な新訳で読む。 電

西洋の古典

2248
生物学の歴史
アイザック・アシモフ著／太田次郎訳

人類は「生命の謎」とどう向き合ってきたか。古代ギリシャ以来、博物学、解剖学、化学、遺伝学、進化論などの間で揺れ動き、二〇世紀にようやく科学として体系を成した生物学の歴史を、SF作家が平易に語る。

2262
生きがい喪失の悩み
ヴィクトール・E・フランクル著／中村友太郎訳（解説・諸富祥彦）

どの時代にもそれなりの神経症があり、またそれなりの精神療法を必要としている――。世界的ベストセラー『夜の霧』で知られる精神科医が看破した現代人の病理。底知れない無意味感＝実存的真空の正体とは？

2273
ジャーナリストの生理学
バルザック著／鹿島　茂訳・解説

今も昔もジャーナリズムは嘘と欺瞞だらけ。大文豪が新聞記者と批評家の本性を暴き、徹底的に攻撃する。バルザックは言う。「もしジャーナリズムが存在していないなら、まちがってもこれを発明してはならない」。
電P

2276
ウィトゲンシュタインの講義　数学の基礎篇　ケンブリッジ1939年
コーラ・ダイアモンド編／大谷　弘・古田徹也訳

後期ウィトゲンシュタインの記念碑的著作『哲学探究』に至るまでの思考が展開された伝説の講義の記録。数を数えるとは。矛盾律とは。数学基礎論についての議論が言語、規則、命題等の彼の哲学の核心と響き合う。

2303
ユダヤ人と経済生活
ヴェルナー・ゾンバルト著／金森誠也訳

資本主義を発展させたのはユダヤ教の倫理であって、プロテスタンティズムはむしろ阻害要因でしかない！ヴェーバーのテーゼに真っ向から対立した経済学者の代表作。ユダヤ人はなぜ成功し、迫害されるのか……。
電P

2304
西洋中世奇譚集成　魔術師マーリン
ロベール・ド・ボロン著／横山安由美訳・解説

神から未来の知を、悪魔から過去の知を授かった神童マーリン。やがてその力をもって彼はブリテンの王家三代を動かし、ついにはアーサーを戴冠へと導く。波乱万丈の物語にして中世ロマンの金字塔、本邦初訳！
電P

西洋の古典

2308

ソースティン・ヴェブレン著／高　哲男訳

増補新訂版

有閑階級の理論

産業消費社会における「格差」の構造を、有史以来存在する「有閑階級」をキーワードに抉り出す社会経済学の不朽の名著！　人間精神と社会構造に対するヴェブレンの深い洞察力は、ピケティのデータ力を超える。

電P

2326

D・P・シュレーバー著／渡辺哲夫訳

ある神経病者の回想録

フロイト、ラカン、カネッティ、ドゥルーズ&ガタリなど知の巨人たちに衝撃を与え、二〇世紀思想に不可逆の影響を与えた稀代の書物。壮絶な記録を明快な日本語で伝える、第一級の精神科医による渾身の全訳！

電P

2339

A・G・バウムガルテン著／松尾　大訳

美学

人間にとって「美」とは何か？　「美学」という概念を創始し、カントやヘーゲルら後世に決定的な影響を与えた画期の書。西洋文化の厚みと深みを知る上で決して避けては通れない大古典作品の全訳、初の文庫化！

電P

2367

ジャン＝ジャック・ルソー著／坂倉裕治訳

人間不平等起源論　付「戦争法原理」

身分の違いや貧富の格差といった「人為」で作り出された不平等こそが、人間を惨めで不幸にする。この不平等の起源と根拠を突きとめ、不幸を回避する方法とは？　幻の作品『戦争法原理』の復元版を併録。

電P

2368

A・アインシュタイン、S・フロイト／浅見昇吾訳（解説・養老孟司／斎藤　環）

ひとはなぜ戦争をするのか

アインシュタインがフロイトに問いかける。「ひとはなぜ戦争をなくせるのか？」。宇宙と心、二つの闇に理を見出した二人が、戦争と平和、そして人間の本性について真摯に語り合う。一九三二年、亡命前の往復書簡。

電P

2369

E・B・ド・コンディヤック著／山口裕之訳

論理学　考える技術の初歩

ロックやニュートンなどの経験論をフランスに輸入・発展させた十八世紀の哲学者が最晩年に記した、若者たちのための最良の教科書。これを読めば、難解な書物も的確に、すばやく読むことができる。本邦初訳。

電P

西洋の古典

2370・2371
人間の由来（上）（下）
チャールズ・ダーウィン著／長谷川眞理子訳・解説

『種の起源』から十年余、ダーウィンは初めて人間の由来と進化を本格的に扱った。昆虫、魚、両生類、爬虫類、鳥、哺乳類から人間への進化を「性淘汰」で説明。我々はいかにして「下等動物」から生まれたのか。電Ⓟ

2374
中央アジア・蒙古旅行記
カルピニ＋ルブルク著／護　雅夫訳

一三世紀中頃、ヨーロッパから「地獄の住人」の地へとユーラシア乾燥帯を苦難と危険を道連れに歩みゆく修道士たち。モンゴル帝国で彼らは何を見、どんな宗教や風俗に触れたのか。東西交流史の一級史料。電Ⓟ

2402
テレヴィジオン
ジャック・ラカン著／藤田博史・片山文保訳

精神分析中興の祖ラカンが一九七三年に出演したテレヴィ番組の貴重な記録。高弟Ｊ＝Ａ・ミレールが問いかけ、一般視聴者に語られる師の答えは、比類なき明晰さをそなえている。唯一にして最良のラカン入門！

2403
ブルジョワ　近代経済人の精神史
ヴェルナー・ゾンバルト著／金森誠也訳

中世の遠征、海賊、荘園経営。近代の投機、賭博、発明。そして宗教、戦争。歴史上のあらゆる事象から、企業活動の側面は見出される。資本主義は、どこから始まり、どう発展してきたのか？　異端の碩学が解く。電Ⓟ

2406
愉しい学問
フリードリヒ・ニーチェ著／森　一郎訳

『ツァラトゥストラはこう言った』と並ぶニーチェの主著。随所で笑いを誘うアフォリズムの連なりから「永遠回帰」の思想が立ち上がり、「神は死んだ」という鮮烈な宣言がなされる。第一人者による待望の新訳。電Ⓟ

2407
革命論集
アントニオ・グラムシ著／上村忠男編訳

イタリア共産党創設の立役者アントニオ・グラムシの、本邦初訳を数多く含む待望の論集。国家防衛法違反の容疑で一九二六年に逮捕されるまでに残した文章を精選した。ムッソリーニに挑んだ男の壮絶な姿が甦る。電Ⓟ

西洋の古典

2408

アルキビアデス　クレイトポン

プラトン著／三嶋輝夫訳

ソクラテス哲学の根幹に関わる二篇。野心家アルキビアデスにソクラテスは自己認識と徳の不可欠性を説く（アルキビアデス）。他方、クレイトポンは徳の内実と修得法を教えるようソクラテスに迫る（クレイトポン）。

2409

死に至る病

セーレン・キェルケゴール著／鈴木祐丞訳

「死に至る病とは絶望のことである」。この鮮烈な主張を打ち出した本書は、キェルケゴールの後期著作活動の集大成として燦然と輝く。最新の校訂版全集に基づいてデンマーク語原典から訳出した新時代の決定版。

2410

星界の報告

ガリレオ・ガリレイ著／伊藤和行訳

月の表面、天の川、木星……。ガリレオにしか作れなかった高倍率の望遠鏡に、宇宙は新たな姿を見せた。その衝撃は、伝統的な宇宙観の破壊をもたらすことになる。人類初の詳細な天体観測の記録が待望の新訳！

2418

時間の非実在性

ジョン・E・マクタガート著／永井　均訳・注解と論評

はたして「現在」とは、「私」とは何か。A系列（過去・現在・未来）とB系列（より前とより後）というマクタガートが提起した問題を、永井均が縦横に掘り下げてゆく。時間の哲学の記念碑的古典、ついに邦訳。

2437

比較史の方法

マルク・ブロック著／高橋清徳訳

歴史学に革命を起こした「アナール派」の創始者による記念碑的講演。人はなぜ歴史を学ぶのか？　そして、歴史から何を知ることができるのか？　根本的な問いを平易に説いた名著を、全面改訂を経た決定版で読む！

2444

十二世紀のルネサンス　ヨーロッパの目覚め

チャールズ・H・ハスキンズ著／別宮貞徳・朝倉文市訳

ローマ古典の再発見、新しい法学、アラビアの先進知識との遭遇、大学の誕生――イタリア・ルネサンス以前、中世の西欧ではすでに知的復興が行われていた！世界史の常識を覆し、今も指標とされる不朽の名著。

西洋の古典

2456
宗教改革三大文書 付「九五箇条の提題」
マルティン・ルター著／深井智朗訳
記念碑的な文書「九五箇条の提題」とともに、一五二〇年に公刊され、宗教改革を決定づけた『キリスト教界の改善について』、『教会のバビロン捕囚について』、『キリスト者の自由について』を新訳で収録した決定版。
電P

2457
言語起源論
ヨハン・ゴットフリート・ヘルダー著／宮谷尚実訳
神が創り給うたのか？　それとも、人間が発明したのか？——古代より数多の人々を悩ませてきた難問に果敢に挑み、大胆な論を提示して後世に決定的な影響を与えた名著。初の自筆草稿に基づいた決定版新訳！
電P

2458
書簡詩
ホラーティウス著／高橋宏幸訳
古代ローマを代表する詩人ホラーティウスの主著。オウィディウス、ペトラルカ、ヴォルテールに連なる韻文による書簡の伝統は、ここに始まった。名高い『詩論』を含む古典を清新な日本語で再現した待望の新訳。
電P

2459
リュシス　恋がたき
プラトン著／田中伸司・三嶋輝夫訳
美少年リュシスとその友人を相手にプラトンが「友愛」とは何かを論じる『リュシス』。そして、「知を愛すること」としての「哲学」という主題を扱った『恋がたき』。「愛すること」で貫かれた名対話篇、待望の新訳。
電P

2460
メタサイコロジー論
ジークムント・フロイト著／十川幸司訳
「抑圧」、「無意識」、「夢」など、精神分析の基本概念を刷新するべく企図された幻の書『メタサイコロジー序説』に収録されるはずだった論文のうち、現存する六篇すべてを集成する。第一級の分析家、渾身の新訳！
電P

2461
国家の神話
エルンスト・カッシーラー著／宮田光雄訳
稀代の碩学カッシーラーが最晩年になってついに手がけた畢生の記念碑的大作。独自の「シンボル（象徴）」理論に基づき、古代ギリシアから中世を経て現代に及ぶ壮大なスケールで描き出される怒濤の思想的ドラマ！
電P

西洋の古典

2465
七十人訳ギリシア語聖書　モーセ五書
秦　剛平訳
前三世紀頃、七十二人のユダヤ人長老がヘブライ語聖書をギリシア語に訳しはじめた。この通称「七十人訳」こそ、現存する最古の体系的聖書でありイエスの時代の聖書である。西洋文明の基礎文献、待望の文庫化！
電P

2479
ホモ・ルーデンス　文化のもつ遊びの要素についてのある定義づけの試み
ヨハン・ホイジンガ著／里見元一郎訳
「人間の文化は遊びにおいて、遊びとして、成立し、発展した」――。遊びをめぐる人間活動の本質を探究、「遊びの相の下に」人類の歴史を再構築した人類学の不朽の大古典！　オランダ語版全集からの完訳。
電P

2495
エスの本　ある女友達への精神分析の手紙
ゲオルク・グロデック著／岸田　秀・山下公子訳
「人間は、自分の知らないものに動かされている」。フロイト理論に多大な影響を与えた医師グロデックが、心身両域にわたって人間を決定する「エス」について明快に語る。「病」の概念をも変える心身治療論。
電P

2496
ヨハネの黙示録
小河　陽訳（図版構成・石原綱成）
正体不明の預言者ヨハネが見た、神の審判による世界の終わりの幻。最後の裁きは究極の破滅か、永遠の救いか――？　新約聖書の中で異彩を放つ謎多き正典のすべてを、現代語訳と八十点余の図像で解き明かす。
電P

2500
仕事としての学問　仕事としての政治
マックス・ウェーバー著／野口雅弘訳
マックス・ウェーバーが晩年に行った、二つの講演の画期的新訳。『職業としての学問』と『職業としての政治』の邦題をあえて変更し、生計を立てるだけの「職業」ではない学問と政治の大切さを伝える。
電P

2501
社会学的方法の規準
エミール・デュルケーム著／菊谷和宏訳
ウェーバーと並び称される社会学の祖デュルケームは、一八九五年、新しい学問を確立するべく、記念碑的なマニフェストとなった本書を発表する。社会学とは何を扱う学問なのか？――決定版新訳が誕生。
電P

西洋の古典

2502・2503
G・W・F・ヘーゲル著／伊坂青司訳
世界史の哲学講義
ベルリン 1822／23年（上）（下）

一八二二年から没年（一八三一年）まで行われた講義のうち初年度を再現。上巻は序論「世界史の概念」から本論第一部「東洋世界」を、下巻は第二部「ギリシア世界」から第四部「ゲルマン世界」をそれぞれ収録。

電P

2504
ルートヴィヒ・ヴィトゲンシュタイン著／丘沢静也・荻原耕平訳
小学生のための正書法辞典

ヴィトゲンシュタインが生前に刊行した著書は、たったの二冊。一冊は『論理哲学論考』、そして教員生活を送っていた一九二六年に書かれた本書である。長らく未訳のままだった幻の書、ついに全訳が完成。

電P

2505
J・L・オースティン著／飯野勝己訳
言語と行為
いかにして言葉でものごとを行うか

言葉は事実を記述するだけではない。言葉を語ることがそのまま行為をすることになる場合がある——「確認的」と「遂行的」の区別を提示し、「言語行為論」の誕生を告げる記念碑的著作、初の文庫版での新訳。

電P

2506
キケロー著／大西英文訳
老年について 友情について

偉大な思想家にして弁論家、そして政治家でもあった古代ローマの巨人キケロー。その最晩年に遺された著作のうち、もっとも人気のある二つの対話篇。生きる知恵を今に伝える珠玉の古典を一冊で読める新訳。

電P

2507
マルティン・ハイデガー著／森 一郎編訳
技術とは何だろうか
三つの講演

第二次大戦後、一九五〇年代に行われたテクノロジーをめぐる講演のうち代表的な三篇「物」、「建てること、住むこと、考えること」、「技術とは何だろうか」を新訳で収録する。技術に翻弄される現代に必須の一冊。

電P

2508
マルキ・ド・サド著／秋吉良人訳
閨房の哲学

数々のスキャンダルによって入獄と脱獄を繰り返し、人生の三分の一以上を監獄で過ごしたサドのエッセンスが本書には盛り込まれている。第一級の研究者がついに手がけた「最初の一冊」に最適の決定版新訳。

電P

《講談社学術文庫　既刊より》

西洋の古典

2509
物質と記憶
アンリ・ベルクソン著／杉山直樹訳

フランスを代表する哲学者の主著――その新訳を第一級の研究者が満を持して送り出す。簡にして要を得た訳者解説を収録した文字どおりの「決定版」である本書は、ベルクソンを読む人の新たな出発点となる。

電P

2519
科学者と世界平和
アルバート・アインシュタイン著／井上　健訳（解説・佐藤優／筒井　泉）

ソビエトの科学者との戦争と平和をめぐる対話「科学者と世界平和」。時空の基本概念から相対性理論の着想、統一場理論への構想まで記した「物理学と実在」。平和と物理学、それぞれに統一理論はあるのか？

電P

2526
中世都市　社会経済史的試論
アンリ・ピレンヌ著／佐々木克巳訳（解説・大月康弘）

「ヨーロッパの生成」を中心テーマに据え、二十世紀を代表する歴史家となったピレンヌ不朽の名著。地中海を囲む古代ローマ世界はゲルマン侵入とイスラーム勢力によっていかなる変容を遂げたのかを活写する。

電P

2561
箴言集
ラ・ロシュフコー著／武藤剛史訳（解説・鹿島茂）

十七世紀フランスの激動を生き抜いたモラリストが、人間の本性を見事に言い表した「箴言」の数々。鋭敏な人間洞察と強靱な精神、ユーモアに満ちた短文が、自然に読める新訳で、現代の私たちに突き刺さる！

電P

2562・2563
国富論（上）（下）
アダム・スミス著／高　哲男訳

スミスの最重要著作の新訳。「見えざる手」による自由放任を推奨するだけの本ではない。分業、貨幣、利子、貿易、軍備、インフラ整備、税金、公債など、経済の根本問題を問う近代経済学のバイブルである。

電P

2564
ペルシア人の手紙
シャルル＝ルイ・ド・モンテスキュー著／田口卓臣訳

二人のペルシア貴族がヨーロッパを旅してパリに滞在している間、世界各地の知人たちとやり取りした虚構の書簡集。刊行（一七二一年）直後から大反響を巻き起こした異形の書、気鋭の研究者による画期的新訳。

電P

西洋の古典

2566
全体性と無限
エマニュエル・レヴィナス著／藤岡俊博訳
特異な哲学者の燦然と輝く主著、気鋭の研究者による渾身の新訳。二種を数える既訳を凌駕するべく、原書のあらゆる版を参照し、訳語も再検討しながら臨む。次代に受け継がれるスタンダードがここにある。
電P

2568
イマジネール
想像力の現象学的心理学
ジャン＝ポール・サルトル著／澤田　直・水野浩二訳
「イメージ」と「想像力」をめぐる豊饒なる考察――ブランショ、レヴィナス、ロラン・バルト、ドゥルーズなどの幾多の思想家に刺激を与え続けてきた一九四〇年刊の重要著作を第一級の研究者が渾身の新訳！

2569
ルイ・ボナパルトのブリュメール18日
カール・マルクス著／丘沢静也訳
一八四八年の二月革命から三年後のクーデタまでの展開を報告した名著。ジャーナリストとしてのマルクスの舌鋒鋭くもウィットに富んだ筆致を、実力者が達意の日本語にした、これまでになかった新訳。
電P

2570
レイシズム
R・ベネディクト著／阿部大樹訳
レイシズムは科学を装った迷信である。人種の優劣や純粋な民族など、存在しない――ナチスが台頭しファシズムが世界に吹き荒れた一九四〇年代、『菊と刀』で知られるアメリカの文化文類学者が鳴らした警鐘。
電P

2596
イミタチオ・クリスティ
キリストにならいて
トマス・ア・ケンピス著／呉　茂一・永野藤夫訳
十五世紀の修道士が著した本書は、『聖書』について多くの読者を獲得したと言われる。読み易く的確な論しに満ちた文章が、悩み多き我々に安らぎを与え深い瞑想へと誘う。温かくまた厳しい言葉の数々。
電P

2677
我と汝
マルティン・ブーバー著／野口啓祐訳（解説・佐藤貴史）
経験と利用に覆われた世界の軛から解放されるには、全身全霊をかけて相対する〈なんじ〉と出会わねばならない。その時、わたしは初めて真の〈われ〉となるのだ――。「対話の思想家」が遺した普遍的名著！
電P